CROSSROADS

LA DERNIÈRE CHANSON DE ROBERT JOHNSON

DU MÊME AUTEUR

Série LA MORT DU TEMPLE

Tome 1, *Secretum templi*, Paris, Hugo & Cie, 2020. (Hugo & Cie pour l'édition en format poche, 2021.)

Tome 2, *Corpus Christi*, Paris, Hugo & Cie, 2020. (Hugo & Cie pour l'édition en format poche, 2021.)

Série VÉRITÉ

Tome 1, *Les Sages de Sion*, Paris, Hugo & Cie, 2018. (Hugo & Cie pour l'édition en format poche, 2020.)

Tome 2, *La terre promise*, Paris, Hugo & Cie, 2018. (Hugo & Cie pour l'édition en format poche, 2020.)

Série MALEFICA

Tome 1, *La voie du livre*, Paris, Hugo & Cie, 2014. (Pocket pour l'édition poche, 2015.)

Tome 2, *La voie royale*, Paris, Hugo & Cie, 2014. (Pocket pour l'édition poche, 2015.)

Tome 3, *La voie du sang*, Paris, Hugo & Cie, 2015. (Pocket pour l'édition poche, 2015.)

Série DAMNÉ

Tome 1, *L'Héritage des cathares*, Paris, Hugo & Cie, 2012. (Pocket pour l'édition poche, 2013 ; Hugo & Cie pour l'édition canadienne en format poche, 2021.)

Tome 2, *Le Fardeau de Lucifer*, Paris, Hugo & Cie, 2013. (Pocket pour l'édition poche, 2013 ; Hugo & Cie pour l'édition canadienne en format poche, 2021.)

Tome 3, *L'Étoffe du Juste*, Paris, Hugo & Cie, 2013. (Pocket pour l'édition poche, 2014 ; Hugo & Cie pour l'édition canadienne en format poche, 2021.)

Tome 4, *Le Baptême de Judas*, Paris, Hugo & Cie, 2014. (Pocket pour l'édition poche, 2014 ; Hugo & Cie pour l'édition canadienne en format poche, 2021.)

Série LES ENQUÊTES DE JOSEPH LAFLAMME

Tome 1, *Jack*, Montréal, Libre Expression, 2014. (10/18 pour l'édition poche, 2019.)

Tome 2, *Jeremiah*, Montréal, Libre Expression, 2015. (10/18 pour l'édition poche, 2019.)

Tome 3, *Maria*, Montréal, Libre Expression, 2015. (10/18 pour l'édition poche, 2020.)

Tome 4, *Benjamin*, Montréal, Libre Expression, 2016.

Tome 5, *Joseph, Une enquête de Marcel Arcand*, Montréal, Libre Expression, 2016.

Tome 6, *Adolphus*, Montréal, Libre Expression, 2018.

HERVÉ GAGNON

CROSSROADS

LA DERNIÈRE CHANSON DE ROBERT JOHNSON

Hugo Roman

Ouvrage dirigé par Pierre Bourdon
Édition : Sandrine Lazure
Design et illustration de la couverture : Kinos
Mise en pages : Mélodie Landry

34-36, rue La Pérouse
75116 – Paris
www.hugoetcie.fr

ISBN : 9782755690026
Dépôt légal : novembre 2021
Imprimé par CPI Blackprint, en Espagne

Placez-vous sur les chemins, regardez,
et demandez quels sont les anciens sentiers,
quelle est la bonne voie ;
Marchez-y, et vous trouverez le repos de vos âmes !
Mais ils répondent : nous n'y marcherons pas.

Jérémie, 6 : 16

Prologue

Près d'Hazelhurst, Mississippi, mai 1930

Bobby Spencer – c'était le nom qu'il utilisait dans le coin – marchait dans la nuit. Il était à peine plus qu'un garçon, mais dans le Delta, on devenait vite un homme. Il était déjà bien assez vieux pour faire danser les *juke joints* toute la nuit, et sa réputation ne faisait que croître. Les invitations se multipliaient et on le payait de mieux en mieux. En cet instant même, il avait la poche bien remplie de billets d'un dollar et de petite monnaie. En une soirée, il faisait plus que le salaire de misère qu'un métayer pouvait grappiller en quelques semaines sur la terre d'un planteur. Bien plus que le mari de sa mère, qui insistait pour qu'il quitte sa vie « de débauche » et aille aux champs, comme tout le monde. Mais jamais il n'irait user ses doigts à récolter le coton plutôt que sur les cordes de sa guitare. Bientôt, avec un peu de chance, il ferait un disque. Il se voyait déjà au Texas, là où on enregistrait les meilleurs *bluesmen*. On l'écouterait partout. Il serait connu jusque dans le Nord, là où ses semblables étaient plus libres. Bobby Spencer, *Master of the blues*. Il irait chanter à Saint-Louis, à Harlem, à Chicago… *Oh baby don't you want to go, oh baby don't you want to go, back to the land of California, to my sweet home Chicago*, chantonna-t-il.

Il se sentait à la fois exalté et épuisé. La musique – *sa* musique – le comblait et le vidait tout à la fois. Ce soir, ses longs doigts avaient volé sur les cordes avec une agilité particulière, comme animés par leur propre volonté. Quand cela se produisait, il se sentait presque possédé. La *walking bass* avait gonflé sous son pouce pour s'harmoniser au rythme des cœurs qui battaient autour de lui. Le *shuffle* s'était accéléré jusqu'à la frénésie, envoûtant les danseurs comme un *mojo hand*. Sa *slide* avait fait gémir sa vieille guitare comme une amoureuse sous les caresses de son homme.

Chauffées par le *moonshine* qui coulait à flots sans le moindre égard pour la prohibition, les femmes lui avaient lancé des œillades lascives et des propositions salaces en ondulant des hanches, tandis que leurs hommes le couvraient de regards noirs lourds de menaces. En d'autres circonstances, il aurait ciblé une de ces femelles en chaleur et l'aurait dévorée des yeux en chantant uniquement pour elle, quitte à risquer une raclée. Il serait parti avec elle à la fin de la soirée. Une femme dans chaque *juke joint*. Mais ce soir, il dérogerait à sa devise. Ce soir, les choses étaient différentes.

Il rajusta la guitare passée en bandoulière dans son dos. La corde qui tenait lieu de sangle lui labourait un peu l'épaule, car il avait retiré sa veste, qu'il avait jetée sur l'autre épaule. L'air de la nuit était poisseux et sa chemise lui collait à la peau. La lune bien ronde dans le ciel étoilé éclairait le chemin de gravier. Seul le crissement de ses semelles sur les cailloux rompait le silence épais qui l'enveloppait depuis qu'il était sorti de la ville. Il avait l'habitude des chemins la nuit. Il aimait ce calme un peu lourd après la tempête du *juke joint*. Il avait l'impression de se redéposer après avoir volé très haut.

Il lui tardait d'arriver à la maison de chambres où il logeait, à Its, pas très loin d'Hazelhurst. Encore quelques miles. Il y serait bientôt. Il marchait vite, pressé de se vautrer dans les bras accueillants de la petite Nellie. La diablesse avait à peine dix-huit ans – c'était ce qu'elle affirmait, mais pour dire vrai, il n'en était pas convaincu – et elle était jolie à faire damner un saint avec ses grands yeux un peu en amande et ses lèvres charnues. Elle était très divertissante au lit, insatiable et dépourvue de scrupules. Les choses qu'elle savait faire... Surtout, elle n'attendait rien de lui. Il acceptait le fait qu'elle n'était que de passage dans sa vie d'errance. Mais il savait déjà qu'il essaierait de passer plus souvent dans la région, histoire de mordre dans ce fruit-là.

Au souvenir de leurs récentes prouesses, un sourire à la fois attendri et vorace se dessina sur ses lèvres. Il avait trop bu, comme tous les soirs, et l'alcool lui échauffait les sangs. Il pressa le pas, buta sur une pierre qui saillait un peu et, l'ivresse aidant, faillit trébucher. Tandis qu'il reprenait son équilibre, sa veste tomba sur le sol. Il la ramassa et en balaya la terre sèche. Au moins, ce n'était pas sa guitare. Il avait déjà perdu sa femme et son enfant, ses racines et une bonne part de sa dignité. Même son âme n'était sans doute pas en très bon état. Il ne lui restait que son instrument. Sans sa vieille Kalamazoo, qui lui permettait de s'envoler et d'oublier, il n'était plus rien.

Dieu n'aimait pas beaucoup Bobby Spencer, c'était une évidence. Alors Bobby Spencer avait cessé d'aimer Dieu. À quoi bon adorer et respecter une saloperie qui nous encule un peu plus profondément chaque jour et qui nous jette au visage la merde qu'il en sort ? À quoi bon fréquenter l'église et prier ? Aussi bien vivre en mécréant, chanter la musique qui faisait enrager les *preachers*, boire tout ce qu'il pouvait avaler et prendre toutes les femmes qui lui ouvraient les cuisses. Et s'il finissait en enfer, au moins il y retrouverait un tas de *bluesmen* !

– T'as entendu, Dieu ? grommela-t-il presque sans s'en rendre compte, le blasphème étant devenu sa seconde nature. Tu peux plus rien me prendre. Alors, va te faire foutre. Et puis, t'existes même pas. Pas pour les Noirs, en tout cas. Et pas dans le Delta. Dans le Delta, on se débrouille très bien sans toi. On préfère Legba.

Il cracha par terre avec ressentiment, rajusta sa guitare et se remit à marcher plus droit. Vers la petite Nellie et les belles cuisses fermes qu'elle ne refusait jamais d'écarter bien grand.

– Je vais te labourer le sillon, toi, belle petite vicieuse... marmotta-t-il avec un demi-sourire gourmand. Je vais t'arroser pour que tout pousse bien.

Par prudence, il avait l'habitude de regarder par terre en marchant, histoire de repérer d'avance un *mess* laissé en travers de sa route par un mari humilié ou un rival envieux. Ces maléfices ne tuaient pas, mais ils pouvaient causer un mal de chien pendant des jours. Dans le Delta, on ensorcelait autant qu'on poignardait et qu'on empoisonnait. Quand on avait autant d'ennemis que Bobby Spencer, il valait mieux être aux aguets. À l'approche de la croisée des chemins, il releva la tête. Il allait prendre à gauche et dans moins de deux miles, il serait arrivé.

À l'intersection se trouvait une modeste maison sans âge qui donnait l'impression d'avoir poussé au milieu de nulle part voilà longtemps. Son toit en pente avait été creusé par le temps et un balcon courait sur toute sa façade. Une lampe à huile illuminait une fenêtre. Soudain, des sons montèrent dans la nuit. Quelqu'un grattait une guitare. Bobby plissa les yeux et, par réflexe, ralentit le pas. Sur le balcon, un homme était assis sur une chaise, un pied appuyé sur la balustrade et une guitare sur la cuisse. Même de loin, il était évident qu'il jouait bien. Très bien.

Méfiant et instantanément dégrisé, Spencer continua à avancer. S'arrêter, c'était montrer sa peur, et montrer sa peur ne faisait qu'exciter les prédateurs. Même si les lynchages et les croix en flammes n'étaient plus si fréquents qu'avant, les Blancs ne dédaignaient pas de casser du Nègre, surtout après une soirée bien arrosée, ne serait-ce que pour se prouver à eux-mêmes qu'ils étaient toujours la race supérieure et que les Noirs, eux, étaient des sous-hommes. L'inconnu cessa de jouer.

– Bonsoir, fit-il d'une voix de miel.

– B-Bonsoir, m'sieur, répondit Spencer en régressant instinctivement au ton soumis qu'il détesta aussitôt, reconnaissant celui de l'esclave craintif de jadis devant le *bossman* dont il ne voulait pas nourrir la colère et la cruauté.

Il continua à marcher en espérant pouvoir disparaître.

– Tu es guitariste, toi aussi ? insista l'autre, qui semblait désirer une conversation.

– Oui, m'sieur.

– Approche.

Spencer s'arrêta, indécis. Devait-il fuir à toutes jambes et espérer qu'on ne lâcherait pas de chiens sur ses traces, ou tenter d'acheter la paix ? La sueur dans son dos n'avait plus rien à voir avec l'humidité ambiante. Il jeta un coup d'œil furtif aux alentours, à la recherche d'une échappatoire. Au besoin, il se dit qu'il pourrait toujours foncer dans les plants de coton. Ils n'étaient pas encore très hauts, mais en courant vite, il arriverait peut-être à semer celui qui se trouvait là. Son cœur battait fort dans sa poitrine et il ne voulait que fuir. Maintenant.

Tout de suite. Il courrait les miles restants sans jamais regarder derrière. Il oublierait même Nellie s'il le fallait. Mais c'était impossible. À défaut, il devait être docile. Coopérer. Sourire. Comme tous ceux de sa race étaient condamnés à le faire, même si, officiellement, l'esclavage n'existait plus depuis plus de soixante ans.

– Approche, je te dis. Je ne te mangerai pas, ricana l'homme depuis son balcon.

Coincé, le *bluesman* n'eut d'autre choix que de s'engager dans le petit chemin qui menait vers la maison, une vingtaine de pieds plus loin. Lorsqu'il fut assez près, la lumière de la lune et celle de la lampe lui permirent de détailler un peu mieux son interlocuteur. Il était assis sur une vieille chaise droite, en équilibre sur les deux pattes arrière, le dossier contre le mur. À sa gauche, une autre chaise était vide. Malgré la chaleur, il était vêtu d'un costume noir bien coupé, d'une chemise blanche parfaitement amidonnée et d'une cravate noire. Ses bottes cirées étaient noires aussi. Ses cheveux poivre et sel trop longs étaient lissés vers l'arrière et passés derrière ses oreilles. Il paraissait être seul, mais les Blancs étaient comme le malheur : ils venaient habituellement en groupe. Surtout en pleine nuit dans un coin perdu, sans un témoin à des miles à la ronde. Ils avaient un don pour surgir de nulle part avec du goudron, des plumes, des bâtons ou un nœud coulant.

L'homme se leva et Bobby constata qu'il était grand.

– Tu joues bien, lui dit l'inconnu en rajustant son chapeau. Tu as du talent.

La voix était profonde et suave. Le ton, plus amusé que menaçant. L'accent du Sud était léger, mais perceptible. Son visage avait le teint basané et les rides profondes de celui qui passe sa vie dehors. Il devait avoir une soixantaine d'années, mais son corps dégageait l'énergie d'un homme beaucoup plus jeune. Sa mâchoire était solide et son nez, long et mince, rappelait le bec d'un oiseau de proie. Spencer ne baissa pas sa garde. Il ne se rappelait pas avoir croisé cet individu dans le *juke*, ce soir. En fait, il n'avait *jamais* vu le moindre Blanc dans un *juke*.

– M-Merci, m'sieur, fit Spencer.

– Je suis un amateur de blues, moi aussi, expliqua l'inconnu, comme s'il avait senti sa perplexité.

Il leva les mains en l'air et les agita en un geste théâtral et volontairement ridicule.

– La musique du diable ! s'exclama-t-il en s'esclaffant de bon cœur. Enfin, c'est ce qu'on dit. Les choses que les gens peuvent croire…

– O-Oui, m'sieur.

L'inconnu reprit son sérieux d'un seul coup.

– Je surveille ta carrière depuis un moment, Bobby Spencer, déclara-t-il. Je t'ai entendu jouer dans la rue à Yazoo City, voilà une dizaine de jours. Et aussi à Clarksdale quelques semaines avant. Ton jeu est très mûr pour un garçon encore si jeune. Tu as sans doute une vieille âme.

À ces mots, le musicien sentit un fol espoir naître en lui. Il avait entendu dire que des Blancs sillonnaient le Delta, à la recherche de nouveaux talents auxquels ils faisaient enregistrer des chansons qui devenaient des disques. Son cœur se mit à battre un peu plus vite tandis que sa méfiance diminuait.

– Merci, m'sieur, redit-il, faute de mieux. Pour mon âme, je sais pas trop…

Il se garda d'avouer qu'il était fâché avec Dieu. Dans le Delta, la chose paraissait mal.

– Tu es comme moi : tu te tiens loin des églises, dit l'homme, comme s'il savait déjà. Puis-je voir ta guitare ?

– Ma… guitare ?

Le long visage étroit s'éclaira d'un sourire bon enfant qui avait quelque chose d'intimidant. Peut-être était-ce les yeux très noirs rivés sur lui.

– Oui. Cette chose que tu as, là, sur ton dos.

Bobby Spencer eut un mouvement de recul. Il n'aimait pas que l'on touche à sa guitare. Elle était sa maîtresse à lui et à personne d'autre. Mais la musique qu'il avait entendue monter de ce balcon l'intriguait.

– Ne crains rien, je joue un peu de blues, moi aussi, comme tu l'as peut-être entendu, dit l'homme en déposant la sienne pour en appuyer la tête contre les bardeaux décolorés de la maison.

Il tendit la main, un sourire sur les lèvres. Spencer se méfiait des Blancs qui jouaient le blues. Aucun d'eux ne portait en lui la souffrance d'un peuple. Aucun d'eux ne pouvait vraiment comprendre. Mais qu'avait-il à perdre ? Si cet homme avait dans son bagage un *turnaround* ou un accord qui lui était inconnu, il en sortirait gagnant.

Il se déchargea de sa guitare chérie et, après une ultime hésitation, la lui tendit. L'homme la prit, la retourna, caressa la caisse de résonance et le manche avec sensualité, l'observa d'un œil critique en la retournant dans tous les sens, examinant chaque égratignure, chaque bosse, chaque usure du vernis.

– Elle a du vécu, décréta-t-il. Une vieille amie fidèle ?

– Oui, m'sieur. C'est exactement ça.

– Nellie doit aimer t'entendre jouer.

Les poils se dressèrent sur sa nuque. Comment cet homme pouvait-il connaître sa Nellie ? Il eut soudain envie de prendre ses jambes à son cou et de filer droit devant dans la nuit, aussi vite qu'il le pouvait. Mais l'autre avait sa guitare et il ne pouvait pas partir sans elle.

– Puis-je l'accorder ? demanda-t-il en faisant glisser son pouce sur les cordes.

Spencer constata à quel point le changement de température avait affecté son instrument.

– O-Oui, répondit-il.

L'inconnu saisit les clés et les ajusta une à une. Il gratta les cordes pour vérifier que l'instrument était accordé comme il le voulait. Satisfait, il se mit à jouer. Bobby Spencer écarquilla les yeux et oublia sur-le-champ toute la méfiance qu'il avait ressentie l'instant d'avant. Jamais, malgré les innombrables heures passées à travailler, des sons d'une telle pureté n'étaient sortis de sa vieille Kalamazoo au vernis usé. Elle alternait entre des notes émouvantes, des plaintes et des gémissements de femme emportée par un interminable orgasme. La basse, lente, lourde et répétitive battait comme un cœur passionné. Les trois accords conventionnels du blues étaient soudain plus riches et se déclinaient en une succession de septièmes et de neuvièmes. Les arrangements étaient plus subtils et les riffs plus mordants que tout ce qu'il lui avait été donné de produire ou d'entendre.

Spencer ferma les yeux pour mieux apprécier et eut l'impression d'entendre deux guitares. Non, trois. Quand il les rouvrit, l'homme le regardait en lui adressant un sourire paternel et joua encore un peu. Quand la dernière note résonna longtemps pour se perdre dans la nuit, le jeune guitariste était toujours médusé. L'autre lui rendit son instrument.

– Elle a un joli son, dit-il avec un hochement de tête approbateur. Clair et pur. Tu l'as bien choisie.

Le jeune musicien le dévisagea, incapable de réagir. Il s'imaginait déjà en train de faire danser les *juke joints* comme personne d'autre ne pourrait jamais le faire. Il gagnerait encore plus d'argent. Il serait le plus grand. Il ferait des disques. Il serait connu, adulé, riche. Il avala sa salive et cligna des yeux, s'arrachant à la fascination.

– Je… Je veux jouer comme vous, m'sieur… finit-il par bredouiller. Vous pouvez m'enseigner ?

– Vraiment ? fit l'inconnu avec étonnement.

– Oh oui…

– Bien sûr. Je peux t'apprendre une chose ou deux, si c'est ce que tu souhaites.

Spencer hocha la tête. Il porta aussitôt la main à son porte-monnaie.

– Je peux payer.

– Oh, voyez-vous ça ! s'esclaffa l'inconnu. Il peut payer ! Très bien. Alors donne-moi un dollar si c'est ce que tu veux.

Pour la forme, Bobby Spencer fit mine de réfléchir, mais sa décision était déjà prise. Pour jouer comme cet homme, il était prêt à donner bien plus, même si chaque dollar gagné lui était précieux. Il fouilla dans la poche de son pantalon, en sortit un billet d'un dollar chiffonné, le lissa un peu et le lui donna. L'homme au chapeau l'accepta avec le sourire et, d'un geste de prestidigitateur, le fit disparaître dans la poche intérieure de sa veste. Il en ressortit un papier plié en trois qu'il déplia et présenta à Spencer avec un crayon.

– Tu dois aussi me signer ceci.

Il faisait noir et Bobby eut beau plisser les yeux, il n'arrivait pas à bien lire ce qui y était écrit.

– Qu'est-ce que c'est ?

– Juste une reconnaissance de ce que je vais t'enseigner. Je suis toujours ravi de partager ce que je sais, mais je n'aime pas qu'on en prenne le crédit.

Bobby hésita.

– Libre à toi, mon ami, dit l'homme. Si tu préfères passer ton chemin, vas-y.

Le jeune musicien se reprit. Il ne pouvait pas se passer de ce qu'il venait d'entendre. Il devait savoir. Sinon, il ne pourrait plus jamais supporter de jouer comme un enfant. Il appuya le papier contre le mur de la maison, signa et le rendit à l'homme, qui le replia et le remit dans sa veste avec un air satisfait.

– Voilà. Ce n'était pas si difficile, dit-il. Maintenant, à moi de remplir ma part du marché. Viens t'asseoir près de moi.

– Vous vous appelez comment, m'sieur ?

– Zeke. Mais on me surnomme Legs.

I

Memphis, Tennessee, lundi 5 juillet 2021

Donald Kane se tenait à l'intersection de Beale Street et B.B. King Boulevard, anciennement 3rd Street. Il aurait pu rester là pendant des heures sans se lasser. La chaleur écrasante dans laquelle il avait eu l'impression de s'enfoncer à sa sortie de l'aéroport la veille n'arrivait pas à altérer le plaisir qu'il éprouvait d'être là, même si sa chemise en lin était déjà humide dans le dos et sous ses aisselles. De toute évidence, elle n'indisposait pas non plus la foule compacte et joyeuse qui s'entassait un peu partout et qui, déjà, faisait la fête. Il ne pouvait qu'imaginer ce que ce serait une fois le soir venu. Il s'assurerait de revenir en profiter. Il n'en aurait peut-être plus jamais la chance.

Il se sentait comme un enfant dans une boutique de bonbons. Il songea à effacer de son visage le sourire un peu niais qui s'y était formé, mais y renonça. Pourquoi bouder un plaisir que même un léger mal de tête ne gâchait pas ? Fatigué par le voyage, il avait passé la soirée dans sa chambre d'hôtel avec son bon ami Jack.

Mr Daniel et lui se fréquentaient un peu trop ces derniers temps. C'était la même chose chaque fois qu'une femme sortait de sa vie. Et comme elles finissaient toutes par partir, Mr Daniel revenait tout le temps. Sharon n'était que la plus récente à lui chier dans les mains. À l'opposé, Jack, lui, était toujours fidèle. Parfois même un peu trop. Comme tous les bons amis, il se ferait discret dès que la prochaine flamme se présenterait. Puis il reviendrait le consoler quand la flamme s'éteindrait. Et ainsi de suite.

Les gros seins fermes (pas tout à fait naturels) et les jeunes fesses rondes de Sharon lui manqueraient. L'énergie de ses trente et un ans aussi. Sharon, pas tant. Il avait eu du mal à partager les intérêts de sa génération. Il commençait à être déconnecté. Il refusait de monter dans le train des médias sociaux, du rap, du hip-hop, de la rectitude politique et de la théorie des genres. Les conquêtes allaient donc se raréfier, il en avait pleinement conscience. Ou alors il allait devoir accepter son âge et commencer à chercher dans son propre groupe – celui des rides, des chairs plus flasques, des cheveux grisonnants et de la libido en passe de défaillir. Aussi bien se faire à l'idée. Un jour. Mais pas tout de suite.

Kane ne se faisait plus d'illusions. À quarante-neuf ans, ses chances de faire partie d'un couple de conte de fées, heureux de vieillir ensemble, étaient de plus en plus faibles. Il avait tenté l'expérience une seule fois et avait produit une fille qui, à vingt-sept ans, ne lui adressait la parole que lorsqu'elle ne pouvait pas l'éviter – c'est-à-dire pour son anniversaire, à Noël et quand elle avait besoin d'argent. Il aimait Jess de tout son être, mais ils n'avaient jamais vraiment su communiquer. Elle avait toujours été d'abord la fille de sa mère, et sa mère le détestait avec enthousiasme depuis vingt-six ans. Il n'avait jamais eu sa chance d'être père. Faute d'autre choix, il avait accepté le fait.

Mauvais mari, amoureux distant, père absent. Il avait raté sa part de choses importantes. Au moins, il avait sa carrière. Et ses guitares. Et le blues. « Un éternel ado », lui avait reproché Sharon. Elle avait raison. Un peu. Il chassa ces pensées déprimantes et concentra son attention sur les alentours. C'était dans ce quartier que tout avait commencé. Il se laissa envelopper par l'ambiance festive, regardant les gens rire, chanter et manger. Il songea que l'an dernier, à pareille date, tout le pays était en pleine crise du coronavirus. Les gens qui se trouvaient là auraient été partagés entre pro-masques et anti-masques, ces derniers portant fièrement une casquette MAGA rouge et arborant l'air intelligent qui allait avec, convaincus que la pandémie n'était qu'une invention de la gauche « socialiste » pour imposer un vaccin visant à implanter secrètement une puce contrôlée par Bill Gates. Ou les extraterrestres. Heureusement, le vaccin avait ramené les choses à une relative normalité. Certes, il y avait encore des cas chaque jour, quelques morts aussi, mais la mémoire étant une faculté qui oublie très vite quand elle en a assez, plus personne ne s'en faisait. Le gel hydroalcoolique n'était plus qu'un souvenir vaguement nauséabond. Trump avait été renvoyé dans ses terres – non sans bouder et agiter le complot d'une élection « volée ». Sa bande de dégénérés, exhibant fièrement des armes à feu dont le calibre était inversement proportionnel à leur QI, existait toujours, perpétuellement en colère contre le monde qui était passé sans qu'ils puissent monter dans le train, et « informée » uniquement par ceux qui pensaient comme eux. La catégorie démographique « hommes blancs sans éducation » attendait son prochain messie en hurlant sur les réseaux sociaux son envie d'attaquer à nouveau le Capitole et tous les autres symboles du gouvernement.

Les enseignes au néon se multipliaient au haut des façades et Kane n'avait aucun mal à imaginer le festival lumineux qu'elles produiraient dans quelques heures. Certes, Beale n'avait plus grand-chose à voir avec l'époque glorieuse des années 1930, alors que le blues y prenait forme au son de ses plus grands pionniers. Maintenant, on y faisait surtout le commerce d'un passé glorieux. Mais elle demeurait un centre d'amusement réputé. Le grand B.B. King n'avait-il pas dit, un jour, que, pour lui, Beale était Memphis ? Kane pouvait comprendre ce qu'il avait voulu dire.

De la main, il écarta une mèche de cheveux humides de son œil droit, ignorant sciemment le fait qu'il grisonnait de plus en plus, huma l'odeur latente de friture, d'épices et d'alcool, et imagina l'artère dans les années 1930, remplaçant mentalement les touristes par les ouvriers agricoles et les métayers. Cette rue jadis glauque et marécageuse avait été le cœur de l'Amérique noire et le repaire de tous les vices ; un lieu de perdition en bonne et due forme où les travailleurs venaient oublier un moment leur vie de misère en dépensant quelques dollars trop durement gagnés dans les plantations où ils vivaient encore quasiment comme des esclaves. Le vaudeville et les *minstrel shows* y avaient côtoyé les musiciens de rue, les vagabonds, les maisons de passe et de jeu, les *juke joints* où l'on dansait toute la nuit au son d'un blues endiablé joué en solo ou en duo, les vendeurs ambulants, les comptoirs à hot dogs, les cireurs de chaussures, les restaurants et les boutiques de *hoodoo* tenues par des conjureurs de tous acabits qui offraient à leurs clients un menu détaillé de maléfices en tous genres. Partout, l'alcool de contrebande avait coulé à flots sous le regard bienveillant des autorités qui ne voyaient aucune raison valable d'appliquer la loi avec rigueur quand tout le monde était content. Les quelques automobiles y avaient sans doute disputé l'espace aux piétons.

Kane laissa glisser son regard en direction de Handy Park et un sourire éclaira son visage orné d'une barbe poivre et sel de quelques jours – son look « prof cool ». L'endroit, dominé par la statue de W.C. Handy, considéré par plusieurs comme le père du blues, était imprégné de sens. Ce parc était son église du Saint-Sépulcre, son Mur des Lamentations et sa Mecque à lui.

Il ferma les yeux et eut l'impression qu'il pouvait encore sentir les odeurs mêlées de nourriture, d'alcool et de transpiration, et entendre les échos lointains de tous les *bluesmen* venus du nord du Mississippi, dont le nom était passé dans l'oubli et qui avaient joué dans cet endroit, divertissant les passants en échange de pièces lancées dans un étui ou un chapeau. Sans le savoir, ils avaient codifié une musique née dans les plantations en imitant les disques 78 tours qui arrivaient sur le marché. Ils lui avaient donné une forme, une sonorité, une texture. Robert Johnson, encore jeune, avait joué dans Handy Park en duo avec son demi-frère durant ses années à Memphis.

La pensée de Johnson le ramena au présent. Il aimait et jouait une musique qui ne lui appartenait pas. Il était un homme blanc quasi quinquagénaire, la pire variété, celle qu'on accusait de tous les privilèges et d'usurpation de tout. Il n'était pas le fruit de la culture du Delta. Il en connaissait l'histoire, mais elle ne coulait pas dans ses veines et dans ses tripes. Il ne descendait pas d'esclaves ; il avait la couleur des propriétaires. Il s'intéressait au blues, il s'identifiait au blues, il ressentait le blues, mais malgré toutes les connaissances accumulées, malgré les heures à essayer de le jouer avec respect, tout cela demeurait strictement théorique et il ne pourrait jamais *vivre* le blues. Seulement le concevoir. Appropriation culturelle ? Sans doute. Mais une appropriation bien intentionnée, si une telle chose était possible. Et il travaillait uniquement pour le blues. Sa carrière de médiéviste ne profitait nullement de ses recherches parallèles.

Sa bonne conscience restaurée, il alla s'asseoir sur un banc et sa chemise lui colla au dos. Il regretta de ne pas être du genre t-shirt, bermudas et sandales. Il jeta un coup d'œil des quatre côtés de l'intersection, puis consulta l'heure sur son portable. Midi vingt-quatre. Elle était en retard. Il n'était pas vraiment surpris. Il lui avait suffi d'une quinzaine de minutes en compagnie de la dame pour savoir qu'elle ne faisait que ce qu'elle voulait, comme elle le voulait, quand elle le voulait. Personne n'apprivoiserait jamais cette tigresse. Cela sautait aux yeux. Exactement le genre de femme qui lui plaisait – et aussi le genre de femme qu'il perdait toujours.

Il avait croisé Virginia Craft une seule fois, à New York, durant un congrès portant sur la vie quotidienne dans le Delta au début du vingtième siècle, où il s'était un peu senti comme un imposteur. Son intérêt pour l'histoire du blues avait pris forme comme un simple loisir, lui dont la fonction professorale était d'enseigner le Moyen Âge européen. Mais comme cette musique l'accompagnait depuis le jour où, encore adolescent, il avait été jeté à terre par *Commit A Crime* de Howlin' Wolf, il s'y était intéressé à titre d'historien en plus de la jouer en amateur. Il avait fini par publier, à temps perdu, quelques articles pas tout à fait banals sur le sujet, avançant notamment que les codes du blues avaient été dictés par les choix de l'industrie naissante du disque bien plus que par les traditions rurales des *field hollers* et des *work songs*. La thèse avait fait un peu de bruit, choqué quelques puristes et suscité un certain intérêt. Elle lui avait aussi valu une invitation des organisateurs du congrès. Sa présentation s'était bien passée et la salle s'était vidée après quelques questions, sauf qu'une anthropologue nommée Virginia Craft, du Programme interdisciplinaire d'Études africaines et américaines de l'Université de Memphis, était restée.

Les grands yeux perçants et brillants dans un visage à la peau d'ébène sans le moindre défaut l'avaient cloué sur place et il avait sans doute eu l'air d'un adolescent transi. Encore un peu et il aurait bafouillé. La jeune quarantaine, grande, le port altier, intimidante et directe, élégante mais décontractée, l'humour corrosif, furieusement intelligente, la professeure Craft était à classer sous l'onglet « femme inoubliable ». Elle lui avait posé plusieurs questions pointues. La discussion avait été stimulante, mais pas assez, de toute évidence, pour qu'elle accepte son invitation à la poursuivre devant un verre. Elle lui avait cependant remis sa carte avant de partir. *Si jamais vous passez par le Tennessee.* Les universitaires qui s'intéressaient au blues, même en dilettantes, n'étaient pas nombreux ; la plupart évoluaient en périphérie des milieux académiques et publiaient dans des revues sans comité de lecture. Il avait eu la chance d'en croiser une, fort jolie de surcroît, et s'en réjouissait.

Il était retourné à son enseignement dans le Maine, mais sa curiosité l'avait poussé à consulter les publications de la dame. Il en avait même cité une à deux reprises dans un article.

Puis, sans prévenir, Simone Jackson était entrée dans sa vie. Dans sa lettre, la vieille dame affirmait qu'elle détenait des effets personnels de Robert Johnson, et qu'elle souhaitait les confier à quelqu'un avant de quitter ce monde. Elle prenait la peine d'ajouter qu'il ne devait parler à personne de cette rencontre, et qu'il devait s'adjoindre la collaboration de Miss Virginia Craft, professeure d'anthropologie à l'Université de Memphis.

Aucun historien normalement constitué s'intéressant, même de loin, au sujet ne pouvait se permettre d'ignorer une telle opportunité, même si les probabilités que l'affaire se dégonfle étaient élevées. Johnson demeurait un des grands mystères de l'histoire de la musique, tous genres confondus. La vie de celui que l'on considérait à certains égards comme le créateur du blues et du rock modernes demeurait toujours partiellement méconnue, jusqu'à la mort qui avait fait de lui le premier membre de l'infâme Club des vingt-sept – une pure légende urbaine, puisqu'il était plus facile de dresser une liste de musiciens morts à trente-trois, quarante-cinq ou soixante-huit ans qu'à vingt-sept. Johnson avait été à la fois traditionnel et moderne, rural dans son mode de vie, mais urbain dans sa musique. Contrairement à ceux qui l'avaient précédé, il avait appris en bonne partie le répertoire des *bluesmen* partis vivre dans les villes du Nord sur les jukebox qui étaient apparus partout aux États-Unis dans les années 1930. Mort dans la pauvreté après avoir enregistré vingt-neuf chansons devenues mythiques entre deux crises, celle de 1929 et celle de la Deuxième Guerre mondiale, il avait vendu 400 000 exemplaires de ses disques depuis 1990. Toute son histoire était un tissu de contradictions et de paradoxes. C'était ce qui le rendait si intéressant. Cela et le fait qu'on se demanderait toujours quels sommets il aurait atteints s'il avait vécu quelques décennies de plus.

Le souvenir de Craft avait émergé d'un recoin obscur de sa mémoire – ou était-ce de sa libido ? Il l'avait contactée pour lui offrir une collaboration et avait plutôt appris que la même invitation lui avait été adressée. Un peu perplexes, ils avaient convenu de s'associer pour écrire quelque chose si les promesses de la dame s'avéraient à la hauteur de leurs espoirs. Le hasard faisant bien les choses, Kane se trouvait en année sabbatique, ayant prévu avancer un livre sur la transgression dans les fêtes populaires au Moyen Âge, et Craft n'avait qu'un cours à l'horaire à l'automne.

Il avait donc pris rendez-vous avec Simone Jackson – par le bon vieux courrier, puisque la dame ne disposait pas d'un téléphone et encore moins d'Internet.

Comme sortie d'outre-tombe, la voix enjouée, puissante et haut perchée de Robert Johnson revenu d'entre les morts le tira de ses pensées.

– *Ladies and gentlemen, what's your pleasure*[1] ?

1. Mesdames et messieurs, qu'est-ce qui vous ferait plaisir ?

2

Le jeune homme qui s'était exclamé ainsi venait de prendre place sur le trottoir non loin de là, une guitare Gibson en bandoulière et son étui ouvert devant lui. Petit de taille et relativement frêle, en jeans et en espadrilles, un veston par-dessus un t-shirt blanc, les cheveux courts, il avait l'air propret d'un étudiant universitaire qui cherchait à gagner agréablement sa vie pendant l'été. Déjà, plusieurs passants se regroupaient autour de lui avec un air fébrile, ce qui donnait à penser qu'il était assez connu sur Beale Street. Intrigué, Kane quitta son banc pour s'approcher à son tour.

– *Kindhearted Woman*, Honeyboy ! s'écria une femme en déposant un billet de cinq dollars dans l'étui.

– *Well, thank you kindly, ma'am !* fit le musicien, fort poliment, en souriant. *Kindhearted Woman it is*[2] *!*

Le surnommé Honeyboy avait la même voix un peu haut perchée que celui dont il interprétait la chanson. Il ne

---

2. Bien le merci, madame ! Alors ce sera *Kindhearted Woman* !

lui manquait que l'infirmité à l'œil droit pour vraiment ressembler à Robert Johnson, se dit Kane. Le fait qu'on l'ait interpellé par son surnom confirmait qu'il était déjà une célébrité locale.

Une *slide* de cuivre enfilée à l'auriculaire, il entonna avec assurance l'intro du classique de Johnson. Les notes typiques, à la fois discordantes et harmonieuses, se déployèrent au rythme d'une *walking bass* envoûtante. Le jeu de guitare était dense et habile. Le musicien était jeune, mais il avait parfaitement saisi l'essence de celui dont il interprétait la chanson. Il avait les doigts presque aussi longs que Johnson lui-même. Kane comprit mieux l'attroupement instantané. Puis la voix du jeune homme monta.

I got a kindhearted woman
do anything in this world for me
I got a kindhearted woman
do anything in this world for me
But these evil hearted women,
man they will not let me be[3]

Éberlué, l'historien ferma les yeux pour mieux écouter. Il avait l'impression que Robert Johnson était revenu d'entre les morts. Il ne s'agissait pas d'une bête imitation, mais d'une compréhension profonde de l'œuvre, du jeu de guitare, des inflexions de la voix. Tout y était. Il se laissa bercer par la musique, les odeurs de nourriture traditionnelle et le brouhaha de la foule, s'abandonnant à l'illusion d'être revenu quatre-vingt-dix ans en arrière.

3. Robert Johnson, *Kindhearted Woman Blues*. (Les paroles originales des chansons de Robert Johnson n'ont pas été traduites.)

Il fouilla dans la poche de son chino kaki un peu froissé, y trouva un billet de dix dollars et s'avança pour le laisser tomber dans l'étui. Le jeune homme le méritait amplement. Il était meilleur que tout ce que Kane avait entendu depuis longtemps – et il en avait entendu beaucoup. Alexander Hamilton alla rejoindre les quelques Abraham Lincoln et les nombreux George Washington qui se multipliaient. Sans manquer une note, le *bluesman* inclina gracieusement la tête en guise de remerciement. Kane lui retourna une moue admirative qui lui valut un sourire courtois. Celui-là n'avait pas à craindre la pauvreté. Dans l'immédiat, en tout cas.

Sur sa droite, un homme se détacha à son tour de la foule de plus en plus compacte et se pencha pour déposer quelque chose au fond de l'étui. Kane écarquilla les yeux en apercevant un billet de cent dollars. Le bon vieux Ben Franklin n'atterrissait certainement pas si souvent dans les étuis de musiciens de rue, même les plus doués.

Le généreux donateur était un sexagénaire grand et mince, vêtu d'un élégant costume noir sur chemise blanche et cravate noire. Ses longs cheveux plus gris que noirs étaient lissés vers l'arrière. *Soit c'est Nick Cave vieillissant qui voyage incognito sans les Bad Seeds, soit c'est un entrepreneur de pompes funèbres tout droit sorti des années soixante-dix,* observa Kane en ricanant intérieurement. L'artiste remarqua sa présence et la nature de son offrande. Son sourire parut se crisper un peu et quelque chose comme de l'inconfort passa brièvement dans son regard. Il se reprit aussitôt et remercia l'homme au costume noir en inclinant la tête avec une grâce et une déférence parfaitement maîtrisées, dignes d'un galant du dix-huitième siècle.

– Tu veux bien chanter *Me and the Devil Blues*, Honeyboy ? demanda celui-ci d'une voix profonde et mielleuse.

Un local très passionné de blues, supposa Kane. *Source de revenus, mais agaçant*. Le haussement d'épaules résigné du guitariste lui donna l'impression qu'il ne s'agissait pas de la première fois que l'homme lui formulait cette demande. Assurément, pour cent dollars, il s'était résolu à endurer ses lubies. Aussitôt, il effectua une transition vers la chanson demandée – et chèrement payée – avec une parfaite fluidité facilitée par le fait que les arrangements originaux étaient très similaires.

Early this mornin'
when you knocked upon my door
Early this mornin', ooh
when you knocked upon my door
And I said, "Hello, Satan,
I believe it's time to go."

L'homme reprit sa place parmi les gens attroupés et savoura la chanson en oscillant doucement. Les yeux à nouveau clos, Kane en fit autant jusqu'à ce qu'une voix le fasse sursauter.

– Il est vraiment doué, n'est-ce pas ? observa son voisin. Il a un bel avenir devant lui.

Le regard sombre illuminé par une lueur d'amusement, Nick Cave souriait. Kane eut la désagréable impression d'être en face d'un vendeur de voitures usagées qui ne demandait pas mieux que de lui piquer son portefeuille. Il répondit par politesse, déjà pressé de s'éloigner.

– On croirait entendre Johnson lui-même, convint Kane.

– Oui, mais Johnson ne pinçait pas la petite corde de la même manière.

– Vous connaissez bien votre blues.

– Je fréquente les *bluesmen* depuis longtemps, déclara l'homme, tandis que le surnommé Honeyboy chantait Johnson avec passion.

Me and the Devil
was walkin' side by side
Me and the Devil, ooh
was walkin' side by side
And I'm goin' to beat my woman
until I get satisfied.

Un klaxon retentit derrière Kane. Il se retourna pour apercevoir une camionnette au bleu délavé par le soleil et piqué de rouille. La porte s'ouvrit et le visage de Virginia Craft apparut dans l'habitacle, éclairé d'un sourire moqueur.

– L'invitation pour un verre tient toujours, professeur Kane ? lança-t-elle.

– Je dois y aller, dit-il à son interlocuteur.

– Ce n'est pas moi qui vous en blâmerai, fit ce dernier sans cacher son admiration pour la conductrice de la camionnette. On damnerait son âme pour beaucoup moins.

– C'est une collègue.

– Bien sûr, dit l'autre avec un air entendu et un clin d'œil un peu salace qui déplut à Kane. Le travail doit être un plaisir avant tout, n'est-ce pas ?

– Au revoir.

Il franchit les quelques pas vers la camionnette.

– Je ne sais pas trop, professeure Craft, enchaîna-t-il du tac au tac, sentant monter en lui l'espoir que la proposition soit plus qu'une blague d'entrée en matière. Vous avez refusé déjà une fois et j'ai quand même mon orgueil…

– Les hommes ont beaucoup trop d'orgueil et pas assez d'humilité et de patience, lui répondit-elle en retour. Montez avant qu'on vous fasse des propositions indécentes.

En riant, il retira de son épaule la courroie de son vieux sac en cuir, prit place dans le véhicule providentiellement climatisé et referma la porte.

– Vous aviez l'air de passer le temps agréablement, poursuivit-elle.

– Je n'aurais pas été fâché que vous tardiez encore de quelques minutes, confirma-t-il. Le jeune homme est vraiment doué.

– Anthony « Honeyboy » Brown est en train de se bâtir une solide réputation. S'il n'a pas déjà en poche un contrat avec une maison de production, ça ne saurait tarder. Mais sur East Beale, ils sont tous excellents. Imaginez ce que ça devait être quand le blues était jeune.

– Je ne fais que ça.

Il jeta un dernier regard vers le musicien qui chantait toujours.

L'homme avec qui il avait discuté l'instant d'avant était déjà parti. Perplexe, Kane songea qu'il avait payé cher pour écouter une demi-chanson.

3

– Désolée du retard, dit-elle. Un étudiant ne voulait pas partir. Une vraie tache de graisse.

Quel homme normalement constitué pourrait le blâmer ? se dit Kane en se retenant d'admirer trop ostensiblement ses longues jambes effilées bien sanglées dans des jeans noirs dont elle n'arriverait peut-être jamais à s'extirper sans une aide mécanique. *Ça arrive sans doute aussi à quelques étudiantes et à tout ce qui, de nos jours, se trouve entre les deux, plus ou moins défini et genré.* Il ne put s'empêcher de laisser son regard traîner sur les doigts gracieux posés sur le bras de vitesse. Le reste était à l'avenant, enveloppé dans une blouse blanche et un veston rouge flamboyant. Cette femme avait des airs de panthère. Même son parfum était troublant. Malgré l'air épais et collant, elle semblait fraîche comme une rose. Un sourire se forma sur ses lèvres charnues, dangereusement invitantes. Kelly réalisa avec embarras qu'elle était consciente de son regard. Il se reprit en constatant qu'elle semblait aimer être admirée.

– Vous allez bien ? s'enquit-elle. Le voyage a été bon ?

– Rien à redire, répondit-il tandis que Jack lui rappelait sa présence par un élancement dans la nuque. Et vous, Virginia ?

– Très bien, merci. Mais mener des recherches en commun nous autorise à un minimum d'intimité, non ? Alors, à partir de maintenant, à moins d'objection majeure de votre part, professeur Kane, je suis Virgie et tu es Donald.

– Non.

– Ah ? fit-elle.

Kane ne fut pas mécontent de la voir déstabilisée. Cela ne devait pas lui arriver souvent.

– Ma relation avec mon prénom est plutôt… tendue.

– Don, alors ?

– Non plus.

– Kermit ? Bubba ? Jim ? Buddy ? Homer ?

– Kane. Seulement Kane.

– Kane. Bon. Très bien… Je renonce. Tu m'expliques ?

Le médiéviste soupira.

– Libre à toi de me trouver ridicule, mais pendant que la Maison-Blanche était transformée en cirque ambulant doublé d'une téléréalité de mauvais goût, j'avais l'impression que mon prénom était… souillé. Je ne voulais rien avoir en commun avec le bouffon orange et sa chevelure jaune pisse. Alors, j'ai décidé que je m'appellerais seulement Kane.

Virginia Craft éclata d'un grand rire, la tête renversée en arrière. La camionnette zigzagua un peu. Kane écarquilla les yeux, raidit le dos et enfonça les pieds dans le plancher, mais la conductrice remit les choses en place.

– Ah, Donald ! s'exclama-t-elle d'un ton faussement admiratif. *Le* Donald. Celui qui *a fait plus pour la communauté noire que n'importe quel autre président depuis Abraham Lincoln*. Et qui est convaincu qu'il y a des gens bien parmi les suprémacistes blancs, comme tout le monde le sait.

– Ouaip. Celui-là même.

– Et maintenant que l'énergumène est retourné bouder dans une de ses tours kitch laminées de marbre et de feuilles d'or, pourquoi tu ne t'appelles toujours pas Donald ?

– Je me suis habitué à Kane, je crois, répondit-il. Voilà. C'est enfantin, mais c'est comme ça. Je refuse de porter le prénom d'un homme que je méprise, sauf sur les documents officiels.

– Je vois. Mais ne dis pas trop fort ce que tu penses du Grand Orange dans le Sud. Sa fameuse « base » ne croit toujours pas à sa défaite. Tu serais surpris du nombre d'hommes blancs sans instruction et en colère qui « sachent », qui possèdent une arme à feu et une casquette *Make America Great Again*. Ils sont convaincus que les *lamestream media* et l'État profond ont conspiré pour voler l'élection. Ils ont la mèche aussi courte que leur intelligence quand il est question de l'ex-bouffon en chef.

– J'en prends bonne note. Je serai discret. Tant qu'on ne m'appelle pas Donald.

– Parfait, Donald.

Il grimaça. Elle lui adressa un air enjoué et ses yeux bruns s'animèrent d'une étincelle avant de revenir sur la route. Kane se sentit soudain étrangement bien et lui retourna un sourire un peu niais. L'anthropologue désigna les deux bouteilles placées dans un support entre les deux sièges.

– Eau ? demanda-t-elle.

– Merci. C'est très gentil.

– Dans le Sud, on sait recevoir. Surtout les gens du Nord que notre climat éprouve un peu…

Il prit une des bouteilles, dévissa le bouchon et la porta à sa bouche. L'eau était encore fraîche et lui fit le plus grand bien. Il eut l'impression de sentir la température de son corps baisser de deux degrés.

– Nous en avons pour un peu moins de deux heures jusqu'à Greenwood, annonça-t-elle. Si nous récapitulions avant d'y être ?

– Excellente idée.

Kane ouvrit son sac posé entre ses pieds et y repêcha une chemise en carton dont il tira une enveloppe portant son adresse à l'université. Il en sortit la lettre de Simone Jackson, pliée en trois, à l'ancienne, et la lissa sur ses cuisses. L'écriture était ronde, presque enfantine, mais l'orthographe était impeccable. Il avala une gorgée d'eau, se racla la gorge et la lut à voix haute. Dans sa tête, il s'imaginait une caricature d'*Autant en emporte le vent* à l'accent du Sud prononcé.

Dear professor Donald Kane,

– Elle t'a appelé Donald, le taquina Craft.

I have read with the utmost attention your papers regarding the history of the blues. Being satisfied with your expertise, I wish to extend an invitation which I hope you will accept.

By ways which I'm not prepared to describe in writing, I find myself in possession of objects that belonged to the late Robert L. Johnson, which my mother, who knew him very intimately, a long time ago, bequeathed to me on her death bed. I am getting on in years myself and must prepare my home and my soul for the great departure. The Lord, in His infinite wisdom, has not seen fit to bless me with a husband and children, and all my siblings have passed away. Therefore I must make sure these precious mementos are left to people who will make sure they are not forgotten or lost. I you accept, I would like you, professor Kane, as well as Professor Victoria Craft, from Memphis University, to be these persons. I trust you could give them meaning and make sure they are properly preserved.

Hoping you will both find it in you to indulge a foolish old woman nearing the end of a well filled life and too easily scared, I await a postal reply from you at your earliest convenience so we can agree on a date and time to meet and transfer the aforementioned objects.

May God bless your immortal soul,

Simone Jackson[4]

---

4. Cher professeur Donald Kane,
J'ai lu avec la plus grande attention vos articles portant sur l'histoire du blues. Étant satisfaite de votre expertise, je souhaite formuler une invitation que, je l'espère, vous accepterez.
Par des voies que je ne désire pas mettre par écrit, je me trouve en possession d'objets ayant appartenu à feu Robert L. Johnson, que ma mère, qui l'a connu très intimement voilà longtemps, m'a légués sur son lit de mort. Dieu, dans Son infinie sagesse, n'a pas jugé bon de me donner un mari et des enfants, et toute ma famille est défunte. En conséquence, je dois m'assurer que ces précieux souvenirs sont remis à des gens qui sauront éviter qu'ils soient oubliés ou perdus. Si vous acceptez, j'aimerais que vous, professeur Kane, de même que la professeure Victoria Craft, de l'Université de Memphis, soyez ces personnes. J'ai confiance que vous saurez leur donner un sens et veiller à leur préservation.
Espérant que vous accorderez ce caprice à une vieille dame trop facilement effrayée et qui approche de la fin d'une vie bien remplie, j'attends une réponse de vous par la poste dans les meilleurs délais afin que nous puissions fixer une date et une heure pour le transfert des objets susmentionnés.
Puisse Dieu bénir votre âme immortelle,
Simone Jackson

Il extirpa une deuxième feuille, identique à la première, et y lut la confirmation de la rencontre qu'il avait proposée à la dame en réponse à la première lettre, précisant qu'il serait accompagné de la professeure Virginia Craft.

Dear professor Kane,
I confirm that I expect you and your lady colleague at my home on Monday, July 5, at two o'clock.
Yours truly,
Simone Jackson[5]

Craft, qui lui avait écrit de son côté, avait reçu une lettre jumelle.

– Quel est ton avis ?

Kane considéra la première lettre pour la centième fois, sans doute. Un peu méfiant, il l'avait décortiquée de toutes les façons. Mais la possibilité qu'il s'agisse de sa chance de faire quelque chose d'important l'avait vite emporté. Il ignorait s'il s'agissait d'un pressentiment ou du souhait d'un prof vieillissant qui commençait à comprendre qu'il n'allait laisser aucune trace significative.

– Ce qui ressort d'emblée, c'est que la dame est très pieuse, dit-il. La religion imprègne toute sa lettre.

– Vrai, mais c'est très fréquent dans le Delta, répliqua Virgie, jouant à l'avocat du diable. Quoi d'autre ?

– Je serais le plus étonné des hommes que sa mère n'ait pas été la maîtresse de Johnson. Une des nombreuses à porter le titre. Car Simone Jackson est une femme correcte et bien élevée. Elle n'aurait pas pris la peine de préciser

5. Cher professeur Kane,
Je vous attends, vous et votre collègue, à mon domicile le lundi 5 juillet à 14 heures.
Bien à vous,
Simone Jackson

que sa mère le connaissait *très* intimement. De plus, une vieille dame célibataire ne parlera jamais ouvertement des choses de la chair.

– Je suis d'accord. La question qui saute aux yeux est : pourquoi nous a-t-elle invités, tous les deux ?

– J'ai cité un de tes articles à deux reprises dans mon plus récent texte, souligna Kane. Je ne vois que ça.

– Tu m'as citée ? s'exclama Craft. Tu aurais pu me le dire !

– Oui, j'aurais pu, mais bon. C'était une citation mineure.

– J'en suis flattée… grinça-t-elle. Après ?

– Elle semble inquiète, reprit l'historien. Elle se décrit elle-même comme *une vieille dame trop facilement effrayée et qui approche de la fin d'une vie bien remplie.* On la sent un peu pressée de se débarrasser des objets auxquels elle fait allusion. Peut-être parce qu'elle se sait malade.

Le silence retomba entre les deux chercheurs. Virginia Craft le brisa après de longues minutes.

– Peut-être qu'elle a vraiment peur de quelque chose.

– Comme quoi ?

– Le pacte avec le diable que Johnson est censé avoir signé ?

4

Kane la dévisagea d'un air où se mêlaient l'incrédulité et l'amusement.

– Tu es sérieuse ?

Craft haussa les épaules.

– Non. Mais Simone Jackson, elle, y croit certainement. Au moins un peu, comme tout le monde dans le Delta. Tu l'as dit toi-même : la dame semble être très chrétienne. Comme le pacte de Johnson fait partie du folklore, elle ne l'ignore certainement pas. Je parie qu'elle n'aime pas avoir en sa possession des objets ayant appartenu à un homme dont la légende dit qu'il a vendu son âme au diable la nuit à la croisée des chemins pour devenir un meilleur guitariste.

Ils suivirent l'autoroute 55, puis la route 7 en discutant de choses et d'autres. Dehors, les parcs industriels, les magasins-entrepôts et les banlieues identiques à tant d'autres banlieues américaines succédaient aux espaces en friche, aux champs et aux petites communautés déglinguées du Delta. Kane n'enviait pas les habitants de cette contrée qui figurait depuis toujours parmi les plus pauvres des États-Unis. Mais il leur enviait leurs traditions et leur passé. Tous ces chemins, les premiers *bluesmen* les avaient parcourus à pied, en voiture, en autobus ou en train, allant de ville en ville pour gagner quelques dollars et boire du *moonshine* à volonté. Robert Johnson et les autres avaient beaucoup chanté les *highways*, car ils étaient leur mode de vie.

– Tu es bien silencieux, dit Craft, le tirant de sa rêverie.

– Désolé, répondit-il en sursautant. J'étais perdu dans mes pensées.

– Je parie que tu te voyais errant par les routes, une guitare sur l'épaule pour aller distraire les foules.

– Pari gagné. Malheureusement, il me manque une qualité : le talent.

– Et la couleur de peau.

– Es-tu en train de me dire que seuls les Noirs savent jouer le blues ?

– Sonny Boy Williamson II disait *those British boys want to play the blues real bad, and they do*[6] !

– Et Clapton ? Et Johnny Winter ? Stevie Ray Vaughan ? Kenny Wayne Shephard ? Mike Zito ? Joe Bonamassa ? Billy Gibbons ? Tu vas me dire que ce sont des ploucs ?

– Bon, d'accord, il y a quelques rares exceptions… admit l'anthropologue avec un sourire satisfait. T'énerve pas, Donald.

Une quinzaine de minutes plus tard, la camionnette franchit les limites de Greenwood, qu'un grand écriteau au bord de la route présentait fièrement comme « la capitale mondiale du coton ». Kane adressa un regard interdit à sa compagne.

6. Jeu de mots : « *real bad* » est ici entendu au sens de « tellement », puis au sens propre de « mal ».

– Comme tout le reste du Mississippi, Greenwood prend très au sérieux son passé de misère. Celle des Noirs, évidemment. Les planteurs, eux, se portaient bien, remarqua Craft d'un ton dégoulinant d'ironie. Non loin d'ici, à Tallahatchie Flats, on loue même d'anciennes cabanes de métayers. Pour la modique somme de cent dix dollars la nuitée, vivez l'expérience de la pauvreté des travailleurs noirs qui étaient presque esclaves dans les plantations de coton du Delta d'antan !

– Présenté comme ça, c'est un peu indécent, convint Kane.

– Seulement un peu ?

La camionnette traversa un centre-ville qui n'avait pas le cachet de celui de Memphis, mais où l'histoire était encore palpable. La rue à sens unique, à peu près déserte à cette heure, était bordée d'édifices quelconques, simples cubes à deux, trois ou quatre étages, souvent pourvus d'une vitrine commerciale au niveau du trottoir. Les boutiques étaient loin d'être toutes occupées. Çà et là, quelques bâtiments plus anciens en bois avaient été peints de couleurs pastel pour se donner un air plus pittoresque. Kane avait du mal à imaginer Robert Johnson et ses semblables jouer là, sur les trottoirs ou dans des bars. Mais les choses avaient dû être bien différentes, alors.

– Ici, au deuxième étage, c'est le Greenwood Blues Heritage Museum, dit-elle. Et juste là, c'est Johnson Street, la principale rue commerciale de la communauté noire.

– Johnson y a joué en 1937, confirma Kane. Comme Sonny Boy Williamson, Elmore James et bien d'autres.

L'anthropologue prit à droite.

– Ta correspondante habite dans Baptist Town, le quartier où notre ami Robert a vécu les derniers mois de sa vie.

Kane hocha la tête, songeur. La fin tragique de Johnson était bien connue. C'était dans une maison de chambres de ce quartier populaire que des amis l'avaient ramené après qu'il fut empoisonné par un mari jaloux dans un *juke* de Three Forks, Arkansas. Il avait vainement tenté de jouer à quelques reprises après avoir avalé le whisky à la naphtaline, mais il avait dû déclarer forfait. Il avait agonisé pendant deux interminables journées dans une chambre anonyme, vomissant du sang, hurlant et souffrant à quatre pattes comme une bête, si l'on en croyait les témoins. Il avait souffert le martyre tandis que le poison causait une hémorragie de l'ulcère qu'on lui avait diagnostiqué quelques semaines auparavant.

– Une mort de merde, railla-t-il. Le diable aurait pu lui venir en aide.

– Pourquoi le diable aurait-il retardé l'arrivée de l'âme qui lui appartenait déjà ? contra Virgie.

Elle immobilisa le véhicule devant une petite maison étroite du type que l'on appelait *shotgun house*, du fait que toutes les pièces s'y enfilaient les unes après les autres sans corridor et sur un unique étage, de sorte que si quelqu'un faisait feu par la porte avant, la balle pourrait traverser la maison sans rien frapper et ressortir par la porte arrière. L'histoire ne disait pas ce qui arrivait aux gens qui avaient le malheur de se trouver dans les embrasures.

Ils sortirent. Kane, la courroie de son sac sur l'épaule, avisa la camionnette de Craft.

– Il a quel âge, ton tacot ? demanda-t-il en montrant la peinture rouillée.

– L'âge de mériter le respect, rétorqua l'anthropologue. Je ne vois aucune raison d'enfouir des dizaines de milliers de dollars dans un véhicule neuf quand celui-ci me mène où je veux aller.

– Jusqu'à ce qu'il expire en chemin.

– Demain, si tu veux, tu te loueras une voiture de luxe. Tu viens ?

Kane observa le minuscule parterre méticuleusement entretenu et joliment décoré de quelques fleurs. Des rideaux de dentelle ornaient les fenêtres. La peinture des lattes de bois et du petit balcon bas était fraîche. Dans ce voisinage, la maison tranchait par sa nature proprette.

– Modeste, mais coquet, approuva Craft. La dame est pauvre, mais fière.

Ils s'engagèrent dans le sentier étroit bordé de fleurs et gravirent les trois marches. Kane allait frapper quand la porte s'ouvrit subitement, révélant un petit bout de femme qui ne lui arrivait pas aux épaules. Son visage ridé avait un air de vieille pomme et ses cheveux blancs se faisaient rares. Ses pieds étaient chaussés de souliers orthopédiques à épaisse semelle de crêpe et ses jambes aux chevilles enflées étaient enveloppées dans des bas à compression. Malgré la chaleur pesante, un châle de laine drapait ses épaules, par-dessus une robe à carreaux en coton. Kane eut l'impression d'avoir été téléporté un siècle en arrière. Plantée devant eux, la Simone Jackson devait renverser la tête pour les toiser d'un regard perçant à travers des lunettes à monture de métal dont les verres tenaient du fond de bouteille.

– Bonjour, professeur Kane, dit-elle d'une voix rendue rauque par les ans, mais encore ferme. Vous êtes très... blanc.

Son accent du Sud profond était aussi prononcé que Kane l'avait imaginé en lisant la lettre. Ne sachant s'il devait s'excuser de la couleur de sa peau, il ne releva pas la remarque. Le visage de la vieille dame s'illumina d'un sourire espiègle et il comprit qu'elle l'avait mené en bateau.

– Bonjour, Mrs Jackson, répondit-il.

– Miss Jackson, le corrigea-t-elle d'un ton assumé.

– Miss Jackson, se reprit-il avec courtoisie.

Elle avisa Virginia Craft et la détailla de haut en bas avec une moue d'approbation.

– Bienvenue, Mrs Craft. Entrez, je vous en prie.

La vieille dame fit demi-tour et rentra dans la maison. Ses pas étaient courts et rapides, mais sa démarche n'avait rien d'hésitant pour une femme qui devait frôler les quatre-vingt-dix ans. Point de canne ou de déambulateur pour Simone Jackson. Ils la suivirent et Kane referma derrière lui. L'entrée menait au salon.

– Asseyez-vous, jeunes gens, les invita Miss Jackson. Je reviens tout de suite.

Ils prirent place sur un canapé impeccablement propre, mais dont la fermeté avait connu des jours meilleurs. Ils laissèrent leur regard errer dans la pièce. Les napperons en dentelle sur les tables, les bibelots sur les étagères, les meubles en bois sombre aux coussins revêtus de brocart à fleurs, les rideaux aussi faits de dentelle et, par-dessus tout, l'antique tourne-disque Victrola perché sur une table haute, son couvercle en bois remonté, qui avait dû jouer sa part de 78 tours à une autre époque et pour lequel un antiquaire aurait sans doute versé une bonne somme. C'était comme si le temps s'était arrêté en 1935 chez Simone Jackson. Une odeur de nourriture fraîchement cuisinée régnait dans la maison.

– Okra frit, précisa Craft, voyant Kane humer discrètement.

La propriétaire des lieux réapparut une minute plus tard avec un plateau sur lequel se trouvaient une bouteille de bourbon, trois petits verres et une vieille boîte en fer-blanc – le genre utilisé voilà longtemps par les marchands pour conserver la monnaie et les billets de banque sous le comptoir. Elle déposa le tout sur la table basse et les consulta du regard. Les deux acquiescèrent. Elle remplit les verres et leur en servit un. Elle s'installa dans un fauteuil qui menaça de l'engloutir, ses pieds touchant tout juste le sol.

– À votre santé, dit-elle.

Du bout des lèvres, elle prit une toute petite gorgée qu'elle avala avant de claquer la langue, satisfaite. Kane et Virgie l'imitèrent.

– Un ou deux verres de bourbon par jour, ça tient loin ce charlatan de médecin ! ajouta-t-elle en échappant un rire qui ressemblait à une planche qui grince.

Ils rirent avec elle. Kane porta son regard sur la boîte en fer-blanc qui devait faire quinze pouces de long sur dix de large et six d'épais. Son fini était terni et piqué de rouille. Le couvercle était pourvu de charnières et une petite serrure permettait de la verrouiller. Elle n'avait toutefois rien à voir avec un coffre-fort. C'était là, dans ce simple contenant, que se trouvait le but de leur visite. La fébrilité accéléra les battements du cœur de Kane et il dut se faire violence pour ne pas la saisir.

Il sortit son téléphone de sa poche et le posa sur la table basse.

– Avez-vous objection à ce que j'enregistre notre conversation pour de ne rien oublier ? demanda-t-il.

– Pas du tout.

– Merci.

Il démarra l'enregistrement dans son application dictaphone.

– Dans votre lettre, vous disiez être en possession d'objets ayant appartenu à Robert Johnson, dit Virgie, allant droit au but. De quoi s'agit-il, exactement ?

– Je n'en ai pas la moindre idée.

5

Ni Craft ni Kane ne purent cacher leur perplexité, craignant soudain que la vieille dame ne les ait fait marcher. Simone Jackson était manifestement ravie de son effet.

– Que voulez-vous dire ? s'enquit Virgie.

– Que je ne l'ai jamais ouverte, tiens ! Je n'ai pas la clé, et même si je l'avais, je me serais abstenue. Comme ma mère avant moi.

– Mais… fit Kane, à court de mots. Vous… vous nous avez fait venir jusqu'ici…

– Soyez patients avec une vieille femme, leur demanda-t-elle d'un air mutin. Laissez-moi vous raconter.

– Bien sûr, dit Virginia Craft avec un sourire chaleureux. Prenez tout votre temps, Miss Jackson.

La vieille dame parut se recueillir un moment avant de prendre la parole, le regard perdu au loin.

– Ma mère s'appelait Ellie Mae Harney, commença-t-elle. Elle avait autour de dix-sept ans lorsque Robert Johnson a croisé sa route. C'était en mai 1930. Il était jeune, même pas vingt ans, mais il était déjà une petite célébrité dans le Delta. Ma mère était une personne réservée et bien élevée par une famille pauvre et craignant Dieu. Une famille du Delta, quoi ! La dignité dans la misère et dans la foi…

Elle eut un rire amer.

– Il faut croire que ma mère avait aussi le sang chaud, reprit-elle. Quand elle a senti la mort approcher, elle m'a raconté comment elle avait été séduite par son Robert. Pour une jeune femme comme elle, un musicien ambulant et dégénéré qui jouait la musique du diable de ville en ville, c'était l'interdit. L'attrait du danger et de l'immoral, je suppose. C'est en chacun de nous.

Elle se signa et, du bout des lèvres, savoura une petite gorgée de bourbon. Kane se rappela qu'il était en face d'une vieille dame pieuse, sortie tout droit du Sud traditionnel. Toute sa lettre en était imprégnée.

– L'interdit est un instrument de tentation dont le diable joue en virtuose, déclara-t-elle. De ce que m'en a raconté maman sur son lit de mort, leur histoire a été torride, mais brève. Quelques semaines, j'imagine. Un matin, elle s'est réveillée et son beau musicien était parti. Il n'avait même pas dit au revoir. Pas de lettre, rien. Pouf ! Il s'était évaporé ! Elle n'avait plus que son souvenir. Il était comme ça, Johnson. Une femme dans chaque *juke joint*.

Kane approuva de la tête. Johnson avait eu cette réputation de disparaître quand l'envie l'en prenait pour ne resurgir que des mois, parfois même des années plus tard. Il avait chanté son envie irrépressible de prendre la route – ou de fuir. *I woke up this mornin, feelin round for my shoes. Know bout at I got these old walkin blues*[7].

7. Robert Johnson, *Walkin' Blues*.

– Après son départ, maman est vite redevenue la jeune femme bien, religieuse et chaste qu'elle devait être, précisa Simone Jackson. Personne n'a jamais su que, pendant quelques semaines, elle s'était vautrée dans le stupre et qu'elle n'en avait pas regretté une seule seconde.

Elle eut un soupir nostalgique.

– Chacun de nous a son jardin secret, dit-elle avec un relent de tristesse. Ma mère comme les autres. *Que celui d'entre vous qui n'a jamais péché lui jette la première pierre*[8].

– Alors, vous pourriez être… commença Virgie.

– Non, non, je ne suis pas la fille de Robert Johnson, s'esclaffa Miss Jackson en agitant ses mains aux doigts noueux. Croyez-moi, j'ai fait le calcul ! Quelques mois après sa disparition, ma mère a rencontré mon père. Joe Jackson était un homme bon et tranquille qui n'allumait certainement pas en elle la même passion, mais qui était solide et rassurant. Un bon parti, comme on dit pour justifier un mariage de raison. Pauvre papa… Si seulement il avait pu rester dans l'ignorance…

Nostalgique, elle prit une gorgée de bourbon. Kane et Virgie l'imitèrent, suspendus à ses lèvres.

– Je suis née moins d'un an plus tard. Mes parents ont eu six autres enfants et nous avons tous vécu ici même, dans cette maison. Une famille heureuse et sans histoire. Mon père travaillait dans une usine et ma mère faisait de la couture. Nous n'étions pas riches, mais nous ne manquions de rien.

Elle secoua lentement la tête avec dépit.

– Elle avait sans doute oublié son beau chanteur lorsqu'il s'est présenté un soir du début d'août 1938. Je devais avoir sept ans.

8. Jean, 8 : 7.

– Vous avez... *vu* Robert Johnson ? réagit Kane, abasourdi. Pour vrai ?

– Dans une *shotgun house,* rien n'est privé, rétorqua la vieille dame en riant de bon cœur. On a frappé à la porte. Mon père est allé ouvrir. Sans le savoir, le pauvre s'est retrouvé face à face avec celui qui avait labouré son champ avant lui ! résuma-t-elle avec tristesse.

– Pouvez-vous le décrire ? demanda Craft, excitée. Il n'existe que trois photos connues de lui.

– Et elles représentent celui que j'ai vu : un homme frêle et pas très grand. Il se tenait dans le cadre de porte que vous venez de franchir. Il portait un pantalon et une chemise fraîchement pressés. Je me souviens que son œil droit avait quelque chose de bizarre, comme s'il louchait. Il me semblait un peu plus gros que le gauche. Il était rasé de près, bien coiffé, très propre, et l'odeur de son eau de Cologne parvenait jusqu'à moi. Même une fillette pouvait voir qu'il était follement séduisant ! Il avait un sac en toile à matelas bleu et blanc par-dessus l'épaule. La tête d'une guitare en dépassait. Il a demandé très poliment à mon père si Ellie Mae Harney habitait bien à cette adresse. L'effronté... J'ai été surprise quand il l'a appelée par son nom de jeune fille. J'ignorais que ma mère avait eu un autre nom !

Simone Jackson termina son verre, s'en versa un deuxième et prit une autre gorgée avant de poursuivre son récit.

– Mon père a regardé ma mère, qui s'était approchée. *Robert ? Que fais-tu ici ?* a-t-elle lâché. Sa voix tremblait et l'enfant que j'étais a compris qu'elle était très émue. Elle ne semblait pas du tout contente de le revoir, surtout avec son mari juste là... Je n'oublierai jamais l'expression blessée sur le visage de mon pauvre papa, quand il a fini par comprendre à qui il venait d'ouvrir. J'ai vu son dos se voûter. Mais il était bon et discret. Il s'est simplement éloigné à l'autre bout de la maison sans faire de scène, la tête basse, laissant sa femme seule avec son ancien amant. J'ai fait semblant de dormir quand il a traversé la chambre des enfants vers celle des parents, puis je me suis relevée après pour continuer à épier.

Profitant pleinement de l'effet qu'elle avait sur ses visiteurs, Miss Jackson fit une pause dramatique.

– Robert Johnson était le plus grand séducteur que j'ai jamais vu ! pouffa-t-elle. Dieu m'en est témoin, il aurait pu charmer un crocodile affamé en lui souriant ! Un vrai démon !

6

– Tu n'as pas changé, Ellie Mae, dit le jeune homme avec son plus beau sourire.

Méfiante, les sourcils froncés et les lèvres pincées, la jeune mère de famille le toisa en silence. Elle connaissait mieux que personne la façon qu'il avait d'enrouler les femmes autour de son petit doigt. Et c'était exactement ce qu'il essayait de faire avec elle.

– J'ai besoin d'un service, Sweet Pea, poursuivit-il. Tu es la seule en qui j'ai assez confiance pour le demander.

Elle se retourna pour s'assurer que son mari n'était pas dans le salon et qu'il n'avait pas entendu le surnom affectueux que le musicien lui avait attribué jadis, comme il avait dû le faire pour chacune de ses femmes. L'étrange mélange de colère, de haine, de nervosité et de désir qui la saisit la prit au dépourvu.

– Quel culot ! cracha-t-elle à mi-voix, d'un ton hargneux. Tu as eu ta chance et tu as choisi de disparaître comme un bandit ! Et te revoilà, l'air de rien, en train de quémander mon aide ? Passe ton chemin et ne reviens jamais ici ! Je suis une femme honnête, avec un mari et trois enfants. Je ne couche plus

avec les vagabonds et les mendiants ! Va donc demander à ta Nellie de te rendre ce service !

Le visage du musicien trahit le fait que le coup avait porté. Il baissa les yeux, l'air penaud.

– Nellie, je lui ai déjà causé assez de problèmes…

– C'est ça ! Mais pas à moi ! s'insurgea Ellie Mae.

Elle allait refermer la porte, mais il l'en empêcha.

– Attends, plaida-t-il. Je t'en prie, Sweet Pea.

Avant qu'elle ne puisse protester, il posa son sac par terre et en sortit une boîte de cigares en fer-blanc.

– Peux-tu garder ça pour moi ? supplia-t-il avec un air de chiot malheureux. Je suis de passage à Greenwood et je ne peux pas la laisser sans surveillance dans ma chambre ou dans un juke.

Ellie Mae garda les bras croisés sur la poitrine tandis qu'il adoptait le regard mi-piteux, mi-séducteur qui lui réussissait si bien. Elle sentait ses défenses commencer à se fissurer. Comme avant.

– Qu'est-ce que c'est ? demanda-t-elle en observant sans la toucher la boîte qu'il lui tendait.

Sentant qu'il était en train de l'emporter, il lui adressa un sourire étincelant.

– Mon mojo.

– Alors, tu devrais toujours le garder sur toi. Dans une boîte, un mojo *ne sert à rien.*

– Je sais, mais pour le moment, il est mieux là. Avec toi.

Elle soupira et tenta en vain de cacher la joie qui montait en elle.

– Pas longtemps, le prévint-elle en tendant un index lourd de menaces. S'il fallait que Joe tombe dessus…

– Alors, cache-la bien.

Elle accepta la boîte. Il saisit sa main libre et la pressa dans les siennes.

– Merci.

Elle s'assura une fois de plus que son mari n'était nulle part, puis portée par une passion qu'elle croyait endormie depuis huit ans, elle l'embrassa à pleine bouche, sentant se former entre ses cuisses une chaleur moite comme elle n'en avait jamais ressenti avec son mari, mais qui avait été la norme avec son chanteur ambulant. L'étreinte fut brève, mais suffisante pour lui faire tourner la tête.

– Je repasserai la prendre.

– Quand ? insista-t-elle.

Il haussa ses frêles épaules et fit une drôle de grimace. Une ombre sembla passer dans son regard.

– Le plus tôt possible, pour sûr, répondit-il en forçant un sourire qui n'atteignait pas ses yeux. Sinon, Nellie enverra quelqu'un.

– Encore Nellie…

Ellie Mae sentit son ventre se crisper. Malgré l'emprise que cet homme avait encore sur elle, son histoire ne lui disait rien de bon.

– Robert… gronda-t-elle, méfiante.

– Ce n'est rien de louche, je te le jure sur mon âme, déclara-t-il, la main sur le cœur. Mais c'est important. Très important. Je t'en prie, Sweet Pea, fais-moi confiance. J'ai besoin de ton aide.

Leurs regards s'affrontèrent brièvement et elle sentit fondre ses entrailles tandis que son entrecuisse surchauffait et que son cœur battait plus vite. Elle n'avait jamais pu résister à ses yeux. Ils avaient quelque chose d'hypnotique, de pénétrant. Pas étonnant qu'il ait autant de succès auprès des femmes même s'il était petit et pas particulièrement beau.

– Très bien, s'entendit-elle dire sans l'avoir vraiment décidé.

Le visage du chanteur se fit sérieux.

– Surtout, ne l'ouvre pas. Sous aucun prétexte. Tu m'entends ?

Ellie Mae allait protester, mais le musicien fit quelques pas, s'arrêta et jeta un coup d'œil suspicieux de tous les côtés. Satisfait, il lui caressa tendrement la joue du bout des doigts. Puis il disparut dans la nuit tombante pour la dernière fois.

7

Simone Jackson laissa échapper un ricanement triste et amer. Le rire se perdit dans son verre de bourbon et elle reprit le cours de son récit.

– Évidemment, je ne comprenais pas trop ce que je venais de voir, mais je savais une chose : ma mère n'était pas censée embrasser ainsi un autre homme que mon père ! Ha ! Et même mon père, elle ne l'embrassait jamais comme ça ! Pas devant moi, en tout cas ! Je suis retournée au lit avant qu'elle ne s'aperçoive que j'avais tout vu et j'ai fait de nouveau semblant d'être endormie quand elle est passée dans ma chambre sur la pointe des pieds pour se rendre dans la sienne.

Derrière ses lunettes, ses yeux humides se perdirent dans le vague et son visage se plissa sous le coup d'une ancienne douleur en train d'être revécue.

– Mes parents ne se querellaient jamais, dit-elle, le regret dans la voix, mais ce soir-là, ils ont eu une violente engueulade. Les cris de mon père faisaient trembler les murs minces comme du carton. Je crois même qu'il l'a frappée. Mon père qui était si bon… Ma mère, elle, se contentait de pleurer. Elle ne se défendait pas. Qu'aurait-elle pu dire, de toute façon? Mais ils ont fini par se réconcilier. J'ignore s'ils ont reparlé de cette histoire.

Elle fit une pause pour boire un petit coup et laissa l'alcool descendre dans son œsophage.

– Comme vous vous en doutez bien, Johnson n'est jamais repassé. Sinon, cette boîte ne serait pas là. J'ai compris des années plus tard que sa visite était survenue quelques jours seulement avant qu'il ne se produise au *juke joint* de Three Forks, à la jonction des autoroutes 49 et 82. Là où il a été empoisonné.

Virgie fit une recherche rapide sur son téléphone et présenta à la vieille dame les photographies de Robert Johnson.

– Êtes-vous certaine qu'il s'agissait de cet homme?

– Aucun doute.

Simone Jackson tendit la boîte en fer-blanc à Kane.

– Comme ma mère, j'ai attendu. Personne n'est jamais passé la prendre. Alors, elle est à vous maintenant. J'espère que ce qu'elle contient vous sera utile.

L'historien reçut l'objet avec l'impression de toucher une sainte relique.

– Mon temps s'achève et je vous la transmets. Vous en ferez ce que vous jugerez bon. Je vous fais confiance.

– D'accord, convint Kane. Si c'est ce que vous souhaitez. Puis-je vous poser une question?

– Bien sûr.

– Pourquoi nous, Miss Jackson?

La vieille dame eut un rire amusé.

– Je crois à la destinée, expliqua-t-elle. Je suis tombée sur un de vos articles par hasard. J'ai été lire le reste. Vous m'avez paru bien. On sent votre passion et votre intérêt sincère – pour un Blanc. En plus, dans l'un d'eux, vous citiez Miss Craft.

– J'en suis honoré. Vraiment.

Avec respect, Kane rangea la relique dans son sac, puis arrêta l'enregistrement sur son téléphone. Il se leva et sa compagne l'imita. La vieille dame les raccompagna à la porte.

– Merci, Miss Jackson, dit Craft. Nous vous tiendrons au courant de nos travaux.

– Que Dieu Tout-Puissant qui est aux cieux vous protège et que ses anges veillent sur vous, mes enfants, dit-elle en traçant un vague signe de croix dans les airs avec ses doigts arthritiques.

Ils saluèrent chaleureusement la vieille dame et sortirent.

– J'ai rêvé ou elle nous a bénis ? demanda Kane quand ils furent de retour dans la camionnette.

– Livre de Tobie, chapitre cinq, verset dix-sept librement adapté, répondit Virgie, amusée. Dans ces contrées, on connaît bien la Bible.

À travers le rideau plein jour de la fenêtre du salon, Simone Jackson regarda ses deux invités s'éloigner. Plus jeune, elle aurait assurément tenté de cerner les préférences de Virginia Craft. La jeune femme était splendide et impressionnante. Elle lui rappelait une de ses amantes, voilà longtemps, quand ce genre de choses lui importait encore. À voir la façon dont Donald Kane la contemplait, il avait les mêmes pensées. Et qui pouvait l'en blâmer ?

Elle soupira en les voyant s'installer dans la camionnette. Les temps avaient beaucoup changé, parfois pour le mieux. Une femme au volant et l'homme sur le siège du passager. *Qui eût cru qu'un jour...* se dit-elle en hochant la tête avec incrédulité.

Miss Jackson se sentait à la fois soulagée et attristée. Elle n'avait jamais ouvert la boîte, mais elle en avait souvent eu envie. Sa mère lui avait demandé de la conserver en lui disant qu'un jour, Nellie enverrait quelqu'un la chercher. Simone avait un peu forcé le destin.

Le véhicule disparut au bout de la rue. Peut-être qu'en confiant la boîte à ces deux jeunes gens, elle avait fait ce qu'il fallait. Peut-être aussi sa mère avait-elle tout simplement déliré à la fin de sa vie.

– J'ai fait de mon mieux, maman, murmura-t-elle.

À petits pas, elle retourna s'asseoir dans son fauteuil et se servit un troisième bourbon. Elle ne se rappelait pas la dernière fois qu'elle avait autant bu. Mais l'étrange sentiment de soulagement mêlé de dépit réclamait un verre. Elle se cala le dos et la nuque contre le dossier, prit une gorgée et concentra son attention sur la sensation de chaleur réconfortante. Elle se signa et murmura une prière. Elle se dit qu'elle allait faire un somme. La rencontre l'avait fatiguée. Les émotions aussi. Elle se sentait si vieille.

Elle ferma les yeux, respira profondément. Une grande paix l'envahit. Elle avait l'impression de flotter dans quelque chose de chaud et de doux. Au loin, une lumière apparut, qui semblait l'appeler.

8

Malgré la curiosité qui les dévorait, Craft et Kane avaient convenu qu'il serait plus sage d'être convenablement installés avant de forcer la boîte. Ils ignoraient ce qu'elle renfermait et la dernière chose qu'ils souhaitaient était d'en répandre le contenu au fond de la camionnette, puis de devoir tout chercher à quatre pattes.

– En tout cas, je suis bien contente qu'elle nous ait choisis plutôt que d'autres ! dit Craft. Qui eût cru qu'une simple référence dans un article me vaudrait une telle chance ? Dois-je te remercier ?

– Ce serait approprié, oui, répondit l'historien, à demi sérieux.

Tandis que le paysage défilait, Kane agita doucement la boîte près de son oreille, sans tirer la moindre information utile sinon qu'il s'y trouvait plus d'un objet.

– Ça fait quatre fois que tu la secoues, ricana l'anthropologue en gardant les yeux sur la route. Tu vas finir par tout casser. Tu me fais penser à un petit garçon qui n'en peut plus d'attendre Noël.

– C'est exactement comme ça que je me sens, grommela-t-il en remettant l'objet dans son sac pour la troisième fois. Noël, mon anniversaire, Halloween et toutes les autres fêtes réunies en une seule.

– Attention, tu pourrais être déçu.

– Je sais.

– Qu'y a-t-il dedans, d'après toi ? s'enquit l'anthropologue.

– Difficile à dire. Pour le moment, nous n'avons aucune preuve que l'homme qui a remis cette boîte à la mère de Miss Jackson était bien Johnson. Seulement les souvenirs d'enfance d'une très vieille dame.

– Mais aussi très lucide.

– Je te l'accorde. S'il s'agissait bien de Johnson, alors il estimait le contenu assez important pour s'assurer de ne jamais le laisser sans surveillance et de le confier à quelqu'un en qui il avait confiance : Ellie Mae Jackson, née Harney.

Ils passèrent le reste du trajet à réécouter leur conversation avec Simone Jackson, partageant leurs impressions et notant les petits détails qu'ils avaient remarqués.

– Quand même, tu ne trouves pas un peu bizarre qu'elle n'ait jamais eu la curiosité d'ouvrir la boîte ? demanda Kane. Huit décennies ont passé depuis que Johnson a prononcé son interdiction. Je comprends que Simone ait voulu être loyale aux désirs de sa vieille mère, mais ça me paraît un peu excessif.

– Peut-être a-t-elle agi par superstition. Après tout, Johnson a évoqué son *mojo*. Dans le Delta, à cette époque, on prenait ce genre de chose au sérieux.

Ils marquèrent une pause, chacun perdu dans ses pensées.

– Et si le contenu a une grande valeur, on fait quoi ? demanda Craft après quelques minutes.

– Nous retournerons le lui rendre, répondit Kane, avec fermeté. Nous n'allons pas exploiter ou voler une vieille dame.

– Nous sommes d'accord. Même si, à son âge, je doute qu'elle pense encore à faire fortune. Je crois qu'elle a surtout apprécié le fait d'avoir des visiteurs. Elle ne doit pas voir beaucoup de monde.

– Un peu plus et on croirait qu'elle n'est jamais sortie de cette maison. Même la décoration est figée dans le passé.

Craft secoua la tête, incrédule.

– Des effets personnels de Robert Johnson. Tu comprends ce que ça pourrait signifier ? Ça pourrait être la caverne d'Ali Baba, le sceptre de Dagobert et le trésor des Templiers tout-en-un !

– Peut-être aussi que le contenu de la boîte est insignifiant et que nous aurons perdu notre temps.

– Et les heures passées ensemble, alors ? protesta l'anthropologue. Un peu plus et je me sentirais insultée.

– Je… Ce… euh, ce n'est pas ce que je voulais dire, bredouilla Kane.

Le grand éclat de rire de sa collègue réduisit son embarras. Ils entrèrent enfin dans Memphis un peu après dix-sept heures et firent le trajet inverse vers East Beale Street. Craft dévia vers South 2nd Street et trouva un stationnement non loin d'un immense édifice carré de treize étages en brique brune et au charme vieillot. Le Peabody Memphis Hotel, avec son style Renaissance italienne trop chargé, remontait à 1925. Il avait donc été le contemporain de Johnson quand il jouait sur East Beale, à quelques pâtés de maisons de là. C'était pour cette raison que Kane l'avait choisi. Ils entrèrent et l'historien essuya son front avec la manche de sa chemise.

– Tu n'as jamais chaud ?

– Non. Je suis une fille du Delta. Pour un p'tit Blanc du Nord, ça doit être difficile…

Il lui tira la langue, ce qui la fit rire encore.

– Ma chambre ? osa-t-il suggérer en adoptant un ton qui se voulait détaché.

– Le bar fera l'affaire, Donald, répondit-elle sans détour, ayant visiblement anticipé la question.

Kane cacha de son mieux sa déception et ils traversèrent le hall d'entrée, véritable orgie de marbre, de boiseries et de laiton, et atteignirent le bar, pareillement décoré. Des airs de blues un peu trop générique leur parvenaient en sourdine et une odeur de bourbon semblait imprégner à jamais les boiseries sombres. Ils choisirent une table au fond de la pièce et y prirent place. Kane tira la vieille boîte de son sac et la déposa sur la nappe blanche avec une révérence presque religieuse. Un serveur élégamment vêtu et au maintien rigide se présenta à leur table.

– Jack Daniel's Single Barrel. Un double, dit Craft, suscitant un regard admiratif de son compagnon.

– La même chose que la dame.

Le garçon repartit.

– On dirait qu'il s'est assis sur un manche à balai quand il était petit et que personne ne l'a retiré, remarqua Craft en le regardant s'éloigner d'un pas raide.

– Beurk, fit Kane en grimaçant.

Le garçon leur apporta leurs drinks et ils portèrent un toast.

– Au contenu de cette boîte, quel qu'il soit ! déclara Craft. Puisse-t-il nous apporter une meilleure connaissance de notre vieil ami Robert.

– Et à Simone Jackson.

Ils firent tinter leurs verres et prirent une gorgée. Nerveux, Kane soupira. Ils fixèrent intensément la boîte au métal terni et rouillé par endroits.

– Tu te rends compte que si l'on en croit Miss Jackson, personne n'a vu ce qu'il y a là-dedans depuis Johnson ? observa Craft.

Elle fit un petit geste impatient.

– Bon, on y va ?

– On y va.

Il fouilla dans sa poche et en sortit le canif qui ne le quittait jamais. Il le déplia avec la solennité d'un prêtre et introduisit la pointe de la lame dans la petite serrure. Quand elle fut bien enfoncée, il la fit tourner d'un coup sec et la fit jouer de haut en bas. Elle ne rencontra presque pas de résistance tandis que le vieux mécanisme se brisait. Il déposa son canif sur la table et hésita.

– Mais ouvre donc ! s'impatienta Virgie Craft.

Le cœur battant, il fit pivoter le couvercle sur ses charnières elles aussi rouillées et grinçantes. La boîte s'ouvrit pour la première fois en quatre-vingt-trois ans. Dedans se trouvaient des objets enveloppés dans des mouchoirs en lin jaunis par le temps. Kane saisit un coin de vieux tissu friable et allait déballer le premier quand il fut surpris par un sursaut de galanterie. À l'intérieur du couvercle, le propriétaire avait gravé son nom, sans doute avec un canif ou un clou.

R.L.J.

L'émotion l'étreignit et il eut du mal à avaler sa salive.

– *Fuckin' shit in a silk blanket*… dit Kane.

Il fit pivoter un peu la boîte et Craft écarquilla les yeux.

– Robert Leroy Johnson… murmura-t-elle, émue à son tour. C'est vraiment sa boîte. Miss Jackson disait vrai.

Kane sourit.

– À toi l'honneur, professeure Craft.

– Merci, professeur Kane, répondit-elle en inclinant la tête avec élégance.

Sous le regard fébrile de Donald Kane, elle saisit le paquet qui était posé sur le dessus et le mit sur la nappe. Comme si elle voulait faire durer le plaisir de la découverte, elle prit un premier coin et le rabattit. Elle en fit autant avec le deuxième, puis le troisième, et enfin le dernier.

Virginia Craft hurla.

9

Debout derrière le comptoir de sa boutique, Ezekiel Thorne soupira d'aise. Il aimait ce moment où la torpeur du soir s'installait. Dans le genre de commerce qu'il tenait, la plupart des clients préféraient l'anonymat de la nuit. Même les démunis et les paumés avaient encore un peu de fierté.

Dans le quartier, une chose n'avait pas changé en presque un siècle : les *pawn shops*. Sa propre boutique de prêteur sur gages, une parmi tant d'autres, était sise sur Beale Street depuis les années 1920, et elle était aussi fréquentée aujourd'hui qu'elle l'avait été hier. Lui-même y officiait depuis un peu plus d'un demi-siècle.

La pauvreté changeait de visage et de forme, mais elle ne disparaissait jamais, malgré les belles paroles des politiciens. Et il y aurait toujours des gens pour l'exploiter. Des gens comme lui. Il ne se faisait aucune illusion sur la noblesse de ses activités commerciales. Si ce n'était pas lui, quelqu'un d'autre le ferait. Il aimait se voir comme une sorte de service social de dernier recours vers lequel se tournaient ceux que les banques avaient jetés. Il aimait fréquenter la misère, le malheur, les espoirs déçus et la déchéance. C'était ce qui était payant. La joie, l'allégresse et la richesse n'étaient pas très rentables pour qui gagnait sa vie à prêter des sommes dérisoires. Il prenait plaisir à voir le désespoir quitter un peu le regard de ses clients quand se matérialisaient quelques billets verts. À cet instant précis, il savait qu'il les tenait.

Pour autant, il était conscient qu'il avait contribué à gâcher une infinité de vies et, dans ses vieux jours, le poids moral de sa relative amoralité s'était fait sentir. Le sentiment inédit l'avait pris au dépourvu et n'avait fait qu'enfler depuis, ce qui, pour un homme dans sa position, était pour le moins contraignant. Dangereux, aussi. Très dangereux.

Il laissa son regard satisfait errer sur l'endroit où, depuis toutes ces années, il passait seize heures par jour, et souvent plus. L'éclairage qui se reflétait sur la poussière omniprésente produisait le plus bel effet. L'odeur un peu sèche des vieilles choses lui plaisait encore. À première vue, on avait l'impression d'un bric-à-brac surchargé où les objets étaient empilés n'importe comment, mais aux yeux de Thorne, il y avait un ordre dans ce capharnaüm.

Il y avait les bijoux, que les gens apportaient en premier, car leur valeur était la plus élevée. Les femmes avaient la larme à l'œil en se séparant d'une bague de mariage ou d'un pendentif hérité d'une vieille maman. Certains hommes étaient heureux de se débarrasser, pour quelques dollars, du jonc d'un mariage qui avait échoué. Il y avait les outils, qui ne restaient jamais très longtemps en vitrine. Il y avait les téléviseurs, les ordinateurs et autres écrans, qui venaient le plus souvent des jeunes et qui, assurément, avaient été volés. Il y avait quelques œuvres d'art, uniformément minables.

Il y avait des collections de timbres, des jumelles et des armes blanches, des jouets mis au clou par des parents désespérés de pouvoir payer leur *fix* quotidien. Il y avait même quelques béquilles et une marchette qu'une vieille dame l'avait convaincu de prendre en échange d'un billet de dix dollars. Les téléphones portables représentaient la dernière chose dont se privaient les nécessiteux, ce qui ne faisait que démontrer la place disproportionnée que ces fléaux occupaient dans la vie moderne.

Et, bien sûr, il y avait le cœur du Stan's Pawn Shop, sa spécialité depuis toujours : les instruments de musique. Ils occupaient une grande partie des murs et remplissaient la vitrine. C'étaient eux qui attiraient la plupart des acheteurs. Les guitares, surtout. Dans le Delta, il ne pouvait en être autrement. Certaines se trouvaient dans la boutique depuis des décennies. Elles avaient appartenu à des artistes qui, une fois devenus célèbres, avaient voulu les racheter, mais Thorne avait refusé de les rendre, même contre une somme bien plus importante que celle qui lui était due, intérêts compris. Il ne les revendait pas non plus, sans égard pour l'insistance des jeunes artistes à la recherche d'une aubaine. Il n'était pas un marchand de *memorabilia*, même s'il disposait de tous les documents pour prouver leur provenance. L'argent ne l'intéressait pas. Détenir la guitare d'un *bluesman*, qu'il soit célèbre ou anonyme, c'était posséder un peu de ce qui faisait de lui ce qu'il était. *Une parcelle de son âme*, se dit-il dans un élan de poésie.

Il lissa ses cheveux longs vers l'arrière et s'extirpa de derrière son comptoir. Contournant les étagères en équilibre précaire qui risquaient de s'écrouler au moindre effleurement, il longea le mur de droite, laissant sa main courir sur la vingtaine de guitares suspendues bien en vue. Chacune était associée à un nom, à un visage, à une voix, à un son. Tous leurs propriétaires étaient morts, certains depuis longtemps, d'autres depuis peu. Tous avaient vécu à fond, brûlant la chandelle par les deux bouts, déployant leur talent pour illuminer fugitivement le monde, telles autant d'étoiles filantes. Certains avaient réussi. D'autres pas. Les guitares étaient leurs reliques et sa boutique, leur mausolée. Le musée du Blues Hall of Fame de Memphis se livrerait assurément à bien des bassesses pour les acquérir. Mais il en ignorait l'existence. Elles n'appartenaient qu'à lui.

La clochette de la porte tinta – la même sonnerie qui avait annoncé tous les clients de Stan's Pawn Shop depuis des décennies. Ezekiel Thorne tourna la tête et arbora son sourire le plus accueillant. Avec le temps, son air de Mona Lisa était devenu faux, mais il demeurait efficace. Un jeune homme à peine sorti de l'adolescence, encore gringalet, et la tête bourrée de rêves, vêtu à la mode du moment avec le fond de culottes aux genoux et la casquette vissée à l'envers sur le crâne, s'avança en se dandinant, les bras ballants, à la façon d'un grand singe – la démarche de bien des jeunes de son âge qui ressentaient le besoin d'adopter une attitude bravache.

Thorne joignit les mains devant lui. Avec son pantalon noir, sa chemise noire, sa veste noire et ses chaussures noires, il avait l'air d'un ministre d'une église évangélique sans l'austérité, et cultivait sciemment la confiance que l'image favorisait chez ses visiteurs.

– Bienvenue, mon jeune ami, dit-il de sa voix grave et chaude. Que puis-je faire pour toi en ce beau soir de juillet ?

– Bonsoir, m'sieur, répondit le visiteur manifestement bien élevé. La Gibson Hummingbird dans la vitrine…

– Un très bel instrument, convint le marchand, en vendeur accompli.

– Vous en demandez combien ?

Un sourire complice se dessina sur le visage ciselé et pâle d'Ezekiel Thorne.

– Hum. Pour toi, disons deux cents dollars ?

Il prit plaisir à lire la convoitise dans les yeux du jeune homme tandis qu'il calculait mentalement et se retenait de s'écrier « seulement ? ». Le secret était de savoir déterminer la limite que le client pouvait atteindre, mais de ne jamais la franchir.

– Et j'inclus un étui rigide sans frais supplémentaires, renchérit-il pour le faire basculer pour de bon.

– Je vais la prendre.

– Voilà une excellente nouvelle.

Thorne alla prendre l'instrument dans la vitrine et le ramena sur le comptoir, au fond du magasin. Puis il passa derrière le rideau qui le séparait de l'arrière-boutique et choisit un étui parmi les dizaines qui y étaient entassés contre le mur. Il revint et y déposa la guitare.

– Parfait, s'exclama-t-il. En revanche, tu vas devoir changer les cordes. Attends…

Il fouilla sous le comptoir et en sortit un paquet de cordes neuves qu'il mit dans l'étui. Le jeune homme lui tendit la somme demandée.

– Merci. Pour les cordes.

– Ce n'est rien. Tu joues quoi ?

– Du blues, m'sieur.

– Bien sûr, rétorqua le marchand en riant. Existe-t-il une autre musique dans le Delta qui vaille la peine d'être jouée ? Et tu es doué ?

– On dit que oui. Avec cette guitare, je vais certainement avoir un meilleur son.

– Assurément. Chaque *bluesman* doit trouver l'instrument qui lui est destiné. C'est un peu comme tomber amoureux. Si cette guitare est la tienne, tu le sentiras.

– Je le sens déjà.

Le jeune homme referma les loquets de l'étui et en saisit la poignée.

– Au revoir, m'sieur. Encore merci, lança-t-il avec le grand sourire d'un enfant recevant un nouveau jouet.

– Amuse-toi bien ! lui retourna le vendeur avec un geste de la main, tandis que la sonnette retentissait à nouveau.

Tenir un *pawn shop* était un peu comme pêcher. Il fallait attendre patiemment que le poisson se décide à mordre. Ensuite, seulement, devait-on actionner le moulinet pour ramener la prise vers soi. Il le savait mieux que personne : au cours de sa longue existence, il était devenu un redoutable pêcheur. Depuis longtemps, Ezekiel Thorne était passé maître dans l'art de jauger les gens. Celui-là était passionné et rempli d'une ambition juvénile. Il aurait vite besoin de plus que cette guitare. *Il reviendra, et plus tôt que tard*, se dit-il en regardant la porte refermée. Thorne l'attendrait. Il avait l'habitude.

Il ramassa l'argent sur le comptoir et se pencha pour le mettre dans la caisse qu'il gardait dessous. Au même moment, le monde s'assombrit autour de lui et sa poitrine se serra douloureusement. Un violent élancement lui traversa le bras gauche et son souffle se fit laborieux. Au loin, un grognement monta. Il lui fallut quelques secondes pour comprendre qu'il était venu de sa propre gorge. Il ferma les yeux, prit appui à deux mains sur le comptoir et attendit en essayant de respirer lentement.

Le malaise se dissipa peu à peu. Le souffle encore court et en nage, Thorne se redressa, tremblant et faible. Indifférent aux billets de banque qui jonchaient le plancher, il cligna des yeux et inspira profondément. L'air dans la boutique lui semblait chargé et électrique.

Il tendit la main, empoigna la bouteille d'eau qui se trouvait sur le comptoir et en avala la moitié à grandes goulées. Il se sentit un peu mieux. Le temps rattrapait tout le monde, certes, mais il n'avait aucune intention de mourir prochainement. Il vivait pour son travail et son travail le faisait vivre.

Il secoua la tête pour chasser les restes de son malaise. Il ne se souvenait pas de la dernière fois qu'il avait éprouvé une telle faiblesse.

Le tintement d'un texto entrant retentit. Il consulta l'écran de son portable.

Il comprit immédiatement la nature du message, aussi cryptique fût-il. Luke n'était pas le genre de patron à s'épancher en explications inutiles. Il avait l'habitude d'être obéi au doigt et à l'œil. En d'autres temps, son mot d'esprit lui aurait procuré un petit plaisir. Mais les temps actuels étaient inhabituels.

Il ramassa l'argent à la hâte et le fourra dans la caisse avant de s'empresser vers la porte. Il retourna l'enseigne indiquant « Fermé », sortit, verrouilla et se mit en marche sur Beale. Comme il voulait vivre, la première chose à faire était de ne jamais faire attendre Luke. Il ne mourrait pas tout de suite, mais d'autres n'auraient pas cette chance.

10

Kane sursauta et faillit renverser son verre. De loin, le garçon à la posture figée les toisa, le visage chiffonné par une désapprobation méprisante. D'un geste désinvolte de la main, l'historien lui signifia que tout allait bien, l'air de dire « les femmes, vous savez... ». L'autre parut comprendre et se détendre un peu. Hormis un couple au bout de la pièce, que le cri de Virgie semblait avoir arraché à un moment romantique, le bar était heureusement désert.

L'historien reporta son attention sur l'anthropologue, dont le visage avait pris une teinte distinctement grisâtre.

– Quoi ? fit-il, impatient.

De l'index, elle indiqua la table. Intrigué, il écarta un peu la boîte pour voir ce qu'elle cachait et sursauta à son tour.

– *Damn it !* jura-t-il entre ses dents serrées, tandis qu'une crainte superstitieuse l'enveloppait.

Au creux du vieux mouchoir se trouvait un doigt humain desséché, à la chair brunâtre et à l'ongle jauni.

– Désolée d'avoir crié comme une fillette. Je ne m'attendais pas à… ça. Si c'était l'idée que Johnson se faisait d'une bonne blague, je ne la trouve pas drôle du tout, pesta Craft d'une voix encore frémissante, la main à plat sur son cœur qui battait trop vite.

L'estomac dans la gorge, Kane prit son couteau pour tâter précautionneusement la chose du bout de la lame. Le doigt sectionné après la troisième phalange était sec comme du papier et ne semblait pas peser beaucoup plus.

– *Goddam fuckin' shit…* C'est un morceau de… de… quelqu'un, bredouilla-t-il, les traits tordus par le dégoût.

– Tu m'en diras tant.

Malgré sa révulsion, il se pencha sur leur découverte pour l'examiner. Craft se résolut à l'imiter.

– Seigneur, on peut encore voir la saleté sous l'ongle, déclara-t-elle. Je dirais un index ou un majeur. Un médecin légiste pourrait nous dire s'il appartenait à un homme ou à une femme.

– Noir ou blanc ?

– Noir, je dirais.

Kane posa sa main près du doigt racorni.

– À première vue, on dirait plutôt un auriculaire. Difficile à dire s'il s'agit du droit ou du gauche.

Une idée traversa l'esprit de Craft et ses yeux s'arrondirent.

– Quoi ? fit Kane.

– Et si c'était le doigt de Johnson ?

Il sortit son portable de sa poche et tapa une requête sur Google. Il lui montra le résultat : les trois photos connues de Robert Johnson.

– Il a tous ses doigts sur les deux photos qu'il avait prises dans un photomaton en 1938, rétorqua-t-il aussitôt.

Il avisa le doigt bruni.

– Mais qu'est-ce que ça fait là ? demanda-t-il, stupéfait.

– *Hoodoo*, répondit Craft d'une voix blanche.

Elle rabattit avec précaution les coins du mouchoir sur le doigt, qu'il n'était plus nécessaire de continuer à admirer.

– Il arrive que le *hoodoo* utilise des restes humains, précisa-t-elle. Dans sa forme la plus... sombre, en tout cas.

– Tu parles de magie noire ?

– Si on veut, confirma-t-elle en haussant les sourcils. Le *hoodoo* est essentiellement une magie blanche animiste fondée sur l'esprit et le pouvoir des choses. Un mélange de religions africaines et de christianisme, avec son panthéon d'esprits de la nature hérités des traditions africaines et chrétiennes, et incarnés dans des personnages. Il cherche à protéger, à conjurer le mauvais sort, à favoriser l'amour, la chance ou le bon vieux sexe. Beaucoup plus rarement, par vengeance, il sert à causer des douleurs physiques. Mais il a une autre facette, plus secrète, qui fait appel à des forces plus noires. Je sais que, parfois, les *hoodoo doctors* utilisent des restes humains pour décupler la puissance des mauvais sorts qu'ils jettent.

– Je comprends que c'est ton travail d'étudier ces sornettes, mais tu n'y crois quand même pas, toi, une anthropologue ?

– Personnellement, non, mais j'ai appris qu'il suffit de croire à la magie pour qu'elle soit efficace.

– Un peu comme l'effet placebo ?

– On peut le voir comme ça, oui. Ce n'est pas pour rien qu'on s'assure que celui qui est l'objet d'un sort soit au courant. Sinon, ça n'aurait aucun effet.

Elle désigna la boîte.

– Bon. On continue ?

– OK.

– Ton tour.

– Pourquoi est-ce que je m'attendais à ça… ?

Espérant ne pas tomber sur un autre morceau humain, Kane tira un nouvel objet enveloppé de lin de la boîte, le déballa avec circonspection et soupira de soulagement en découvrant l'image cartonnée d'un homme avec un nœud coulant passé autour du cou. Perplexe, il la fit pivoter vers Craft.

– Qui c'est ?

– Gullah Jack, un esclave pendu en 1822 pour sédition en Caroline du Sud, expliqua-t-elle sans hésitation. La légende dit qu'il était un prêtre africain au charisme légendaire et qu'il ne pouvait pas être tué.

– La rumeur de son immortalité semble avoir été un peu exagérée, ironisa Kane en paraphrasant Mark Twain. Pourquoi Johnson gardait-il cette image ?

– *Hoodoo*, répéta-t-elle. Il devait croire que Gullah Jack le protégerait de la mort.

– Si c'était aussi simple…

Kane saisit le paquet suivant et le déballa prudemment. L'opération révéla un petit sac en flanelle blanche fermé avec un cordon de la même couleur. Quelqu'un avait cousu dessus un minuscule crucifix en argent. Il le prit entre le pouce et l'index et le tint à la hauteur de leurs yeux.

– Le *mojo* de Robert Johnson.

11

Craft prit l'objet et le fit tourner dans ses mains.

– C'est un *mojo hand*, confirma-t-elle.

De nombreux *bluesmen* avaient chanté ces amulettes si communes dans la culture populaire noire du Delta. Kane avait assez lu sur la culture du Sud pour savoir qu'il existait une grande variété de *mojo bags* confectionnés pour concrétiser un vœu précis ou se procurer une protection contre une menace donnée.

– À quoi était-il censé servir, d'après toi ?

Virgie Craft inspecta le petit sac.

– Difficile à dire, répondit-elle avec une moue dubitative. Tout dépend de ce qu'il contient. Il faudrait l'ouvrir, mais même si nous le faisions, je ne suis pas une *hoodoo doctor*.

– Tu en connais un ?

– Oui. Je peux déjà te dire que le blanc est la couleur utilisée pour la protection contre un danger.

– Johnson avait donc peur de quelque chose ?

– En théorie. Sauf que le sachet n'aurait pas dû se retrouver dans la boîte. Pour qu'il soit efficace, il faut toujours garder son *mojo hand* sur soi, idéalement en contact avec la peau. Or, à en croire Miss Jackson, il l'a volontairement laissé à Ellie Mae une semaine avant de mourir. Je me demande bien pourquoi.

Les sourcils froncés, Craft examinait toujours l'objet.

– En revanche, il l'a très bien traité, observa-t-elle encore.

– Bien traité ?

– Il faut protéger son *mojo*, le respecter, le garder propre et le nourrir, par exemple avec du whisky. Sa propreté démontre l'importance que Johnson lui accordait.

– Les *mojo hands*, les doigts momifiés, les photos d'esclaves immortels, mais morts... Pour une femme qui n'y croit pas, tu fais bien semblant ! la taquina Kane.

Craft lui retourna un regard de feu.

– Ne ridiculise pas ce que tu ne connais pas, Donald, répliqua-t-elle sèchement. Le *hoodoo* fait partie de la culture du Sud depuis toujours, et ce n'est pas un petit Blanc qui viendra nous dire ce qu'il faut en penser.

Elle pinça les lèvres, respira et reprit son calme.

– Ce qui compte c'est que, de toute évidence, Johnson, lui, y croyait. Tout ce que nous venons de déballer le prouve hors de tout doute. Nous tenons là de rares éléments de sa culture, de sa personnalité et de sa psychologie.

Ils reprirent leur analyse du contenu. Kane retira un autre vieux mouchoir et sentit l'émotion l'étreindre de nouveau en découvrant un goulot de bouteille de couleur aigue-marine, cette teinte de verre que l'on ne voyait plus. Il le saisit, l'inspecta et détermina qu'il avait été scié, puis sablé afin de rendre le rebord lisse.

– Wow ! La *bottleneck slide* de Robert Johnson, dit-il, abasourdi et la gorge nouée. Peut-être même celle qu'on entend sur ses enregistrements. J'ai l'impression d'avoir trouvé une mèche de cheveux du Christ.

– Ou son prépuce, railla Craft.

Il retourna l'objet en imaginant l'annulaire ou l'auriculaire anormalement long du légendaire musicien, bien visible sur les rares photos, le faire glisser sur les cordes avec l'habileté presque surnaturelle qui avait été la sienne. Il le déposa avec précaution près du *mojo bag*. La dernière chose qu'il voulait faire était de le casser. Il déballa ensuite deux *picks* en celluloïd multicolore, typiques de ceux qu'on utilisait dans les années 1930.

– On se demande depuis toujours si Johnson jouait parfois aussi avec un *pick* ou uniquement avec ses doigts, dit-il. Voici la réponse. Il l'utilisait au moins de temps à autre.

Tandis qu'il admirait ses trouvailles, Virginia extirpa le dernier élément enveloppé dans la boîte. Cette fois, le mouchoir protégeait un calepin noir d'environ huit pouces sur six, à la couverture de carton épais usée, tachée et écornée, qui avait manifestement beaucoup vécu. Elle caressa doucement le nom tracé à la mine de plomb et encore bien visible.

Robert L. Johnson

Ils échangèrent un regard ému. Avec révérence, elle ouvrit la couverture. Au verso, on avait noté trois lignes.

Jesus of Nazareth King of Jerusalem
I know that my redeemer liveth and that
He will call me from the grave[9].

– Je connais ce texte, dit Kane. C'est le seul exemple connu de l'écriture de Johnson. Il est reproduit sur sa pierre tombale, en périphérie de Greenwood.

Il sortit son portable de sa poche et trouva rapidement la photo du monument. Il agrandit l'image et ils la comparèrent avec l'écriture dans le carnet.

– Il faudrait un spécialiste en calligraphie pour le confirmer, mais je mettrais ma main au feu que c'est la même, avança Virgie d'une voix tremblante.

La plupart des pages étaient noircies et avaient été numérotées à la main dans le coin inférieur, révélant un esprit méticuleux et organisé. Chaque numéro était encerclé. Comme dans tous les calepins, quelques pages avaient été arrachées, sans doute pour laisser des messages à quelqu'un. Ils examinèrent le contenu et durent finir par admettre ce qu'ils voyaient, même si cela semblait trop beau pour être vrai.

– C'est rempli de chansons manuscrites… murmura Virginia Craft, ahurie. Donald ?

– Oui ?

– Si c'est un rêve, je ne veux pas me réveiller.

Ils lurent une à une toutes les pages couvertes de la petite écriture serrée du musicien, attestant ainsi que les paroles de chacune des chansons enregistrées par Robert Johnson y étaient bel et bien transcrites dans leur intégralité. Craft repassa les pages en comptant les titres.

---

9. Jésus de Nazareth, roi de Jérusalem, je sais que mon rédempteur est vivant et qu'il me ramènera d'entre les morts.

– Vingt-neuf, confirma-t-elle.

Le procédé était toujours le même : une ou deux versions raturées et annotées, puis une finale qui, pour autant que Kane puisse le dire, correspondait exactement à celles des deux sessions d'enregistrement.

– Tu es consciente de ce que ça signifie ? demanda Kane d'une voix étranglée.

– Qu'il composait méthodiquement ses textes, répondit Craft, qui en était arrivée à la même conclusion. Chacune de ses chansons était une œuvre définitive et non pas un canevas général sur lequel il improvisait selon les circonstances ou l'inspiration du moment, comme on l'a toujours supposé. On savait déjà qu'il était plus instruit que la moyenne à son époque, et qu'il savait écrire et compter, mais pas qu'il composait.

Elle tourna la tête pour le dévisager, l'air grave.

– Robert Johnson était un auteur-compositeur.

– Ouais. J'avais tort : cette boîte est le saint Graal.

Çà et là, intercalées entre les textes de chansons, des notes diverses parsemaient d'autres pages. Des dates, des trajets, des chiffres, des sommes d'argent et des noms sortis tout droit d'outre-tombe.

Johnny S. : $2 Honeyboy : $1 Willie B. : $2 = $1

– Johnny Shines… fit Kane, émerveillé. Celui avec lequel il a le plus voyagé. Honeyboy Edwards… On sait qu'ils ont un peu joué ensemble. Et son ami Willie Brown, dont il était aussi un peu le disciple, qu'il nomme même dans une de ses chansons.

– *You can run, you can run, tell my friend Willie Brown*, se mit à chanter Craft d'une voix chaude et profonde dans laquelle l'essence du Delta semblait s'incarner. *You can run, you can run, tell my friend Willie Brown that I got the croosroad blues this mornin' Lord, babe, I'm sinkin down*[10].

Agréablement surpris, Kane lui adressa un regard plein d'admiration avant de poursuivre l'inventaire du carnet.

– Les chiffres doivent représenter la somme qu'il leur devait après des prestations. Regarde ici, ajouta-t-il en pointant une inscription du doigt.

ARC TX / 11-27-36 / 16 / $150

– Studio ARC, San Antonio, Texas, le 27 novembre 1936, seize chansons, cent cinquante dollars, traduisit-il, émerveillé comme un enfant. Il a pris cette note à la fin de sa première session d'enregistrement.

Ils n'en trouvèrent aucune qui faisait allusion à la deuxième session. En revanche, quelques mots griffonnés à la hâte d'une main fébrile au verso de la dernière page retinrent leur attention.

Gon' fool the Fool
Gon' lie to the Liar
Gon' lie to the Fool
Gon' fool the Liar[11]!!!

Elle lui adressa un regard plein d'espoir.

10. Robert Johnson, *Cross Road Blues.*
11. Je vais tromper le Trompeur. Je vais mentir au Menteur. Je vais mentir au Trompeur. Je vais tromper le Menteur.

– Tu crois que… qu'il… que c'était le début de la trentième chanson ? Celle dont rêvent tous les experts du blues ?

– Tu sais, Johnson avait certainement plus que vingt-neuf chansons dans son répertoire.

– Oui, mais il n'en a transcrit que vingt-neuf complètes, contra Virgie en tapotant le carnet avec l'ongle de son index. Nous tenons certainement quelque chose.

– C'est peut-être le commencement ou le couplet d'une chanson, convint Kane. Ou une idée à développer. Ça ne respecte pas la structure AAB qu'il utilisait : deux fois la même phrase suivie de sa réponse une seule fois, sur douze mesures. En tout cas, cette boîte a tenu ses promesses.

Ils feuilletèrent les dernières pages, laissées vierges, et atteignirent la fin. Sur le papier de la couverture cartonnée, Johnson avait noté une strophe que Kane reconnut aussitôt.

When I leave this town,
I'm 'onna bid you fare… farewell
And when I return again
you'll have a great long story to tell[12]

– C'est le dernier couplet de *From Four Until Late*, annonça-t-il. Une de ses chansons les plus banales, presque country, jouée en *do* comme les vieux ragtimes. Il aurait pu choisir mieux…

Il recula dans les pages du carnet jusqu'à trouver la chanson et confirma qu'il s'agissait des mêmes mots. Plus

12. Robert Johnson, *From Four Until Late*.

bas, sous les paroles originales, se trouvaient d'autres phrases, notées d'une main moins assurée, comme une arrière-pensée.

Nellie Mae, I got to say
My blood won't buy my soul
My blood will stay whole
Save my soul[13]*!*

– Ces paroles-là ne me reviennent pas. On dirait qu'il commençait à verser dans l'exaltation religieuse, observa-t-il en relisant les deux phrases. Étrange pour un homme dont on dit qu'il était très fâché avec Dieu. Peut-être qu'il sentait venir sa mort. Après tout, il avait l'estomac malade.

– Ou il gribouillait simplement des idées pour une chanson destinée à cette Nellie Mae. À moins que…

– Que ?

– Qu'il ait été vraiment inquiet pour le salut de son âme ?

– Ne recommence pas.

Il referma le carnet, l'enveloppa dans son mouchoir et le remit dans la boîte de métal. Craft en fit autant avec la *slide* et les *picks*, puis le *mojo bag*, l'image de Gullah Jack et, avec une grimace, le doigt desséché. Puis elle referma le couvercle. Ils se dévisagèrent un moment avec un large sourire.

13. Nellie Mae, mon sang n'achètera pas mon âme, mon sang restera entier, sauve mon âme !

Kane fit signe au garçon et commanda deux autres verres. Il y avait matière à célébrer. Son année sabbatique allait avoir des résultats inespérés.

– Quand on pense que tout ce qu'on avait de Johnson se résumait à trois photos…

– Rien que ce carnet aurait rapporté une fortune à Miss Jackson sur le marché de la *memorabilia*, constata Craft, émerveillée.

– Nous le lui rendrons, confirma Kane. Ce qui nous importe, c'est son contenu. La valeur monétaire lui appartient de droit. À elle de décider si elle souhaite en faire don à un musée, le vendre aux enchères ou le garder pour elle. Quant à nous, nous pourrons aussi bien travailler à partir de photos des pages.

Trois ou quatre whiskies et une assiette de tamales bien épicés plus tard, vers vingt-deux heures trente, les réjouissances prirent fin.

Hot tamales and they're red hot, yes she got'em for sale
Hot tamales and they're red hot, yes she got'em for sale
I got a girl, say she long and tall
She sleeps in the kitchen with her feets in the hall
Hot tamales and they're red hot, yes she got'em for sale, I mean
Yes, she got'em for sale, yeah Hot tamales and they're red hot,
yes she got'em for sale[14].

À la grande déception de Kane, Virginia Craft, qui, s'avérait-il, supportait admirablement l'alcool, rentra chez elle après lui avoir lancé un joyeux « à demain, Donald ».

---

14. Robert Johnson, *They're Red Hot*.

12

Kane se retrouva dans sa chambre, soudain nostalgique des seins ronds et fermes de Sharon, mais pas de Sharon elle-même. De Craft, oui, réalisa-t-il sans trop de surprise. Cette femme était comme aucune autre. Elle était brillante, elle avait de l'envergure et du caractère, elle était splendide… Elle était aussi dans une autre ligue, se raisonna-t-il. Une ligue dans laquelle il ne pouvait pas jouer. Une ou deux autres rasades de son ami Jack auraient tôt fait d'engourdir ses tourments.

Il avait pour seule compagne une fascinante boîte en fer-blanc et c'était bien ainsi. Cette petite chose cabossée et égratignée était plus envoûtante que n'importe quelle femme. Il n'allait pas avoir sommeil avant plusieurs heures. Il se sentait électrique. Il sortit son ordinateur portable de son sac et le mit sur la table de travail de la chambre. Puis il en tira la boîte de Johnson et la déposa délicatement. Il se versa un autre whisky, sachant qu'il en paierait le prix au réveil, mais il était trop heureux pour être raisonnable. Prenant place sur la chaise, il ouvrit la boîte et en déballa le contenu, sauf le doigt. L'idée de passer une nuit en présence d'un morceau de quelqu'un ne lui souriait guère. Il laissa le doigt sectionné dans son mouchoir et referma le couvercle.

Il observa longuement l'image, la *slide*, les *picks* et le carnet. En répondant à l'invitation de Simone Jackson, Craft et lui avaient espéré frapper un coup sûr. Ils venaient plutôt de réussir un retentissant coup de circuit et la balle était loin de l'autre côté de la clôture. Kane avait l'impression d'être Heinrich Schliemann devant les ruines de Troie, dont personne n'avait cru à l'existence. Ou Howard Carter dans la tombe de Toutankhamon. Ou les deux en même temps.

Il leva son verre en regardant le calepin.

– À ta santé, mon vieux Robert.

Il avala une grande gorgée de son fidèle Jack et posa le verre sur la table tandis que l'alcool lui réchauffait les entrailles. Inspiré par les circonstances, il se leva, sortit de son étui la guitare qu'il traînait partout – une Martin 000-15M tout en acajou, beaucoup trop belle et trop coûteuse pour son modeste talent – et revint s'asseoir. Il allait entamer *Little Queen of Spades*, dans laquelle Johnson évoquait ouvertement le *hoodoo* qu'il avait fréquenté plus qu'on le ne croyait, quand une idée délicieusement sacrilège traversa son esprit de plus en plus embrumé par l'alcool.

– Pourquoi pas ? Personne ne le saura jamais, murmura-t-il.

Il saisit un *pick* et songea que les derniers doigts à être entrés en contact avec cet objet étaient probablement ceux du maître. Il s'en voulut aussitôt : il venait sans doute d'éliminer toute possibilité de relever les empreintes digitales. Mais ce qu'il tenait était une relique sacrée. Personne n'aurait pu le dissuader de faire ce qu'il s'apprêtait à faire. Il se sentait presque envoûté. Il se promit de ne pas toucher le deuxième. Il prit la *bottleneck slide* et y glissa le petit doigt. Le plaisir coupable qu'il ressentit fut presque physique.

Il entonna la chanson, seul homme à avoir jamais joué du Robert Johnson avec les accessoires de Robert Johnson. Le maître aurait mérité beaucoup mieux qu'un guitariste amateur au talent à peine moyen, mais le goût de la transgression n'en était pas moins suave. Il ferma les yeux. Les accessoires tiraient de son instrument des sonorités bien plus subtiles et mélodieuses que celles qu'il arrivait habituellement à en extirper. Il se sentait transporté ailleurs. Jamais n'avait-il ressenti un tel plaisir à jouer ni si bien joué.

Now, she is a little queen of spades, and the men will not let her be
Mmmm, she is the little queen of spades, and the men will not let her be
Everytime she makes a spread, hoo fair brown, cold chill just runs all over me
I'm gon' get me a gamblin' woman, if the last thing that I do
Eee, gon' get me a gamblin' woman, if it's the last thing that I do
Well, a man don't need a woman, ooh fair brown, that he got to give all his money to[15].

Des coups rageurs percutèrent le mur, suivis de quelques imprécations bien senties de son voisin, mettant abruptement fin à son envolée. Il consulta sa montre et sursauta : il était presque minuit. Il cligna des yeux à

15. Robert Johnson, *Little Queen of Spades*.

quelques reprises, confus. Il avait joué une trentaine de minutes qui lui en avaient paru cinq.

– Désolé ! s'écria-t-il.

Embarrassé à l'idée qu'un employé de l'hôtel vienne frapper à sa porte pour lui faire le genre de remontrances habituellement réservées aux jeunes fêtards, il remit sa guitare dans son étui, puis le *pick* et la *slide* sur la table. Il les caressa du bout des doigts avec regret. Il aurait continué longtemps. Peut-être pourrait-il répéter l'expérience le matin venu ? Il rangea le second *pick* dans une enveloppe à l'effigie de l'hôtel pour s'assurer de ne pas le toucher.

Même s'il était tard et qu'il avait trop bu, il se sentait fébrile et n'avait toujours pas sommeil. Il décida de travailler un peu. S'il rendait le carnet à Simone Jackson le lendemain, il devait s'assurer d'en posséder une copie intégrale. Aussi bien la réaliser tout de suite.

Avec son téléphone, il prit en photo tout le contenu de la boîte en fer-blanc : l'image de Gullah Jack, le *mojo hand*, la *slide*, les deux *picks* et même le doigt desséché. Lorsqu'il eut tout remis en place, il photographia une par une chaque page du calepin, puis refit des photos horizontales, deux pages à la fois. Lorsqu'il eut terminé, il brancha son appareil à son ordinateur et les transféra toutes dans un dossier intitulé « CARNET RLJ » pour ensuite les numéroter dans l'ordre des pages du carnet. Par mesure de précaution, il fit trois copies du dossier. Il ouvrit chaque fichier JPG dans un logiciel de traitement d'images et en ajusta le contraste, assurant ainsi une lisibilité optimale. Les filtres numériques avaient aussi l'avantage de faire mieux ressortir les taches qui maculaient le papier. Il repéra ainsi quelques gouttes de liquide répandu sur une feuille (probablement du whisky ou du *moonshine*), ce qui semblait être une marque de doigt dans le coin inférieur d'une autre, et des passages effacés qui permettraient de documenter un peu plus encore les habitudes d'écriture du *bluesman*.

– Je suis mort et arrivé au paradis, grommela-t-il avant de prendre une gorgée de Jack. C'est seulement qu'on a oublié de m'avertir.

Il continua à traiter les images jusqu'à l'avant-dernière.

Gon' fool the Fool
Gon' lie to the Liar
Gon' lie to the Fool
Gon' fool the Liar!!!

Il observa un moment la strophe, intrigué. L'écriture était nerveuse, comme si Johnson avait été pressé de coucher ces mots sur papier pendant qu'il en avait le temps ou qu'il avait été anxieux. *Ou simplement parce qu'il était saoul et ne voulait pas les oublier*, se raisonna-t-il en se rappelant qu'un historien ne devait pas se laisser emporter par l'enthousiasme et le spectaculaire.

Il atteignit la dernière photo où figuraient à l'horizontale les mêmes mots et le revers de la couverture cartonnée au verso. Dessus se trouvaient les paroles de *From Far Until Late* notées par Johnson.

When I leave this town
I'm 'onna bid you fare... farewell
And when I return again
You'll have a great long story to tell

Nellie Mae, I got to say
My blood won't buy my soul
My blood will stay whole
Save my soul!

Alors qu'il ajustait le contraste, un détail l'intrigua. Il ramassa le calepin, l'ouvrit à la dernière page et le compara avec ce qu'il voyait sur l'écran. Il inclina l'objet pour le regarder dans la lumière rasante de la lampe de travail. Le centre de la couverture cartonnée, recouverte d'un épais papier brun, était légèrement surélevé. L'effet n'était pas susceptible d'être remarqué à l'œil nu, mais il n'avait pas échappé à un logiciel de traitement d'image. Kane laissa le bout de ses doigts frôler la couverture. Oui, aucun doute, on pouvait bien sentir un léger renflement sous le papier kraft.

Il déposa le carnet devant lui et le considéra en se mordillant les lèvres. Si Johnson avait caché quelque chose là-dessous, il devait savoir ce que c'était. Mais s'il s'agissait d'un simple défaut de fabrication, il allait mutiler un artéfact inestimable. Pour la forme, il considéra ses options, puis céda à la curiosité. Il prit son canif et, avec une infinie prudence, fendit le papier kraft verticalement, puis horizontalement, le long de la proéminence à peine perceptible.

Il souleva le rabat ainsi découpé en faisant bien attention de ne pas le déchirer davantage et aperçut un papier. Il en pinça le coin et tira de l'écrin secret ce qui s'avéra être deux pages du carnet pliées en deux. Non seulement Johnson avait décollé le gros papier brun pour les placer dessous, mais il avait même légèrement évidé le carton pour que les pages ne paraissent pas une fois en place, et recollé soigneusement le tout.

Presque fiévreux, il déplia les deux feuilles et écarquilla les yeux. Son cœur sauta un battement et son souffle resta coincé dans sa gorge.

– *Fuck me upside down in a tree house*… siffla-t-il.

Il resta un moment tétanisé, puis récupéra son portable et composa le numéro de Virginia Craft. L'anthropologue répondit à la cinquième sonnerie.

– Virgie ?

– Tu sais quelle heure il est, Kane ? grommela-t-elle d'une voix épaisse.

– Je m'en fiche.

– Pas moi. Bye, Kane…

Enragé, il rappela. Cette fois, il tomba sur la boîte vocale.

– Virgie, rappelle-moi ! C'est urgent !

Pendant qu'il espérait un retour d'appel, il photographia ce qu'il venait de découvrir et joignit les clichés aux autres dossiers. La sonnerie de son portable – *Commit A Crime* de Howlin' Wolf – retentit enfin. Il répondit.

– Il vaut mieux pour toi que ce soit très important, dit Virginia, parfaitement réveillée et très irritée. Parce que je te jure que…

Il interrompit la tirade.

– La trentième chanson.

– Quoi, la trentième chanson ?

– Elle existe.

Kane se tenait à la croisée de deux chemins. Il n'avait aucune idée de la façon dont il était arrivé là. Il faisait nuit, mais les étoiles et la lune lui suffisaient pour voir au loin. Il laissa son regard courir sur les champs qui s'étendaient à perte de vue. Du coton. Partout, du coton ramassé en ballots par des hommes, des femmes et des enfants qui chantaient toujours des field hollers *en s'esquintant les doigts, et qui ne vivaient guère mieux que les esclaves émancipés dont ils descendaient.*

Des notes montèrent derrière lui. Il se retourna et trouva un homme assis sur une souche, non loin d'un grand arbre. Il était penché sur une guitare et ses longs doigts dansaient sur l'instrument avec agilité. Kane l'avait reconnu avant même qu'il ne commence à chanter. Il resta là à l'écouter, mesurant le privilège qui était le sien. Il était en train d'assister à une prestation de Robert Johnson.

From four till late I was wringin my hands and cryin
From four till late I was wringin my hands and cryin
I believe to my soul that your daddy's Gulfport bound[16]

Quand Robert Johnson eut terminé et que résonnait son dernier turnaround, *il releva la tête et posa sur Kane un regard hanté. Des larmes coulèrent et mouillèrent ses joues.*

– My blood won't buy my soul, my blood will stay whole[17], *dit-il de cette voix un peu juvénile que Kane avait entendue sur les vieux enregistrements.*

Un cercle de flammes apparut autour de la souche et engouffra le musicien. Son hurlement se mêla à celui de Donald Kane.

---

16. Robert Johnson, *From Four Until Late*.
17. Mon sang n'achètera pas mon âme, mon sang restera entier.

13

Memphis, Tennessee, mardi 6 juillet 2021

Kane et Craft s'étaient donné rendez-vous dans un petit café non loin de l'hôtel, sur Garoso Avenue, qui ouvrait dès sept heures. L'historien avait passé le reste de la nuit à décoder ce qu'il avait découvert. Il croyait y être parvenu, du moins en partie.

Les paupières lourdes, il sortit de l'ascenseur, traversa le hall, quitta le Peabody Hotel et fut frappé de plein fouet par le mur de chaleur humide qui le fit aussitôt suer sans égard à la douche qu'il venait de prendre. D'un pas léger malgré la nuit blanche, il se rendit à l'endroit convenu. À travers la vitrine, il repéra l'anthropologue attablée au fond de la salle encore presque déserte. Elle faisait distraitement défiler quelque chose sur son téléphone, le menton dans la main, un immense café devant elle. Il se permit de l'admirer pendant quelques secondes, puis entra avant qu'elle ne le surprenne en train de l'épier. Fermant les yeux pour jouir un instant de l'air climatisé, il essuya la sueur sur son front, passa par le comptoir pour se procurer un grand café noir bien corsé, commanda deux assiettes d'œufs Bénédicte accompagnés de *biscuits & gravy* et de saucisses, et la rejoignit. À son approche, elle leva vers lui des yeux un peu bouffis, mais au regard brillant d'anticipation.

– Tu as l'air d'un zombie, lui lança-t-elle.

– Merci du compliment. J'ai eu une nuit occupée, courte et mouvementée. Et toi, tu sembles fraîche comme une fleur du matin.

– Charmeur, fit-elle.

– Je suis un galant.

Il tira la chaise qui faisait face à Craft et s'assit.

– Tu as bien dormi ? lui demanda-t-il d'un ton moqueur.

– Non, grommela-t-elle. Un abruti m'a réveillée en pleine nuit avec une nouvelle très excitante qui m'a empêchée de me rendormir.

– Heureux d'apprendre que l'excitation te garde éveillée.

– Pas fort, comme blague...

– Oui, bon, console-toi, l'abruti en question n'a pas fermé l'œil non plus.

– Alors, tu m'expliques ? Puisque tu n'as pas daigné me donner de détails...

– Je ne te les ai pas donnés parce que je ne les comprenais pas encore.

– Et maintenant ?

– Je n'en suis pas certain.

Il avala une gorgée de café brûlant, sortit de son sac son ordinateur et la boîte en fer-blanc, et posa le tout sur la table. Il fit pivoter l'écran de manière à qu'ils puissent le regarder ensemble, ouvrit le dossier des photos constitué la veille et fit apparaître la première.

– Hier soir, après que nous nous sommes quittés, je n'avais pas sommeil, commença-t-il. Comme nous avons prévu de rendre le carnet à Miss Jackson aujourd'hui, je me suis dit que je pourrais numériser les pages tout de suite plutôt que de le faire ce matin. J'ai retravaillé le contraste de chacune des photos.

En parlant, il faisait défiler lentement, dans l'ordre, les pages photographiées du carnet de Johnson.

– Comme tu vois, ça m'a permis de repérer quelques petites choses intéressantes, comme des taches, des ratures, des réécritures, et peut-être même quelques empreintes de doigt. Mais surtout…

Il atteignit la dernière page et le recto de la couverture arrière.

– Par pur hasard, je suis tombé sur ceci.

Craft plissa les paupières et s'approcha de l'écran.

– Tu vois, ici, sous les phrases écrites par Johnson ? demanda-t-il en indiquant avec l'index la partie surélevée de la couverture. À l'œil nu, ça passait inaperçu, mais une fois qu'on ajoute un effet de lumière rasante qui accentue le dénivelé…

– Oui… fit-elle, les sourcils froncés par la concentration. On dirait qu'il y a quelque chose de rectangulaire sous le papier cartonné.

Il sortit le carnet de la boîte en essayant de ne pas trop penser au doigt dans son mouchoir et l'ouvrit à la dernière page, dévoilant le papier brun qu'il avait découpé et l'espace évidé dans le carton de la couverture. Surprise, Craft ouvrit grand les yeux. Puis, Kane feuilleta le carnet à rebours jusqu'à ce qu'il ait atteint ce qu'il cherchait.

– Les deux pages qui étaient cachées ont été arrachées ici. La déchirure correspond parfaitement.

Il retira la première, la lui remit, et la laissa en prendre connaissance.

– C'est vraiment… ?

– Ouaip. C'est une chanson inédite de Robert Johnson, confirma-t-il. J'en mettrais ma main au feu. Son écriture est reconnaissable. Les images, les tics, certaines expressions… tout y est. Évidemment, l'écriture manuscrite est la même que celle dans le carnet.

– La trentième chanson… murmura-t-elle d'un ton rêveur. Elle existe. Nous avons découvert ce que tant de spécialistes et d'amateurs de blues espèrent depuis des décennies.

Elle posa sur lui un regard ému. Toute fatigue avait quitté son visage. Elle mit la main sur l'avant-bras de Kane et serra.

– C'est le gros lot que tu as trouvé là, dit-elle d'une voix frémissante d'incrédulité.

Sur ces entrefaites, le petit-déjeuner arriva. Le serveur déposa les deux assiettes devant eux et se retira.

– Tu avais peur que je meure de faim ? s'étonna Craft, les yeux ronds.

– Euh…

– Tu as bien fait.

Elle attaqua avec enthousiasme le contenu de son abondante assiette.

– Ma mère m'a toujours dit de ne jamais gaspiller de nourriture, dit-elle en apercevant son regard amusé.

Tandis qu'il entamait les saucisses et le biscuit avec un appétit qui le surprit lui-même, elle déplaça sa chaise pour venir s'asseoir près de lui. Ensemble, ils lurent le texte de la chanson dont la légende parlait depuis 1938, mais qu'ils étaient les premiers à voir depuis qu'elle avait été écrite sur ce morceau de papier. Ils mesuraient à sa juste valeur leur privilège.

Black Man blues

Skip James tuning

Walkin' in the night, with the moon shinin' bright

Walkin' in the night, was time to turn right
Gonna meet my woman, keep me satisfied

Goin' down the road, with my old guitar in my hands
Goin' down the road, with my old guitar in my hands
All the little girls understand

Sang my song to the Man, sang my song just one time
Sang my song to the Man, sang my song forty times
He said son, you can't run, your soul is mine.

(Bridge)
Cost me a dollar, cost me a dime
Come on little woman, take my hand
Play me for a fool, warm my soul
Make the change, seal the deal
Write it on paper, take my words
You see the sign
Be mine all the time

Ellie Mae, Ellie Mae, take my soul and wait
Ooooooo, Nellie Mae, trade my soul and bait

Couldn't run, couldn't hide, wasn't nowhere to stay
Couldn't run, couldn't hide, wasn't nowhere to stay
No use prayin', boy, the Lord's miles and miles away.

Hellhounds keep comin', when the sun goes down
Mmmmmmmm Mmmmmmmmm, when the devil come down
Got my mojo workin', don't know for how long.
Black man be gone.

– Nellie Mae, comme dans le texte sur la couverture du verso, observa Craft. Et aussi Ellie Mae.

– Une femme dans chaque ville, convint Kane. C'était la réputation de Johnson.

L'anthropologue relut le texte en portant sa fourchette à sa bouche et grimaça.

– Le *biscuits & gravy* n'est pas bon ? s'enquit son compagnon.

– Il est excellent, mais la chanson, elle, est mauvaise, rétorqua l'anthropologue. C'est… tellement maladroit.

– J'ai exactement la même impression, confirma Kane. J'ai essayé de la jouer hier en extrapolant un air et le pont ne fonctionne pas du tout. Il contient trop de phrases et trop de mots. Il n'a aucun rythme. Bon, je n'étais pas tout à fait à jeun, mais quand même. Dommage, car à part *Kindhearted Woman Blues* et *Stones In My Passway*, de mémoire, c'est un des rares ponts dans l'œuvre de Johnson. Il n'était peut-être pas si doué que ça pour l'écriture.

– Ou alors, la chanson n'était pas terminée, supposa Craft.

– Si c'était le cas, il n'aurait pas pris la peine de la cacher dans la reliure.

– Vrai.

Elle examina la feuille couverte de pattes de mouche.

– Peut-être qu'elle avait une valeur particulière à ses yeux, suggéra-t-elle. Ou qu'il a eu peur de se la faire voler avant de l'avoir enregistrée.

– L'enregistrer dans cet état ? fit Kane avec une moue dubitative.

– Mouais…

Elle relut à haute voix des passages de la trentième chanson aussi mythique que décevante.

– *Sang my song to the Man, sang my song just one time. He said son, you can't run, your soul is mine. Couldn't run, couldn't hide, wasn't nowhere to stay. No use prayin', boy, the*

Lord's miles and miles away. Hellhounds keep comin', when the sun goes down. Black man be gone. C'est affreusement sombre.

– J'ai le même sentiment.

– Donald ?

– Kane, la corrigea-t-il machinalement.

Elle quitta la feuille des yeux et le regarda avec sérieux.

– Je sais que tu vas hurler, mais je me demande si tu n'as pas découvert la preuve que Johnson a bel et bien vendu son âme au diable.

14

Kane la dévisagea avec incrédulité.

– Tu commences vraiment à frôler l'obsession, professeure Craft, déclara-t-il.

– Du calme, professeur Kane. Je ne dis pas que le pacte avec le diable est une réalité, se défendit-elle en levant les mains, mais qu'est-ce qui empêche de penser que Johnson, lui, ait vraiment cru avoir vendu son âme ? Il a très bien pu faire tous les gestes requis et s'imaginer qu'il en avait tiré un bénéfice.

Kane relut le texte et secoua la tête avec scepticisme.

– Ce que je lis, ce sont les sentiments du protagoniste. Comme dans n'importe quel roman. L'auteur se projette dans son personnage, mais ça ne signifie pas que ce qu'il écrit est autobiographique.

Elle se mordilla la lèvre inférieure et parut hésiter.

– J'en conviens, mais si c'était plus que ça ? Il mentionne quand même le diable. Et il fait allusion au fait de tourner à droite : *Walkin' in the night, was time to turn right*. Il se trouve donc à la croisée des chemins. *Crossroads*.

Exaspéré, l'historien se massa la racine du nez en secouant la tête.

– Il mentionne le diable dans plusieurs de ses chansons, tu le sais comme moi. La croisée des chemins aussi. De toute façon, le pacte avec Satan est un archétype vieux comme le monde, Virgie. Dans les religions africaines rapportées par les esclaves, la croisée des chemins est le lieu où se tiennent les esprits. Les Gitans ont un peu la même image. Les croix de chemin sont placées aux intersections parce que le christianisme a hérité de la tradition païenne qui leur attribue un pouvoir magique. Tous ces corpus se sont fusionnés dans le Delta. En Europe, c'était pareil. Au seizième siècle, Faust vend son âme à Méphistophélès en échange de l'atteinte de ses ambitions. Au dix-neuvième, c'est au tour de Nicollò Paganini, dont on disait exactement la même chose que de Robert Johnson : sa virtuosité ne pouvait être expliquée que par un pacte avec le diable.

Tout en l'écoutant pontifier comme le professeur qu'il était, Craft relut le texte de la chanson.

– Il était quand même plus qu'un peu intéressé par le thème, nuança-t-elle. Dans *Cross Road Blues*, il est seul à la croisée des chemins et il a peur pour son âme. *Fell down on my knees asked the Lord above, have mercy, save poor Bob if you please*. Dans *Hell Hound On My Trail*, il se sent poursuivi par les forces de l'enfer. Les paroles trahissent une paranoïa pure et glaciale qui a quelque chose de Poe, et qui est bien différente de ses autres chansons. *Me And The Devil Blues* commence avec Satan qui frappe à sa porte et se termine avec son *evil old spirit*[18] qui veut monter dans un autobus Greyhound.

– J'admets sans honte qu'il suffit de s'être arrêté une fois dans sa vie à minuit, dans le noir, à une croisée des

18. Vieille âme mauvaise.

chemins pour comprendre combien l'expérience peut être anxiogène. Johnson parcourait souvent les routes la nuit. Il croyait certainement au diable, comme tout le monde à son époque. Le pacte faisait partie de ses références culturelles et beaucoup d'autres *bluesmen* l'ont chanté. Avant lui, on disait la même chose de Tommy Johnson. Johnnie Temple, Kansas Joe McCoy, Clara Smith et Peg Leg Howell avaient tous déjà enregistré des chansons faisant allusion au diable. Peetie Wheatstraw se présentait comme *the devil's son-in-law*[19]. Même Johnny Shines disait à qui voulait l'entendre que Howlin' Wolf avait vendu son âme au diable pour chanter comme il chantait.

– Nous savons maintenant qu'il possédait un *mojo hand*. Ça fait beaucoup de références au diable et à la magie.

– Soit. Mais le *mojo* n'est rien de plus que l'équivalent des médailles de saint Christophe que plein de gens suspendent encore à leur rétroviseur pour ne pas avoir d'accident de voiture, même s'ils ne mettent pas les pieds à la messe. On est proches de l'ail contre les vampires.

Virginia Craft laissa échapper un soupir exaspéré et se tourna vers Kane.

– Mes excuses, professeur, grinça-t-elle, un peu vexée. Tu es toujours aussi rabat-joie ?

– Je suis un historien. Si c'est rabat-joie d'être sérieux, alors oui, je suis un emmerdeur.

– *Party pooper*[20] !

– Je considère que c'est mon devoir de faire de mon mieux pour empêcher les gens de croire n'importe quoi. Surtout de nos jours où des légions d'imbéciles ont autant de droit de parole que des Prix Nobel, comme le disait

19. Le gendre du diable.
20. Gâcheur de fête.

Eco, et qu'ils « font leurs recherches ». Les faits ont encore de l'importance.

– Ha ! Donald contre Facebook ! s'exclama Craft en agitant les mains dans les airs. Les GAFA et autres multinationales omnipotentes n'ont qu'à bien se tenir !

Kane ignora la pointe et poursuivit son propos.

– En revanche, il est bien connu qu'après la mort en couches de sa jeune épouse de quinze ans, Johnson, qui n'avait lui-même que dix-neuf ans, s'est révolté contre Dieu et s'est mis à blasphémer comme un damné en plus de boire comme un trou. Il semble avoir perdu la foi. Or, pour croire au diable, il faut obligatoirement croire aussi en Dieu, car l'un n'existe que comme l'opposé de l'autre. Et même s'il y avait cru, il aurait aussi eu foi dans la conséquence de sa décision : la damnation éternelle et les flammes de l'enfer. Je pense surtout que la rumeur du pacte représentait pour lui un solide argument de mise en marché. Quant à la dextérité de Johnson, il suffit de regarder la longueur de ses doigts. Ses mains ont l'air d'araignées. Si j'en avais des pareils, moi aussi je serais un virtuose !

Kane fouilla dans les dossiers de son ordinateur, ouvrit sur l'écran la photo de la chanson inédite qu'il avait prise durant la nuit et agrandit le bas de la page, faisant apparaître des dessins griffonnés à la hâte.

– Au fait, il y a autre chose.

Il fit pivoter l'écran pour qu'elle puisse voir à son tour.

– Ces gribouillis te disent quelque chose ? Ils sont apparus quand j'ai ajusté le contraste. Ils étaient presque effacés, mais le papier est resté assez marqué pour qu'ils deviennent visibles.

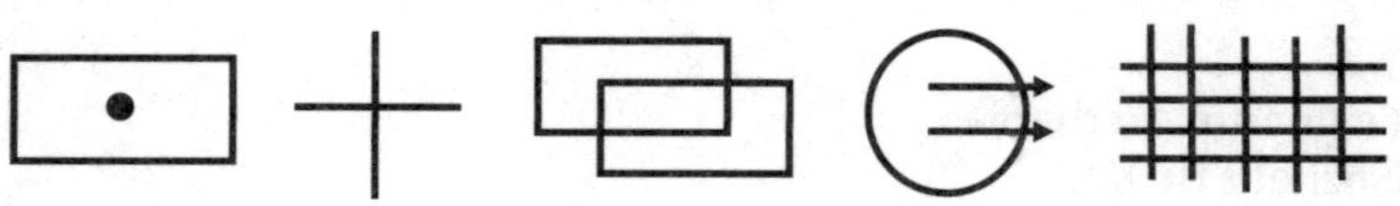

Craft cessa de mastiquer. Sa fourchette s'arrêta à mi-chemin entre son assiette et sa bouche.

– Quoi ? fit Kane, intrigué.

– Ce ne sont pas des gribouillis. C'est un message.

L'affirmation de Virginia Craft fut suivie d'un silence songeur.

– Un message ?

Tout en parlant, elle se mit à chercher sur son téléphone.

– Oui. N'oublie pas que, fondamentalement, Johnson était un vagabond, expliqua l'anthropologue. Il ne restait jamais au même endroit plus de quelques jours. Il dormait chez les femmes qu'il séduisait, chez des parents ou des amis. Il voyageait de ville en ville en sautant dans des trains en marche, en faisant de l'auto-stop, ou en allant carrément à pied. Un *hobo*, comme bien des *bluesmen* ambulants de son époque.

– Jusque-là, je te suis.

Avec l'ongle soigneusement manucuré de son index au vernis rouge, elle tapota les signes qui apparaissaient sur l'écran de l'ordinateur.

– Ça, professeur Kane, ce sont les pictogrammes que les *hobos* utilisaient pour communiquer entre eux. De toute évidence, Johnson les connaissait.

Elle retourna à son propre écran, faisant défiler un site.

– Étonnant… fit Kane, pris au dépourvu. Qu'est-ce que ça dit ?

– Je ne sais pas, mais ça ne devrait pas être difficile à établir. Il n'existait pas tant de pictogrammes que ça, et ils ont été abondamment recensés.

Il lui passa l'autre feuille, couverte de lignes verticales parsemées de points, de X et de ratures diverses. Elle haussa un sourcil.

– Qu'est-ce que c'est ?

– Je l'ignore.

Craft considéra les deux feuilles d'un air triste.

– Nous n'entendrons malheureusement jamais Johnson la chanter, mais tu te rends compte de l'importance de ce que nous avons découvert ?

– Oh oui…

Elle lui présenta son téléphone.

– Comment expliques-tu ceci, ô grand historien ?

Sur l'écran, Craft avait regroupé les cinq pictogrammes tracés par Johnson et leur signification.

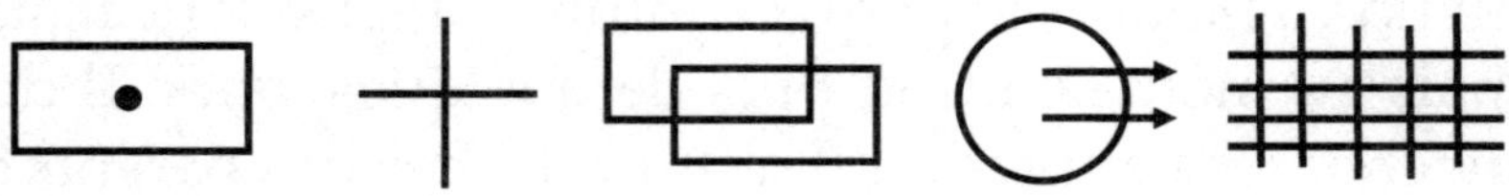

Danger — Croisée des chemins — Peur — Sauve-toi ! — Prison

15

Bouche bée, Kane regardait les pictogrammes et les mots qui les accompagnaient.

– C'est ce que disent tous les sites sérieux que je viens de consulter, précisa Craft, une lueur triomphante dans le regard en anticipant sa question. On a beaucoup étudié les *hobos* du début du vingtième siècle, qui représentent une véritable sous-culture avec ses propres codes. J'ai fait un copier-coller pour simplifier les choses. J'ai pris la liberté de te texter le document.

L'anthropologue poursuivit en suivant du doigt la succession des symboles.

– Ce que Johnson a tracé au bas de sa trentième chanson est un avertissement. À qui ? Je l'ignore. Mais il prévient qu'un danger rôde à la croisée des chemins ; qu'il faut en avoir peur et fuir au risque de se retrouver prisonnier. Ça colle à la légende du pacte, non ?

– Non. Je ne vois de mention du diable nulle part, répliqua l'historien. Y a-t-il un dessin d'un homme avec des cornes ? Un pied fourchu ? Une queue ? Un crucifix à l'envers qui échappe à mon attention ?

– Ça va, j'ai compris. Pas besoin d'être arrogant, lui lança Craft, irritée.

Kane regretta de s'être laissé aller. Il n'avait pas à prendre de haut une collègue qui avait des compétences amplement comparables aux siennes.

– Tu as raison. Ce que je veux dire, c'est que tu y vois ce que tu veux voir, dit-il d'un ton plus posé. Peut-être parce que tu es toi-même le fruit de la culture du Delta pénétrée de *hoodoo* et de surnaturel. Johnson a gribouillé un avertissement au bas de la feuille pendant qu'il composait. C'est évident. Mais il est beaucoup plus probable qu'il ait craint le Ku Klux Klan ou une de ces bandes de Blancs qui se faisaient un plaisir de tabasser ou de lyncher les Noirs qui erraient la nuit.

– Mais s'il avait voulu alerter quelqu'un de ce genre de choses, pourquoi cacher le papier dans la reliure de son carnet ?

– Rien ne dit qu'il voulait prévenir quelqu'un en particulier. Il s'agissait peut-être d'un simple gribouillis distrait comme nous en faisons tous en réfléchissant ou en parlant au téléphone.

Craft posa sur lui un regard découragé.

– Donald ?

– Oui ?

– Est-ce qu'on t'invite souvent à des fêtes privées ?

– Euh, non. Pas tant.

– Je ne suis pas surprise. Tu es un spectaculaire éteignoir.

– Désolé.

Il ramassa le carnet et le remit dans la boîte avec le reste des objets.

– Il y a une banque, pas loin ?

Revigorés par le petit-déjeuner, le café et l'excitation, et leur différend mis de côté, ils roulèrent vers la banque la plus proche. Ils avaient convenu que, maintenant qu'ils en connaissaient l'existence, ils ne pouvaient plus continuer à trimballer la trentième chanson de Robert Johnson, pas plus que son carnet et ses objets personnels. Tout cela valait une petite fortune qui ne leur appartenait pas. Ils devaient mettre le tout en sécurité jusqu'à ce qu'ils aient discuté de la marche à suivre avec Simone Jackson. Les objets lui revenaient de droit et c'était elle qui déciderait de leur sort. S'il le fallait, ils lui trouveraient un avocat qui ne la volerait pas trop en prétendant protéger ses intérêts.

– Regions Bank, annonça Virginia Craft en stationnant la camionnette en double. Je vais t'attendre ici. Fais vite. J'entends déjà le concert de klaxons.

Près de trente minutes plus tard, Kane ressortait.

– C'est ce que tu appelles faire vite ? demanda l'anthropologue en démarrant le véhicule.

– Tu n'as pas idée des formalités requises pour louer un simple coffret de sûreté, ronchonna-t-il, exaspéré. Un peu plus et ils exigeaient la couleur de mes caleçons, la marque de ma lessive et ma fréquence coïtale.

Ses récriminations arrachèrent un sourire à Virgie. Pendant le trajet vers Greenwood, Kane navigua sur Internet à la recherche d'éléments comparatifs pour obtenir une idée de la valeur des objets qu'il venait de confier aux bons soins de la Regions Bank.

– Alors, un doigt amputé, ça vaut cher ? ironisa Craft.

– Je ne sais pas pour le doigt, mais si je me fie aux prix atteints par des objets ayant appartenu à des vedettes du rock qui n'auront jamais la stature mythique de Robert Johnson, je peux te dire que Simone Jackson va finir ses jours dans un luxe indécent. En août 2020, la guitare avec laquelle Elvis Presley a enregistré *That's Alright (Mama)* s'est vendue pour 1,32 million de dollars. Imagine ce que le carnet ira chercher. Elle pourrait s'en sortir avec plusieurs millions. Je parie que le carnet et la photo seront achetés par une université grâce aux fonds d'un généreux donateur. Quant aux *picks* et à la *slide*, je serais étonné que les musées consacrés au blues ou même à la musique en général aient les budgets pour les acquérir. À part peut-être la Smithsonian Institution de Washington, et encore. Ils vont sans doute se retrouver chez des collectionneurs privés horriblement riches et excentriques.

– Tu as joué avec, n'est-ce pas ? demanda Virgie à brûle-pourpoint, avec un sourire entendu.

– Je plaide le cinquième amendement, rétorqua Kane.

– Bah ! À ta place, j'aurais fait pareil ! s'esclaffa-t-elle. Et je ne sais même pas jouer de la guitare !

Une fois à Greenwood, Craft gara la camionnette devant la jolie maisonnette. Ils descendirent, traversèrent la rue et frappèrent à la porte. Après une minute d'attente, Virgie frappa de nouveau.

– Miss Jackson ? s'écria-t-elle à travers la porte. C'est Virginia Craft et Donald Kane. Nous avons des nouvelles.

Aucune réponse ne leur parvint.

– Elle est sortie, conclut Kane. Attendons un peu. À son âge, elle ne doit pas être allée bien loin.

Craft testa la poignée et la trouva verrouillée.

– Elle est peut-être dans le jardin, dit-elle.

– Comment sais-tu qu'il y a un jardin à l'arrière ?

– Il y en a toujours un.

Elle redescendit du balcon et s'engagea sur le côté de la petite maison étroite. Ils aboutirent dans un jardinet aux plates-bandes de fleurs minutieusement entretenues dont l'ensemble était gâché par la présence d'une *back house*. Un porche donnait sur la porte arrière. Craft y monta pour jeter un coup d'œil à l'intérieur, puis testa la poignée.

– C'est ouvert, annonça-t-elle, perplexe, l'inquiétude perçant dans sa voix.

Elle entra avant que son compagnon ne puisse protester. Ils se retrouvèrent dans une cuisine sortie tout droit des années 1960, mais impeccablement astiquée. Kane referma délicatement et rajusta la courroie de son sac sur son épaule.

– Miss Jackson ? lança Virgie. C'est Virginia Craft. Et Donald Kane. Nous sommes passés hier. Vous êtes là ?

Ils contournèrent la table entourée de quatre chaises et franchirent la porte vers la pièce suivante, où un dentier dans un verre sur la table de chevet révéla qu'il s'agissait assurément de la chambre de la maîtresse des lieux.

– Miss Jackson ? appela à nouveau Craft, sans plus de succès.

Ils traversèrent ensuite la chambre d'amis, retraçant le chemin suivi par Simone Jackson la veille avec son plateau. Ils aboutirent dans le salon face à la porte à laquelle ils avaient frappé quelques minutes auparavant. Ils s'avancèrent sur la pointe des pieds jusqu'à faire face à la vieille dame.

Simone Jackson était assise dans le même fauteuil, un verre de bourbon à demi plein sur la table près d'elle. Elle portait la même robe, le même châle et les mêmes chaussures. Le menton sur la poitrine, les yeux clos, le visage serein, elle semblait dormir à poings fermés.

– Miss Jackson ?

En l'absence de réponse, Craft échangea avec Kane un regard inquiet et s'accroupit auprès de la vieille dame.

– Miss Jackson ? fit-elle avec une grande douceur pour ne pas la faire sursauter, craignant un cœur fragile. Réveillez-vous.

Elle posa délicatement la main sur celles de la vieille dame croisées sur ses cuisses, et la retira aussi vite avec un petit cri d'effroi.

Elles étaient glacées.

16

Kane avait aussitôt composé le 911. Craft et lui étaient sortis par le même chemin en s'assurant de ne rien toucher de plus que ce qu'ils avaient déjà contaminé, et avaient attendu dehors, devant la maison.

Une voiture de police surgit quelques minutes après l'appel. Les deux policiers, un homme et une femme, s'avancèrent vers eux avec un air peu commode. Kane remarqua que l'homme avait la main sur la crosse de son pistolet, dont la sangle de sûreté était détachée.

– Lequel de vous deux a appelé ? demanda l'agente, sans préambule.

– Moi, dit l'historien en levant l'index.

Pendant que son collègue pénétrait dans la maison de Simone Jackson, la policière prit en note leur nom et leurs coordonnées respectives. Quelques secondes plus tard, l'agent ressortit et se lança dans l'installation de rubans jaunes indiquant une scène de crime.

– Restez ici, je vous prie, lança sa collègue qui alla le rejoindre pour lui donner un coup de main. On viendra vous interroger.

– Nous interroger ? fit Craft, tendue. Pourquoi j'ai l'impression d'être soupçonnée ?

– Parce que tu l'es jusqu'à ce que tu ne le sois plus, répondit sombrement Kane. Étant donné que nous avons découvert un corps, c'est assez normal.

Une voiture banalisée arriva peu après. Un policier en civil en descendit et rejoignit les deux autres. Au cours d'une brève discussion, l'agente les désigna de la tête. Le nouveau venu les toisa sans gêne, puis passa sous les rubans et entra à son tour dans le domicile de Simone Jackson. Une dizaine de minutes plus tard, il en ressortit et se dirigea vers eux.

– J'imagine que c'est le moment de notre interrogatoire, dit Craft. Je n'ai jamais eu affaire à la police de toute ma vie. Même pas pour un excès de vitesse.

– C'est sur le point de changer, se gaussa Kane. Rappelle-toi simplement que tu n'as rien à te reprocher.

– On dirait Barry White, chuchota-t-elle.

L'homme se planta solidement devant eux. Il dépassait Kane de quelques pouces et, sous une considérable couche de graisse uniformément répartie, il avait une carrure à l'avenant. Il portait un costume gris anthracite d'une parfaite élégance dont il gardait le veston stratégiquement ouvert sur une panse spectaculaire, qui le précédait d'un bon pied et demi. De près, il dégageait de violents effluves de Brut de Fabergé, dans lequel il semblait s'être immergé avant de se présenter.

– Madame Craft ? Monsieur Kane ? commença-t-il en consultant un calepin à ressort dont tous les inspecteurs de police de l'univers semblaient posséder un exemplaire. Ou est-ce le contraire ?

Avec la barbe fournie et méticuleusement taillée qui montait jusque sous ses yeux, les cheveux lissés vers l'arrière à l'aide d'au moins un litre de laque et une voix caverneuse, il rappelait effectivement le défunt chanteur de charme Barry White, roi de la ballade disco sirupeuse. Kane songea que, dans le Delta, berceau du blues, une telle pensée tenait sans doute du sacrilège.

– Professeure Virginia Craft et professeur Donald Kane, précisa l'anthropologue.

– Merci. Inspecteur Charles Kitchen, Greenwood Police Department, les informa Barry White sans leur tendre la main. J'aimerais discuter avec vous quelques minutes, si vous n'y voyez pas d'inconvénient.

Kane songea que la formule de politesse était superflue puisqu'il ne croyait pas être autorisé à y voir un inconvénient. Il se dit ensuite, un peu méchamment, que l'inspecteur portait fort bien son nom de famille et qu'il fréquentait sans doute assidûment la pièce homonyme de sa demeure. Il s'autocensura instantanément, comme tout bon professeur d'université confronté à la génération des indignés professionnels et au tribunal des réseaux sociaux. Une simple pensée de ce genre le mènerait tout droit au péché de grossophobie et au camp de rééducation que les prédicateurs de la bien-pensance ne tarderaient plus à mettre sur pied.

Kitchen sortit un mouchoir, épongea la sueur sur son visage et le remit dans sa poche de pantalon. Il tira un des stylos contenus dans une pochette en plastique à l'ancienne glissée dans la poche de sa chemise, et que Kane avait toujours cru réservée aux mathématiciens, aux informaticiens et autres *nerds*.

– Lequel de vous deux a appelé le 911 ? demanda-t-il d'une voix de boudoir.

– C'est moi, redit Kane.

– Et comment vous vous êtes retrouvés en position de devoir le faire ? Vous aviez, je présume, une raison valable de vous trouver à l'intérieur ?

À tour de rôle, Kane et Craft expliquèrent la succession des événements, depuis leur visite de la veille jusqu'à leur découverte du corps de Simone Jackson. Kitchen notait tout avec méthode et les interrompait de temps à autre pour obtenir une précision. Il ne leva les yeux que pour regarder les ambulanciers sortir la civière qu'on transportait vers la maison.

– Donc vous ne connaissiez pas Simone Jackson avant votre visite d'hier ?

– C'est exact.

– Et quel était le motif de cette visite ?

– C'est elle qui m'a contacté. Elle m'a écrit à l'université pour m'inviter, précisa Kane. J'ai accepté. Elle a aussi invité la professeure Craft, qui a accepté également.

Kitchen cessa d'écrire pour les toiser avec une certaine méfiance.

– Et pourquoi vous invitait-elle ?

– Elle affirmait avoir en sa possession certains objets liés à l'histoire du blues. Il se trouve qu'il s'agit d'un champ d'expertise peu fréquent que la professeure Craft et moi partageons. Nous n'avions aucune raison de douter des dires de Miss Jackson, alors nous sommes venus hier. Attendez…

Kane fouilla dans son sac, y repêcha la lettre et la tendit à l'inspecteur.

– Voici sa lettre.

À mesure que Kitchen lisait, ses yeux s'arrondissaient. Quand il eut terminé, il les posa sur Kane.

– *Le* Robert Johnson ? fit-il, à la fois impressionné et incrédule.

– Celui-là même.

L'inspecteur secoua doucement la tête, un sourire béat sur le visage. Lorsqu'il parla à nouveau, ce fut sur un ton plus amical, presque complice.

– Ça alors…

Il brandit la lettre.

– Je vais devoir la conserver pendant un moment, si vous n'y voyez pas d'inconvénient. Pour l'enquête.

– Je comprends, convint Kane.

– Et quels ont été les résultats de votre rencontre avec Miss Jackson ?

– Elle nous a remis une vieille boîte en fer-blanc qui contenait quelques objets, que j'ai déposée dans un coffret de sûreté de la Regions Bank à Memphis. J'imagine que vous voudrez les voir ?

– Vous imaginez correctement.

La porte avant de la petite maison s'ouvrit. Un ambulancier sortit de dos, tirant la civière que l'autre poussait. Une silhouette menue pouvait être distinguée sous le drap. Le sinistre cortège passa lentement sous leurs yeux, en direction de l'ambulance où la civière fut vite enfermée. Kitchen suivit leur regard attristé.

– À première vue, elle semble morte de causes naturelles. Évidemment, l'autopsie nous en dira davantage. Nous devons aussi examiner toute la maison. Vous ne connaîtriez pas un membre de sa famille, par hasard ? Quelqu'un que nous pourrions informer de son décès ?

– Dans sa lettre, elle disait n'avoir jamais été mariée et n'avoir pas eu d'enfants, précisa Craft. Aucune famille proche. J'imagine que ses frères et sœurs sont tous décédés.

– Oui. Miss Jackson avait des mœurs... Hmm… en avance sur son temps en matière de famille, fit Kitchen avec un demi-sourire qui laissait entendre qu'il en savait plus qu'il ne voulait en dire.

Sa médisance n'obtint pas la réaction souhaitée et il se racla la gorge pour se donner une contenance.

– Et la porte arrière ? demanda Craft. Pourquoi était-elle déverrouillée, selon vous, inspecteur ?

Kitchen haussa les épaules et fit une moue insouciante.

– Comme rien ne semble avoir été déplacé à l'intérieur, je dirais que cela permet de penser que la mort a simplement fauché la pauvre vieille sans prévenir. Elle s'est probablement assise après votre départ et ne s'est jamais relevée, tout bêtement. La porte est restée ouverte parce que la propriétaire est morte avant que ne vienne l'heure de la verrouiller. Évidemment, si nous découvrons des traces d'effraction, il en ira autrement, mais il faut tenir compte du fait que Simone Jackson avait quatre-vingt-onze ans. Il faut bien finir par mourir de quelque chose.

– Elle semblait pourtant en bonne santé, fit Craft, les larmes aux yeux. Elle aimait son petit verre de bourbon…

– Oui, elle était encore très vive d'esprit, confirma Kitchen. Je la connaissais depuis un moment, comme bien des gens à Greenwood. Mais j'ignorais qu'elle conservait chez elle un tel trésor.

– J'imagine qu'elle souhaitait le garder secret jusqu'au moment où elle se sentirait prête à s'en départir, suggéra Kane.

L'inspecteur rangea son calepin dans la poche revolver de sa veste et remit son stylo dans celle de sa chemise.

– Bon, allons-y !

– Où ça ? demanda l'historien.

– À la Regions Bank, dit l'inspecteur. Je dois récupérer la boîte de Miss Jackson. Pour le moment, il s'agit d'une pièce à conviction. Elle vous sera rendue en temps et lieu.

– Très bien.

Kane et Craft firent mine de se diriger vers la camionnette.

– Tut tut tut…

Les deux universitaires s'immobilisèrent.

– Quoi ?

– Professeur Kane, vous allez monter avec moi, annonça Kitchen, d'un ton qui ne souffrait aucune contradiction. Et vous, professeure Craft, vous pouvez nous suivre dans votre véhicule.

– Pourquoi donc ?

– Procédure standard.

17

Le trajet entre Greenwood et Memphis se déroula dans un silence épais. Kane soupçonnait qu'il s'agissait d'une technique d'intimidation utilisée par Barry White pour établir son ascendant, mais il s'en accommodait très bien. Il se sentait un peu étourdi par tout ce qui s'était passé en si peu de temps. Il était professeur d'histoire, pas criminel, ni détective. Le fait d'avoir tenu dans ses mains des objets personnels du légendaire Robert Johnson avait été un grand privilège, mais voilà qu'ils lui glissaient entre les doigts comme du sable fin. Il se félicita d'avoir pris les photographies. Non seulement avaient-elles permis de découvrir des choses qui leur auraient échappé autrement, mais elles constitueraient bientôt la seule source pour leur travail.

Une fois à destination, l'inspecteur Kitchen gara sa voiture dans un stationnement réservé aux personnes handicapées. Les deux hommes entrèrent dans la banque et se rendirent au comptoir de service où les attendait une femme à l'âge indéterminé, aux cheveux lisses et au maquillage terne, que son costume corporatif rendait encore plus blafarde.

– Que puis-je pour vous, messieurs ? demanda la réceptionniste.

– Je dois accéder à mon coffret de sûreté, expliqua l'historien en brandissant la clé qu'il avait obtenue lors de la location de l'objet.

– Un instant, je vous prie, dit la jeune femme avant de s'éloigner vers les bureaux.

Une minute plus tard, un commis se présenta face à eux. Son costume noir et son air grave lui conféraient un vague air d'entrepreneur de pompes funèbres – un croque-mort assurément gai comme un pinson.

– Déjà ? remarqua-t-il, aussi obséquieux que guindé.

– Comme vous voyez.

– Si vous voulez bien me suivre.

Kane lui emboîta aussitôt le pas et Kitchen en fit de même. Arrivés à la salle de consultation, le commis avisa l'inspecteur comme s'il ne l'avait jamais vu.

– Je regrette, monsieur, mais un seul client à la fois est admis dans la voûte, lui dit-il. C'est le règlement.

Kitchen extirpa sa carte d'identité de son veston et la brandit sous les yeux du jeune homme.

– Je ne suis pas client, lança-t-il avec arrogance. Je suis la Loi.

– Vous avez un mandat ?

– Non, répondit Kitchen après une brève hésitation.

– Un document légal stipulant votre droit de propriété du contenu ?

– Non.

– Un bref de saisie ?

– Non.

– Alors, vous allez devoir attendre ici, inspecteur, euh…

Le sourcil arqué et les lèvres un peu pincées, il consulta ostensiblement la carte avec un air qui ressemblait fort à du dédain.

– … Kitchen. Libre à vous de plaider votre cause auprès de madame la directrice, inspecteur, reprit-il, mais vous obtiendrez la même réponse et, pendant que vous discutez, monsieur Kane, notre client, est dans son plein droit d'accéder à son coffret. Il aura sans doute terminé ce qu'il est venu faire avant même que vous ne soyez de retour, avec ou sans une autorisation à entrer.

Le petit commis et l'immense policier s'affrontèrent en silence, le regard placide du premier rivalisant avec la colère contenue dans celui du second.

– Bien, grommela enfin l'inspecteur, visiblement mécontent. Dépêchez-vous, professeur. Je vous attendrai ici.

Le croque-mort pincé venait de remporter la bataille de l'intimidation contre Barry White. Pour ne pas se mettre l'inspecteur à dos, Kane s'efforça de cacher son amusement. Il suivit l'employé dans la chambre forte dont il venait d'ouvrir la lourde porte blindée. Une fois là, ils se livrèrent à la cérémonie des deux clés. Le coffret fut extirpé de son alvéole et déposé sur la table qui constituait le seul meuble de la pièce.

– Sonnez quand vous serez prêt, professeur Kane, lui dit le commis en désignant un bouton rouge à droite de la porte.

– Faites attention à l'inspecteur en sortant, railla Kane. Je crois qu'il est sur le point de vous mordre.

– N'ayez crainte, j'en ai vu d'autres, rétorqua l'employé en laissant poindre l'ombre d'un sourire sur son visage austère.

Dès que la porte fut refermée, Kane ouvrit le coffret et en sortit la boîte en fer-blanc que Simone Jackson et sa mère avaient religieusement conservée depuis 1938. La pauvre vieille la lui avait laissée en toute confiance, et voilà que, à peine vingt-quatre heures plus tard, il allait devoir la remettre à la police.

– Quelle mauvaise idée de mourir comme ça, Miss Jackson, chuchota-t-il en secouant la tête avec regret.

Attristé, il ouvrit la boîte pour contempler une dernière fois ce qu'elle renfermait. L'idée l'effleura de glisser un des deux *picks* dans sa poche. *Juste comme souvenir*, songea-t-il en manipulant l'objet qu'il avait utilisé une fois. Personne ne le saurait jamais. Craft et lui étaient les seuls à connaître le contenu de la boîte.

Kane émergea de la chambre forte en tenant l'antique boîte. Après avoir signé le formulaire approprié pour fermer son coffret de sûreté, il la remit à Kitchen qui, manifestement, avait attendu en tapant du pied.

– Voilà, inspecteur, dit-il sans chercher à masquer son dépit. Mon devoir de citoyen est accompli.

– Merci, professeur Kane. C'est tout le Delta du Mississippi qui vous est redevable.

– Je n'en demande pas tant.

Le lieutenant de police déposa l'objet sur une chaise, tout près, et y apposa un scellé officiel tiré d'une autre de ses poches. Puis, il extirpa de son veston un carnet de reçus. Il remplit celui du dessus et tendit le carnet à Kane avec son stylo.

– Signez sur la ligne, je vous prie. C'est la preuve que vous avez confié cette boîte et ce qu'elle contient à la police de Greenwood. Une fois l'enquête terminée, vous pourrez réclamer le tout au poste.

Kane signa. Kitchen arracha la copie du dessus et la lui donna accompagnée d'une carte de visite.

– Mes coordonnées, au cas où vous vous souviendriez de quelque chose. J'ai déjà votre numéro en mémoire dans mon téléphone.

Kane glissa la carte dans la poche de sa chemise. Ensemble, ils se dirigèrent vers la sortie.

– Je vous dépose quelque part ? offrit l'inspecteur.

– Non, merci. Je suis à quelques coins de rue de mon hôtel et, après tous ces événements, une promenade me fera du bien. Je ne suis pas habitué à découvrir de vieilles dames mortes dans leur salon et à être interrogé par la police comme si j'étais suspect.

– Très bien. Je vous remercie de votre collaboration, professeur Kane. S'il y a quoi que ce soit, n'hésitez pas.

– Pareil pour vous.

Ils allaient partir chacun de son côté quand Kane s'arrêta.

– Oh, inspecteur ?

– Oui ?

– Si vous pouviez me confirmer que la pauvre Miss Jackson est bien morte de causes naturelles, j'aurais l'esprit plus tranquille. Elle était gentille.

– Sans faute, s'engagea Kitchen.

L'inspecteur n'eut que quelques pas à faire avant de monter dans sa voiture. De l'autre côté de la rue, Kane repéra la camionnette de Craft.

Charles Kitchen regarda dans son rétroviseur le professeur Kane traverser la rue vers la camionnette de sa collègue. Il pratiquait ce métier depuis assez longtemps pour se fier à son instinct et son petit doigt lui disait que ces deux-là lui cachaient quelque chose. Il finirait bien par savoir quoi.

En attendant, il avait une boîte à ouvrir et des trésors à découvrir. Il démarra la voiture et s'éloigna.

Assise derrière le volant, Craft regardait Kitchen s'en aller quand Kane ouvrit la portière et s'engouffra dans la camionnette.

– On fiche le camp ! lâcha-t-il d'un ton impératif.

18

Craft lui décocha un regard perplexe et trouva son collègue, habituellement calme, tendu et pâle. Interdite, elle obtempéra. Sa suspicion se mua en anxiété quand elle vit qu'il avait le regard braqué sur le rétroviseur du côté passager.

– Tu m'expliques ?

– Pas tout de suite. Roule. Ni trop vite ni trop lentement. L'air de rien. N'attire pas l'attention.

– OK. Là, tu m'inquiètes.

– Mais, bon Dieu, roule, je te dis ! s'impatienta Kane, les dents serrées.

– On va où ?

– Nulle part. Allez !

– Bon…

L'anthropologue conduisit donc au hasard dans les rues de Memphis pendant près d'une heure sans que Kane, tendu comme une corde de guitare, ne prononce un mot de plus.

– On va chez toi, lança-t-il soudain.

– Tu vas un peu vite en affaire, non ? Ma mère m'a toujours dit qu'un gentleman devait attendre d'être invité avant d'entrer chez une dame.

– Virgie, s'il te plaît...

Un coup d'œil à son compagnon la convainquit de cesser les blagues. Le professeur d'histoire était livide. Le ventre noué, elle conduisit jusque chez elle sans rien ajouter.

– C'est ici, annonça-t-elle en arrivant devant une luxueuse tour à condominiums sur Highland Street.

Une carte magnétique fit lever la barrière et Craft se gara dans le stationnement qui lui était réservé. Kane observa longuement les alentours avant de décréter qu'ils pouvaient y aller. Ils sortirent de la camionnette et Kane balaya à nouveau l'horizon du regard. Ils traversèrent le stationnement et pénétrèrent dans un hall de magazine. Un voyage en ascenseur et deux portes verrouillées plus tard, ils se retrouvèrent dans un élégant appartement du septième étage. Virginia referma à double tour, l'entraîna sans cérémonie dans la cuisine, s'assit à la table et lui fit signe de faire de même.

– Bon, tu me dis ce qui se passe, à la fin ? dit-elle, la tête inclinée de façon menaçante.

– Oui.

Kane se laissa lourdement choir sur la chaise, les épaules arrondies par un poids invisible.

– Tu n'aurais pas un fond de Jack Daniel's quelque part ? demanda-t-il en se frottant le visage avec lassitude. Ou, à bien y penser, n'importe quoi d'autre.

– Crache le morceau, Donald, gronda sa collègue, le feu dans les yeux.

Il soupira et fouilla dans son sac. Les yeux de Craft devinrent ronds comme des billes tandis qu'il alignait sur la table le carnet de Johnson, duquel dépassait l'image de Gullah Jack insérée entre deux pages, sa trentième chanson et son *mojo hand*.

– Oh… fut le seul son qu'elle parvint à émettre.

– C'est la première fois que je te vois bouche bée, observa Kane, même s'il n'avait pas le cœur à rire. Je te connais peu, mais je soupçonne que ça ne t'arrive pas souvent.

Elle releva vers lui un regard dans lequel se mélangeaient l'incompréhension, la crainte et l'ébahissement.

– Je n'ai pas été capable de m'en séparer, admit Kane, la mort dans l'âme.

– Je le vois bien, puisqu'ils sont là ! explosa l'anthropologue en agitant nerveusement les bras. Mais à quoi as-tu pensé, espèce d'inconscient ?

– Et je ne suis même pas capable de le regretter.

– Donc, tu as remis les *picks*, la *slide* et le doigt à Barry White.

– Pas tout à fait…

Il sortit de son sac un mouchoir blanc qu'il mit à côté du *mojo* et du carnet. Il l'ouvrit pour dévoiler le doigt desséché.

– Je me suis dit qu'un test d'ADN pourrait peut-être révéler des choses…

– Mon Dieu, s'exclama Craft en s'enfouissant le visage dans les mains, découragée. Il est complètement fêlé.

Elle se leva brusquement, ouvrit une armoire et revint avec deux verres et une bouteille de Old Soul bourbon.

– C'est moi qui ai besoin d'un verre.

Elle se versa deux onces et fit cul sec, claqua sèchement le verre sur la table et le remplit à nouveau. Kane se servit à son tour. Craft inspira longuement pour retrouver un peu de calme.

– Bon… Récapitulons. Tu as soutiré des pièces à conviction à la police de Greenwood.

– On peut, euh, présenter les choses de cette façon, oui.

Il baissa les yeux comme un petit garçon penaud après avoir été pris la main enfoncée jusqu'au coude dans la jarre à biscuits.

– Je me suis dit qu'à part nous deux, personne ne savait ce qui se trouvait dans la boîte, se justifia-t-il. Même Miss Jackson l'ignorait. Alors, j'ai pensé que je pouvais bien conserver les pièces les plus importantes. On ne pourra pas nous accuser d'avoir conservé quoi que ce soit.

– Je note avec une extrême inquiétude que tu utilises le pronom « nous », fit remarquer Craft. Je n'ai jamais acquiescé à cette idée stupide. Je n'ai pas été consultée. Je ne suis pas partie prenante. Compris ?

– Compris.

– Et si quelqu'un d'autre connaissait le contenu de la boîte sans que nous le sachions ? Tu as pensé à ça ?

– Tu viens de dire « nous ».

– Je sais. Réponds.

– J'imagine qu'alors, nous serions cuits.

Kane se resservit et vida la moitié de son verre. Lorsqu'il reprit la parole, sa voix était plus déterminée.

– Virgie, je ne suis pas tombé sur la chanson que tout le monde cherche depuis plus de quatre-vingts ans pour la donner à un policier, déclara-t-il. Pas avant d'en avoir tiré tout ce qu'elle a à révéler, en tout cas. Ces documents doivent être dans un musée, pas dans un poste de police.

– La police les rendra tôt ou tard, et c'est là qu'ils se retrouveront.

À ces mots, Kane grimaça.

– Tu crois vraiment ça ?

– Oui.

– Appelle ça une prémonition si tu veux, mais je pense qu'au-delà de la convoitise, j'ai eu raison de ne pas tout confier à notre ami Barry.

Il sortit de son sac le reçu que Kitchen lui avait remis, le fit glisser sur la table et, avec l'index, indiqua ce que l'inspecteur avait écrit.

– Lis.

Craft s'exécuta.

– « Boîte en métal ». C'est tout ? s'étonna-t-elle.

– Ouaip. Il ne fait pas mention de son contenu parce qu'il ne l'a pas ouverte. Ajoute à ça le fait que le reçu n'a aucun en-tête officiel du département de police de Greenwood. Il vient d'un simple carnet de reçus disponible dans toutes les bonnes papeteries.

– Ce qui veut dire que…

– Que, selon toute vraisemblance, Barry a senti qu'il pouvait faire un coup d'argent en vendant des objets qui ne lui appartiennent pas, mais dont la propriétaire légitime est apparemment morte sans héritiers. J'ai la nette impression que la *slide* et les *picks* vont mystérieusement aboutir sur le lucratif marché de la *memorabilia* et que le fruit de la vente sera versé à une société-écran ou quelque entourloupette du genre.

– Mais il n'existe aucune preuve qu'ils ont appartenu à Robert Johnson.

– Tu en es sûre ?

L'anthropologue réfléchit, puis redressa la tête.

– La lettre de Miss Jackson !

– Voilà. De nos jours, n'importe quel ado boutonneux enfermé dans un sous-sol avec un sac de chips et une boisson gazeuse peut fabriquer un faux acceptable qui satisfera un collectionneur enthousiaste et en moyens. Il suffit de modifier le destinataire et de couper le premier paragraphe.

– Mais heureusement, tu en as fait une photo ?

– Non… Je n'y ai jamais pensé.

– Même pas une copie numérique ?

– Non.
– Zut.
– Oui. Zut. Et toi ? As-tu encore la tienne ?
– Non. Je n'ai pas cru bon de la conserver. Je t'avoue qu'au début, je croyais au canular.
– Zut, redit Kane.
– Oui.
Craft prit un moment pour digérer l'information et atteignit le fond de son verre de bourbon.
– Tu aurais quand même mieux fait de tout lui remettre, décréta-t-elle. Ce que tu as fait est très risqué et assurément illégal. Nous aurions pu travailler à partir des photos que tu as prises.
– Une photo ne nous dira pas ce que contient le *mojo*.
– N'y pense même pas. On n'ouvre jamais un *mojo bag* à moins d'être un *hoodoo doctor*.
– Bon bon bon… La voilà repartie…
Un sourire se dessina sur le visage de Virginia Craft et finit par l'illuminer.
– Vrai. Donald ?
– Oui ?
– Tu es vraiment un emmerdeur.
Il sourit.
– Je sais.
Elle se leva d'un bond et l'embrassa bruyamment sur la bouche.
– Mais tant mieux !

19

Ils consacrèrent quelques heures à tracer avec enthousiasme les grandes lignes de la publication à venir. La croyance de Robert Johnson au *hoodoo*, son usage des pictogrammes *hobo*, sa vie quotidienne et son écriture beaucoup plus méthodique et structurée qu'on ne l'avait cru formaient déjà une solide base pour un livre de première importance qui redéfinirait les connaissances sur l'homme et son époque. Mais avec la trentième chanson en plus, ils tenaient un ouvrage qui ferait date.

– Quand Barry White apprendra que nous avons publié quelque chose à partir d'un carnet ayant appartenu à Robert Johnson et authentifié par des experts, il comprendra que tu ne lui as pas tout remis, objecta Craft.

– Oui, mais il faut d'abord qu'il s'intéresse aux publications universitaires, plaida Kane. De plus, s'il fait ce que je pense qu'il fera avec les objets qu'il a déjà, il serait bien mal placé pour nous faire chanter, puisque je possède des photos datées et que je peux prouver que je les détenais avant lui.

– Faire chanter le maître chanteur... dit Virgie, admirative.

– Appelons ça un échange de bons procédés.

Elle se massa la racine du nez, l'air de quelqu'un qui n'arrive pas à se réveiller tout à fait.

– Seigneur Dieu... soupira-t-elle. En vingt-quatre heures, nous avons découvert un trésor, trouvé un cadavre et floué la police. C'est... invraisemblable. On ne s'ennuie pas avec toi, Donald.

Elle fut prise d'un rire incrédule.

– Crois-moi, j'ai une vie très ennuyeuse que je brûle de retrouver.

En disant cela, il s'assombrit.

– C'est presque trop beau, tu ne trouves pas ?

– Comment ça ? demanda l'anthropologue, freinée dans son élan.

Kane fit une moue hésitante.

– Je ne sais pas. Je me demande encore pourquoi Miss Jackson m'a contacté, moi plutôt qu'un autre. Il y a des tas de spécialistes de l'histoire du blues plus connus que moi et qui ne font que cela. Je ne suis qu'un dilettante qui enseigne l'histoire du Moyen Âge à des étudiants plus ou moins intéressés.

– Elle t'a approché parce qu'elle appréciait la qualité de tes publications. Elle te l'a dit dans sa lettre et te l'a répété en personne.

– Justement, elles ne sont pas si impressionnantes que ça, mes publications. Je ne suis pas aveugle. Et elles ne sont pas si nombreuses non plus. Et, sans vouloir te manquer de respect, tes publications ne sont pas plus majeures que les miennes.

– Vrai.

– As-tu eu l'impression que Simone Jackson était du genre à potasser des articles savants sur l'histoire du blues ? As-tu vu un seul livre dans la maison ?

– Maintenant que tu le dis, non, admit Craft. Mais il faut bien admettre qu'elle en savait beaucoup sur Johnson. Alors, elle a forcément lu quelques titres.

– Tu as sans doute raison, convint Kane. Je crois que je deviens un peu parano.

Il fit une pause pour prendre une gorgée.

– Tu sais ce qui nous manque ?

– Entendre la trentième chanson jouée comme Johnson l'avait imaginée, avança Craft.

– Précisément.

Kane remballa le doigt dans son mouchoir et le remit dans son sac avec le carnet et le *mojo bag*.

– Et je sais à qui demander, compléta-t-il.

Il faisait encore jour quand ils atteignirent l'intersection de Beale Street et B.B. King Boulevard. Heureusement, la chaleur étouffante et humide de la journée avait commencé à se dissiper, de sorte que Kane put déambuler sans que sa chemise ne lui colle au dos. Ils n'eurent pas à attendre longtemps pour voir Honeyboy s'installer au même endroit que la veille et lancer son appel caractéristique.

– *Ladies and gentlemen, what's your pleasure ?*

Une foule bigarrée et enthousiaste s'était aussitôt massée autour de lui tandis qu'il entamait la demande spéciale d'une grosse dame vêtue d'une robe à imprimé floral rappelant un rideau de douche et qui n'avait, à première vue, rien d'une fan des classiques de Robert Johnson.

And if she gets unruly
thinks she don't wan do
If she gets unruly
thinks she don't wan do
Take my 32-20 now and
cut her half in two[21]

– Couper sa femme en deux à coups de Winchester… soupira Craft avec un rictus amer. Johnson a beau être le père du blues, ça ne le rend pas moins misogyne.

– Dans *Me and the Devil Blues*, il dit aussi *I'm goin' to beat my woman until I get satisfied*. Il était de son temps, voilà tout, rétorqua l'historien. La plupart des *bluesmen* ont chanté les «joies» de taper sur sa femme ou même de la tuer. Il ne faut pas juger le passé avec les valeurs du présent.

– Oui, professeur Kane.

Craft observa les gens regroupés autour du jeune guitariste et les autres qui arpentaient la rue.

– Beale est beaucoup plus blanche que jadis…

– C'est le paradoxe du blues. Si les Blancs ne l'avaient pas «découvert» dans les années 1960 pour le recycler dans le rock, il serait oublié depuis longtemps. La musique la plus noire de l'histoire des États-Unis est encore là parce que les Blancs l'aiment.

Elle reporta son attention sur le chanteur et se mit à onduler les hanches au rythme enjoué de l'instrument.

– Il est vraiment doué, dit-elle avec admiration. On croirait entendre Johnson.

Kane huma les odeurs qui montaient d'un peu partout.

---

21. Robert Johnson, *32-20 Blues.*

– J'ai faim, lâcha-t-il. Je t'invite si tu choisis le menu. Nous reviendrons avant qu'il ait terminé pour ne pas le manquer.

– Affaire conclue.

Ils arpentèrent la rue à la recherche de leur dîner. Après cette journée mouvementée, Kane aurait aimé prendre une douche et se changer, mais l'hygiène devrait attendre. Il se concentra sur la voix de Honeyboy Brown, qui interprétait maintenant le premier grand chef-d'œuvre de Johnson.

Ah the woman I love
took from my best friend
Some joker got lucky
stole her back again
You'd better come on in my kitchen
babe it going to be rainin outdoors[22]

À ses côtés, Virginia Craft, habituée au climat du Delta, demeurait toute fraîche. Elle s'immobilisa devant un comptoir.

– Nous allons manger local, dit-elle, un sourire espiègle éclairant son visage. Va chercher deux bières et installe-toi à la table.

Tandis que Kane allait quérir deux bières fraîches dans des verres en plastique à un étal non loin de là, elle s'avança vers l'ouverture. Quelques instants plus tard, ils étaient installés avec deux assiettes en carton bien remplies d'un repas à l'apparence moins appétissante que le fumet.

– Alors, dans l'ordre : intestin de porc fourré de carottes, d'oignons, de pommes de terre, de céleri et

22. Robert Johnson, *Come On In My Kitchen.*

de poivron rouge à la sauce piquante ; oreilles de porc bouillies vingt-quatre heures, puis tranchées et frites avec de l'oignon et de l'ail ; estomac de cochon fourré à la saucisse et aux pommes de terre, l'informa Craft avec un sourire cruel, en désignant successivement chacun des mets. Bon appétit !

– Bon Dieu… On va vraiment manger ça ?

– Oh oui ! Allez p'tit Blanc !

Avec enthousiasme, elle plongea sa fourchette dans son repas. Tout appétit évanoui, Kane l'imita et porta à sa bouche quelque chose qui avait la texture du caoutchouc bouilli. Refusant de lui faire le plaisir de déposer les armes, il rassembla tout son courage et continua à manger. Ce fut le blues qui le sauva.

– Il a fini ! s'exclama-t-il. Viens !

Il ramassa son assiette encore à moitié pleine, se leva et la jeta dans la poubelle la plus proche.

– Merci. C'était délicieux, mentit-il.

Ils trouvèrent Honeyboy accroupi en train de racler l'argent accumulé dans son étui tandis que la foule se dispersait.

– Bonsoir, dit Kane en y déposant un billet de cent dollars.

– C'est beaucoup d'argent pour un spectacle terminé, nota le jeune homme avec un sourire.

– C'est une avance pour vos services.

– Mes services ?

Craft tendit la main au musicien et se présenta.

– Virginia Craft, anthropologue au Programme interdisciplinaire d'Études africaines et américaines de l'Université de Memphis, annonça-t-elle, son sourire le plus charmeur illuminant son visage. Je me spécialise dans la culture populaire du Delta au vingtième siècle.

Elle désigna Kane.

– Le professeur Donald Kane, de l'Université du Maine, s'intéresse à l'histoire du blues et a publié quelques articles respectables sur le sujet. Que diriez-vous de jouer du Robert Johnson ?

– Au cas où vous ne l'auriez pas remarqué, j'en joue tous les soirs ! s'esclaffa le musicien.

– Bien sûr, mais toujours les mêmes chansons. Si je vous proposais d'en jouer une inédite ?

20

Anthony « Honeyboy » Brown habitait près du coin de rue où il déployait quotidiennement son talent. Le trio descendit B.B. King Boulevard sur quelques pâtés de maisons. Le musicien essaya bien d'en savoir davantage, mais Kane décréta qu'ils en parleraient une fois à l'intérieur. Après avoir traversé une petite zone industrielle, ils aboutirent devant un bloc de trois étages propret sans être luxueux. Honeyboy remarqua leur expression d'étonnement.

– Ça vous surprend ? demanda-t-il d'un ton acerbe. Tous les *bluesmen* ne vivent pas dans la misère, vous savez. Ce sont les Blancs qui entretiennent ce cliché. Je gagne honorablement ma vie avec ma musique, je fais des économies et, avec un peu de chance, j'aurai bientôt un contrat avec une compagnie de disques.

Kane resta de marbre. Il avait besoin du jeune homme, aussi désagréable fût-il.

– Je vous le souhaite. Vous avez le talent.

Les portes de l'ascenseur s'ouvrirent au dernier étage et ils entrèrent dans un appartement coquet de deux pièces avec vue sur l'arrière-cour. Une pièce servait de salon d'un côté et de cuisine de l'autre. La pièce fermée était forcément la chambre. Le divan et le fauteuil n'étaient pas jeunes, mais bien conservés. Sur une petite table se trouvaient un ordinateur portable et une imprimante. L'endroit tout entier était net et bien rangé. Kane nota qu'il n'y avait aucune bouteille, pas plus que de cendrier.

En silence, leur tournant le dos, Honeyboy ouvrit son étui, en sortit son instrument et le déposa avec délicatesse dans un coin, près de deux autres : une douze cordes et une guitare à résonateur, chacune en équilibre sur son support. Quand il eut terminé, il revint vers eux.

– Alors ? demanda-t-il un peu sèchement. Qu'est-ce que c'est que cette histoire ?

L'air dur du jeune homme n'avait rien en commun avec le personnage affable qu'il jouait en public. Kane se dit qu'il s'expliquait peut-être par la détermination dont il avait dû faire preuve pour arriver là où il se trouvait. En cela aussi, il ressemblait à Robert Johnson, aussi tourmenté dans sa vie privée qu'il était joyeux en prestation.

– Nous croyons avoir découvert une chanson inédite de Johnson, révéla l'historien.

La déclaration fut accueillie avec méfiance.

– Je ne refuse jamais un billet de cent dollars, mais vous allez devoir me prouver ce que vous avancez. Sinon, j'ai déjà assez perdu de temps.

– Nous allons le faire.

– Assoyez-vous, dit Brown, en désignant le divan. Je ne bois pas d'alcool. Je peux vous offrir du thé ou de l'eau.

– Un thé sera parfait, merci, répondit Craft.

Peu après, il les rejoignit avec trois tasses fumantes sur un plateau qu'il posa sur la table basse. Il prit place dans le fauteuil qui leur faisait face.

– Je vous écoute, dit-il d'une voix qui laissait entendre que l'explication avait tout avantage à être convaincante.

Kane et Craft se lancèrent dans un récit très général des circonstances par lesquelles ils en étaient arrivés à détenir le carnet de Robert Johnson. Ils inclurent la mort inopinée de Simone Jackson, mais omirent prudemment la manière dont ils avaient caché l'existence de certains objets à l'inspecteur Kitchen. Kane sortit ensuite son ordinateur et afficha la couverture du calepin.

– Robert L. Johnson, chuchota Honeyboy, visiblement ému. Wow !

– Nous avons eu la même réaction, fit Craft.

– J'ai du mal à y croire, dit le guitariste, hébété. Combien ça peut valoir ?

– Cher, certifia l'historien. Et comme la propriétaire vient de mourir, nous allons devoir déterminer à qui ça revient. Un avocat devrait prendre en main la succession. En attendant, les originaux sont en sécurité, sentit-il le besoin de préciser.

Il fit défiler sur l'écran les pages de notes et les textes manuscrits des vingt-neuf chansons.

– On dirait bien le début d'une autre, dit le musicien en s'attardant ensuite sur une des inscriptions. *Gon' fool the Fool, gon' lie to the Liar, gon' lie to the Fool, gon' fool the Liar*.

Il continua à lire jusqu'aux phrases écrites à la fin du calepin.

– Ce sont les dernières lignes de *From Four Until Late*, déclara-t-il aussi vite que Kane l'avait fait. Par contre, je n'ai jamais vu celles-ci : *Nellie Mae, I got to say. My blood won't buy my soul. My blood will stay whole. Save my soul!* Des idées notées au passage?

Il leva les yeux vers les deux chercheurs.

– Êtes-vous absolument certains qu'il s'agit bien de son carnet? Les initiales pourraient aussi bien être celles d'un Roger Louis Jones qui aimait tellement les chansons de Johnson qu'il en a retranscrit les paroles. Ou alors, peut-être qu'il était lui-même *bluesman* et qu'il avait transcrit son répertoire.

– La réponse est ici, dit Kane.

Il retrouva la photo qu'il cherchait et lui indiqua la note qui avait déjà retenu son attention.

ARC TX / 11-27-36 / 16 / $150

Honeyboy la décoda tout de suite.

– Studio ARC, Texas, 27 novembre 1936, seize chansons, cent cinquante dollars. La première session d'enregistrement de Johnson.

– Il mentionne aussi plusieurs *bluesmen* dont on sait qu'ils ont voyagé avec lui, renchérit Kane en lui montrant les noms de Johnny Shines, Honeyboy Edwards et Willie Brown. Et la calligraphie semble être la même que celle que nous connaissons de lui.

Kane démontra à Honeyboy comment, à l'aide du logiciel de traitement d'image, il avait remarqué les pictogrammes *hobo*. Craft lui fit part de ses conclusions sur leur signification.

– *Danger, croisée des chemins, peur, sauve-toi* et *prison*… Ça alors!

Le musicien de rue se frotta distraitement le menton avec sa main.

– On dirait presque une confirmation de la légende du pacte avec le diable, dit-il. Ouf ! Je crois que je vais commencer à boire.

Kane lui montra la couverture arrière qu'il avait découpée et l'emplacement évidé où avaient été cachées les deux pages. Puis il afficha la première sur l'écran. Le guitariste écarquilla les yeux.

– La trentième chanson de Robert Johnson… fit-il d'une voix tremblante, l'air sonné et incrédule.

Il secoua la tête, comme pour s'assurer qu'il ne rêvait pas.

– Elle existe vraiment ! s'esclaffa-t-il, à mi-chemin entre le rire et les larmes.

Du bout des doigts, il effleura l'écran comme s'il s'agissait d'une copie du Nouveau Testament écrite de la main du Christ en personne. Kane le laissa lire plusieurs fois les couplets.

– Ça ressemble à un blues classique en douze mesures avec une structure AAB : deux fois la première phrase et une fois la seconde. Mais…

Il leva les yeux vers les deux universitaires.

– Le texte est affreusement… maladroit. Le rythme des mots est mauvais et inégal. Si Johnson avait une qualité, c'était son sens du rythme et du phrasé. Il insérait des onomatopées au besoin pour que le piétage soit le bon. Des *oh*, des *ooooo*, des *hey* et des *mmm*. Parfois, il disait n'importe quoi, comme *one and one is two*.

Il secoua la tête avec dépit.

– C'est à se demander si c'est même un texte de chanson. Si seulement nous connaissions le refrain…

– Je crois que c'est possible, lâcha Kane.

21

Le visage de Honeyboy se fit semblable à celui d'un enfant qui se retrouve face à face avec le père Noël.

– Vous… vous avez découvert un enregistrement ? demanda-t-il, la voix frémissante d'espoir à l'idée d'interpréter une pièce inconnue de son idole.

– Ce serait trop beau, le corrigea Kane.

Le jeune guitariste se rembrunit.

– Mais il existe peut-être un moyen d'en avoir une idée. C'est à vous de me le dire.

L'historien lui montra la deuxième feuille qu'il avait extraite de la reliure. Honeyboy l'étudia attentivement, fronça les sourcils et, après quelques instants, il se mit à chantonner quelques notes.

– *Holy hell*… finit-il par murmurer.

Il releva la tête, une expression émerveillée sur le visage. Kane lui retourna un sourire tandis que Craft, près de lui, avait un air perplexe.

– Vous croyez que ça pourrait être une forme de tablature ? vérifia l'historien. Ou en tout cas un quelconque système de notation ?

– Je pense, oui. Enfin, quelque chose dans le genre, confirma le *bluesman*.

Incapable de patienter davantage, Craft croisa les bras sur sa poitrine, irritée d'être tenue à l'écart.

– Si ça ne vous dérange pas trop, je peux savoir ce qui se passe… ? demanda-t-elle, les lèvres pincées.

Kane sursauta, comme s'il venait de se rappeler qu'elle était là.

– Je suis désolé. Si Johnson a pris la peine de cacher cette feuille avec les paroles de sa chanson, c'est qu'elles sont liées. Nous le savions déjà. Mais quand Honeyboy a mentionné le refrain qu'on ne connaîtrait jamais, j'ai comme eu une révélation, l'idée m'a sauté au visage.

Satisfaite, l'anthropologue reporta son attention sur Brown.

– Donc, non seulement Johnson composait ses chansons, ce qui est déjà une grande découverte, mais selon vous, il écrivait aussi sa musique ?

– Ça semble être une forme de notation musicale, sans être une tablature à proprement parler, puisqu'il n'y a pas de lignes, seulement des chiffres, confirma le guitariste. Une sorte de système connu de lui seul. Il était très secret, c'est bien connu. Il jouait même souvent le dos tourné à la foule pour que personne ne puisse le copier. Il ne serait pas étonnant qu'il ait développé une façon à lui d'écrire la musique.

– Vous arriveriez à la jouer ?

Honeyboy Brown mit les deux feuilles côte à côte et les étudia, son regard allant de l'une à l'autre. Craft et Kane le laissèrent réfléchir.

– Ça ne peut pas être très compliqué, finit-il par annoncer. Johnson n'était tout de même pas un lettré. Je devrais y arriver.

Enthousiasmé, Kane sortit son téléphone de sa poche et le plaça sur la table.

– Je peux vous enregistrer ? Pour des fins de recherche uniquement.

– Non.

– Je suis prêt à payer davantage, dit l'historien en portant la main à son portefeuille. Il faudrait aussi rédiger une forme d'entente de confidentialité.

– Vous ne comprenez pas, objecta Brown. Je ne vous demande rien de plus. Le plaisir de découvrir, ça vaut bien plus que de l'argent. Mais je vais avoir besoin de temps pour comprendre son système, s'il y en a un, et faire des essais. Je soupçonne que ce ne sera pas très précis.

La déception se fit bien lisible sur le visage des deux universitaires.

– Je vais avoir besoin d'une copie des photos, dit Brown.

Kane hésita.

– Avec tous ces chiffres, je ne peux pas travailler de mémoire, insista Honeyboy. Et je ne peux pas retenir toutes les paroles en quelques minutes. Je peux toujours les recopier, mais je crains de manquer quelque chose en le faisant.

– Je comprends, finit par convenir l'historien. Quel est votre numéro de téléphone ?

– 901-205-9343, répondit aussitôt le musicien.

Kane pianota sur son appareil et, quelques secondes plus tard, la sonnerie d'un texto retentit.

– Les voici. Retournez-moi un engagement à ne pas les rendre publiques, de quelque manière que ce soit.

Le jeune homme pianota à son tour sur son téléphone et renvoya le message demandé.

– Ça devrait avoir une valeur d'engagement légal, déclara Craft. Il vaut mieux que tout le monde soit protégé.

Kane rangea son ordinateur dans son sac et tout le monde se leva. Le guitariste repêcha dans sa poche de jeans le billet de cent dollars que Kane lui avait donné et fit mine de le lui rendre.

– C'est un grand privilège que vous m'offrez, dit-il. Jouer un inédit de Robert Johnson… Je ne peux même pas exprimer ce que ça me fait. Je ne peux pas accepter un paiement en plus.

Il leur adressa le large sourire séducteur qu'il arborait pour ses fans au coin de East Beale et B.B. King Boulevard.

– Dites-moi simplement que je serai le premier à l'enregistrer, plaida-t-il, plein d'espoir.

Kane ne fut pas surpris par la proposition. Dans la position du jeune homme, il en aurait fait autant. Un tel enregistrement suffirait à propulser le nom d'Anthony Honeyboy Brown au panthéon du blues.

– S'il n'en tenait qu'à moi, ce serait déjà signé, dit-il. Je n'ai jamais entendu quelqu'un interpréter Johnson avec une telle justesse. Mais il faut d'abord démêler les droits de propriété. Gardez l'argent. Il est à vous. Je vous ai dit que nous retenions vos services professionnels et c'est exactement ce que nous faisons.

– Très bien. J'aurai sans doute quelque chose à vous jouer demain matin, dit Brown.

Ils se serrèrent la main et les deux professeurs laissèrent le musicien de rue à son plaisir.

Par la fenêtre sale du salon, Honeyboy Brown regarda Kane et Craft sortir de l'édifice et reprendre la route vers East Beale. Lorsqu'ils eurent disparu dans la nuit, il alla chercher un bloc-notes et un crayon, approcha un tabouret de la table à café, empoigna une guitare et s'assit.

Son excitation était si grande qu'il en tremblait. La rumeur d'une trentième chanson de Johnson courait depuis toujours. La découvrir, être le premier à l'entendre, puis à la jouer représentait une chance extraordinaire.

Il inspira profondément à quelques reprises pour se calmer. Il avait une longue nuit devant lui. La plus importante de sa courte vie. Il brancha son téléphone à l'ordinateur, y copia les photos et les imprima à la plus haute définition disponible. Puis, il revint s'installer dans le fauteuil et considéra l'ensemble.

Il commença par écrire l'en-tête sur son calepin.

Black Man Blues
R. Johnson ?

Un frisson lui parcourut le dos et la nuque. Il détestait les histoires d'homme en noir.

22

Craft et Kane marchèrent jusqu'à l'hôtel d'un pas que l'excitation accélérait. Il faisait plus frais et l'air de Memphis était agréable.

– Je n'arrive pas à y croire, dit Craft.

– C'est la cinquième fois au moins que tu en fais la remarque, la taquina Kane.

– La mythique trentième chanson, poursuivit-elle sans lui accorder la moindre attention. Tu te rends compte ? Nous l'avons trouvée ! Et elle porte ouvertement sur le mythe du pacte avec le diable à la croisée des chemins. C'est un document ethnographique autant que musical. Notre livre va faire date ! Nous allons réécrire un pan de l'histoire du Delta !

– Notre ? Nous ? fit Kane, amusé.

– Bien sûr, rétorqua Craft. Non ?

– Bien sûr que oui, pouffa l'historien.

L'anthropologue avait un air de petite fille émerveillée. Un peu plus et elle se mettait à gambader de joie sur le trottoir. L'effet était attendrissant et Kane ressentit une vague de tendresse comme cela ne lui était pas arrivé depuis longtemps.

– Et s'il n'y arrivait pas ? demanda-t-elle, soudain inquiète.

– C'est possible, acquiesça-t-il. Mais il suffit de l'avoir vu jouer pour saisir la finesse avec laquelle il comprend l'œuvre de Johnson. Si quelqu'un peut réussir, c'est Honeyboy Brown. Sinon, il nous restera toujours les paroles. Pour une publication, c'est le plus important. Mais je donnerais mon bras gauche pour entendre la trentième chanson. Être le premier depuis 1938…

La tête dans les nuages, ils atteignirent le Peabody Memphis Hotel. Kane admira de nouveau le magnifique édifice. Il se massa la nuque et laissa échapper un long soupir, puis reporta son regard vers Craft.

– Je suis crevé, mais je ne crois pas que je pourrai fermer l'œil cette nuit encore.

– Moi non plus !

– On prend un dernier verre au bar ? suggéra-t-il.

– Non.

– Bon. Très bien, dit-il en masquant de son mieux sa déception, se voyant déjà veiller jusqu'au matin avec Jack. On se retrouve au café sur Garoso Avenue pour le petit-déjeuner ? Disons huit heures ?

– Non.

– Alors, où ?

– On le prend dans ta chambre.

– Le petit-déjeuner ?

– Non. Le verre. Tu viens bien de m'en proposer un, non ? dit-elle d'une voix un peu rauque qui ne laissait aucune place à l'équivoque. Ai-je mal compris, Donald ?

– Oh. Euh, non, tu as bien compris.

Alors qu'il avait abondamment fantasmé au sujet de Virgie Craft, il se sentait écartelé entre l'excitation et une vague crainte de se retrouver au lit avec une femme d'un tel caractère. Son trouble n'échappa pas à sa compagne.

– Tu as peur que ton *mojo* ne soit pas à la hauteur d'une fille du Sud, petit Blanc ? lui lança-t-elle, une lueur taquine dans le regard.

– Mon *mojo*, comme tu dis, est en pleine forme, merci, répliqua-t-il, piqué dans son orgueil mâle.

– On attend quoi ?

Il se reprit, s'accrocha un sourire goguenard au visage, poussa la porte de l'hôtel et s'écarta.

– Après vous, chère madame, fit-il en s'inclinant avec galanterie.

– Merci, cher monsieur, répondit-elle en exagérant une révérence.

Fébriles, ils traversèrent le hall vide et attendirent impatiemment l'ascenseur, peinant à garder leurs mains pour eux-mêmes et se contentant de faire se frôler leurs hanches. Les portes s'ouvrirent et ils entrèrent presque en collision avec un jeune homme coiffé d'un chapeau melon à l'ancienne qui en jaillit, et qui sursauta en les apercevant. Les yeux ronds, le visage tendu, il sortit. En s'éloignant, il tourna la tête dans leur direction. Dès qu'il fut sur le trottoir, il se mit à courir.

– Il a vu le diable, celui-là, ou quoi ? ricana Kane, interdit.

– Il se méfie sans doute des Blancs quinquagénaires, grinça Craft.

– Presque quinquagénaires, corrigea Kane.

Les portes de l'ascenseur s'étaient à peine refermées que le désir refoulé depuis leur rencontre, doublé par la frénésie des derniers jours, explosa. Craft l'empoigna par la chemise, le poussa solidement contre la paroi et se jeta sur lui. Leurs bouches se trouvèrent et leurs langues avides se dévorèrent avec voracité. Le parfum de l'anthropologue, un étourdissant mélange de Gucci Premiere, de sueur et de femme, remplit les narines de Kane, menaçant de lui faire perdre la tête. Ses doigts se glissèrent dans sa chevelure.

Le temps de monter quelques étages, les boutons et les fermetures éclair avaient déjà commencé à sauter pour laisser le champ libre aux mains avides qui fouillaient sous les vêtements, caressant, serrant, pétrissant tout ce qui se trouvait à leur portée. L'ouverture des portes les prit au dépourvu et ils eurent fort à faire pour ne pas se retrouver étendus par terre. Haletants et frénétiques, ils se dirigèrent vers la porte de la chambre sans se lâcher, indifférents aux clients qui auraient pu se matérialiser à tout moment dans le couloir.

Marchant à reculons, Kane cherchait à sortir sa clé de la poche arrière de son pantalon, tandis que Craft s'affairait à vérifier l'état du *mojo* qu'elle avait mis en doute et s'en trouvait fort satisfaite, à en juger par la façon presque sauvage dont elle mordit la lèvre inférieure de son propriétaire. De l'autre main, il eut le temps de constater que la diablesse ne portait pas de culotte sous ses jeans moulants.

Ils atteignirent leur destination sans avoir pris le temps de respirer. Tandis que Craft était adossée à la porte, son chemisier à moitié ouvert dévoilant un soutien-gorge noir en dentelle et la plus grande partie de ce qu'il soutenait, Kane parvint à glisser la carte magnétique dans le lecteur. Une lumière verte apparut, un déclic monta et il fit tourner la poignée sans que leurs ardeurs ne se modèrent, de sorte que, une fois de plus, ils chutèrent presque sur le tapis.

Il referma derrière lui et laissa tomber son sac n'importe où. Maladroitement, ils avancèrent dans le couloir éclairé par la veilleuse de la salle de bain, heurtant un mur, puis l'autre, leurs jambes s'emmêlant, laissant des chaussures, un chemisier et une chemise dans leur sillon.

– *Mr Mojo risin'*, chantonna Craft en massant énergiquement la chose.

– Tu savais que c'est une anagramme pour « Jim Morrison » ? haleta-t-il.

– Tu crois vraiment que c'est le bon moment pour ce genre d'information ? demanda-t-elle en serrant un peu.

– Non.

Ils se dirigeaient tant bien que mal vers le lit quand le pied de Craft buta contre quelque chose. Le baiser s'arrêta net.

– Quoi ? fit Craft, le souffle court et le regard intense.

Kane se raidit, suspicieux.

– Tu sens ça ? demanda-t-il.

Elle huma l'air.

– Jack Daniel's, décréta-t-elle, soudain en alerte.

À tâtons, Kane trouva l'interrupteur et alluma.

La bouteille de whisky était cassée sur le plancher et la chambre était sens dessus dessous.

23

Sachant que, si l'on se fiait aux séries télévisées, ils devaient éviter de toucher à quoi que ce soit pour ne pas contaminer la scène, ils étaient descendus à la réception pour demander qu'on appelle la police. Affolée et plus que réticente, la préposée au comptoir avait finalement composé le 911 pour signaler, écarlate de honte, un cambriolage au très prestigieux Peabody Memphis Hotel. Une autopatrouille était arrivée quelques minutes plus tard et deux agents en étaient sortis pour recueillir leur déclaration avec sérieux. L'un d'eux leur avait ensuite ordonné de rester à leur disposition tandis qu'ils allaient constater l'état de la chambre.

Kane et Craft avaient trouvé refuge dans une autre chambre, « une suite de luxe », avait-on pris la peine de préciser, mise à leur disposition « sans aucuns frais, évidemment » par la direction de l'hôtel à la suite du « fâcheux incident » pour lequel l'établissement était « profondément désolé » et qui « ne s'était jamais produit en un siècle et demi d'existence ». Leurs élans charnels complètement évanouis, ils avaient commandé une bouteille de bourbon au bar, l'avaient emportée et sirotaient maintenant un verre pour se calmer un peu, assis côte à côte sur le bout du grand lit.

On frappa à la porte. Ils échangèrent un regard et Kane alla ouvrir. La porte grinça et il songea distraitement qu'au prix que l'établissement exigeait, ils pourraient huiler ses pentures. Il ne fut pas particulièrement surpris ni très réjoui de trouver, de l'autre côté, l'inspecteur Charles Kitchen dans toute sa splendeur visqueuse et un peu reptilienne.

– Inspecteur, dit-il en tentant de masquer son antipathie.

– Comme on se retrouve, professeur Kane, dit l'homme de sa voix profonde et mélodieuse. Puis-je entrer ?

Kane se retint de lui répondre que la puissante odeur de son eau de Cologne avait déjà pris toute la place. Il recula d'un pas pour permettre à Barry White d'entrer et de refermer la porte.

– Faites comme chez vous, répondit Kane.

– Merci, fit l'inspecteur en balayant la chambre d'un œil critique. Professeure Craft.

– Inspecteur…

Frais comme une rose malgré l'heure tardive – ou matinale, selon le point de vue – et le fait qu'on l'avait assurément tiré du lit, Barry White, le cheveu soigneusement gominé et luisant, en chemise à manches courtes irréprochablement pressée et sans cravate, dégageant des effluves entêtants de Brut, s'assit à califourchon sur la chaise du petit bureau de travail et appuya les avant-bras sur le dossier. Il les dévisagea en silence pendant quelques secondes, utilisant, pour susciter volontairement un malaise, une vieille technique de policier que

Kane avait vue mille fois dans les films, mais qui fonctionna néanmoins.

Kitchen laissa échapper un long soupir exaspéré.

– Ainsi, après avoir découvert un cadavre encore tiède, voilà maintenant que vous êtes victimes d'un cambriolage. Vous ne vous ennuyez pas, tous les deux, dites donc.

– Comme vous voyez, grommela Kane avec irritation. Mais si je pouvais faire autrement, ça m'irait très bien.

Kitchen tira un calepin et un stylo de sa poche de pantalon et y inscrivit une courte note.

– C'est bien votre chambre qui a été fouillée ?

– Oui.

– Et vous, professeure Craft, vous étiez en compagnie du professeur Kane ? ajouta-t-il d'un ton mielleux et déplaisant.

– Oui, répondit l'anthropologue en serrant les mâchoires pour ne rien ajouter.

– Essayons d'y voir clair. À votre connaissance, professeur Kane, manque-t-il quelque chose dans vos affaires ? s'enquit-il sur un ton faussement aimable.

– Pas à première vue. Mais nous sommes sortis dès que nous avons constaté l'état de la chambre. Je n'ai pas pu vérifier dans le détail.

– Vous le pourrez quand mes hommes auront terminé d'examiner la chambre. Y aviez-vous laissé des objets de valeur ?

– Ma guitare. Une Martin 000-15M en acajou. Mais elle y est toujours.

– Elle était en un morceau ?

– Oui. Heureusement, frissonna-t-il, sincèrement soulagé.

– Je ne comprendrai jamais l'amour irrationnel du guitariste pour son instrument… observa Barry White en secouant la tête, amusé. C'est presque charnel. Rien d'autre ? Un ordinateur ? Un téléphone ? Un portefeuille ?

– Non. Je les avais tous sur moi.

– De l'argent caché dans la doublure d'une valise ? Une montre de luxe laissée dans la salle de bain ?

– Non plus.

– Votre passeport ? insista l'inspecteur.

– Je n'en avais pas besoin pour voler du Maine jusqu'au Tennessee.

– Bon bon bon…

L'inspecteur tapota à quelques reprises son calepin avec son stylo, puis porta son attention sur Virginia Craft.

– Avez-vous quelque chose à ajouter, professeure Craft ?

– Nous avons croisé un jeune homme en entrant dans l'ascenseur.

– Oui, il avait l'air aussi nerveux qu'un lièvre dans une tanière de renards, précisa Kane.

Soudain beaucoup plus alerte, Kitchen posa aussitôt la pointe de son stylo sur son calepin.

– Nerveux comme quelqu'un qui arrive face à face avec le propriétaire de la chambre qu'il vient de saccager, par exemple ?

– Euh, oui, convint l'historien.

Il consulta Craft du regard et elle confirma de la tête.

– Pouvez-vous le décrire ? demanda l'inspecteur.

Elle fouilla ses souvenirs.

– Noir. À peu près de la taille de Kane. Jeune. Dans la vingtaine. Cheveux coupés court.

– Signes distinctifs ? Bijoux, piercings, tatouages…

– Je ne me souviens de rien de particulier.

– Et ses vêtements ?

– Je me rappelle d'une veste. Grise, je crois. Avec un t-shirt blanc.

– Quelque chose à ajouter, professeur Kane ?

– Un chapeau, fit ce dernier. Il portait un chapeau. Un *bowler hat*.

Kitchen le dévisagea sans comprendre.

– Un chapeau melon.

– Voyez-vous ça… ? Ça sent l'artiste qui veut se donner un genre. Je vais demander aux agents de faire la tournée des musiciens de rue.

Il fit une pause.

– Donc, il n'y avait strictement rien dans votre chambre qui ait pu susciter quelque convoitise ?

– Non.

– Si, par exemple, poursuivit Kitchen, il advenait que vous ayez encore en votre possession, disons, des objets ayant appartenu à Robert Johnson, et que la chose se soit sue, cela pourrait expliquer le cambriolage, vous ne pensez pas ?

À dessein, l'inspecteur laissa traîner la fin de sa phrase, comme s'il soupçonnait que les deux chercheurs lui avaient subtilisé quelque chose. Kane et Craft restèrent cois, se gardant d'échanger le moindre regard. L'historien songea que les objets auxquels Kitchen faisait allusion se trouvaient dans son sac, à quelques mètres de là.

Barry hocha la tête, une moue soucieuse sur les lèvres. Kane se dit que l'homme était un véritable cliché ambulant, qui avait calqué ses attitudes de policier sur les personnages de vieux films noirs.

– Pouvez-vous penser à quelqu'un qui vous voudrait du mal, professeur Kane ? Un rival, peut-être ?

À part, toi, gros bouffi hypocrite ? songea Kane.

– Vraiment pas. Je ne suis pas une *star* universitaire. Juste un prof comme il y en a mille autres.

– Vous n'avez donc pas d'ennemis ?

– Pas que je sache. À part quelques compétitions plus ou moins saines sans lesquelles les universitaires ne peuvent vivre.

– Ma parole, vous êtes un homme choyé par la vie, ironisa-t-il.

Kane constata l'air sérieux et le regard inquisiteur de l'inspecteur. Un soupçon prit forme en lui.

– Et pourquoi me demandez-vous ça, au juste ?

Kitchen sortit son portable de son autre poche de pantalon et se concentra sur l'écran.

– Figurez-vous qu'en inspectant votre chambre, mes hommes sont tombés sur quelque chose d'inattendu, annonça-t-il. J'imagine qu'aucun de vous deux ne tâte du *hoodoo* ?

– Non, fit Kane tandis que Craft restait silencieuse. Pourquoi ?

Quand le policier eut trouvé ce qu'il cherchait, il tendit le bras et présenta l'écran de son téléphone à Craft et Kane.

– Parce que nous avons découvert ceci.

Sur la photo, ils virent un petit sachet noir fermé avec une ficelle de même couleur, et sur lequel on avait cousu une étoile en argent, la tête en bas.

24

– *Fuck me upside down backwards*… grommela Kane.

– Tut tut tut, professeur Kane… fit Kitchen avec une réprobation théâtrale. Langage, s'il vous plaît… Sans compter la difficulté physique de ce que vous évoquez…

–Un *mojo hand*… fit Craft, d'une voix blanche.

Le visage de l'anthropologue avait pris une distincte teinte de gris tandis que ses lèvres se pinçaient.

– Je constate que vous vous y connaissez en cette matière.

– Je sais les reconnaître quand je les vois. J'enseigne la culture populaire du Delta, inspecteur, expliqua-t-elle en se reprenant. Le *hoodoo* en fait partie.

– Évidemment. Que pouvez-vous me dire sur cet objet ?

– Pas grand-chose. Je ne suis pas une experte. Mais je connais quelqu'un qui peut nous éclairer sur ce que veut dire ce genre d'objet. Puis-je avoir une copie de cette photo ? Si j'apprends quoi que ce soit, je vous en ferai part sans délai.

– Bien entendu. Votre aide serait grandement appréciée.

Kitchen tapota de nouveau son appareil et la sonnerie de celui de Craft retentit presque aussitôt.

– Voilà.

Tandis que Craft ouvrait la photo pour l'examiner de plus près, l'inspecteur s'adressa à Kane.

– Habituellement, on ne laisse pas ce genre de chose dans la chambre de quelqu'un à qui on veut du bien, ironisa-t-il. Si vous y croyez, évidemment. Cela dit, superstition ou pas, le sentiment que vous suscitez chez le cambrioleur – ou son patron – semble assez évident. À votre place, je ne serais pas tranquille.

– Vous êtes vraiment rassurant.

– Je ne fais que mon travail. Mais vous ne semblez pas troublé outre mesure, professeur.

– Si vous pensez que je me sens tranquille en sachant que quelqu'un qui croit au *hoodoo* est entré dans ma chambre et y a sciemment laissé cette cochonnerie, détrompez-vous, inspecteur. Ça ne me plaît pas du tout. Je suis historien. Je tiens compte de la superstition pour mieux comprendre le passé ; pas parce que j'y crois. De là à être convaincu que je vais finir ensorcelé par un *hoodoo doctor*, il y a un pas que je ne franchirai pas.

– Admirable attitude qui fait honneur à la raison, roucoula Kitchen. Vous me faites regretter de n'avoir qu'un modeste diplôme de l'académie de police.

Il se leva en déployant son impressionnante carcasse, rangea son calepin, son stylo et son portable dans ses poches, puis fit quelques pas, l'air perdu dans ses pensées. Il s'arrêta devant la fenêtre et regarda longuement dehors, les mains jointes dans le dos, en se balançant sur la plante des pieds. Il finit par se retourner.

– Vous ne trouvez pas ça bizarre, quand même ? demanda-t-il à brûle-pourpoint, avec un air innocent.

– Quoi ? rétorqua Kane.

– Que Simone Jackson vous contacte pour vous remettre une boîte contenant quelques broutilles ayant soi-disant appartenu au légendaire Robert Johnson avant de rendre l'âme dans son salon quelques heures plus tard.

– Mais où voulez-vous en venir, au juste ? s'indigna Craft, la fumée lui sortant presque par les oreilles.

– Nulle part, répondit Kitchen. Je réfléchis à haute voix, professeure. Rien de plus. Vous savez, nous, policiers, avons l'habitude de faire des liens. L'avenir nous dira ce qu'il en est.

– Nous avons déjà dit ce qu'il en était !

– Bien sûr. Tous les coupables sont innocents. D'où mon insistance à faire mon travail consciencieusement.

Il se dirigea vers la porte.

– Je vous laisse. Professeur Kane, mes hommes sont toujours en train de passer votre chambre au peigne fin. S'ils découvrent autre chose, je vous le ferai savoir sans tarder. S'il y a quoi que ce soit, vous avez mes coordonnées. Je verrai à ce que vous puissiez rapidement récupérer vos affaires. Vous voudrez bien m'avertir s'il manque quelque chose.

– D'accord.

Il ouvrit la porte et allait sortir quand il s'arrêta dans l'embrasure, l'index en l'air.

– Ah oui ! J'allais oublier. Nous avons reçu les résultats de l'autopsie de Miss Jackson. Le médecin légiste n'a trouvé aucune trace de poison dans son corps ni de signe de violence. Il semble bien que son vieux cœur a simplement cessé de la battre. La pauvre est morte de sa belle mort, tout doucement. Elle s'est envolée comme un petit oiseau.

Il imita ridiculement des ailes avec ses doigts. Craft et Kane accueillirent la nouvelle avec une certaine tristesse.

– Je garde un œil sur vous, professeur Kane, dit-il. Pour votre protection, évidemment.

Il lui adressa son sourire le plus suave.

– Soyez prudent. On dirait bien que quelqu'un vous en veut.

– Oui, j'ai également cette impression, inspecteur, admit l'historien, cynique.

L'inspecteur Charles Kitchen sortit sans rien ajouter. Kane s'empressa de mettre la chaîne de sûreté.

25

Après le départ de l'inspecteur Kitchen, Kane et Craft restèrent silencieux quelques secondes, abasourdis par tout ce qu'ils venaient d'apprendre, et dégoûtés par celui qui avait porté le message.

– Bleeeeh ! fit enfin l'anthropologue en secouant la tête avec une grimace théâtrale. Cet homme me donne la chair de poule ! J'ai l'impression d'être Ève en train de discuter avec le serpent froid et visqueux dans le jardin d'Éden. Il me donne envie de sauter dans la douche et de me frotter frénétiquement avec une pierre ponce. Beurk ! Beurk-beurk-beurk ! Beuuuuuuuuuurrrrkkkkk !

– C'est vrai qu'il a un côté poisseux, notre bon Barry, convint Kane, amusé malgré la gravité des circonstances. Mais il est surtout inquiétant. J'ai la désagréable impression que son ton doucereux recouvre une menace qui me fait dresser les poils sur la nuque.

– Nous partageons la même impression.

Elle se leva et vida d'un trait ce qu'il restait de bourbon dans le verre demeuré sur la table lors du passage de

Kitchen, puis déboucha la bouteille de Pappy Van Winkle et le remplit de nouveau. Kane lui tendit le sien, elle le servit et revint s'asseoir près de lui au bout du lit.

– Je ne lui fais tellement pas confiance, lâcha-t-elle. Un homme qui s'asperge à ce point de parfum a forcément quelque chose de plus à cacher que sa seule odeur corporelle.

Le nez plissé de dégoût, elle fit mine d'éventer l'air devant son visage.

– Il a gardé pour lui les objets de Johnson. Nous savons d'entrée de jeu qu'il n'est pas honnête.

– Ouais. Et en les glissant dans la conversation, l'air de rien, il allait à la pêche, c'est clair, nota Kane avec un rictus d'irritation. Il cherchait à savoir s'il y avait autre chose que je ne lui ai pas remis.

– Si tu veux mon avis, il le sait déjà, renchérit Craft. Il a flairé la bonne affaire et ne lâchera pas la piste.

Il avala à son tour une grande gorgée de bourbon, la laissa descendre dans son œsophage et poussa un long soupir excédé.

– Pourquoi ai-je l'impression que nous sommes dans un sale merdier ? demanda-t-il en se passant les doigts dans les cheveux.

– Peut-être parce que nous sommes dans un sale merdier ?

Elle but à son tour et tourna la tête vers lui.

– Je regrette presque d'avoir accepté ton invitation à collaborer.

La déclaration lui fit un pincement au cœur.

– Je suis vraiment désolé, Virgie, lui dit-il, attristé.

Elle lui adressa un sourire mutin.

– J'ai dit « presque ». J'avoue que ces derniers jours ont tout de même été les plus stimulants que j'ai connus depuis un bon moment !

– Alors, je suis ravi, fit Kane avec un petit sourire en coin.

Il se leva et, marchant lentement de long en large dans la chambre, se lança dans sa propre récapitulation des faits.

– Que savons-nous ? Un : Simone Jackson me contacte pour me proposer de la rencontrer. Deux : Simone Jackson nous remet les objets de Robert Johnson. Trois : la trentième chanson de Johnson est cachée dans la reliure de son carnet, lui-même rempli de révélations intéressantes et de notes plus ou moins inexpliquées. Quatre : Simone Jackson meurt de sa belle mort. Cinq : nous demandons à Honeyboy Brown de décoder la musique de la chanson. Six : pendant que nous sommes chez lui, on fouille ma chambre. Je ne peux qu'en conclure qu'on nous surveillait et qu'on savait que je n'étais pas là. Sept : on prend la peine de laisser un *mojo bag* dans ma chambre. Avec celui qui se trouvait dans la boîte de Johnson, ça en fait deux.

– Justement… fit Craft.

Il remarqua que le visage de sa collègue s'était chiffonné.

– Quoi ?

– Les *mojo bags*…

– Oui ?

– Eh bien, disons que je me suis rendue coupable de quelques restrictions mentales avec Barry…

– Vraiment ? Toi aussi ? Ça alors...

Il retourna s'asseoir près d'elle sur le lit.

– Explique-moi.

– Je suis loin d'être une experte, mais je ne suis pas non plus tout à fait ignorante. Et tout comme je sais ce que signifie le blanc du *mojo* de Johnson, je sais aussi ce que veut dire le noir.

Elle se leva à son tour, prit place derrière le bureau, saisit le bloc-notes et le stylo de courtoisie et se mit à griffonner. Quand elle eut terminé, elle arracha la page et la lui tendit.

– Toi qui es médiéviste, je présume que tu connais bien ce symbole ?

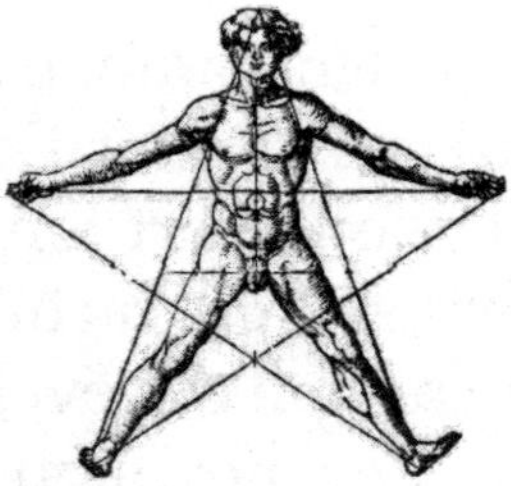

Kane reconnut sans difficulté la silhouette dessinée par-dessus la forme d'une étoile à cinq pointes.

– Ça me rappelle l'homme de Vitruve, confirma-t-il. Leonardo a dessiné le plus connu vers 1490, mais dans un cercle et un carré. Le nombril de l'homme était au centre du cercle et ses organes génitaux, au centre du carré. Un très artistique exercice de géométrie.

– Pour les magiciens, ce symbole représente l'aspect spirituel de l'humain, dont l'esprit domine la matière pour tendre vers les cieux et les choses spirituelles, expliqua l'anthropologue.

Elle lui reprit le dessin et le mit à l'envers.

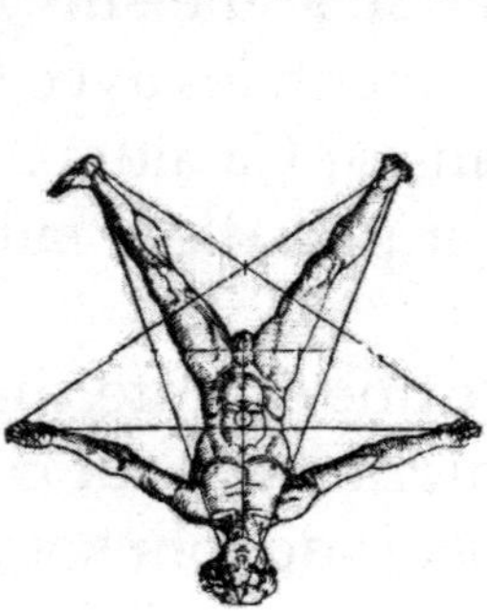

– Le pentagramme inversé représente l'humain dominé par la matière et les choses de la terre.

Elle se remit à dessiner. Quand elle eut achevé, elle arracha la feuille du bloc-notes et la lui passa.

– Il y a aussi ceci.

– Un bouc ?

– Pas n'importe lequel. Baphomet.

– Celui qu'on accusait les Templiers d'adorer ? dit Kane, étonné.

– Oui. Enfin, tel qu'il a été récupéré par les occultistes du dix-neuvième siècle pour représenter Satan.

Kane sentit un souffle froid monter le long de sa colonne vertébrale.

– Oh ! Et tu n'as pas jugé bon de partager ça avec Kitchen ?

– J'allais le faire et mon instinct a pris le dessus. Je lui fais autant confiance qu'à Lucifer en personne.

Nerveux, Kane se leva, avala une gorgée et se remit à marcher dans la chambre, pensif.

– Il faut se rendre à l'évidence : quelqu'un me veut du mal, finit-il par déclarer.

Trois petits coups discrets frappés à la porte les firent sursauter. Ils échangèrent un regard méfiant et, pour la première fois de sa vie, Kane regretta de ne pas posséder une arme à feu. Il alla entrouvrir la porte et jeta un coup d'œil par l'entrebâillement laissé par la chaîne de sécurité. Le policier en uniforme qui se tenait de l'autre côté lui adressa un sourire compétent. Kane retira la chaîne et ouvrit.

– Oui ?

– Nous en avons fini avec la chambre. Vous pouvez récupérer vos affaires, professeur Kane. Si vous voulez bien venir avec moi.

– Très bien. Attendez-moi une seconde, voulez-vous ?

Il alla ramasser la clé qu'il avait jetée sur une table de nuit.

– Verrouille la porte derrière moi et n'ouvre à personne, conseilla-t-il à Craft. Celui qui m'en veut ne doit pas t'aimer tellement plus. Je reviens tout de suite.

26

Kane sortit de l'ascenseur en tirant d'une main sa valise sur roulettes dans laquelle il avait fourré à la hâte toutes ses possessions. La police avait été admirablement méticuleuse et même ses caleçons et ses chaussettes semblaient avoir été examinés – y compris les sales. Dans l'autre main, il tenait son étui de guitare. Au moins, ils n'avaient pas coupé les cordes. Il bénit le Peabody Hotel pour sa climatisation, à défaut de sa sécurité.

Arrivé à la porte de la chambre, il appuya l'instrument au mur, fouilla ses poches de pantalon, puis de veste, à la recherche de la clé. Il déverrouilla, ramassa ses choses et entra.

– Chérie, je suis de retour ! blagua-t-il, sur le ton du mari de *sitcom* télévisé rentrant à la maison pour retrouver Bobonne et ses pantoufles.

Il referma en poussant la porte avec son genou et se retourna. La lumière était tamisée. Il aperçut les vêtements de Virgie sur le plancher et l'inquiétude le saisit aussitôt. Il laissa tomber ses bagages et se précipita en avant, prêt à tout. Il s'arrêta net en découvrant Craft sous les draps.

– Ça te dérange si je reste ? demanda-t-elle, feignant l'embarras davantage qu'elle ne le ressentait vraiment. Avec une chambre fouillée, un *mojo bag* malveillant et une morte qui semblent ponctuer notre route, je n'ai pas vraiment envie de dormir seule à la maison.

Elle lui adressa un sourire félin et rabattit les draps, dévoilant sans le moindre scrupule le plus bel exemple de courbes féminines qu'il lui eût jamais été donné d'admirer. Elle laissa ses doigts les effleurer langoureusement, s'attardant aux creux des cuisses. Le cœur de Kane fit un salto arrière dans sa poitrine.

– Je me ferai toute petite, minauda-t-elle.

Kane ravala un peu stupidement, incapable d'arracher son regard vorace et fasciné du délicieux spectacle.

– Euh, oui, je crois bien que tu peux rester, finit-il par dire d'une voix étranglée.

Il la rejoignit dans le lit sans prendre le temps de se dévêtir. Elle s'en chargea habilement et ils eurent tôt fait d'oublier les événements des dernières heures.

Kane ouvrit les yeux, l'esprit embrouillé. Il était assis dans le lit. L'espace d'un moment, il chercha où il était. La lumière de la rue entrait par la fenêtre – dans leur empressement à profiter l'un de l'autre, ils avaient omis de fermer les rideaux – et il se rappela qu'il était dans une chambre du Peabody Hotel. Celle qui n'avait pas été saccagée par un inconnu mal intentionné. Il avait cru entendre un bruit. Un rêve, sans doute.

Sur sa gauche, la respiration lente et régulière de Virgie Craft monta. Il admira sans gêne celle qui partageait son lit. Les draps étaient rabaissés, dévoilant son dos nu jusqu'à l'endroit où il perd son nom. Après la séance de gymnastique passionnée à laquelle ils s'étaient livrés, elle devait être presque aussi fourbue que lui. Il se demandait encore comment il avait réussi à performer comme au temps de sa jeunesse. Et il espérait recommencer très souvent.

Il se laissa retomber sur le dos, encore satisfait et étonné de sentir un début d'excitation taquiner son sexe. Il posa son avant-bras droit sur ses yeux, soupira et s'abandonna à nouveau au sommeil du juste.

Un léger déclic sec rompit le silence et il rouvrit grand les yeux. Cette fois, aucun doute. On aurait dit le bruit de la serrure. Il attendit, tétanisé. Celui qui avait fouillé sa chambre revenait-il achever sa tâche ? Il patienta un instant sans que rien ne se produise, mais ne se détendit pas.

Un grincement monta dans la pièce. Il reconnut le bruit de la porte qu'on ouvrait lentement. Il ravala sa salive et se maudit de n'avoir jamais acheté un pistolet. Au lieu de ça, il avait abondamment râlé contre le Second Amendement à la Constitution. La formule « une milice bien organisée étant nécessaire à la sécurité d'un État libre, le droit qu'a le peuple de détenir et de porter des armes ne sera pas transgressé » résonnait soudain comme une douce musique à ses oreilles.

Il entendit qu'on refermait très délicatement la porte. Avec d'infinies précautions, il s'assit dans le lit, tendu comme un arc. Des pas feutrés se mirent à avancer lentement. Le cœur battant dans la poitrine, le ventre serré, Kane rabattit prudemment les couvertures, cruellement conscient de sa nudité. Il devait protéger Virgie. Protéger les objets de Johnson. Se protéger lui-même. À tâtons, il chercha une arme. Ses doigts se refermèrent sur le goulot de la bouteille de Pappy Van Winkle, qui avait joué un rôle actif dans leurs ébats, et qui gisait, vide, sur le plancher.

Il l'empoigna solidement, se leva sans bruit et fit quelques pas de loup pour aller se blottir contre le mur où se terminait le couloir d'entrée de la chambre. Il était bien décidé à fracasser la bouteille sur le crâne de l'intrus dès qu'il apparaîtrait.

Depuis le couloir, d'autres pas lui parvinrent. Bientôt, une silhouette émergea. Kane allait frapper, mais quelque chose l'en empêcha et la bouteille resta suspendue au-dessus de sa tête. L'homme était relativement petit et frêle. Il s'avança dans la chambre et la lumière de la rue dévoila un habit usé, mais propre. Il se dirigea droit vers le sac de Kane, l'ouvrit et en sortit la boîte en fer-blanc jadis confiée à Ellie Mae Jackson, née Harney. Il la déposa sur le bureau de travail et l'ouvrit. Il se retourna vers Kane. L'historien reconnut Robert Johnson. Il ne fut pas vraiment surpris.

– Où sont mes picks *et ma* slide *? demanda le* bluesman.

– J'ai dû les remettre à la police, expliqua l'historien, à la fois apeuré et fébrile à l'idée qu'il était en train de parler avec le père du blues. Simone, la fille aînée d'Ellie Mae Harney est morte et il y a enquête. Mais j'ai conservé tout le reste. J'ai joué un bon tour à la police.

Le bluesman *lui retourna un sourire complice, exactement celui qu'il arborait sur une des trois photos de lui. Puis, il retrouva son sérieux et prit une expression triste.*

– Je voulais jouer… Ça me manque tellement.

– Ma guitare est là, dit Kane en désignant l'étui contre le mur. Il y a des picks *et une* slide *en laiton. Tu peux les prendre. J'en serais honoré. Vraiment.*

– Pourquoi ? fit Johnson, l'air étonné.

– Tu es devenu une légende, expliqua Kane avec l'enthousiasme d'un groupie. Ton jeu de guitare a défini celui de tous ceux qui t'ont suivi. Tous les musiciens de rock se réclament de toi !

– Les musiciens de quoi ? fit le bluesman.

– Rien, dit Kane. Laisse.

Il alla prendre sa guitare dans son étui et, avec révérence, la présenta à la légende avec un pick *et une* slide. *Un sourire d'enfant se forma sur le visage de Johnson, qui s'installa sur le bord du lit et posa l'instrument sur sa cuisse gauche. Il se mit à jouer et à chanter de sa voix à la fois haut perchée et puissante, exactement comme il l'avait fait sur ses vingt-neuf enregistrements.*

– Walkin' in the night, with the moon shinin' bright. Walkin' in the night, was time to turn right. Gonna meet my woman, keep me satisfied.

Kane reconnut les paroles de la trentième chanson. Chanté par son créateur, l'air en ré *mineur semblait parfaitement naturel, même s'il n'avait jamais chanté dans cette tonalité. Cette chanson était l'apothéose de la création de Robert Johnson, une coche au-dessus de* Love In Vain, Come On In My Kitchen, Hell Hound On My Trail *ou* Cross Road Blues. *Alors que les mots sombres montaient dans la chambre, Virgie grommela, donna quelques coups dans son oreiller, se retourna dans le lit et continua à dormir.*

– Goin' down the road, with my old guitar in my hands. Goin' down the road, with my old guitar in my hands. All the little girls understand.

Des flammes apparurent autour de Johnson, qui ne parut pas les sentir. Virgie gémit, comme une enfant qui fait un cauchemar.

– Sang my song to the Man, sang my song just one time. Sang my song to the Man, sang my song forty times. He said son, you can't run, your soul is mine.

Les flammes s'étaient répandues à tout le lit, encerclant Craft. Une odeur de chair brûlée remplit la chambre tandis que les lueurs orangées des flammes dansaient sur les murs. Toujours, Robert Johnson chantait.

– Cost me a dollar, cost me a dime, come on little woman, take my hand. Play me for a fool, warm my soul, make the change, seal the deal. Write it on paper, take my words. You see the sign, be mine all the time. Ellie Mae,

Ellie Mae, take my soul and wait. Ooooooo, Nellie Mae, trade my soul and bait.

Craft ouvrit les yeux et poussa un hurlement strident. Johnson, porté par la musique, avait fermé les siens.

– Couldn't run, couldn't hide, wasn't nowhere to stay. Couldn't run, couldn't hide, wasn't nowhere to stay. No use prayin', boy, the Lord's miles and miles away.

Les cheveux de Virginia Craft avaient disparu et sa peau était couverte de cloques qui explosaient aussi vite. Dans les flammes, Johnson chantait toujours, alors que la guitare se consumait.

– Hellhounds keep comin', when the sun goes down. Mmmmmmmmm Mmmmmmmmmm, when the devil come down. Got my mojo workin', don't know for how long. Black man be gone.

Sa voix se mit à chevroter. Kane comprit qu'il pleurait à chaudes larmes que le feu asséchait aussitôt.

– Nellie Mae, I got to say, my blood won't buy my soul, *sanglota-t-il*. My blood will stay whole.

Ses yeux pleins de larmes éclatèrent sous l'effet de la chaleur. Donald Kane hurla de terreur.

Quand Kane s'éveilla, il était assis dans le lit, haletant, le cœur battant et couvert d'une sueur froide. Il se frotta énergiquement le visage, puis jeta un regard sur Craft, toujours endormie, le dos découvert jusqu'au milieu des fesses. Il cligna des yeux à quelques reprises. Il avait rêvé de Johnson. Il se souvenait de cela. Des notes traînaient encore dans sa tête. Et il y avait eu le feu qui dévorait tout le monde. Sauf lui.

Il se recoucha sur le dos, ferma les yeux et respira profondément à quelques reprises. Son cœur se calma peu à peu. En sombrant dans le sommeil, il eut l'impression d'entendre encore Johnson chanter au loin.

27

Memphis, Tennessee, mercredi 7 juillet 2021

Dans le petit deux-pièces qu'il occupait depuis près de deux ans, Little Lonnie Wood pleurait à chaudes larmes dans la lumière d'une ampoule nue au plafond. Sally, sa guitare adorée, gisait, en miettes, au pied du mur contre lequel il l'avait fracassée quelques minutes auparavant avec une rage accumulée depuis des années. Il se rappelait encore leur première rencontre, dans une boutique de prêteur sur gages. Il avait eu l'impression qu'elle l'appelait. Séduit, il l'avait achetée sur un coup de tête, même s'il n'en avait pas les moyens. Dès lors, sa vie, qu'il avait imaginée pleine de satisfaction, avait été une lente descente aux enfers parsemée de faux espoirs, d'illusions et de mirages. Cette guitare n'avait cessé de le tirer vers le bas et de gâcher sa vie. Sally avait été la maîtresse la plus séduisante, exigeante et fourbe qui fût. Elle l'avait mené à sa perte. Little Lonnie avait été trahi par son instrument, son grand amour, comme d'autres hommes le sont par une femme. C'était fini. Il ne jouerait plus jamais. Tant pis. Il n'avait jamais eu de chance.

Affalé sur une chaise de cuisine bancale, en sous-vêtements sales – il ne se rappelait pas la dernière fois qu'il les avait changés –, il avisa la bouteille de bourbon à moitié vide sur la table. Sa dernière. À côté se trouvaient un verre, un couperet à viande et un long couteau de boucher. Il remplit le verre de bourbon, puis leva sa main gauche à la hauteur de ses yeux et l'observa comme s'il la voyait pour la première fois. Depuis longtemps déjà, ses doigts, jadis si agiles, ne couraient plus sur les cordes, de frette en frette, comme ils l'avaient fait quand il était jeune. Ah ! Comme ils avaient dansé ! Ils avaient fait écarquiller bien des yeux. Leonard Wood était né avec un don unique qui l'avait transformé en Little Lonnie. Mais il n'avait pas su s'en contenter. Il avait voulu plus, toujours plus. Il avait rêvé de gloire, de richesse, de renommée. Il avait obtenu la déchéance et la déception. Il n'avait que lui-même à blâmer pour l'épave qu'il était devenu. À force d'engourdir sa conscience, le bourbon et le *moonshine* l'avaient détruit. L'alcool, consommé à outrance, avait été à la fois son refuge et sa perte. Il avait érodé sa dextérité et sa vivacité d'esprit.

Le moment était venu beaucoup plus vite que convenu. Il avait tenté de négocier, mais en vain. Il ne disposait d'aucun levier, d'aucune monnaie d'échange. En fait, il semblait bien qu'il était cette monnaie.

Dodelinant de la tête, il vida son verre et se resservit aussitôt. Il voulait être aussi ivre que possible, se rendre à la frontière de l'inconscience, mais sans la franchir. Il devait rester conscient. Il posa docilement la main bien à plat devant lui, empoigna le couperet à viande et le soupesa. Il soupira, le souleva et l'abattit d'un coup sec, tranchant son annulaire et son auriculaire. La douleur fut fulgurante et aveuglante. Sa bouche s'ouvrit en un cri silencieux tandis que ses yeux menaçaient de jaillir de leurs orbites. La douleur froide fut vite remplacée par une sensation de brûlure. Dans sa main, il sentait battre son cœur tandis que le sang pissait de sa blessure.

Little Lonnie Wood ferma les yeux, attendant que les élancements qui enveloppaient tout son bras se calment un peu. Il déposa le couperet sur la table déjà ensanglantée, près des deux doigts qui, l'instant d'avant, avaient été les siens et, d'une main droite tremblante, saisit le verre. Il renversa la tête, en but la moitié, puis le replaça sur la table et resta là à haleter.

Il remit la main sur la table, ramassa le couperet et l'abattit à nouveau, sectionnant l'index et le majeur. La douleur lui arracha un cri de bête à l'agonie, puis des larmes de souffrance. Geignant, il se balança sur lui-même un instant, respirant profondément, serrant son moignon ensanglanté entre ses côtes et son bras droit. Il devait se rendre jusqu'au bout. Il vida le verre d'une grande gorgée, reprit le couperet, mit ce qu'il restait de sa main sur la table et, avec toutes les forces qui lui restaient, le fit tomber sur son pouce, qui se détacha. Cette fois, il ne put que poser le front sur la table en sanglotant, vacillant à la limite qui séparait la souffrance et la folie.

Il laissa tomber le couperet sur le vieux plancher de bois taché, où le sang qui s'écoulait de la main mutilée formait déjà une flaque. Sa tête commençait à tourner tandis qu'un grand froid s'insinuait en lui. Il remplit le verre à ras bord et fit cul sec. Son dernier verre… Qui l'eût cru ? Il goûta une dernière fois la sensation de l'alcool qui lui brûlait l'œsophage. Un unique sanglot explosa dans sa gorge, portant en lui tout le désespoir et toute la terreur qu'il ressentait.

Même ivre mort, la part de lui qui voulait vivre résistait encore – par masochisme, sans doute.

– Les doigts, ça pourrait suffire, non ? demanda-t-il d'une voix pâteuse, sans obtenir de réponse.

Mais vivre pour quoi ? Pour encore plus de bourbon, de peur, d'amertume et de découragement ? Pour continuer à jouer de plus en plus mal, jusqu'à ne même plus pouvoir gagner pauvrement sa vie au coin d'une rue ? Pour se détériorer pendant encore quelques années, voire des décennies ? Pour finir en pâle et obscène imitation de ce qu'il aurait pu devenir ? Non, il en avait fini avec tout ça. Il avait atteint le fond du baril.

La mort était inévitable pour tout le monde. Il aurait eu moins de temps que la plupart des gens. Moins de bonheur, aussi. C'était comme ça. Il avait fait ses choix et il devait les assumer. Dieu en prendrait peut-être ombrage, mais Dieu pouvait aller se faire foutre. Dieu ne lui avait rien donné. Il n'avait peut-être même jamais su que Leonard Wood existait.

Envahi par une immense lassitude, il soupira, empoigna le manche du couteau de boucherie et contempla un moment le tranchant de la lame. Elle ferait l'affaire. Il ferma les yeux et appuya la pointe de l'arme contre sa gorge. Son cœur se mit à battre très fort. Il était terrifié. Il aurait dû aller à l'église plus souvent. Il se mit à pleurer, rassembla tout le courage qu'il lui restait encore et, dans un geste qui allait à l'encontre du plus élémentaire instinct de survie, appuya sur le couteau. Il sentit la lame percer sa chair et sectionner sa carotide. Un puissant jet de sang jaillit de la blessure et il se surprit à l'observer avec curiosité tandis que les ténèbres envahissaient son esprit. Sa main amputée lui faisait moins mal. Il n'avait plus froid. Il avait l'impression d'être enveloppé dans du coton et avait sommeil. Sans s'en rendre compte, il glissa de la chaise et s'affala sur le sol. La dernière chose qu'il entendit avant de sombrer dans la mort fut des bruits de pas.

Dans la rue, devant l'édifice où Lonnie Wood venait de se donner la mort, un homme sortit son portable et composa calmement le 911.

– Je désire rapporter un suicide.

28

Le soleil venait de se lever quand ils se réveillèrent.

– Salut, professeure Craft, dit Kane d'une voix encore endormie.

– Salut, professeur Kane, répondit cette dernière. Tu sembles heureux.

– Rassasié, corrigea-t-il avec un sourire béat.

– Je ne te crois pas.

Comme une chatte satisfaite, elle s'étira en arquant le dos, ce qui eut pour effet de mettre en valeur tous les attributs qui pouvaient l'être, causant en retour une réaction prévisible chez Kane, qui ne put s'empêcher de tendre la main pour cueillir le fruit pas si défendu. Après qu'il eut de nouveau vigoureusement profité des circonstances, ils se levèrent enfin et prirent une douche au cours de laquelle Kane amorça une ultime tentative de séduction qui fut brusquement interrompue.

– Ça suffit, homme ! dit-elle en administrant une claque affectueuse sur la main qui tentait de se frayer un chemin vers son intimité. *Vade retro !* Je te rappelle que tu auras bientôt cinquante ans !

– Ah oui, c'est vrai, marmonna Kane en lui embrassant le cou avec gourmandise, savourant le sel sur sa peau. Pas évident de tenir le rythme avec une petite jouvencelle quadragénaire. Mais au moins je mourrai heureux.

– Vieux vicieux !

– Merci du compliment.

– Nous avons à faire. Nous devons aller consulter Mama Cornelia.

– Qui ?

– Mama Cornelia. La *hoodoo doctor* dont je t'ai parlé, expliqua-t-elle en parvenant à arracher le bras avec lequel il l'avait encerclée. L'excès d'endorphine t'a-t-il fait oublier les *mojo bags* qui croisent notre chemin ?

– Disons que j'ai l'esprit ailleurs, fanfaronna-t-il, même si, tout à coup, l'envie n'y était plus.

– Vicieux ! redit-elle, avec moins de conviction.

Moins d'une heure plus tard, ils étaient assis devant un petit-déjeuner qu'ils avaient fait monter à la chambre.

– Tu as l'air fatigué, nota Craft en badigeonnant un bout de rôtie avec de la confiture.

Il avala une gorgée de café et grignota un morceau de toast.

– En fait, j'ai mal dormi, lâcha-t-il avant de lui raconter son cauchemar.

– Si ça ne te dérange pas trop, la prochaine fois, j'aimerais mieux que tu rêves à moi autrement qu'en train de brûler vive, lui dit-elle quand il eut terminé, un peu dégoûtée. Et elle ressemblait à quoi, la trentième chanson ?

– Je ne m'en souviens pas vraiment. Mais dans mon rêve, elle était… parfaite, relata-t-il, son regard se perdant dans le vague. J'avais le sentiment que la tonalité de *ré* mineur allait de soi. Que c'était la chanson la plus puissante, la plus achevée qu'il n'avait jamais écrite.

Craft le dévisagea un instant.

– Tu as peur ?

– On a fouillé ma chambre et on y a laissé un mauvais sort. C'est un peu inconfortable, admit-il.

– Tiens, tu crois au *hoodoo*, maintenant ?

– Pas tant, mais je préférerais tout de même qu'on laisse les petits sachets noirs ailleurs. Et toi ? Tu te sens comment ?

– J'ai une puissante envie de regarder par-dessus mon épaule chaque minute, avoua-t-elle. Je voudrais croire qu'il n'y a aucun lien avec la boîte de Jackson, mais il y a le *mojo bag* noir.

Kane joua distraitement dans son assiette avec sa fourchette.

– La rumeur d'une trentième chanson court depuis la mort de Johnson, reprit-il. Nous sommes des universitaires. Nous considérons sa valeur historique, musicale et documentaire… Mais sa valeur monétaire est encore plus grande. Dieu seul sait ce qu'elle irait chercher aux enchères. J'imagine ce qu'un collectionneur serait prêt à payer pour posséder l'original. Et plus encore pour le calepin complet. Pas surprenant qu'on ait voulu le voler.

– Mais comment quelqu'un pourrait-il savoir qu'elle existe, cette chanson ? Il n'y a que nous…

Elle hésita et ses yeux s'écarquillèrent.

– Et Honeyboy, lança-t-elle d'un ton suspicieux. Il a vu les photos de l'original. Il a certainement compris qu'il pouvait en tirer une fortune.

– Nous étions avec lui pendant qu'on fouillait ma chambre, nuança Kane.

– Vrai, mais il nous a fallu une bonne vingtaine de minutes pour revenir à pied. S'il a contacté le type au chapeau melon dès que nous sommes sortis, et que celui-ci se trouvait déjà à proximité de l'hôtel, ça suffisait amplement.

– Et le numéro de ma chambre ? Il l'aurait découvert comment ?

– En appelant à la réception ? suggéra l'anthropologue.

– Aucun hôtel digne de ce nom ne donne le nom de ses clients, contra Kane.

– Tu es à Memphis. Tout s'achète.

– Je vais lui envoyer un texto.

Il tapota sur son portable et attendit en regardant Craft racler avec enthousiasme ce qu'il restait de jaune d'œuf dans son assiette avec son dernier morceau de rôtie. Lui-même avait à peine touché ses œufs miroir et son bacon. Ne recevant aucune réponse, il décida d'appeler, porta l'appareil à son oreille et écouta en vain les sonneries.

– Il dort peut-être encore, suggéra Kane. S'il a passé la nuit sur la chanson. Les artistes ont de drôles d'horaires.

– Ou il a filé avec, remarqua Craft.

– Pour en faire quoi ? Elle n'a de valeur que si elle est authentifiée par des experts neutres. S'il l'enregistre sans preuve qu'elle est bien de Johnson, ce ne sera qu'une autre chanson de blues, qui va avoir un son vieillot en plus. D'un point de vue commercial, ce n'est pas très gagnant.

Virgie termina son café et se leva.

– On y va ? J'aimerais passer par chez moi et me changer. C'est sur notre chemin.

Kane vida sa tasse, passa la sangle de son sac sur son épaule, puis ramassa sa valise et sa guitare.

– Je vais mettre mes bagages en consigne à la réception, précisa-t-il. Un seul cambriolage me suffit.

– Tu pourrais aussi, euh, laisser tout ça chez moi, proposa timidement Craft.

– Tu es certaine ? demanda-t-il en essayant de cacher le plaisir que la proposition lui procurait.

Elle confirma d'un charmant hochement de tête. Ils se regardèrent un moment sans rien dire. Kane se contenta d'apprécier à sa juste valeur ce qui était en train de se passer entre eux.

– Très bien, dit-il en lui retournant un sourire. Alors, on va chez toi, professeure Craft.

Ils se dirigèrent vers la porte. Elle l'ouvrit, sortit et la lui tint pour qu'il la franchisse avec ses bagages.

– Ouch ! s'écria-t-il.

29

– *Goddam shithouse of a hotel!* ragea Donald Kane.

– Qu'est-ce qu'il y a ?

Il déposa avec rage son étui, sa valise et son sac de cuir devant la porte, puis s'adossa au mur sur un pied pour inspecter sa semelle droite. Il eut beau chercher, il n'y trouva rien.

– J'aurais juré que je venais de marcher sur un clou ou quelque chose du genre, dit-il, perplexe, tandis que les élancements dans la plante de son pied ne se calmaient pas. Mais je ne vois pas de trou. Ça doit être une crampe. Le manque de sommeil, sans doute.

Il adressa à Craft un clin d'œil coquin auquel elle ne réagit pas. L'air sombre, elle fixait le seuil de la porte.

– Regarde.

Il suivit la direction de son regard et repéra une fine ligne jaunâtre qui longeait le seuil. Réalisant qu'il se tenait toujours sur un pied, il quitta sa position pour aller l'observer de plus près.

– Qu'est-ce que c'est ?

– Un *mess*, dit-elle.

Il fronça les sourcils en entendant la façon dont la voix de l'anthropologue s'étranglait. Il fit mine de se pencher pour mieux examiner la mystérieuse poudre.

– N'y touche pas ! le prévint Craft en lui empoignant l'épaule pour le tirer sèchement vers l'arrière.

Il faillit tomber, puis se redressa et se planta devant elle avec irritation.

– Bon. Tu m'expliques ? Parce que je vais commencer à m'impatienter, gronda-t-il.

Il s'aperçut qu'elle était pâle et que ses yeux étaient ronds comme des pièces de vingt-cinq cents. Elle était apeurée. Il se calma aussitôt et posa une main sur son bras.

– Je suis désolé. Qu'est-ce qui te met dans cet état ? Cette ligne de poudre ?

Craft ferma les yeux. Quand elle commença à parler, sa voix était de nouveau ferme, et c'était la professeure d'anthropologie qui s'exprimait.

– Un *mess* est un mauvais sort jeté par un *hoodoo doctor*. On utilise de la *hot foot powder*. Habituellement, on y a recours pour éloigner les gens qu'on ne veut pas dans sa vie ou dans le voisinage. Il peut s'agir d'ennemis, de personnes qui nous intimident ou qui abusent de nous, ou tout bêtement de vendeurs faisant du porte-à-porte, ou de quelqu'un dont la tête ne nous revient pas. C'est une menace plus qu'un sortilège. Une façon de faire comprendre à la victime qu'on peut lui faire pire si elle s'entête à rester.

Kane allait montrer son exaspération en entendant Craft débiter toutes ces superstitions. Il se retint quand un élancement dans son pied droit lui rappela qu'il n'avait toujours aucune explication à son mal.

– Tu ne prétends quand même pas que c'est cette poudre qui a causé la douleur ? demanda-t-il, incrédule.

– Dans le Delta, plusieurs personnes te répondraient que oui, se contenta-t-elle d'observer.

– Mais voyons... C'est impossible.

Il désigna la poudre, mais se garda d'y toucher.

– Qu'est-ce qu'il y a là-dedans ?

– La plupart du temps, on utilise de la fécule de maïs comme base et on y mélange tout ce qui est associé à l'idée de chaleur : du poivre, du soufre, du chili, du poivre de Cayenne, des graines de moutarde, du sel de mer, de la racine de John the Conqueror, du cuivre vitriolé (du sulfate de cuivre), de la poussière de *goofer*, de la poudre à canon pour accélérer le résultat et même, parfois, de la terre de cimetière. C'est davantage l'intention du *hoodoo doctor* que le contenu qui importe réellement.

– Réjouissant... fit-il avec dédain. Mais je ne vois pas comment ta recette de cuisine aurait pu me causer l'impression d'avoir un clou dans la plante du pied.

– Moi non plus, admit Craft. Mais tu as marché dessus et tu as mal. C'est un fait, non ?

– Oui, dut-il admettre.

– Certaines choses ne s'expliquent pas par la raison, professeur Kane.

– Tu m'en diras tant, fanfaronna-t-il pour masquer le malaise qui le gagnait.

– Tu as un morceau de papier ?

Il tira un carnet de notes de son sac et arracha une page.

– Ça ira ?

– Oui, confirma-t-elle en pliant le papier en deux sur le sens de la longueur.

Elle s'accroupit et ramassa un peu de poudre sans la toucher avec ses doigts, referma la feuille, puis replia les deux extrémités et replia encore le tout en deux pour former une enveloppe improvisée, qu'elle lui tendit.

– Garde-la bien dans ton sac et assure-toi qu'elle ne s'ouvre pas. Nous allons la montrer à Mama Cornelia.

Il accepta le petit paquet et le glissa dans une poche à fermeture éclair de son sac, puis dévisagea Virgie sans savoir que penser. Elle lui retourna un regard perplexe et plus qu'un peu effrayé.

– J'ai toujours cru que pour que la magie fonctionne, il fallait que le jeteur du sort et sa cible y croient tous les deux, dit-elle d'une voix éteinte.

Elle ravala sa salive avant de conclure :

– Jusqu'à maintenant.

30

Une fois en route, sa chambre d'hôtel réglée et ses affaires déposées chez Craft, qui s'était changée dans des jeans bleus tout à fait seyants, des bottes westerns à talons bas, un chemisier blanc et une veste de cuir rouge vif, Kane s'empressa de retirer sa chaussure et sa chaussette, indifférent pour une fois, à la chaleur étouffante.

– *Fuck me upside down with a ten-foot pole and spin me around clockwise*… murmura-t-il. Qu'est-ce que… ?

Une grosse cloque rouge et chaude, remplie de liquide clair, trônait au beau milieu de sa plante de pied, exactement là où il avait mal.

– Quoi ? demanda sa compagne.

– J'ai une brûlure, finit-il par admettre avec incrédulité. Comme si j'avais marché sur une braise.

– Vraiment ?

Elle quitta la route des yeux un instant et sursauta en apercevant la blessure. Un coup de klaxon agressif la ramena à sa tâche et elle braqua le volant pour revenir sur sa voie.

Kane observait le phénomène avec un mélange d'étonnement et de frayeur superstitieuse, puis il tâta la cloque du bout du doigt. Elle était brûlante.

– On dirait que c'est infecté, dit-il, de plus en plus soucieux.

– Il y a une trousse de premiers soins dans le coffre à gants, l'informa Craft.

Il appliqua un peu d'antiseptique et un bandage carré, puis inspecta sa chaussette avant de la remettre. Il fit pareil avec sa chaussure.

– Aucune marque, annonça-t-il, médusé. Comment est-ce possible ?

– *Hoodoo*, rétorqua sombrement Craft.

– Je refuse d'y croire.

– Alors, d'où vient ta brûlure ?

– Il y a forcément une explication rationnelle.

– Très bien. Quand tu l'auras trouvée, tu voudras bien m'en informer, grinça-t-elle.

Craft se mit à chanter de cette voix qui semblait porter en elle l'âme du Sud.

All I would need my little sweet rider just
to pass the time away huh huh
to pass the time away
You sprinkled hot foot powder mmmm
mmm around my door
all around my door[23]

– Johnson y croyait, lui, dit-elle quand elle eut terminé.

– Ça ne prouve rien, sinon que la poudre faisait partie de son folklore ambiant, protesta l'historien.

23. Robert Johnson, *Hell Hound On My Trail.*

– Ton cartésianisme rassurant a cessé de fournir une explication valide au moment où tu as retiré ta chaussette, professeur Kane.

Kane remit la trousse dans le coffre à gants et se massa les tempes.

– Nom de Dieu, mais qu'est-ce qui se passe ? ragea-t-il, démuni.

– Il se passe que tu es entré dans un monde qui n'est pas régi que par la raison, répondit Craft.

Tandis qu'il repensait à son rêve de la nuit précédente, où le feu dominait au point de consumer sa compagne, il se demanda s'il y avait un lien avec le *mess*. Il chassa aussitôt cette idée saugrenue.

Ils roulèrent pendant quelques minutes, chacun emmuré dans un silence préoccupé, Kane cherchant en vain un scénario qui puisse expliquer la brûlure sous son pied.

– *Lorsque vous avez éliminé l'impossible, ce qui reste, si improbable soit-il, est nécessairement la vérité*, récita-t-il.

– Sherlock Holmes, dit Craft.

– J'ai des lettres, madame. Mais j'ai beau tenter d'appliquer le principe, pour l'instant, je ne peux penser à rien qui tienne la route.

– C'est la première fois que j'observe le phénomène pour vrai, tu sais, lui confia Craft. On a beau étudier la culture populaire et les superstitions, on ne s'imagine jamais qu'il puisse y avoir un fond de vérité, sinon un effet de l'imagination ou un phénomène d'hystérie collective. Je n'aurais pas cru qu'un jour…

– Nous trouverons quelqu'un qui peut faire un examen chimique de cette poudre, dit l'historien. Ça nous éclairera forcément. *Fuckin hell in a shit hole*… Je ne vais quand même pas commencer à croire à la magie ! Sinon, après, ce sera quoi ? Les anges ? Le purgatoire ?

Les extraterrestres ? Les intraterrestres ? Le Vril des nazis ? La Terre plate ? Le complot judéomaçonnique ? Bill Gates et la 5G ? Les vaccins qui causent l'autisme ? QAnon et Donald qui luttent contre un réseau de pédophiles satanistes et mangeurs de pizza ? Il existe obligatoirement une explication logique.

– Je doute que Mama Cornelia la connaisse.

– Qui est-elle, au fait, cette dame ? Une sorcière qui fabrique des sorts pour ses clients ?

Un soupçon de sourire attendri prit forme sur le visage tendu de Virginia Craft.

– Un peu, oui. Elle est aussi mon arrière-grand-mère.

31

Leur destination, située à l'intersection de la mythique autoroute 66 et de la 308, n'était qu'à une trentaine de minutes de route de Memphis.

– Frenchmans Bayou, Arkansas. Population : presque personne, mais tout de même un code postal : 72338, annonça Craft d'un ton faussement enthousiaste. On y trouve un cimetière plus peuplé que le village, une imitation de bureau de poste et quelques maisons. C'est même trop petit pour qu'il y ait un avocat ! Alors, ne cligne surtout pas des yeux, sinon tu vas tout manquer.

Kane regarda défiler les quelques maisons.

– Il n'y a vraiment rien, constata-t-il, étonné. Tu as grandi ici ?

– Pendant quelques années. Ma famille est partie vivre à Memphis quand j'avais six ans. Je n'ai pas beaucoup de souvenirs de Frenchmans Bayou et la plupart sont liés à Mama Cornelia.

– Elle est importante pour toi, observa-t-il.

– C'est une femme extraordinaire, Kane. Une femme forte, entière. Elle m'a appris à ne jamais me laisser intimider. Par les hommes en général, et aussi par les petits Blancs comme toi. À plus forte raison quand il s'agit des deux à la fois.

– Elle semble très sympathique, en effet… dit-il, gouailleur.

– Elle l'est. À sa façon.

– Que veux-tu dire ?

– Tu vas voir, dit-elle avec un air mutin.

– J'ai presque hâte de faire sa connaissance.

Il tira sur le tissu de sa chemise et souffla dedans pour se rafraîchir.

– Tu ne crois plus aux vertus de la climatisation dans un véhicule ? demanda-t-il.

– Pas besoin. On est bien, non ?

– Ah oui. Très…

Il remarqua qu'ils venaient de passer devant la dernière maison sans ralentir.

– Elle ne vit pas, euh, en ville, ton arrière-grand-maman ?

– Non. Elle habite en banlieue, en quelque sorte.

– La banlieue de presque rien… Très bien.

Un kilomètre plus loin, l'anthropologue tourna à droite dans un chemin de terre modérément carrossable. Ils roulèrent encore quelques minutes en se faisant secouer dans l'habitacle et parvinrent à une maisonnette à un seul étage et au toit plat qui avait tout d'une boîte en bois. Les lattes grisâtres avaient perdu toute trace de peinture depuis longtemps – pour peu qu'elles en eussent jamais eu. La vieille galerie qui courait sur toute la façade était creusée au centre, tout comme le toit qu'elle supportait.

– Euh… Elle a l'électricité, ta mamie ?

– Bien sûr que non.

– Et l'eau courante ?
– Pour quoi faire ?
Craft stationna la camionnette et ils en sortirent. Ils n'avaient fait que quelques pas – Kane en boitant – vers la maison quand la porte s'ouvrit en grinçant. Un minuscule bout de femme sortit, un cigare coincé dans le coin de la bouche.
– Kitty Cat ? lança-t-elle d'une voix encore plus grinçante que les pentures. C'est toi ?
– Mama Cornelia ! s'écria Craft en s'élançant vers la vieillarde.
Sans voix, Kane resta planté là, à observer l'apparition. Il avait beau fouiller dans ses souvenirs les plus lointains, il ne se rappelait pas avoir jamais croisé un être humain aussi… antique. Elle était si vieille que toute estimation de son âge en devenait impossible. Quatre-vingt-dix ans ? Cent ? Cent dix ? Des cheveux blancs et fins couvraient son crâne. La peau de son visage, plus grise que brune, et délavée par les ans jusqu'à devenir presque translucide, était si ridée qu'à côté, une vieille pomme séchée avait l'air fraîche. Elle avait tant rapetissé et son dos était si courbé qu'elle atteignait à peine le sternum de son arrière-petite-fille qui, en cet instant même, la serrait très prudemment, mais avec une profonde tendresse, dans ses bras. La vieillarde, manifestement ravie, souriait, dévoilant une dentition étonnamment complète, mais jaunie par des décennies de fumée. Kane se dit qu'elle avait possiblement survécu au Déluge et connu le vieux Mathusalem.

La vieille avait pris son cigare dans sa main avant que les bras de son arrière-petite-fille ne l'enveloppent. Quand l'étreinte fut terminée, les deux femmes se séparèrent et l'ancêtre remit le cigare à sa place avant de poser sur Kane des yeux dont la pupille et l'iris étaient recouverts par un film blanchâtre quasi opaque. Il eut l'impression étrangement inconfortable qu'à sa façon, elle le voyait, même si elle était complètement aveugle. Et le regard méfiant avec lequel elle le fusillait n'avait rien d'accueillant.

– Qui est avec toi, Kitty Cat ? demanda-t-elle, un œil à demi fermé par la fumée de son cigare.

– Donald Kane. Un collègue professeur d'histoire à l'Université du Maine. Nous avons un projet ensemble.

En favorisant de son mieux son pied droit, Kane s'approcha du porche. Sans monter les deux marches qui menaient à la galerie, il dépassait déjà de presque une tête le petit bout de femme sans âge.

– Bonjour, madame, dit-il.

La vieille dame renifla bruyamment l'air.

– T'es pas noir, toi, lança-t-elle en mâchouillant son cigare, avec un accent du Sud qui semblait tout droit sorti du siècle dernier. Tu sens le petit lait caillé, comme tous les Blancs.

Pris au dépourvu, il ne put que bredouiller.

– Je… Euh…

– Le professeur Kane est blanc comme du pain frais, Mama, confirma Craft avec un large sourire moqueur. Nous sommes venus te consulter.

Elle renifla de nouveau, cette fois en direction de son arrière-petite-fille.

– Me consulter ? Voyez-vous ça ! Deux génies qui ont fait des études sérieuses ont besoin d'une vieille *hoodoo doctor* comme moi ! Bon, ben, entrez !

Elle tourna les talons et disparut dans la maison.

– Ne fais pas attention, lui chuchota Craft tandis qu'ils emboîtaient le pas à la vieille dame. Il y a des décennies qu'elle a oublié les bonnes manières, mais elle a bon cœur.

– Et un redoutable odorat. Quel âge elle a ?

– Personne ne le sait vraiment. Elle est née à une époque où on ne recensait pas systématiquement les naissances, surtout pas celles des Noirs. Plus de cent ans assurément. Mais je t'assure qu'elle a encore toute sa tête. Dans la famille, on s'amuse à dire que Dieu ne veut pas d'elle et que le diable en a peur. Alors, elle reste ici, bien vivante.

– Je suis aveugle, pas sourde, Kitty Cat ! caqueta la vieille, depuis l'intérieur.

– Après toi, Kitty Cat, dit Kane.

Il en fut quitte pour un doigt d'honneur fièrement brandi.

– Viens, p'tit lait, rétorqua-t-elle en l'entraînant dans les marches.

Ils entrèrent et Craft referma la porte. La maison ne comportait qu'une seule pièce et Kane comprit qu'il se trouvait dans une authentique cabine de métayer noir qui avait été construite voilà plus d'un siècle, alors que les anciens esclaves continuaient à travailler sur les plantations dans des conditions à peine améliorées. Dans un coin se dressait une table avec ses chaises. Dans un autre, un vieux canapé et un fauteuil. Un poêle à bois éteint et une chaise berçante complétaient le tout. Les fenêtres ouvertes ne changeaient pas grand-chose à la chaleur étouffante qui régnait à l'intérieur. Au plafond, des gerbes d'herbes et de fleurs étaient suspendues la tête en bas, en train de sécher.

Mama Cornelia les attendait à la table, déjà assise. À ses pieds se trouvait un crachoir en fer-blanc à l'ancienne qu'elle semblait utiliser abondamment, si on en jugeait par la substance brunâtre qu'il contenait. Sur la table, une chandelle allumée plantée dans son bougeoir, une bouteille contenant un liquide clair et trois petits verres. Le sien était à moitié plein.

– Servez-vous un verre de *moonshine*, dit-elle sur un ton qui ne souffrait pas de réplique. Je le fabrique moi-même. T'es capable d'avaler du *moonshine*, p'tit lait ?

– Je crois que oui, répondit Kane, amusé.

Il posa une question silencieuse à Craft, qui se contenta de lui retourner un haussement d'épaules. Elle remplit deux verres et lui fit signe d'y aller doucement. Avec précaution, il trempa les lèvres dans l'alcool, puis prit une petite gorgée. Du feu envahit aussitôt son gosier et lui fit monter les larmes aux yeux. Craft retint un fou rire en le voyant devenir écarlate.

– C'est bon, hein ? insista la vieille dame avec un air espiègle.

– Oui, très bon, madame, dit Kane d'une voix éteinte, à moitié étouffée, en essuyant la sueur sur son visage.

– Il est pas fait très fort, ton p'tit Blanc, Kitty... remarqua-t-elle en se tournant vers son arrière-petite-fille.

– Non, pas tant, confirma Craft avec un sourire taquin. C'est l'âge. Mais il est gentil. À sa façon.

– Il est vieux, en plus ?

– Juste un peu...

Ils prirent place à la table, Craft près de son ancêtre, Kane en face d'elle, heureux de ne plus s'appuyer sur son pied douloureux. Mama Cornelia tâtonna un peu et trouva la main de sa Kitty Cat, qu'elle prit dans les siennes pour la tapoter affectueusement.

– Alors, ma Kitty ? Que veux-tu de ta vieille Mama ?

– Eh bien, Kane et moi travaillons sur un projet commun et, ce matin, nous sommes tombés sur quelque chose de bizarre. Je me demandais si tu pouvais nous dire ce que c'est.

À son signal, Kane récupéra l'enveloppe de fortune dans son sac et la transféra à sa partenaire qui, à son tour, l'ouvrit avec beaucoup de précautions avant de la placer dans la main tendue aux doigts rendus croches par le temps. La vieille dame approcha le paquet de son nez et huma doucement la poudre, les yeux fermés, avec des airs de sommelière.

– C'est de la *hot foot powder*, confirma-t-elle sans hésiter.

La vieille dame se mit à sentir plus attentivement, avec prudence, à coups de petites inspirations.

– Du poivre noir, du soufre, de la moutarde, du poivre de Cayenne, un peu de racine de Johnny Concheroo, et...

Elle ouvrit des yeux ronds, posa le papier sur la table et le repoussa du bout des doigts.

– Et de la terre de mort, acheva-t-elle, les lèvres pincées et l'air soucieux.

– Prise au cimetière ? demanda Kane tandis que son estomac se contractait.

– Prise dans une tombe, p'tit Blanc, corrigea la vieille femme. Une tombe profanée.

Elle visa son verre et fit signe à Craft de le remplir, ce que celle-ci fit sans délai.

– À qui la poudre a-t-elle fait mal ? s'enquit-elle après en avoir de nouveau vidé la moitié.

– À moi, dit l'historien, renversé de s'entendre admettre une telle chose. Quand j'ai traversé le seuil de ma chambre d'hôtel, j'ai eu l'impression d'avoir marché sur un clou. Ça m'a même laissé une ampoule sous le pied, comme si je m'étais brûlé. Ça... ça fait un mal de chien.

La vieille dame posa son regard aveugle sur Kane et son visage se chiffonna encore plus.

– Alors, c'est à toi qu'on veut du mal, p'tit Blanc.

32

Kane fit appel à la raison qui l'avait guidé dans toute sa carrière, à l'attachement aux faits chers à tout historien digne de ce titre et à son scepticisme naturel, mais rien n'y fit : se faire dire que quelqu'un nous veut du mal, même en utilisant la magie, avait quelque chose de déstabilisant.

– Du mal ? répéta-t-il un peu bêtement.

La vieille eut un petit rire désinvolte.

– Si tu veux mon avis, t'es en train de te mêler de quelque chose qui ne te regarde pas, et y a quelqu'un qui voudrait bien que tu fourres ton nez ailleurs que dans ses affaires.

Kane et Craft échangèrent un regard entendu en pensant tous les deux à la boîte que leur avait remise Simone Jackson et à l'intérêt que lui portait l'inspecteur Kitchen. Mama Cornelia prit une gorgée de *moonshine* qu'elle avala comme de l'eau fraîche, fit claquer sa langue et rabattit sèchement le verre sur la table. Elle se tourna vers Virgie.

– Ma petite Kitty Cat, il vaudrait vraiment mieux te tenir loin de celui-là. Il va lui arriver malheur.

– Je ne peux pas, Mama…

– Pourquoi je savais que tu répondrais ça… ? Très bien… Comment il s'appelle encore, ton p'tit lait ?

– Donald Kane.

– Bon… soupira-t-elle. Allons-y.

Elle se leva et se rendit aux armoires. Elle en ouvrit une et en sortit une assiette en porcelaine qu'elle rapporta à la table. Une fois rassise, elle y déposa l'enveloppe de fortune.

– Faire ça pour un Blanc qui n'y croit même pas… maugréa-t-elle.

Elle ferma les yeux, respira profondément, laissa son menton retomber sur sa poitrine creuse et sembla rentrer en elle-même. L'épisode dura si longtemps que Kane crut qu'elle s'était endormie. Il consulta Craft du regard, mais celle-ci lui fit signe de patienter. Il attendit. La vieillarde finit par reprendre vie. Elle expira longuement, rouvrit les yeux et cligna des paupières à quelques reprises. Elle étendit les mains au-dessus du *mess*, l'air d'un prêtre sur le point de bénir quelque chose.

– Au nom du Père, du Fils et du Saint-Esprit, déclama-t-elle d'une voix ferme, qui ne grinçait plus du tout, je lève l'enchantement de cette *hot foot powder* afin qu'elle ne cause plus à Donald Kane de l'agitation et de l'irritation dans tous les aspects de sa vie. En Son nom, amen.

– Amen, répondit Craft.

Elle adressa à Kane une expression insistante.

– Euh, amen, finit-il par dire, se sentant un peu ridicule.

Mama Cornelia prit le papier contenant la poudre, chercha la chandelle à tâtons et, quand elle l'eut trouvée, l'alluma. Une grande flamme rouge et orangée en monta aussitôt, faisant reculer Kane et Virgie.

– Hé hé... Il y avait aussi un peu de poudre à fusil, dit la vieille. Ça m'avait échappé.

Elle se frotta les mains pour en balayer les résidus, puis tourna son regard blanc vers Kane.

– Voilà. La menace est contrée.

– Merci, Mama Cornelia, dit Craft.

Comme l'historien restait silencieux, le visage de la *hoodoo doctor* se plissa.

– Tu ne me crois pas, hein, p'tit pain ? demanda-t-elle.

– Ce n'est pas ça, c'est seulement que, euh, je...

Elle soupira en secouant la tête, irritée.

– Les Blancs ne croient jamais à rien. Alors, pourquoi ils ont peur ?

Elle se pencha pour cracher dans le crachoir.

– Allez, regarde ton pied.

En silence, Craft lui fit comprendre qu'il valait mieux obéir. Résigné, il enleva sa chaussure, puis sa chaussette. Il posa son pied sur sa cuisse, retira douloureusement le Band-Aid et inspecta la plante de son pied.

– Il n'y a plus qu'une marque rose... annonça-t-il à Virgie, stupéfait.

33

Bouche bée, l'anthropologue se leva et vint vérifier par elle-même que la blessure avait disparu. La vieille cracha encore une glaire dans le crachoir en fer-blanc.

– Tu me crois, maintenant ? Hein, p'tit lait ? grinça-t-elle.

En toute logique, Kane ne pouvait accepter qu'une simple bénédiction prononcée par une *hoodoo doctor* avait fait disparaître une brûlure. Et pourtant, c'était le cas. N'ayant rien à répondre, il se tut, ce que la vieillarde parut prendre comme une confirmation.

– Alors, qu'est-ce que t'as fait, hein ? lui demanda-t-elle, le toisant avec méfiance.

Ce fut Craft qui répondit pour lui.

– Nous avons découvert une chanson.

– Une chanson ?

– De Robert Johnson.

Un sourire se forma aussitôt sur le visage ridé qui, l'espace d'un instant, laissa entrevoir celui de la jeune femme qu'elle avait été jadis.

– Ahhhhh… Le p'tit Robert ! C'était un beau morceau d'homme, celui-là ! lança-t-elle avec un rire grumeleux, tandis qu'une lueur lubrique empreinte de nostalgie illuminait ses yeux aveugles. Pas très grand, ni très gros, mais il avait le regard vicieux et gourmand. Je l'ai vu jouer trois ou quatre fois, dans ma jeunesse, poursuivit la vieille. Il lui suffisait de regarder une femme et elle avait l'impression qu'il chantait pour elle seule. Elle mouillait sa culotte juste en l'écoutant ! Je le sais : je mouillais la mienne !

– Mama Cornelia ! fit Craft, scandalisée.

Fière de son coup, la vieille s'esclaffa et se frappa les cuisses avec ses mains.

– Il était tellement mignon, ajouta-t-elle, rêveuse. Un petit *buttermilk cookie* qu'on laisse fondre dans la bouche, si tu vois ce que je veux dire. Il butinait de fleur en fleur. Une vraie abeille ! Je le savais, comme tout le monde. Et puis j'ai rencontré Earl. Il était pas aussi mignon que Robert, c'est sûr, mais il était gentil et c'était mon homme. J'ai eu ton grand-père peu après, puis tes grand-tantes sont venues. La vie a été bonne. Il a été un bon mari. Il est parti trop tôt, mon Earl.

Elle sembla se perdre un moment dans des souvenirs agréables avant de secouer la tête.

– Mais comment vous avez découvert une nouvelle chanson ? demanda-t-elle.

– Une dame nous a remis des objets ayant appartenu à Johnson, expliqua Craft. Des *picks*, une *bottleneck slide*, un calepin dans lequel il avait noté les paroles de ses chansons, une image de Gullah Jack…

Mama Cornelia fronça les sourcils. Tout dans son attitude reflétait soudain le sérieux et l'attention.

– Gullah Jack ? Hum… Gullah Jack, c'est le troisième œil ; celui que la corde n'étrangle pas et qui regarde la mort en face parce qu'il sait qu'il ne mourra pas. La vie éternelle. Ceux qui se promènent avec son image cherchent à repousser la mort. Quoi d'autre ?

– Eh bien, il y avait… un doigt.

La vieille dame eut une réaction de dédain.

– Peuh ! De la magie noire d'amateur. Un morceau de mort pour éloigner la mort.

– Et un *mojo bag*, compléta Craft. C'est surtout pour ça que nous sommes ici.

– Tout dépend du *mojo bag*, précisa la vieille dame. Donne-le-moi.

Kane ouvrit la boîte et, évitant soigneusement de toucher au doigt bruni, remit le petit sac en flanelle à Craft qui, à son tour, le confia à son ancêtre.

– Il est de quelle couleur ? demanda-t-elle.

– Blanc.

– Blanc pour la protection, confirma la vieille. Et le cordon ?

– Blanc aussi.

– Bien, dit-elle.

Ses doigts centenaires tâtèrent délicatement la breloque cousue au tissu.

– Un crucifix ? dit-elle.

– En argent.

Elle hocha la tête et trouva à tâtons son verre de *moonshine*. Elle y trempa le doigt et humecta la flanelle avec une goutte d'alcool. Puis elle ferma les yeux, inclina la tête, approcha le sac de sa bouche et souffla doucement dessus en marmottant une prière.

– Maintenant que tu es nourri, je te remercie d'avoir veillé sur celui que tu protégeais. Je te libère de ce qui te liait à lui afin que tu puisses retourner là d'où tu viens. Au nom du Père, du Fils et du Saint-Esprit. Amen.

Cette fois, Kane n'eut pas d'autre choix que de prendre la vieillarde au sérieux. Elle rouvrit les yeux, traça un signe de croix sur le *mojo bag* avec son pouce, puis le posa sur la table avec respect.

– C'est un bon talisman, décréta-t-elle avec assurance. Il faut voir ce qu'il y a dedans. Ouvre-le, ma Kitty.

Avec sa main, Craft adressa un signe impatient à Kane. Comprenant ce qu'elle demandait, il repêcha son canif dans sa poche et le lui donna. Elle le déplia et coupa le cordon blanc que quelqu'un avait noué trois fois, huit décennies plus tôt.

– Ne le renverse pas, la prévint son arrière-grand-mère, qui suivait le processus avec attention, la tête toujours un peu inclinée pour bien entendre, tout en mâchouillant son bout de cigare. Ouvre le côté et déplie-le. Lentement. Il ne faut pas bousculer son contenu.

Avec précaution, Craft fit ce qu'on lui demandait.

– C'est fait.

– Dis-moi ce que tu vois.

L'anthropologue observa ce que le petit sac en flanelle contenait sans savoir par où commencer. Son aïeule lui vint en aide.

– Il y a un papier plié ?

Kane se raidit en percevant la tension dans la voix de la vieillarde. Manifestement, Craft l'avait sentie, car son visage prit un air soucieux.

– Oui, répondit-elle. On dirait du papier brun d'emballage, replié plusieurs fois sur lui-même.

– C'est la pétition, dit la vieille d'un ton grave. Dis-moi ce qui y est écrit.

Craft pinça le papier entre le pouce et l'index, comme s'il s'agissait d'un explosif, et le déposa sur la table. Sous le regard intéressé de Kane, elle le déplia, le fit pivoter, le déplia à nouveau, puis répéta une dernière fois l'opération. Une fois ouvert, le papier, qui avait manifestement été déchiré et non pas découpé avec des ciseaux, faisait environ trois pouces de côté.

Craft blêmit et leva vers Kane un regard d'incrédulité mêlé d'effroi. L'historien se leva à moitié et étira le cou pour voir ce qui avait causé cette réaction. Il lui fallut un moment pour déchiffrer ce qui s'y trouvait et il sentit une main froide lui serrer le cœur.

D'une main qui n'était pas celle de Johnson, si l'on se fiait à la calligraphie du carnet, on avait noirci le papier tout entier avec deux mots écrits au crayon :

Black Man

Puis, à la verticale, la même main avait écrit, par-dessus les mots déjà tracés à l'horizontale, un nom qui ne surprenait qu'à moitié, mais dont l'association avec les précédents avait de quoi causer un frisson superstitieux :

Robert Johnson

Enfin, sur le pourtour du papier, trois mots reproduits dans une écriture minuscule et difficile à déchiffrer formaient un cercle continu. En observant de plus près, il était possible de constater que le crayon n'avait jamais quitté le papier en les gribouillant.

Savemysoulsavemysoulsavemysoul
savemysoulsavemysoul

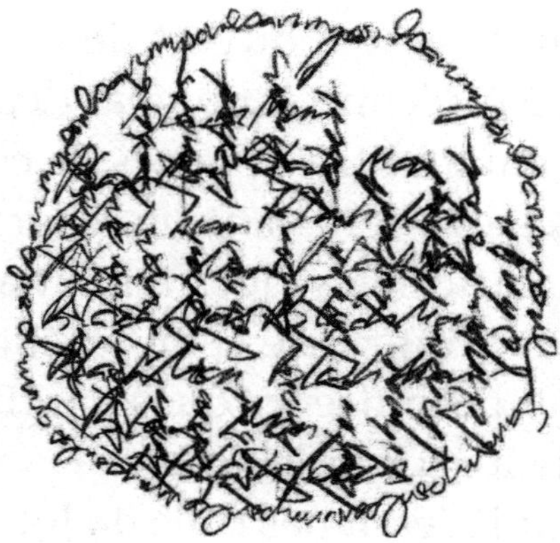

Un silence épais tomba dans la chaumière de Mama Cornelia. *Black Man. Robert Johnson. Save my soul.* À lui seul, ce petit bout de papier brun semblait confirmer une légende vieille de quatre-vingts ans. Une légende qui ébranlait tout ce en quoi Kane croyait.

Craft et Kane pensèrent aux mêmes mots et aux mêmes dessins.

Sang my song to the Man, sang my song just one time. He said son, you can't run, your soul is mine. Ellie Mae, Ellie Mae, take my soul and wait. Nellie Mae, trade my soul and bait. Couldn't run, couldn't hide, wasn't nowhere to play. No use prayin', boy, the Lord's miles and miles away. Hellhounds keep comin', when the sun goes down, when the devil come down. Got my mojo workin', don't know for how long. Black Man be gone.

Danger, croisée des chemins, peur, sauve-toi, prison.

34

– Alors ? s'écria Mama Cornelia de sa voix aiguë, visiblement inquiétée par leur silence. Qu'est-ce que ça dit ?

La bouche sèche et la gorge serrée, Craft décrivit à son aïeule ce que contenait le bout de papier. Cette dernière vida encore son verre d'un coup sec et fit signe à Craft de le remplir. Quand elle le porta à ses lèvres, Kane nota le léger tremblement de sa main.

– Déjà, à l'époque, la rumeur courait que Johnson avait vendu son âme, dit la vieille dame avec une moue songeuse, tandis qu'elle semblait regarder vers le passé. Personne ne le croyait, évidemment, mais tout le monde aimait se donner des frissons avec cette histoire ! En même temps, à l'époque, on prenait le diable au sérieux, dans le Delta.

– Et vous ? Qu'en pensez-vous ? demanda Kane.

– Il suffisait de le voir jouer. Il était comme possédé. Tout le monde se demandait si c'était possible, répondit-elle sans hésiter. Et il y avait quelque chose chez lui… Derrière les grands rires, la joie de vivre et la séduction, il y avait…

de l'ombre. Les gens l'admiraient et le craignaient. Il n'avait pas d'amis. Il se déplaçait presque toujours seul. Combien de fois les mots sont-ils écrits ?

Craft et Kane se mirent à compter, ce qui n'était pas chose facile compte tenu de la petite écriture serrée et des mots entassés en couches perpendiculaires sur la minuscule surface de papier brun.

– *Black Man* treize fois à l'horizontale, *Robert Johnson* treize fois à la verticale et *Save my soul* treize fois sur le pourtour, annonça Virgie après avoir validé avec Kane.

Livide, la centenaire déglutit avec difficulté et se signa à trois reprises.

– Le chiffre 13 est très puissant, les informa-t-elle, l'air grave. On l'utilise pour jeter un maléfice ou, dans ce cas-ci, probablement pour en briser un. Donne-moi la pétition.

Craft lui plaça le papier dans les mains et la vieille le porta aussitôt à son nez pour le humer à coups de lentes inspirations.

– De l'huile de citron, du romarin, de la menthe poivrée et du cèdre – des choses puissantes pour la protection et la purification, annonça-t-elle après une minute. Y a un psaume dans le sachet ?

Craft repêcha un autre papier plié en deux et scellé avec de la cire violette partiellement décolorée. Elle brisa la cire, l'ouvrit et Kane reconnut une page du calepin de Johnson, sans doute arrachée par lui pour servir dans la préparation de son *mojo bag*.

– Il y a *des* psaumes, précisa Virgie. 7,1 : 21,11 ; 101,8 et 121,7.

– *Éternel, mon Dieu, je cherche en toi mon refuge. Sauve-moi de tous mes persécuteurs, et délivre-moi*, se mit à réciter la vieille dame. *Ils ont projeté du mal contre toi. Ils ont conçu de mauvais desseins, mais ils seront impuissants. Chaque matin j'anéantirai tous les méchants du pays, afin d'exterminer de la ville de l'Éternel tous ceux qui commettent l'iniquité. L'Éternel te gardera de tout mal, Il gardera ton âme. L'Éternel gardera ton départ et ton arrivée, dès maintenant et à jamais.* Ce sont tous des psaumes utilisés pour repousser le Mal et se protéger contre un ennemi. Le papier était scellé avec de la cire violette ?

– Oui, Mama.

– Le violet aussi repousse le Mal.

Il y avait, dans l'attitude de Virginia Craft, un nouveau respect pour son arrière-grand-mère.

– Il y a d'autres choses au fond du sachet, dit-elle en triant celles qui s'y trouvaient encore pour les déposer sur la table. Les restes d'une plume, je crois. Une dent de chat. Un éclat de verre. Et de la poudre grise.

– Donne.

Le sachet ouvert dans la main, Mama Cornelia huma la poudre au fond de la vieille flanelle.

– Des feuilles de laurier, de la sauge, des coquilles d'œuf, décréta-t-elle avec la même assurance. Sans doute aussi de l'eau bénite et de la liqueur d'homme.

– De la… liqueur d'homme ? répéta Virgie.

– Du sperme, ma Kitty Cat. Du foutre. À l'âge que tu as, tu sais ce que c'est, j'imagine ? Déposé par celui qui cherche la protection.

– Oh, fit l'anthropologue en rougissant.

Mama Cornelia but une petite gorgée de *moonshine* et Kane ne put s'empêcher d'admirer la façon dont une femme plus que centenaire avalait ce tord-boyau sans en ressentir d'effets notables. Craft avait de qui tenir.

– Quelles sont vos conclusions, madame ? demanda l'historien.

Elle fixa Kane droit dans les yeux. À cet instant précis, l'historien eut l'impression qu'elle le voyait parfaitement, qu'elle lisait en lui.

– C'est évident, non ? Si ces objets lui ont bien appartenu, le beau Robert crevait de peur et avait réuni tout ce qui pouvait le protéger d'un mauvais sort. Le *hoodoo doctor* qui a fabriqué ce *mojo bag* savait ce qu'il faisait. Sans doute un de ceux qui avaient leur boutique sur East Beale. Peut-être Doctor Scissors ou Uncle Dub. C'étaient ceux qui coûtaient le plus cher, mais Johnson avait les moyens plus que d'autres.

Une fois de plus, Kane repensa aux pictogrammes.

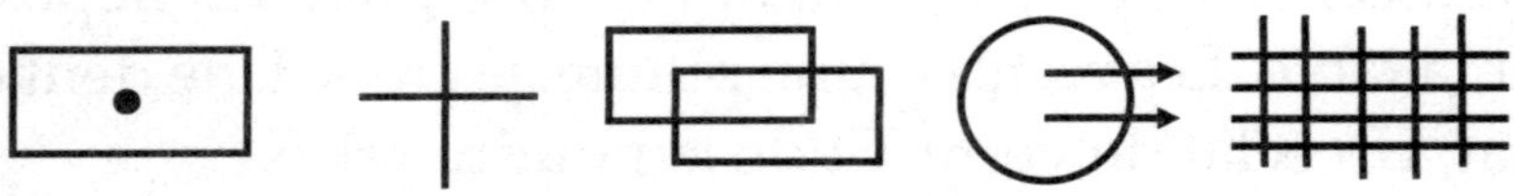

Danger — Croisée des chemins — Peur — Sauve-toi ! — Prison

– Vous… Vous croyez que… ? bredouilla-t-il.

– Qu'il avait vraiment vendu son âme ? Je le sais pas plus que toi, p'tit lait ! P't'être ben qu'il a conclu un pacte avec le diable. P't'être ben qu'il croyait l'avoir fait, ce qui aurait eu les mêmes effets. P't'être ben qu'un guitariste envieux lui avait fait jeter un maléfice. Ou un mari jaloux. Dieu sait que le Robert, il en avait labouré, des champs qui ne lui appartenaient pas ! Mais il avait peur, c'est clair. On n'écrit pas *Save my soul* sur une pétition parce qu'on veut éviter de recevoir une raclée. Il craignait quelque chose de plus grave qu'une simple vengeance.

– Il avait peur de Satan ? insista Kane.

La vieille tira sur son mégot de cigare et les volutes de fumée qui en montèrent lui firent fermer l'œil droit.

– Ça, p'tit blanc, on le saura jamais. Ce que je sais, déclara-t-elle, un index noueux dressé vers le ciel, c'est que le Mal existe et qu'on ne l'approche pas impunément. Et le petit Robert était convaincu que le Mal était après lui. *Hellhound on my trail*… Sinon, il ne se serait pas équipé comme ça.

– On a aussi laissé un *mojo bag* dans la chambre du professeur Kane, ajouta Craft. Un noir, avec une breloque cousue dessus : une étoile, la tête en bas.

La vieille dame se signa de nouveau, cette fois avec une énergie plus grande, et elle marmotta ce qui ne pouvait être qu'une prière ou une incantation.

– Tu l'as avec toi ? demanda-t-elle ensuite à Kane.

– Non.

– Tu sais ce qu'il y avait dedans ?

– Non plus. On nous a seulement montré une photo.

La vieille dame le toisa longuement, l'air encore plus grave, et il eut le sentiment qu'elle fouillait les tréfonds de son âme. Mal à l'aise, il se retint de baisser les yeux.

– Alors, tu es encore plus mal pris que je le pensais, p'tit Blanc.

– Que voulez-vous dire ? demanda Kane, la gorge serrée et pas du tout certain de vouloir entendre la réponse.

– Quelqu'un ne veut pas seulement que tu fiches le camp. On veut ta mort, décréta Mama Cornelia.

35

Les mots de Mama Cornelia, tombés comme un coup de tonnerre, les laissèrent dans un silence hébété. C'était une chose d'apprendre que Robert Johnson avait craint un mauvais sort, et peut-être même qu'il avait cru passer un pacte avec le diable. C'en était une autre de se faire confirmer que quelqu'un qui croyait à la magie, ici et maintenant, en voulait à sa vie. Il avait beau être sceptique, il lui était difficile de refouler une peur atavique et la menace surnaturelle, même imaginaire, avait pour effet de lui nouer les entrailles et de lui donner envie de courir aux toilettes.

– Un *mojo bag* noir est une très grande malédiction, poursuivit Mama. La plus puissante de toutes. Dans celui qu'on a laissé chez toi, il y avait sans doute une pétition avec des mots pas gentils du tout, du soufre pour accélérer la fureur du sort, de la terre de cimetière, une queue ou une patte de rat, un morceau de mort : une dent, des cheveux ou… un doigt.

Elle fit une pause lourde de sens tandis que l'information s'enracinait en eux.

– Comme celui qui se trouvait dans ta boîte, par exemple. Johnson traînait sur lui un morceau de mort pour éloigner la mort.

Satisfaite de son effet, elle tira une bouffée de son cigare et souffla, créant des volutes bleutées qui montèrent lentement vers le plafond.

– Mama… commença Virgie, atterrée.

– Fais-toi à l'idée tout de suite, Kitty Cat, coupa la centenaire. Ton p'tit Blanc, là, il va finir par être grugé par en dedans. Un cancer foudroyant, une cirrhose du foie, quelque chose du genre. En quelques semaines, il sera mort. Peut-être même moins que ça, si le *hoodoo doctor* qui a mélangé cette poudre est compétent.

– Euh… Je suis là, vous savez, dit Kane, irrité d'être ainsi ignoré.

– Tu peux le protéger, Mama ?

– Virgie ! s'insurgea-t-il en lui décochant un regard choqué.

L'anthropologue ne lui prêta aucune attention. Son visage avait pris une couleur de cendre. Elle se tordait nerveusement les mains comme une enfant apeurée par un mauvais rêve. Elle avait beau être une intellectuelle accomplie et une experte reconnue de la culture populaire du Delta, elle avait l'air d'une fille du pays, effrayée par la magie à laquelle une part d'elle croyait toujours.

La vieille femme considéra la question en mâchouillant son cigare. Elle vida son verre.

– Je peux toujours essayer, finit par dire Mama Cornelia avec un haussement d'épaules un peu débonnaire qui suscita chez Kane un drôle de malaise. Mais je me fais vieille pour ce genre de choses.

Il allait protester qu'il n'avait aucun besoin d'être « protégé », qu'il ne croyait pas à ces sornettes, quand Craft le foudroya du regard. Il repensa au *mojo bag* dans la boîte en fer-blanc et à l'autre laissé dans sa chambre, au doigt desséché, à la trentième chanson et au pacte qu'elle évoquait, qui ne lui semblait soudain pas si théorique. La bouche sèche, il resta silencieux.

Quelques minutes plus tard, Kane se trouvait debout au milieu de la pièce, fort embarrassé, avec son caleçon pour tout vêtement, la *hoodoo doctor* ayant tranché que la magie avait de meilleures chances d'être efficace si elle touchait directement sa peau nue – de p'tit lait, avait-elle cru bon de préciser. Il se sentait à la fois ridicule et bizarrement anxieux.

Une nappe blanche avait été placée sur la table. Dessus se trouvait une panoplie d'objets magiques qui, en d'autres circonstances, auraient suscité son amusement méprisant : une bible, une chandelle blanche allumée et une noire éteinte, une boîte d'allumettes, un pot de miel, un bol d'eau, deux assiettes, une fiole d'eau bénite, un couteau, une branche de sauge et une petite poupée en tissu sans visage et grossièrement cousue. Un peu à l'écart, le cigare gisait, écrasé, dans un cendrier en verre.

La vieille se planta devant Kane et renversa la tête, semblant vouloir le regarder dans les yeux. Elle soupira, comme si ce qu'elle s'apprêtait à faire allait à l'encontre de son jugement. Elle trouva facilement la sauge et les allumettes. L'historien comprit que les objets étaient disposés de manière codifiée afin qu'elle puisse procéder. Elle enflamma la branche séchée et se mit à l'agiter devant le visage de Kane. Il lutta contre une envie de tousser et la fumée âcre lui fit monter les larmes aux yeux.

– Au nom du Père, du Fils et du Saint-Esprit, psalmodia la vieille, je demande à l'archange Michel de protéger Donald Kane avec sa sainte épée, de combattre les démons qu'on a lancés contre lui et qui l'affligent. Je demande à saint Benoît de le défendre contre le maléfice qu'on lui a jeté. Je demande aux esprits des morts de former un rempart autour de lui.

Mama Cornelia plaça la branche de sauge toujours fumante dans l'assiette et saisit la chandelle noire et le couteau. Avec des gestes brusques et sûrs, elle tailla trois X sur la chandelle.

– Je barre le corps. Je barre l'esprit. Je barre l'âme, dit-elle d'une voix autoritaire.

Elle alluma la chandelle, fit couler quelques gouttes de cire dans l'autre assiette et l'y colla debout.

– Au nom du Père, du Fils et du Saint-Esprit, j'allume cette chandelle afin d'apporter la douleur et la souffrance sur celui qui a voulu affliger Donald Kane. Au nom de Jésus, amen.

Tandis que la cérémonie se déroulait sous ses yeux et à son bénéfice, Kane se sentait comme un imposteur. Malgré des années de lecture et de recherches, malgré la sympathie naturelle qu'il ressentait et la façon qu'il avait de s'y identifier, la culture du Sud, du Delta, lui était étrangère. La vieille avait raison : il n'était qu'un « p'tit Blanc ». De quel droit courait-il ainsi après un héritage qui n'était pas le sien ? Pour la gloire universitaire qui lui avait toujours échappé et qu'il avait prétendu ne pas rechercher ?

Mama Cornelia empoigna la poupée, trempa le bout des doigts dans l'eau bénite et aspergea Kane de gouttelettes.

– Jésus, Marie, Joseph, punissez celui qui a jeté un maléfice sur Donald Kane. Qu'il soit lié à son propre maléfice et maudit pour toujours.

Elle posa son regard aveugle sur la poupée.

– *I hoodoo you !* lança-t-elle avec hargne.

Elle répéta le manège au fil de ses imprécations et Kane comprit qu'elle croyait transférer le maléfice dont il était censé être l'objet sur la forme humaine. La fumée le prenait de plus en plus à la gorge et il avait du mal à voir à travers les larmes. Il cligna des yeux à quelques reprises pour chasser un étourdissement.

– Que les esprits qu'il avait lancés contre Donald Kane le hantent à son tour, que ses mauvaises intentions et ses mauvaises actions se retournent contre lui. *I hoodoo you !* Que le monde le connaisse comme le malfaisant qu'il est. *I hoodoo you !* Qu'il connaisse la peur, les cauchemars, les terreurs. *I hoodoo you !* Qu'il n'ait plus que la malchance, qu'il regarde toujours par-dessus son épaule. *I hoodoo you !* Qu'il cherche sans cesse la source de sa souffrance, qu'il ne trouve jamais de soulagement ! *I hoodoo you !*

Elle cessa, essoufflée, remit la poupée sur la table et traça le signe de la croix au-dessus. Elle reprit la sauge et enfuma de nouveau Kane qui, cette fois, ne put se retenir de tousser.

– Au nom de Jésus, amen. Au nom de la Sainte Trinité, amen. Au nom des saints, amen, dit-elle.

Dans la pièce surchauffée et enfumée, Kane eut soudain l'impression que l'air s'épaississait autour de lui. Il essuya son visage en sueur au moment précis où la porte s'ouvrait avec fracas. Une brise fraîche s'engouffra dans la maison et fit trembler la flamme des chandelles.

Les yeux de Mama Cornelia s'arrondirent et un rictus découvrit ses dents.

– Il a peur, dit-elle d'une voix rauque, comme si un effort terrible était requis pour faire jaillir les mots. Je… Je ne sais pas de quoi. Il est… trop tard.

Elle inspira sèchement et son visage se pétrifia d'effroi tandis qu'elle levait les mains comme pour se protéger. Elle émit un couinement de petite fille apeurée et tendit un index et un majeur tremblants devant elle, vers quelque chose qu'elle seule pouvait voir.

– Legba ! hurla-t-elle d'une voix qui se cassa.

Ses yeux se révulsèrent et elle vacilla sur ses pieds. Ses vieilles jambes cessèrent de la porter et elle s'écroula sur le sol, aussi légère qu'une feuille d'automne.

– Mama ! cria Virgie en se précipitant sur elle.

Les yeux fermés, la bouche ouverte d'où coulait un filet de bave, la vieille dame était blême. Seule sa main droite bougeait encore, un des ongles traçant, comme possédé d'une force surnaturelle, quelque chose dans le bois du plancher, avant de retomber, inerte.

36

Pendant que Craft, en larmes, faisait de son mieux pour assurer le confort de la vieille dame qui gisait, blême et gémissante, tout en insistant piteusement pour qu'elle se réveille, Kane avait composé le 911, puis s'était rhabillé. L'ambulance était arrivée aussi vite que possible, compte tenu du fait que la maison était à l'écart, et Mama Cornelia avait été emmenée dès que ses signes vitaux avaient été jugés assez stables pour supporter le transport. Virgie étant bouleversée, Kane avait pris le volant de la camionnette pour suivre l'ambulance. Une fois au Baptist Memorial Hospital, la vieille dame avait été prise en charge par une armée de médecins et d'infirmières.

Depuis, ils patientaient dans une salle d'attente, Craft se tordant nerveusement les doigts tandis que Kane faisait de son mieux pour l'encourager. Après quelques heures interminables, un médecin en blouse blanche se présenta enfin. De type nordique, blond comme le blé mûr, les yeux bleus soulignés par des cernes de fatigue, les cheveux en broussailles, il adressa à Virgie un sourire las.

– Madame Craft ?

– C'est moi ! répondit-elle en bondissant sur ses pieds. Alors ?

– Je suis le docteur Emmanuel Glisson. Votre arrière-grand-mère a eu un accident vasculaire cérébral, annonça-t-il.

L'anthropologue devint blanche comme un linceul et porta une main tremblante à sa bouche.

– C'est grave ?

– Les prochaines vingt-quatre à quarante-huit heures seront cruciales, expliqua le médecin avec compassion. Nous en saurons plus ensuite. Je sais que vous voudriez une réponse plus claire, mais…

– Elle n'a jamais été malade de sa vie, protesta Craft, un peu futilement. En plus de cent ans.

– À son âge, le moindre choc suffit…

Craft baissa la tête. Le médecin sembla touché par sa tristesse.

– Vous avez beaucoup de chance de l'avoir encore, dit-il avec une empathie sincère. Mais rien ne dit que c'est la fin. Gardez espoir.

– Merci, docteur. Je peux la voir ?

– Bien sûr. Nous l'avons installée dans une chambre. Suivez-moi.

Il les guida vers une chambre des soins intensifs, non loin de là.

– Nous la garderons sous sédation au moins jusqu'à demain. Je vous suggère de la laisser se reposer et d'en faire autant. Je vous tiendrai au courant des développements. Je vous le promets. Au revoir, dit-il avant de sortir.

Craft se rendit au chevet de son arrière-grand-mère, reliée à plusieurs machines et minuscule dans le lit. Kane alla la rejoindre.

– On dirait une enfant, dit-elle, la voix enrouée, la main à plat sur la poitrine. Elle est si petite… si fragile…

Elle lui caressa les cheveux et le visage. Ne sachant pas quoi dire, Kane posa les mains sur ses épaules et serra avec tendresse.

– Viens, suggéra-t-il d'une voix douce. Allons prendre un café en bas.

Elle acquiesça de la tête et, sans un mot, ils quittèrent la chambre, laissant Mama Cornelia seule face à son destin. Ils prirent l'ascenseur et descendirent en silence à la cafétéria. Il alla acheter deux cafés et revint à la table qu'elle avait choisie. Elle avait les yeux rougis et le regard hagard.

– C'est ma faute, sanglota-t-elle avant même d'avaler une première gorgée dans le gobelet qu'elle tenait avec des mains tremblantes.

– Mais non…

– Si, le contredit-elle. Je lui ai demandé de te protéger. Elle a essayé, pour me faire plaisir, mais c'était trop pour elle. Elle est si vieille.

– Allons, tu ne crois quand même pas que…

– Tu n'as pas senti, dans la maison, avant qu'elle se sente mal ? coupa-t-elle. Il y avait quelque chose… Un froid. Une présence.

Kane voulut protester, mais pour une fois, il garda son esprit scientifique à bout de bras. Les événements étranges se multipliaient et il ne pouvait pas tous les nier en bloc.

– Oui, admit-il à contrecœur. J'ai senti quelque chose.

Pour se donner une contenance, il avala une gorgée de café brûlant. Il avait l'impression de se trouver dans un monde de croyances et de magie, juste à la limite du sien, dont il ne maîtrisait pas les codes et auquel une part de lui refusait farouchement de croire.

– Mais un coup de vent, ça ne veut rien dire. Et les fenêtres étaient ouvertes, ajouta-t-il, sa raison reprenant le dessus. Avant de perdre conscience, elle a évoqué Legba. Qui est-ce ?

– À l'origine, au Dahomey, Legba était l'intermédiaire entre la vie et la mort.

À mesure qu'elle expliquait, Craft redevenait l'anthropologue qu'elle était. Kane se pencha un peu vers l'avant pour l'encourager à poursuivre, heureux de la voir se distancier momentanément de sa souffrance et de son inquiétude.

– Il était le passeur, celui qui portait les désirs des hommes aux dieux, mais aussi le *trickster* – un farceur auquel il ne fallait jamais faire confiance, car il pouvait tromper à tout moment. Chez les esclaves noirs du Delta, Legba est devenu celui qui permet aux âmes des morts de posséder les vivants. Il est…

Elle hésita une seconde avant de conclure.

– … le gardien de la croisée des chemins. On le décrit comme un homme tout de noir vêtu.

Elle le dévisagea avec une intensité accrue.

– *Danger, croisée des chemins, peur, sauve-toi, prison*, lui rappela-t-elle. Et avant de perdre conscience, Mama a réussi à tracer deux autres signes *hobo*. Donne-moi un stylo.

Il en trouva un dans son sac et le lui tendit, alors qu'elle prenait une serviette en papier dans la distributrice et la dépliait sur la table. Elle traça deux pictogrammes.

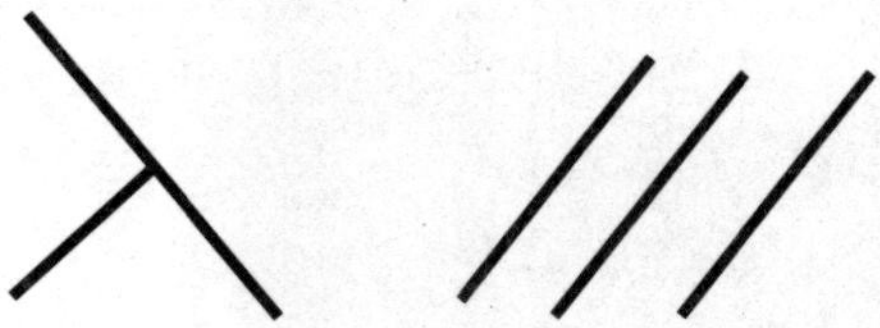

Anticipant ce qu'elle allait suggérer, il prit son téléphone. Il ne lui fallut pas longtemps pour trouver ce qu'ils voulaient tous les deux savoir.

– *Ne t'approche pas* et *endroit dangereux*, annonça-t-il d'une voix blanche.

37

– Pardonnez-moi de vous interrompre, fit une voix onctueuse qu'ils reconnurent aussitôt.

Ils levèrent les yeux pour trouver l'inspecteur Charles Kitchen debout près de la table, arborant son plus beau sourire courtois, un gobelet de machine distributrice à la main.

– Tiens, inspecteur… dit Virgie, la bouche pincée par le mécontentement. Quel plaisir.

– Vous nous suivez ? ajouta Kane.

– Nullement. Je passais par la morgue pour une tout autre affaire survenue cette nuit quand j'ai appris la nouvelle pour votre grand-mère…

– Arrière-grand-mère, le corrigea-t-elle.

– Je vous demande pardon. Arrière-grand-mère, donc. J'ai entendu dire qu'elle avait eu un malaise. Elle va mieux, j'espère ?

– Elle est dans le coma. Accident vasculaire cérébral. Nous en saurons plus demain, précisa Craft avec une froideur polaire.

Kitchen prit un air contrit qui lui donnait des allures de saint homme.

– Ah. C'est vraiment très fâcheux. Je prierai pour son prompt rétablissement, dit l'inspecteur, toujours doucereux. Cette bonne vieille est une véritable légende vivante, me dit-on. On raconte aussi qu'elle fricotait dans la magie. Comme tous les gens de sa génération.

– Et vous avez su tout ça comment, si je puis me permettre ? s'enquit Craft en imitant le ton mielleux de son interlocuteur.

– Bah, vous savez, répondit l'inspecteur avec un petit geste désinvolte, les réseaux radio des ambulances et des voitures de police sont des univers connectés. Un agent a entendu l'appel et m'a prévenu qu'une parente de la professeure Craft était impliquée dans un... incident.

Il prit une pose étudiée qui fit encore monter la température de Kane.

– Un de plus... lança-t-il en les dévisageant à tour de rôle. Vous semblez attirer la malchance, si je puis me permettre.

– Ce sera tout, inspecteur ? demanda l'historien, qui en avait plus qu'assez.

– Non. Je suis content de vous trouver là, car je dois vous parler du jeune homme que vous m'avez décrit. Le type nerveux au chapeau melon, que vous avez croisé dans le hall de votre hôtel.

Sans demander la permission, Barry White tira une chaise, s'assit au bout de la table et déposa son café. Il tira son téléphone portable de sa poche, fouilla un peu dedans et le tendit.

– Ce ne serait pas lui, par hasard ?

Sur l'écran qu'il leur montrait se trouvait la photo d'un jeune chanteur souriant au chapeau melon, qui grattait une guitare sur un coin de rue.

– Oui, répondirent-ils à l'unisson.

– Vous l'avez retrouvé ! s'exclama Kane, soudain moins rébarbatif.

– Oui.

– Il a avoué ?

Kitchen fit une pause dont il parut se délecter.

– Ce serait un peu difficile, puisqu'il est mort.

38

Une étrange prémonition s'insinua dans la tête de Donald Kane tandis que la chair de poule lui couvrait les bras. Face à lui, Virginia Craft eut une expression de surprise.

– Mort ? balbutia-t-il, pris au dépourvu.

En guise de réponse, Kitchen pivota sur sa chaise et étira le bras pour attraper un journal qui traînait sur la table derrière lui. Avec affectation, il l'ouvrit pour le plier à la bonne page, puis le déposa devant ses deux interlocuteurs afin qu'ils puissent le lire.

– Dans les circonstances qui sont les vôtres, je comprends que vous n'ayez pas consulté les journaux du matin, roucoula-t-il.

Incroyablement, en cette ère numérique, le *Commercial Appeal* était encore imprimé sur du vrai papier avec de l'encre qui noircissait les doigts. De l'index, Kitchen indiqua un titre surplombant un entrefilet surmonté d'une photo.

Bluesman assassiné

Un peu avant minuit, un passant a découvert un homme inanimé devant le Holiday Inn de l'Union Avenue. Selon une source au courant du dossier, il s'agirait du corps de Milton «Bowler» Ackers, guitariste de rue bien connu et apprécié par les habitués du quartier Beale. Il serait mort d'une balle en plein cœur dans des circonstances qui restent à établir, mais on soupçonne une transaction de drogue qui aurait mal tourné. La police de Memphis lance un appel à tous les témoins qui pourraient faire avancer l'enquête.

Kane sentit un grand froid se répandre en lui. Craft semblait tout aussi stupéfaite.

– Mon Dieu… souffla-t-elle en fixant la photo. C'est lui.

– Le Holiday Inn est situé de l'autre côté de la rue, en face de votre hôtel, précisa Kitchen. Il y a fort à parier que c'est là qu'il s'est rendu après être tombé sur vous à sa sortie de l'ascenseur. Et que celui qu'il allait rejoindre n'a pas apprécié ce qu'il lui a appris. Ce qui soulève à nouveau la question : que cherchait-il ? De toute évidence, une chose assez importante pour justifier le sort qui lui a été réservé.

Il fit une pause.

– Une chose dont vous ignorez toujours la nature… ajouta-t-il en laissant traîner sa phrase.

Kane hocha la tête en silence. Craft fit une moue songeuse. L'inspecteur soupira de cette manière théâtrale qui, de plus en plus, donnait envie à Kane de lui sauter à la gorge pour serrer très fort et très longtemps. Sans se presser, il prit une gorgée de son café.

– Je me dirigeais vers la sortie quand je vous ai aperçus, ce qui est fort heureux puisque je prévoyais justement vous contacter.

– Au sujet du meurtre de Bowler Ackers ? demanda Kane.

L'inspecteur sortit son calepin et son stylo, prêt à prendre des notes.

– Où étiez-vous cette nuit ?

Il prit une nouvelle gorgée en les dévisageant avec une lueur d'amusement par-dessus le rebord du gobelet en carton.

– Vous… êtes sérieux ? fit l'historien, les mâchoires serrées.

– Bien sûr. Il y a forcément un lien entre vous et cet homme, qui est soupçonné d'avoir cambriolé votre chambre. Je ne fais que mon travail.

Le visage durci par la colère, Virgie Craft se pencha au-dessus de la table, l'air terrible. Kitchen eut un mouvement de recul et Kane retint un sourire.

– Nous étions au lit, le professeur Kane et moi-même, dit-elle, sans tenter de masquer son mépris. Nous avons fait l'amour quatre fois. Cinq, si vous voulez compter la fellation que je lui ai faite. Et avant que vous ne me le demandiez, oui, j'ai tout avalé. Ça répond à votre question, inspecteur Kitchen ?

Tandis que Kane s'étouffait presque, Kitchen, lui, ne réussit pas à s'en empêcher. Le café qu'il avait en bouche gicla et souilla sa chemise impeccablement blanchie et empesée, de même que son pantalon repassé. Il bondit sur ses pieds et laissa tomber son gobelet, ce qui empira considérablement sa situation vestimentaire.

– Argh ! tonna-t-il en jetant par-dessus bord le suave personnage qu'il s'astreignait à jouer.

Il balaya son pantalon de quelques gestes rageurs, ce qui ne fit que favoriser la pénétration du café dans le tissu, qui prit une jolie teinte brune.

– Oups. Je crois bien que vous vous êtes un peu taché, inspecteur, dit Craft en désignant les dégâts avec son index. Là. Et là. Et un peu là, aussi. Quel dommage ! Vous qui êtes toujours si élégant.

Elle lui adressa un sourire ironique qui ne laissait aucun doute sur son sentiment réel. Barry White reprit le contrôle de ses émotions, se redressa et bomba le torse.

– Vous avez raison, convint-il. Je vais devoir me changer.

Il ramassa son calepin détrempé et le glissa dans sa poche, faisant de son mieux pour se donner une contenance.

– Je prends bonne note de votre, euh, alibi.

– Il est en béton, inspecteur, dit Craft.

Elle lança une œillade exagérément lascive à Kane.

– Son alibi aussi…

– Professeure Craft, professeur Kane, articula Kitchen en accompagnant chaque nom d'un hochement de tête digne d'un majordome anglais.

Il tourna les talons, s'éloigna à grands pas et sortit de la cafétéria.

– Il n'a pas l'air content, notre ami l'inspecteur, observa Virgie.

– Tu as mis sa pudeur à rude épreuve. La mienne aussi. Rappelle-moi de ne jamais t'indisposer. Je ne suis pas très porté sur l'humiliation publique.

– Il m'énerve.

– Bienvenue dans l'équipe.

Craft ricana encore un peu, puis son air satisfait s'évanouit tandis que la réalité reprenait sa place.

L'historien s'empara du journal pour le mettre de côté.

– Je vais retourner auprès de Mama Cornelia, l'informa Craft.

– J'y vais avec… commença Kane.

Elle remarqua la façon dont il avait froncé les sourcils, les yeux rivés sur le journal.

– Quoi ?

Il ne répondit pas tout de suite, absorbé par sa lecture.

– Kane ! Qu'est-ce qu'il y a ? insista-t-elle.

– Je ne suis pas sûr…

Il fit pivoter le journal tacheté de café et pointa un article.

– Lis.

Craft prit connaissance de la nouvelle.

Mort horrible d'un *bluesman*

La police, alertée par un appel anonyme au 911, a découvert cette nuit, dans la chambre qu'il occupait depuis quelques mois, le corps mutilé de Leonard Wood, mieux connu par les amateurs de blues de Memphis sous son surnom de Little Lonnie. Selon les premières constatations, il semble que le *bluesman* se soit suicidé dans des conditions particulièrement sordides. Aux dires de sa logeuse, qui s'est confiée au journal, le musicien a été retrouvé les doigts de la main gauche tranchés et la gorge ouverte.

Il s'agit d'une fin tragique pour un musicien jadis considéré des plus prometteurs.

Les connaisseurs de blues se souviendront qu'en 2009 et 2011, Wood a enregistré des albums très bien reçus de la critique. Connu pour son perfectionnisme, il était considéré à juste titre comme l'un des guitaristes les plus habiles de sa génération avant que l'abus d'alcool et de drogue ne flétrisse son talent, le menant vers des salles de plus en plus modestes, puis au coin des rues, où l'on pouvait encore l'entendre récemment.

Une autopsie sera pratiquée sur le corps pour confirmer les circonstances de sa mort, mais des sources policières nous indiquent que, aussi incroyable que cela puisse paraître, Lonnie Wood se serait infligé lui-même ses blessures.

Une grimace de dégoût déforma le visage des deux universitaires.

– Mon Dieu… fit Craft.

– Je doute que Dieu ait à voir avec ça.

39

Cornelia se berçait dans sa chaise comme elle aimait à le faire, un cigare neuf au coin de la bouche. Sa maison était éclairée par une unique chandelle dont la flamme avait un éclat blafard. Elle avait tout son temps et aimait profiter de la vie qui lui restait encore. Elle s'accordait le plaisir de rêver à *Spencer. Il y avait si longtemps qu'elle ne l'avait pas vu. Il lui manquait.*

Mais elle n'était pas tranquille. Comment se faisait-il qu'elle puisse voir ? Ses yeux ne lui avaient rien montré depuis des décennies. Le feu ronflait dans son poêle et la chaleur aurait dû faire du bien à ses vieux os, mais elle ne ressentait aucun bienfait. Il manquait l'odeur de cire du plancher, celle du bois dans le poêle, des herbes qu'elle faisait sécher. Elle avait l'étrange sentiment que cet endroit n'était pas sa maison, même s'il lui ressemblait parfaitement. Comme un décor en carton-pâte. Il manquait quelque chose qu'elle n'arrivait pas à définir. Elle avait beau être vieille, elle n'était pas idiote. Elle se rendit compte que, de l'autre côté des fenêtres, il n'y avait rien. À cette heure, elle aurait dû voir le soleil couchant illuminer l'horizon. Mais il n'y avait que du noir, comme si la maison avait été transplantée dans un endroit... vide.

La nervosité lui assécha la bouche. Quelque chose allait se produire. Elle le sentait dans sa vieille carcasse, jusqu'au creux de ses vieux os. Peut-être était-ce pour ça que Dieu lui avait rendu la vue ? Elle aurait bien pris un petit verre de moonshine, *mais sa bouteille ne se trouvait pas sur la table. Elle ricana. Celui qui avait fabriqué tout ça n'était pas parfait ; il avait omis l'essentiel.*

Il suffisait d'être patiente et si Cornelia Craft, née Wilson, avait appris une chose au cours de sa très longue vie, c'était la patience. Et la résignation. Il ne servait à rien de lutter contre la volonté de Dieu. Si le Créateur avait voulu qu'elle se retrouve ici, Il avait ses raisons. Elle tira sur son cigare et souffla un épais nuage de fumée bleutée – inodore, elle aussi, nota-t-elle – en se berçant lentement. Elle n'aurait pas à attendre longtemps. Elle soupçonnait l'identité de celui qu'elle allait rencontrer. Ce n'était pas la première fois.

– Mrrrrmph, maugréa-t-elle, contrariée et méfiante. Viens, maudit serpent. Tu ne me fais pas peur.

En prévision de la confrontation qui approchait, elle se signa à trois reprises en invoquant la protection de tous les esprits bénéfiques qu'elle fréquentait depuis si longtemps. La peur lui serra le cœur quand la porte s'entrouvrit d'elle-même en grinçant – une autre preuve qu'elle n'était pas vraiment à la maison, car elle faisait consciencieusement huiler les gonds tous les automnes et tous les printemps –, mais elle ne lui céda pas un pouce.

La lumière de la chandelle éclaira l'homme qui venait d'entrer. Il était grand et avait les épaules larges. Un haut-de-forme se balançait sur sa tête, par-dessus des cheveux noirs comme les plumes d'un corbeau qui lui descendaient sur les épaules. Son visage, comme blanchi à la chaux, avait les traits fins et ses lèvres étaient charnues, gourmandes. Il tenait entre ses dents une pipe en épi de maïs qui dégageait une fumée âcre. Il avait l'air en même temps jeune comme le printemps et vieux comme la Création. Il portait un habit trois pièces à l'ancienne et une chemise de soirée blanche bien empesée, complétés par une étroite cravate noire.

Le nouveau venu adressa à la vieille dame un sourire menaçant.

– Bonjour, Cornelia.

– Je parie que t'as pas l'air de ça de nos jours.

– Non, pas tout à fait. Je m'adapte. Il faut être de son temps. À ton époque, j'étais tel que tu me vois.

– Qu'est-ce que tu veux, Legba ? demanda Cornelia d'une voix qu'elle fit de son mieux pour garder ferme, mais qui trahissait sa peur. Si c'est mon âme, tu l'auras pas ! T'entends ? Elle appartient à Dieu !

Elle tendit l'index et l'auriculaire dans sa direction. L'intrus se mit à rire.

– Que veux-tu que je fasse d'une vieille âme comme la tienne ? rétorqua-t-il d'un ton amusé et méprisant. Elle est aussi usée et desséchée que le reste de toi ! Même Dieu n'en voudra pas. Elle est bonne à jeter.

– Dieu la voudra ! protesta Mama Cornelia. Mon âme est pure, car j'ai toujours fait Sa volonté !

– Tu verras bien, vieille folle.

Le cœur de Mama Cornelia sauta un battement dans sa poitrine et elle crut qu'elle venait de mourir. Mais elle était toujours là, à regarder son visiteur, hypnotisée.

– Et toi, tu finiras par être damné comme tu le mérites !

– Mais je le suis déjà ! s'esclaffa le visiteur.

Il la toisa en retour et un sourire obscène se forma sur ses lèvres, à la fois sensuel et carnassier.

– Dis ce que tu as à dire et va-t'en ! Je ne discuterai pas avec toi. Je connais ta fourberie et celle de ton maître.

– Le patron veut ta chair, Cornelia, lâcha-t-il avant de se passer lascivement la langue sur les lèvres.

Mama Cornelia mit du temps à comprendre ce qu'il entendait par là. Puis un frisson de terreur la parcourut de la tête aux pieds. Elle se fit violence pour soutenir le regard malveillant que Legba braquait sur elle. Rassemblant tout son courage, elle se leva pour lui faire face. Le cou cassé vers l'arrière, elle le dévisagea, vrillant son regard fatigué dans celui de l'homme sans âge.

– Il l'aura pas, répliqua-t-elle.

Cette fois, sa voix avait distinctement tremblé.

Legba se pencha vers elle, la dominant de deux têtes, et lui braqua sous le nez un index à l'ongle aussi long qu'une griffe.

– Tu es très attendue de l'autre côté, Cornelia.

– Peut-être, mais tant que je serai vivante, je serai aussi forte que toi, rétorqua Mama Cornelia. Et tu le sais.

Elle lui cracha au visage. Legba ricana, mais avec moins d'assurance, et recula lentement. Lorsqu'il eut atteint la porte, sa main trouva la poignée et la fit tourner.

– Nous nous reverrons bientôt, dit-il.

Legba disparut dans la nuit, laissant la porte entrouverte et la vieille femme terrorisée seule dans cette maison qui n'était pas vraiment la sienne. Un froid glacial envahit son vieux corps. Elle ne pouvait pas rester dans cet endroit. Elle devait partir. Retourner là où était sa place.

Elle franchit le seuil, se retrouva sur le balcon et descendit les marches. Dehors, il y avait maintenant quelque chose ; tout ressemblait à chez elle, mais ce n'était pas chez elle. L'air ne sentait rien. Les étoiles dans le ciel ressemblaient à des points blancs tracés sur un fond noir. La lumière de la lune était bleutée et froide.

Des sons attirèrent son attention et, en plissant les yeux, elle aperçut deux hommes assis sur le bord de la route. Ils avaient chacun une guitare et jouaient une chanson de Robert Johnson. Encore Johnson, *songea-t-elle distraitement. Elle s'approcha.*

I went down to the crossroad, fell down on my knees
I went down to the crossroad, fell down on my knees
Asked the lord above "Have mercy now, save poor Bob if you please[24]"

L'un, celui qui chantait, portait un chapeau melon. Mama Cornelia remarqua que le devant de sa chemise était rouge de sang. L'autre tenait son manche avec un moignon ensanglanté au lieu de doigts, mais, étrangement, il arrivait quand même à jouer. Sa gorge était traversée par une plaie profonde.

– Excusez-moi, jeunes hommes, dit-elle.

Les deux bluesmen *s'interrompirent.*

– Chez moi, c'est par où ? demanda-t-elle.

– Par là, répondit l'homme au chapeau melon, sans hésiter, en désignant le chemin sur sa droite.

– Merci, dit-elle.

– De rien.

Ils se levèrent en même temps et fracassèrent leurs guitares sur le sol. Cornelia sursauta.

– Pourquoi faites-vous ça ? s'enquit Cornelia, horrifiée, en portant à ses joues ses mains aux jointures noueuses.

Les deux hommes achevèrent leur travail de démolition rageuse avant de se retourner pour lui adresser un regard rempli de souffrance.

– Nous on doit aller par là, dit l'homme au moignon sanglant avec un soupir lourd, en désignant de la tête la direction opposée à celle qu'ils venaient d'indiquer à Mama Cornelia. On n'en aura plus besoin.

---

24. Robert Johnson, *Cross Road Blues.*

Les deux guitaristes sans guitare se mirent en marche d'un pas traînant, les épaules rondes et le dos courbé, l'air abattu, vaincu. Cornelia les regarda s'éloigner jusqu'à ce qu'ils disparaissent à l'horizon, comme si la nuit les avalait. Elle repartit vers sa maison. Et vers Kitty Cat.

40

Ils demeurèrent un long moment en silence.

– Pourquoi ai-je l'agaçante impression que la réalité telle que je la connais, celle dont les règles sont connues et immuables depuis toujours, est en train de… s'effriter petit à petit ? finit par demander Kane, exaspéré.

– On peut voir ça comme ça, oui, convint Virgie en levant les sourcils. Ou alors, la réalité est plus complexe que tu veux bien le croire, et ce sont tes certitudes qui sont ébranlées.

Il écarta le journal et se mit à tapoter sur la table.

– C'est quand même curieux, observa-t-il. À peine les objets de Johnson ont-ils refait surface qu'on assassine en quelques heures notre cambrioleur au chapeau melon, qui s'avère être un *bluesman* de rue, et qu'un autre se suicide d'une façon que j'ose à peine imaginer. En temps normal, je me contenterais de noter la coïncidence et de passer à autre chose, mais depuis quelques jours, je trouve que les coïncidences se multiplient, justement.

Il prit une gorgée de café et grimaça. Il était froid. Il songea qu'il aurait préféré la compagnie de son ami Jack. Il consulta sa montre. Seulement quatorze heures. Ça devrait attendre encore un peu. Il mit de l'ordre dans ses idées et commença à énumérer les faits en faisant le décompte sur ses doigts.

– Un : Simone Jackson nous choisit tous les deux et nous remet une boîte d'objets ayant appartenu à Johnson, puis elle meurt peu après de causes décrétées naturelles par notre bon ami Barry White. Deux : je découvre que Johnson avait caché la trentième chanson dans la reliure de son calepin.

– C'est comme s'il avait voulu la garder secrète en espérant qu'un jour, quelqu'un la retrouverait, renchérit Craft. Mais pourquoi ?

– Pour l'instant, Dieu seul le sait et le diable s'en doute. Mais il devait avoir une bonne raison. Trois : après la mort de Miss Jackson, Kitchen confisque les objets et il en profite pour les piquer, ni vu ni connu. Assurément pour les revendre sur le marché des antiquités. À moins qu'il ait une autre motivation. Quatre : on fouille ma chambre. Pourquoi ?

– La seule raison qui me vient à l'esprit, c'est que quelqu'un voulait ces objets de Johnson, dit Craft. Soit parce qu'il pensait que tu les avais toujours, soit parce qu'il savait que tu en avais conservé certains. Ce qui ne rétrécit en rien notre liste de suspects.

– Cinq : le cambrioleur laisse dans ma chambre un *mojo bag* maléfique, vraisemblablement au nom de quelqu'un d'autre. Nous savons maintenant que, quand on y croit, ce type de maléfice est porteur de mauvaises intentions. Bon. Très bien. Mais ça soulève plein de questions. Qui veut ma mort ?

– Celui qui a envoyé Milton « Bowler » Ackers.

– Il serait bien plus simple de me mettre une balle dans la tête. Pourquoi le *mojo bag* ? Ça ressemble à une mise en scène. Comme si quelqu'un voulait faire peur au petit Blanc.

– Mais si on te fait fuir, tu vas emporter les objets de Johnson avec toi, contra Craft. Ça n'a aucun sens.

– Sauf si on cherche plutôt à me rendre nerveux pour que je fasse une gaffe… Six : on abat Chapeau melon.

– Soit parce qu'il n'a rien trouvé, soit pour être certain qu'il ne parle pas.

– Sept : on dépose de la *hot foot powder* sur le seuil de ma nouvelle chambre, ce qui veut dire que quelqu'un savait où l'hôtel m'avait déplacé. Étant donné que ce genre de renseignement est gardé confidentiel à la réception d'un hôtel, qui pouvait avoir l'autorité d'obtenir l'information ?

– Barry White.

– Précisément. En revanche – et l'admettre me donne la nausée –, la maudite poudre fonctionne et je me retrouve avec une brûlure sous le pied. Et c'est là que la réalité commence à se déphaser. Huit : Mama Cornelia fait disparaître la blessure par des moyens que je ne m'explique pas davantage que ceux qui l'ont fait survenir. La réalité bouge encore. Neuf : Mama Cornelia essaie de me protéger du Mal qui, selon elle, me guette, et elle se retrouve dans le coma après avoir supposément vu un esprit mauvais et qu'une drôle de brise ait balayé l'intérieur de la maison. La réalité se déplace un peu plus. Dix : un autre *bluesman* s'ouvre la gorge après s'être lui-même tranché les doigts de la main gauche.

– Et il y avait un doigt parmi les objets de Johnson, observa l'anthropologue.

Kane se pencha un peu sur la table.

– Virgie, j'ai un doctorat qui atteste de mon attachement à la raison et aux faits, mais si j'étais superstitieux, je croirais que la réapparition des objets de Johnson a déclenché je ne sais quel phénomène surnaturel. Et pour tout te dire, ça me donne une fichue trouille.

– J'en ai un, doctorat, moi aussi, mais j'ai grandi dans le Sud, et j'ai probablement beaucoup plus peur que toi. Je ne comprends pas la nature de ces phénomènes. Jusqu'à ce matin, même après la *hot foot powder*, je n'étais pas certaine d'y croire. Mais Mama Cornelia, elle, y croyait. Et maintenant, elle…

– Tu as dit « croyait ». Elle n'est pas morte, Virgie, dit-il en posant une main sur la sienne.

Elle lui renvoya un sourire attendri.

– Je dois retourner auprès d'elle, annonça-t-elle en se levant.

Kane se leva à son tour.

– J'y vais avec toi.

– Tu n'es pas obligé.

– Je sais.

– Tu es gentil, p'tit Blanc.

– Je sais, dit-il encore.

Ils remontèrent à la chambre et entrèrent. Dans son coma, la vieille dame marmottait en gigotant faiblement.

– Tu crois qu'elle a mal ? demanda Craft.

– J'espère que non.

Virgie s'assit, prit la petite main fragile dans les siennes et se mit à la caresser avec amour. Kane allait s'installer sur l'autre chaise, près de la porte, quand une sonnerie monta dans sa poche. Il tira son portable et consulta ses textos.

HB **#30!**

41

Au Stan's Pawn Shop, Ezekiel Thorne n'était pas tranquille. Ni le joli effet de la lumière dans la poussière ambiante, ni le joyeux désordre des objets empilés un peu partout, ni même ses précieuses guitares accrochées aux murs ne lui procuraient sa sérénité habituelle.

Toute la journée, il avait attendu en vain les clients, ce qui était très inhabituel. Mais ces derniers jours, tout était inhabituel. Cela lui faisait un peu peur. Un rire dépité monta dans sa gorge.

Il ferma les yeux tandis qu'un élancement lui traversait la tête. Ça aussi, c'était nouveau. Le stress, peut-être. Ou alors, sa fin approchait. Tôt ou tard, chacun devait affronter sa finitude. Lui comme les autres. Mais pas tout de suite. Il avait encore à faire. Il ricana amèrement. Tout le monde pensait ça et tout le monde finissait par mourir.

Il avait l'impression angoissante que le temps lui filait entre les doigts comme du sable fin et qu'il risquait d'en manquer. En se mordillant les lèvres, il tapota le dessus du comptoir avec ses doigts tandis que son malaise se dissipait. Il respira profondément et secoua la tête.

La sonnerie d'un texto entrant le tira de ses sombres pensées. Il consulta le message et sentit son anxiété grandir.

(L) **Alors?**

Luke était un impatient. C'était en partie ce qui lui permettait d'obtenir ce qu'il voulait. Ça et les vengeances qu'il exerçait sur ceux qui avaient l'idée saugrenue de prendre ses ordres à la légère.

Thorne écarta une mèche de cheveux tombée devant son œil et rédigea une réponse aussi brève que la question, conscient d'étirer un peu la vérité. Il aurait déjà dû être parti.

(ET) **En route.**

La réaction fut presque instantanée et lui glaça le sang dans les veines.

(L) **Ne me mens pas, Ez.**

Les poils se dressèrent sur la nuque d'Ezekiel Thorne et il ne put s'empêcher de lever les yeux pour voir si quelqu'un l'observait à l'extérieur, ou s'il y avait une caméra cachée dans la boutique.

Il avala sa salive avec difficulté. Il ne s'habituerait jamais à cette impression d'être perpétuellement épié. Il valait mieux ne pas nier. Quand il tapa sa réponse, ses doigts tremblaient un peu.

ET Je pars à l'instant.

Il fourra son téléphone dans la poche de sa veste. Luke ne répondrait pas. Il n'était pas du genre à perdre son temps dans ce genre d'échange. Son message était passé et il le savait.

Thorne tira ses clés de sa poche, éteignit les lumières, traversa la boutique à la hâte, retourna l'écriteau de la vitrine pour qu'il indique « fermé » sans préciser d'heure de retour. Il sortit et verrouilla la porte.

Il avait des courses urgentes à faire. Ces maudites reliques de Johnson allaient le rendre complètement fou.

42

Craft remarqua le changement d'expression qui était survenu sur le visage de Kane dès qu'il avait pris connaissance du texto.

– Qu'est-ce que c'est ? demanda-t-elle dans un murmure tout en continuant à caresser la main ridée de son aïeule. Pas encore Barry White ?

– Non. C'est de Honeyboy.

Il tourna l'écran dans sa direction et étendit le bras pour qu'elle puisse lire.

HB **#30!**

– Tu vois ? Tu te méfiais de lui pour rien, se réjouit l'anthropologue.

– Je te rappelle que tu te méfiais aussi.

– Une femme a le droit de changer d'idée. Tu devrais le savoir.

De la tête, elle désigna le téléphone que Kane avait ramené vers lui.
– C'est rapide, observa-t-elle. Il a dû y passer toute la nuit.
Kane hésita un moment, son regard allant de Craft à Mama Cornelia.
– Vas-y, lui lança l'anthropologue, en posant des yeux attendris sur son arrière-grand-mère. Tu en meurs d'envie et, de toute façon, tu ne peux rien faire ici. Je reste auprès d'elle, au cas où elle se réveillerait.
– Le docteur a dit que…
– Je sais ce que le docteur a dit, coupa-t-elle, sa lassitude soudain palpable. Mais il ne connaît pas Mama Cornelia. Elle reviendra.
– Tu as prévenu ta famille ?
– Oui. Mais avec Mama, je suis la seule à vivre encore dans le Delta. Je suis un peu sa gardienne officieuse, rit-elle tristement. Tout le monde a exprimé sa grande émotion en apprenant la nouvelle, mais personne ne la juge assez importante pour interrompre ses activités. Alors voilà. Je veille sur Mama.
– Je suis désolé.
– C'est comme ça. Allez, file avant d'exploser, lui dit-elle avec un sourire. C'est quand même pour ça que tu es à Memphis.
Il la regarda un moment en silence.
– Plus seulement pour ça, répondit-il avec un air d'adolescent timide.
Craft rougit, ce qui le réjouit.
– Enregistre-la et tu me la feras écouter à ton retour.
– Très bien. Et si elle se réveille, avertis-moi tout de suite. Moi, ça m'importe. Compris ?
– Promis.
Il tapa une réponse à Honeyboy.

DK Là dans 20 min.

Il ramassa son sac, passa la sangle sur son épaule et fit mine de se diriger vers la porte, mais elle l'arrêta.

– Kane.

– Oui ?

– Prends ma camionnette.

Elle fouilla dans la poche de ses jeans et lui lança les clés, qu'il attrapa au vol.

– À tantôt.

Il quitta la chambre, prit l'ascenseur jusqu'au rez-de-chaussée et traversa le hall de l'hôpital. Il sortit et prit la direction du stationnement à étages situé à quelques centaines de mètres du Baptist Memorial où ils avaient garé la camionnette après avoir suivi l'ambulance depuis Frenchmans Bayou. Il marchait à grandes enjambées en essayant d'anticiper à quoi la mythique chanson pourrait bien ressembler. Il imaginait sans peine la présence d'une *walkin' bass* faite avec le pouce. Il y aurait un pont ; cela, il le savait. Honeyboy était-il parvenu à reconstruire l'air en *ré* mineur ? Johnson avait-il créé quelque chose de radicalement différent de ce qu'il avait écrit auparavant ? L'expectative le faisait presque frémir. Il allait bientôt entendre une chanson revenue d'entre les morts. Peut-être même qu'elle serait meilleure que ce à quoi il s'attendait.

Il n'avait fait que quelques pas dans la rue quand le vrombissement d'un moteur le sortit de ses pensées. Il tourna la tête vers la gauche et fut tétanisé. Une vieille *station wagon* grise piquée de rouille et au silencieux manifestement percé fonçait droit sur lui.

43

Kane eut tout juste le temps de se jeter vers l'arrière pour éviter d'être percuté et ramené à l'intérieur de l'hôpital avec, au mieux, deux jambes fracturées. Le véhicule passa tout droit sans ralentir tandis qu'il atterrissait dans un petit bosquet. Il se releva en furie.

– Maudit débile ! hurla-t-il en brandissant le poing, avant de faire un doigt d'honneur au conducteur qui s'éloignait.

Quelques passants le regardaient, sidérés.

– Ça va ? demanda un homme dans la soixantaine qui fumait une cigarette sur le trottoir.

– Oui, merci, dit Kane en balayant la saleté de ses vêtements.

– Les gens sont devenus fous, fit l'autre en secouant la tête avec désapprobation. Tout le monde est pressé.

– Je ne vous le fais pas dire, monsieur, dit l'historien en forçant un sourire crispé.

En colère, il replaça son sac sur son épaule. Après s'être prudemment assuré qu'aucune automobile ne venait vers lui, il s'engagea à nouveau dans la rue vers le garage. Il pénétra dans la structure de béton, aussi laide que toutes ses semblables de par le monde, et prit l'escalier.

Une fois au deuxième étage, il se dirigea vers l'autre extrémité, où se trouvait la camionnette. Il rageait intérieurement contre les crétins auxquels on donnait un permis de conduire sans vérifier leur quotient intellectuel. Il se ravisa en se disant qu'à ce compte-là, la vaste majorité des Américains se déplaceraient à vélo, et que l'industrie automobile serait en ruine. C'était comme pour les armes à feu : faire vivre l'économie exigeait d'équiper des hordes de cons avec des objets trop dangereux pour eux.

À une dizaine de mètres de la camionnette, il sortit la clé de la poche de ses jeans. À cet instant précis, la *station wagon* grise qui avait déjà manqué de le catapulter dans les airs surgit de la rampe d'accès du stationnement. Kane se figea, interdit. Ça ne pouvait pas être un hasard. Comme pour lui confirmer son pressentiment, la voiture accéléra, le vrombissement de son silencieux faisant écho sur les parois de béton.

Il se glissa entre la camionnette et le véhicule stationné à côté et, dans sa hâte, manqua d'échapper la clé. Au même moment, la *station wagon* s'immobilisa dans un crissement de pneus. La portière du côté passager s'ouvrit et un homme en surgit. Sans aucune hésitation, il s'élança vers lui. Kane essaya bien d'enfoncer la clé dans la serrure, mais ne put aller plus loin. L'inconnu, un Blanc trapu et costaud, aux petits yeux méchants, lui rentra dedans et le front de Kane se fracassa contre la vitre. Des étoiles se mirent à scintiller devant lui. Un coup percutant dans les reins le paralysa de douleur et il s'accrocha à la camionnette pour rester debout. Un second coup le poussa encore plus au bord de l'inconscience. Il sentit que l'autre empoignait la sangle de son sac et tirait dessus pour le lui arracher. Il résista du mieux qu'il le pouvait dans son état.

Étourdi, il sentit la clé dans sa main et un vague souvenir lui revint. Un truc d'autodéfense qu'il avait vu à la télévision. Il plaça la tige dentelée de la clé entre les jointures de son index et de son majeur, puis ferma le poing. Avant qu'un autre coup ne l'achève, il se retourna vivement et frappa à l'aveuglette. Donald Kane n'avait rien d'un bagarreur, mais la terreur et le sentiment d'urgence décuplèrent ses forces. Il atteignit son agresseur sur le côté du visage. La tige de la clé, convertie en arme blanche de fortune, perça la peau de la joue et la fendit sur presque deux pouces de long. L'homme hurla de douleur, relâcha son emprise et recula en portant les mains à la blessure, d'où le sang s'écoulait déjà. Par instinct plus que par bravoure, Kane lui appliqua un violent coup de pied entre les jambes. L'inconnu plaqua ses mains dans son entrecuisse et tomba lourdement sur ses genoux, puis sur le côté, gémissant, les yeux écarquillés et l'air ahuri.

Kane n'eut pas le temps de reprendre son souffle que le conducteur sortait à son tour pour foncer vers lui. Tandis que l'homme noir, plus grand et plus athlétique que son comparse, sautait par-dessus son complice souffrant, l'historien reculait. Après quelques mètres, il se retrouva adossé au parapet sans nulle part où aller. L'autre courait toujours… Sans réfléchir, Kane se baissa brusquement pour éviter de le recevoir en pleine poitrine, comme au football. Emporté dans son élan, l'homme bascula sur le parapet et chuta dans le vide pour s'écraser deux étages plus bas.

En panique, Kane resta là, haletant, son sac serré contre sa poitrine. Il se secoua et se pencha au-dessus du parapet. Avec un mélange de soulagement et d'effroi, il constata qu'en bas, l'homme remuait. Il en serait quitte pour un bon mal de tête et, peut-être une épaule disloquée ou quelques membres cassés.

Tremblant de peur, Kane s'élança vers la camionnette. L'homme qu'il avait blessé était toujours par terre, mais ses testicules écrasés se portaient un peu mieux, puisqu'il prenait maintenant appui sur le sol et tentait de se relever. L'espace d'un instant, les regards des deux hommes se rencontrèrent. Kane s'immobilisa. Malgré le sang qui maculait sa joue et son rictus de douleur, il réalisa tout à coup que cet homme lui était familier. Il le revit entrer dans sa chambre d'hôtel cambriolée. Vêtu d'un uniforme de police.

Il courut jusqu'à la camionnette et la déverrouilla avec la clé ensanglantée. Le barbu était maintenant sur un genou. En ouvrant la portière, Kane le percuta sauvagement en plein visage, lui écrasant le nez dans un craquement sinistre, et l'envoyant choir sur le dos, assommé. Il plongea dans la camionnette, referma et démarra en trombe, évitant de justesse l'homme qui gisait sur le sol, et la voiture qui avait été laissée en marche. Spontanément, il arrêta son véhicule, en sortit, éteignit le moteur de la *station wagon* et lança les clés de l'autre côté du stationnement. Puis il remonta dans la camionnette et appuya sur l'accélérateur.

44

Après avoir fui le stationnement de l'hôpital, Kane roula au hasard pendant une quinzaine de minutes, complètement paniqué, vérifiant compulsivement le rétroviseur pour s'assurer qu'il n'était pas suivi. Il était convaincu qu'une autre voiture allait sortir de nulle part et l'emboutir à dessein pour déverser des matamores qui le tabasseraient. Simultanément, il surveillait sa vitesse pour ne pas attirer l'attention d'une force policière dont, manifestement, certains membres ne souhaitaient pas son bien. Il ne repéra aucun véhicule suspect, mais dans son énervement, cela ne voulait pas dire grand-chose. Kane tourna ainsi en rond dans les rues de Memphis, les mains si serrées sur le volant que ses jointures en blanchissaient.

Il finit par se stationner dans une rue quelconque et, sans couper le moteur au cas où il devrait repartir en trombe, il posa son front sur le volant.

– *Jesus Christ in pink briefs*… soupira-t-il.

Les yeux fermés, il attendit que son cœur cesse de battre la chamade avant de s'autoriser à réfléchir. Quand il eut retrouvé un minimum de calme, il tira son téléphone de sa poche. Ses mains tremblaient encore et il laissa choir l'appareil au fond de l'habitacle. Après l'avoir récupéré, il parvint à sélectionner le contact de Virginia Craft.

– *Fucking shit on a stick…*

– Bonjour à toi aussi, rétorqua Craft. Alors ? Elle est comment, cette chanson ?

– J'ai été attaqué.

– Comment ça, attaqué ?

– Deux fiers-à-bras me sont tombés dessus dans le parking de l'hôpital pour me casser la gueule. Je pense avoir reconnu un des policiers de Barry White qui ont examiné ma chambre.

– *Fucking shit on a stick…* lâcha-t-elle à son tour avec inquiétude. Tu n'es pas blessé ?

Il replaça le rétroviseur pour examiner son visage et tâta prudemment les enflures qu'il y découvrit sans grande surprise.

– Je vais avoir quelques bosses, mais rien de grave. Je ne sais pas trop comment j'ai fait, mais j'ai réussi à me débarrasser d'eux. L'un va avoir mal à la joue et aux bijoux de famille. L'autre va avoir mal… partout.

– Qu'est-ce qu'ils voulaient ?

– Mon sac, je suppose. Ou plus spécifiquement, ce qui se trouve dedans.

– Ils te l'ont demandé ?

– Non. C'était plus simple de me tuer d'abord et de le prendre ensuite.

À l'autre bout, Craft resta muette pendant quelques secondes.

– Tu penses à ce que je pense ? finit-elle par demander.

– Kitchen, répondit immédiatement Kane, confirmant les soupçons de sa compagne. C'est peut-être lui qui a fait fouiller ma chambre par Bowler Ackers et…

– … fait abattre le même Ackers, compléta Virgie d'une voix blanche.

Un lourd silence tomba tandis qu'ils réfléchissaient à ce qu'ils venaient de déduire.

– Bordel… Y a des fêlés qui veulent me tuer à coups de sortilèges, de voiture et de poing, soupira-t-il. Nom de Dieu, je suis historien, pas The Rock !

– Tu es où, là ? lui demanda Craft, du ton de celle qui prend la situation en main, ce dont Kane lui fut reconnaissant, ne se sentant pas en état de le faire.

– Je… Attends.

Il avait conduit dans un état second, concentré sur la nécessité d'échapper à ses assaillants, et n'aurait pu dire où il s'était arrêté. Il étira le cou pour lire le nom de la rue, sur la plaque située à l'intersection.

– South Watkins Street.

– Tu vois une banque ?

Il inspecta le voisinage et en repéra effectivement une de l'autre côté de la rue, droit devant lui.

– Tu ne me croiras pas, dit-il, médusé. Ne me demande pas comment, mais je suis revenu à la Regions Bank…

– La même succursale ?

– Ouaip.

– Parfait. Va tout mettre en sécurité à l'intérieur. Tu m'entends ? Tout de suite. Et sois prudent avant de sortir de la camionnette. On se rappelle ensuite.

Elle allait raccrocher quand il la retint.

– Virgie ?

– Quoi ?

– Et Mama Cornelia ?

– Elle est toujours inconsciente, mais elle est très agitée. Elle gigote comme quelqu'un qui fait un cauchemar.

– C'est bon signe ?

– Je ne sais pas.

– OK. Je te rappelle tantôt.

– Kane ?

– Oui ?

– Ne prends pas de risques, dit l'anthropologue avec une émotion dans la voix. Je te préfère en un morceau.

– D'accord.

Il coupa la communication, vaguement conscient que quelque chose d'important venait de changer dans sa vie. Dans sa poitrine, une sensation de douce chaleur remplaçait peu à peu l'anxiété. Il remit son portable dans sa poche, engagea la transmission et roula jusqu'au stationnement de la banque. Une fois la camionnette immobilisée, il passa la sangle de son sac sur son épaule et observa une fois encore les environs pour s'assurer que personne ne l'avait suivi. Quand il se sentit raisonnablement confiant, il ferma le moteur, replaça la clé entre son index et son majeur afin de pouvoir s'en servir à nouveau comme arme s'il le fallait et ouvrit la portière. Dès qu'il fut dehors, il se sentit affreusement vulnérable. Son cœur se mit à battre plus vite tandis que son souffle se faisait court et que la sueur trempait déjà sa chemise aux aisselles.

Proche de la crise de panique, il se rendit à la porte au pas de course. Il entra et reprit un peu son souffle.

– Tout va bien, monsieur ? demanda la réceptionniste.

La dame était aussi délavée et fade que celle de l'autre jour et, malgré sa semi-panique, Kane se demanda distraitement si être incolore, inodore et sans saveur était un critère de recrutement pour le poste de réceptionniste dans cette banque.

– Oui, merci, répondit-il en forçant un sourire. J'ai un peu chaud, c'est tout.

Il lui expliqua la raison de sa présence et, comme la première fois, la femme lui demanda d'attendre. Une minute plus tard, le même commis se présenta, l'air toujours austère et droit comme un manche de pelle.

– Tiens. Encore vous… dit-il avec l'air dédaigneux qui semblait permanent chez lui.

– Je suis ravi de vous revoir, moi aussi, répliqua Kane.

Il observa le commis aux côtés de la réceptionniste. *Ken et Barbie au salon mortuaire.*

– Je voudrais…

– Laissez-moi deviner: un coffret de sûreté, coupa le simili croque-mort.

– Oui.

– Je vous rappelle que vous venez d'en fermer un.

– Je sais. J'en voudrais un nouveau.

– Votre sympathique ami policier ne vous accompagne pas ? s'enquit l'autre avec l'ombre d'un sourire ironique.

– Il n'est pas sympathique, et je vous assure qu'il n'est pas mon ami non plus.

– Si vous voulez bien me suivre. Je crois que vous connaissez la procédure ?

Quand il ressortit de la Regions Bank, le doigt momifié, le carnet, la trentième chanson et l'image de Gullah Jack étaient à nouveau en sécurité dans un coffret de sûreté dont il détenait la clé. Il regrettait de ne pas avoir pris de photos du *mojo bag* et de son contenu, qui étaient toujours étalés sur la table de Mama Cornelia, mais se dit qu'il serait encore temps de le faire si Craft et lui remettaient les pieds dans la petite maison.

Aux prises avec la même peur irrationnelle qu'à son arrivée, il vérifia longuement que les alentours étaient sûrs, puis traversa le stationnement en courant, s'assit dans la camionnette et s'empressa de verrouiller les portières. Il composa le numéro de Craft.

– C'est fait, annonça-t-il dès qu'elle décrocha.

– Tu vas quand même aller chez Honeyboy ?

La question le prit au dépourvu. Il n'avait plus pensé à la trentième chanson depuis qu'il était sorti de l'hôpital. Étrange, quand même, comme la recherche devient secondaire quand on a peur pour sa vie. Il se demanda s'il avait toujours envie de suivre la piste laissée par Robert Johnson et, après quelques secondes d'incertitude, sa curiosité d'historien et de musicien reprit le dessus.

– Oui, répondit-il.

– Sois prudent.

– Je prévois vivre encore un moment.

– Je l'espère.

La voix chaude de Virginia Craft lui fit du bien. Il raccrocha et envoya un texto à Brown.

> DK **Dsl. Petit contretemps.**
> **30 min.**

Malgré la peur, il sentit la fébrilité renaître en lui. Il allait entendre une chanson de Johnson que personne ne connaissait.

45

Il roula pendant de longues minutes dans les rues de Memphis, à moitié certain d'être suivi. Dans les films, c'était ce que faisaient les héros et ça semblait marcher : ils finissaient toujours par repérer une voiture suspecte dans le rétroviseur et trouvaient le moyen de la semer. Comme il n'en vit aucune, il parvint à se convaincre que la voie était libre. À l'aide du GPS de son téléphone, il retrouva l'édifice où habitait Honeyboy.

L'après-midi tirait à sa fin quand il stationna la camionnette à un coin de rue de sa destination. Pétrifié, il demeura terré dans l'habitacle, calé dans son fauteuil, pendant une dizaine de minutes, et il n'ouvrit la portière que lorsqu'il fut aussi certain que possible qu'il n'y avait toujours rien de louche. Il sentit son cœur se serrer dès qu'il posa les pieds sur le bitume. Il ajusta la courroie de son sac sur son épaule, respira à pleins poumons pour se donner du courage, songea que Jack lui en donnerait certainement un peu plus, et se mit en marche pour franchir les quelque trois cents pieds qui le séparaient de sa destination, s'attendant à tout moment à ce qu'un taupin surgisse d'un coin noir, de derrière une benne à ordures ou d'une voiture stationnée. Dans la poche de ses jeans, sa main serrait son canif.

– Tiens… Qu'est-ce qu'il fait là, celui-là ? marmonna Charles Kitchen.

L'inspecteur se tenait de l'autre côté de la rue, devant l'édifice où logeait Anthony Brown. Au lieu de traverser, il recula très lentement de quelques pas, pour éviter que son mouvement n'attire l'attention, conscient que sa carrure et son allure étaient éminemment reconnaissables. Il se blottit contre le coin d'un bâtiment, sortit son téléphone portable et le colla à son oreille, la tête un peu penchée comme s'il parlait à quelqu'un, tout en observant par-dessus son épaule. Il vit Donald Kane marcher d'un pas pressé jusqu'à la porte, regarder de chaque côté avec méfiance, puis disparaître à l'intérieur.

– Hum… Je ne savais pas que vous vous connaissiez. Qu'est-ce que tu vas faire chez Honeyboy ?

Il décida de voir ce qui allait se passer.

Une fois à l'intérieur, Kane s'adossa au mur et ferma les yeux. Il prit le temps de souffler et de laisser les battements de son cœur se calmer avant d'entrer dans l'ascenseur. Quand les portes s'ouvrirent au troisième étage, la peur revint. Comment savoir si quelqu'un n'était pas dissimulé sur le côté, prêt à lui tomber dessus ? Il retint son souffle et s'élança hors de la cabine d'ascenseur. Rien.

Il se demanda fugitivement ce qu'il faisait dans une pareille galère. Voilà quelques jours encore, il n'était qu'un professeur à peu près anonyme, médiéviste de formation et dilettante de l'histoire du blues. Il n'y avait même pas de lien entre des deux ! Et maintenant, il se promenait dans les rues, aussi effrayé qu'un cerf durant la saison de la chasse, regardant sans cesse par-dessus son épaule, sursautant au moindre bruit et prêt à décamper à toutes jambes. On lui jetait de mauvais sorts qui, qu'il l'admette ou non, semblaient fonctionner, et on les retirait sans qu'il comprenne quoi que ce soit. On essayait de le tabasser et il finissait par jouer à Jean-Claude Van Damme. Aucune recherche, même capitale, ne valait qu'il vive dans la peur. Il allait retourner dans le Maine et reprendre sa petite vie parfaitement tranquille et merveilleusement ennuyante. Sans blues. Sans Virginia Craft.

L'idée sacrilège le quitta aussi vite, alors que la curiosité et la passion reprenaient leur place. C'était lui, Donald Kane, qui avait retrouvé la trentième chanson. Au diable l'appropriation culturelle et le privilège blanc. S'il fallait prendre quelques coups sur la gueule et avoir une peur qui menaçait à tout moment de se transformer en diarrhée pour entendre une chanson inédite de Robert Johnson, il l'acceptait. Tout serait bientôt fini. On déterminerait à qui revenaient les objets de Johnson – sans doute une institution publique –, et plus personne n'essaierait de s'en emparer. Craft et lui publieraient leur découverte et la chanson appartiendrait au monde entier. Il regrettait seulement que Craft ne soit pas là en cet instant. Elle méritait de vivre ce moment unique autant que lui.

Il frappa. Presque aussitôt, Honeyboy ouvrit la porte, et Kane sut que quelque chose n'allait pas.

– Entrez, dit le jeune homme d'une voix tendue, son regard scrutant le couloir avec un air de bête aux aguets.

L'historien obtempéra et Brown s'empressa de refermer, faisant tourner les deux pênes dormants et mettant en place la chaîne de sécurité. Puis il passa à côté de lui d'un pas fébrile pour se rendre dans le coin salon où il les avait reçus la veille, Craft et lui. La table basse était maintenant couverte de papiers et l'ordinateur était allumé. Une guitare acoustique était appuyée contre le vieux divan. Des assiettes remplies de restes traînaient un peu partout, trahissant le travail fiévreux que Honeyboy avait accompli.

Kane nota avec une certaine préoccupation la présence d'une bouteille de bourbon à moitié vide sur la table basse du salon. Il observa Anthony Brown. Le jeune homme était fatigué. Ses vêtements étaient froissés et il sentait la transpiration. De toute évidence, il n'avait pas dormi. Il semblait aussi étrangement nerveux.

– Qu'est-ce qui vous est arrivé ? lui demanda Brown en avisant les ecchymoses sur le visage de son invité.

– Un petit désaccord dans un stationnement, répondit Kane. Et toi ? Qu'est-ce que tu as ?

– J'ai que… tout le monde se suicide ces temps-ci, dit Honeyboy, l'air sombre.

Kane ne mit pas beaucoup de temps à comprendre. Le monde des *bluesmen* de rue était tout petit.

– Tu as appris pour Little Lonnie Wood ?

– Oui, confirma le musicien en se massant la nuque.

Honeyboy avala sa salive, se rendit à la table et versa du bourbon dans son verre. Puis il sembla se rappeler qu'il avait un invité.

– Vous en voulez ?

– Oh oui ! se réjouit Kane.

Le guitariste prit un verre propre sur le comptoir, le remplit et le lui tendit.

– Je croyais que tu ne buvais pas.

– Parfois, il faut faire des exceptions, dit Honeyboy avant d'avaler la moitié de son whisky d'une seule grande gorgée.

Les larmes qui remplirent ses yeux révélèrent à quel point il n'avait pas l'habitude des boissons fortes. Mais Kane soupçonna que les larmes venaient aussi de sa peine.

– Tu connaissais bien Little Lonnie ? lui demanda-t-il.

– Nous nous connaissons tous, répondit Brown, la voix éteinte. Quand il était à jeun, ce qui arrivait malheureusement de moins en moins souvent, Lonnie était le meilleur guitariste que j'ai entendu. Et de loin.

Il avala une autre gorgée, plus modeste, celle-là.

– Je connaissais aussi Albert « Sweetie » Williams.

– Hein ?

– « Sweetie » Williams. Il s'est fourré le canon d'un pistolet dans la bouche et s'est fait sauter la tête, expliqua Brown, le regard perdu dans le vague. À peu près au même moment que Lonnie s'est ouvert la gorge. Mais avant, il a démoli sa guitare, lui aussi. Et il s'est tranché l'index et le majeur de la main gauche.

D'un geste presque brutal, il fit cul sec.

– Avec ses dents, ajouta-t-il, l'air hanté.

46

Il fallut plusieurs secondes à Kane pour assimiler l'information. Encore des doigts. Encore la gorge. Encore la guitare. Encore le blues. Ça devenait une épidémie.

– *Screw me with a broom stick*... fit-il avec l'impression d'avoir reçu un coup de masse en plein front.

À son tour, il fit cul sec. Sans rien demander, Honeyboy remplit les deux verres. Kane ajouta mentalement cette nouvelle mort d'un *bluesman* à celle de Little Lonnie Wood et de Milton « Bowler » Ackers sur une liste qui devenait de plus en plus préoccupante. Trois *bluesmen* morts en quelques jours, dont deux dans des conditions innommables. Tous depuis la réapparition des reliques de Johnson après quatre-vingt-trois ans d'oubli. On pouvait même ajouter le nom de Miss Simone Jackson au nombre des morts (des victimes ?) puisqu'elle avait possédé des objets liés au blues. Coïncidence ? Cupidité ? Surnaturel ? Son visage meurtri portait Kane à croire à l'option deux, mais son pied mystérieusement blessé, puis guéri, l'empêchait d'écarter la troisième.

– Mais... pourquoi? s'entendit-il demander.

– Qui sait? dit Brown en haussant les épaules. La colère du Dieu du blues? Satan qui réclame son dû? Le marché du blues qui est difficile?

Abattu, le guitariste se dirigea vers le divan.

– J'ai déchiffré la chanson, soupira-t-il en s'assoyant. C'est pour elle que vous êtes venu. Pas pour m'entendre brailler.

Il posa sa guitare sur sa cuisse et allait toucher les cordes, mais Kane l'arrêta.

– Puis-je enregistrer et filmer? Uniquement à des fins de recherche, je le rappelle. J'aimerais aussi enregistrer notre conversation. Tes commentaires et tes impressions sont importants.

Cette fois, Honeyboy fit un geste gracieux de la tête. L'historien sortit son ordinateur de son sac et l'installa sur la petite table, l'écran tourné vers l'artiste, puis lança le programme de vidéo. Il ouvrit ensuite l'application d'enregistrement audio sur son téléphone, qu'il déposa sur la table.

– Par mesure de précaution, dit-il.

– Le *Skip James tuning* est simplement un accordage en *ré* mineur ouvert, expliqua Honeyboy. Un DADFAD.

Pour démontrer la chose, il gratta les cordes avec son pouce, produisant un *ré* mineur un peu lugubre.

– C'est surprenant, car Johnson ne s'est jamais accordé en *crossnote*, poursuivit-il. C'est déjà une découverte. Quant aux marques que vous m'avez montrées, c'était bien un système de notation; une forme de tablature très simple. Il dessinait les six cordes de sa guitare à la verticale au lieu de le faire à l'horizontale, et il les marquait d'un X. Il indiquait la frette par des petits traits. Trois traits, troisième frette. Je l'ai compris en faisant pivoter la photo sur l'écran.

Avec une agilité remarquable, il joua quelques accords au hasard.

– Il n'y a aucune directive sur la façon de la jouer, ni même sur l'air, mais considérant l'accordage en *crossnote* et les paroles assez sinistres, j'ai tenu pour acquis qu'il l'avait imaginée lente et sombre, expliqua le guitariste. Évidemment, ce n'est qu'une supposition de ma part. La structure des couplets indique qu'il s'agit d'un blues en douze mesures avec un pont, ce qu'il n'a fait que quelques fois auparavant. Ça pourrait avoir l'air de quelque chose comme ceci. Vous en jugerez…

Dès que Kane eut commencé à enregistrer, Honeyboy entonna une intro qui ressemblait à celles qu'affectionnait Johnson, sans en être tout à fait une. Puis il se lança dans le premier couplet de sa voix claire et haut perchée, si semblable à celle du *bluesman* défunt.

Walkin' in the night, with the moon shinin' bright
Walkin' in the night, was time to turn right
Gonna meet my woman, keep me satisfied

La chanson était bien un blues à douze mesures. Un bon vieux *12-bar* tout ce qu'il y avait d'ordinaire.

Goin' down the road, with my old guitar in my hands
Goin' down the road, with my old guitar in my hands
All the little girls understand

À mesure que la chanson avançait, Kane sentait se confirmer en lui la déception qu'il avait anticipée. Non seulement ce qu'il entendait ne se démarquait d'aucune façon des vingt-neuf autres chansons connues, mais elle était, et de loin, la plus mauvaise du lot.

Sang my song to the Man, sang my song just one time
Sang my song to the Man, sang my song forty times
He said son, you can't run, your soul is mine.

Cost me a dollar, cost me a dime
Come on little woman, take my hand
Play me for a fool, warm my soul

Honeyboy grimaça comme s'il grinçait des dents et finit par s'arrêter au beau milieu du pont.

– Je fais mon possible, mais ce *bridge* est injouable, dit-il, la frustration perçant dans sa voix. Le rythme des mots est irrégulier et il y a carrément des phrases de trop.

Il reprit là où il s'était interrompu. Le reste du pont fut aussi saccadé et hésitant que le début.

Make the change, seal the deal
Write it on paper, take my words
You see the sign
Be mine all the time

Ellie Mae, Ellie Mae, take my soul and wait
Ooooooo, Nellie Mae, trade my soul and bait

La suite de la chanson se fit toutefois plus coulante et Brown parut retrouver le plaisir de jouer du Johnson.

Couldn't run, couldn't hide, wasn't nowhere to stay
Couldn't run, couldn't hide, wasn't nowhere to play
No use prayin', boy, the Lord's miles and miles away.

Hellhounds keep comin', when the sun goes down
Mmmmmmmm Mmmmmmmm, when the devil come down
Got my mojo workin', don't know for how long.
Black man be gone.

Honeyboy termina avec un riff typique de Johnson. Les cordes de métal résonnèrent longtemps dans le petit appartement et finirent par se taire. Les deux hommes échangèrent un regard un peu sonné.

– Merci.

– Vous êtes déçu, dit Honeyboy sur le ton de l'évidence.

– Pas par la qualité du jeu. Tu es extraordinairement doué. Mais la chanson est…

Il chercha le mot juste.

– Banale, suggéra Honeyboy. Mauvaise. Approximative. Immature. Amateure.

– Oui, tout ça, admit l'historien, à contrecœur. Au fond, il n'y avait aucune raison d'espérer qu'elle soit meilleure que les autres. Il se trouve simplement que sa dernière chanson est demeurée inconnue parce qu'elle n'a pas été enregistrée, sans doute parce qu'elle n'était pas terminée.

– Il arrivait à Johnson de sauter une mesure ou d'en ajouter une. Parfois, il perdait le tempo. Pas autant que John Lee Hooker, qui devait causer des cauchemars à ceux qui l'accompagnaient, mais on l'entend sur certains de ses enregistrements. Mais ça, c'est… inchantable.

Alors pourquoi la sceller dans la reliure de son carnet ? se questionna Kane, tandis que Honeyboy se perdait dans ses pensées.

– Malgré ses faiblesses, j'aimerais être celui qui la présentera au monde, dit-il avec espoir. Quitte à être assez prétentieux pour la corriger un peu. Ça reste quand même quelque chose comme une sainte relique.

– Et j'aimerais que ce soit toi, confirma Kane. Il faudra certainement un moment pour que les avocats « avocassent » et qu'on détermine qui en détient les droits, maintenant que Miss Jackson est morte. Et il faut aussi démontrer hors de tout doute que cette chanson est bien de Johnson, mais ça ne devrait pas être si compliqué. Quand ce sera fait, je te promets que je ferai tout ce qui est en mon possible pour que tu puisses la jouer avant tout le monde. Tu le mérites et... je crois que Johnson aurait aimé t'entendre.

Honeyboy Brown hocha la tête, visiblement touché. Kane éteignit l'application vidéo de son ordinateur, qu'il remit dans son sac, puis se leva.

– Ce que tu as réussi à faire est exceptionnel. Je te reviendrai. Et tu as mes coordonnées.

Il se dirigea vers la porte. Honeyboy l'arrêta.

– Votre téléphone !

Kane revint prendre l'appareil, oublié sur la table basse. Il le mit dans sa poche et repartit vers la sortie. Dans l'embrasure de la porte ouverte, il se retourna.

– Merci pour la musique, dit-il avec une émotion sincère.

Près de la chute à déchets, dans un recoin au bout de l'étage, il observait. Il avait dû improviser à l'arrivée impromptue d'un visiteur, qui n'avait fait que repousser un peu l'inévitable. Depuis, il attendait que l'importun ressorte. Décidément, cet homme croisait souvent sa route. Trop pour que ce soit un hasard. Il s'intéressait à Johnson, lui aussi. Il faudrait approfondir la question, mais une chose à la fois. Pour le moment, il avait affaire avec Honeyboy.

Il devait faire vite. Bientôt, tout risquait de devenir plus compliqué. Le temps pressait et le patron commençait à s'impatienter. Il voulait les reliques et l'échec n'était pas envisageable. Le patron décidait et lui exécutait. Il récoltait sa part des bénéfices et il en était reconnaissant.

La porte s'ouvrit et l'homme au sac en cuir émergea de l'appartement. Par réflexe, il se colla contre le mur. L'autre se retourna dans l'embrasure.

– Merci pour la musique, dit-il avant de refermer et de se diriger vers l'ascenseur.

Une fois la descente bien amorcée, il sortit de son recoin et frappa à la porte de l'appartement. Quelques secondes plus tard, l'occupant ouvrit.

– Vous avez oublié quelque…

Les mots moururent dans la gorge de Honeyboy Brown.

Kane avançait vers la camionnette, conscient qu'il détenait un trésor extrêmement précieux. La sonnerie des textos résonna et il extirpa son téléphone de sa poche pour consulter l'écran tout en marchant. Craft s'impatientait. En un seul mot.

VC **Alors????**

Avec un pouce, il tapa une réponse.

DK **Décevant. T'expliquerai.**
J'arrive.

Un nouveau message lui parvint en quelques secondes.

VC **Suis à la maison.**
T'attends.

Il éteignit l'application de texto et constata que celle d'enregistrement audio était toujours active.

Des pas montèrent sur le trottoir, derrière lui. La main qui se posa sur son épaule gauche lui arracha un cri.

47

– Vous êtes bien nerveux, professeur, minauda l'inspecteur Charles Kitchen avec un petit air cynique.

– Je… J'étais perdu dans mes pensées, haleta Kane, tandis que son cœur menaçait de jaillir de sa poitrine. Quelle idée d'arriver par-derrière comme ça ! Vous m'avez fait sursauter.

– J'ai bien vu ça, rétorqua le policier sans se départir de son sourire. Je suis désolé de vous avoir fait peur.

Piqué dans son orgueil et se rendant bien compte que sa nervosité pouvait paraître suspecte, Kane reprit ses esprits. Il sentit aussitôt la colère et l'indignation. Il rempocha son téléphone, qu'il avait failli laisser tomber dans son sursaut.

– Vous me suivez, maintenant ? lâcha-t-il.

– Je ne fais que mon travail, professeur, répliqua Barry White, nullement démonté. Puis-je vous demander ce que vous faisiez dans cet édifice ?

Kane comprit que l'autre l'avait espionné et il sentit sa colère grandir.

– Puis-je vous demander pourquoi vous voulez le savoir ? riposta-t-il en se faisant violence pour garder un ton neutre.

Kitchen se contenta de le dévisager sans la moindre expression, ce qui avait un effet déconcertant.

– Suis-je accusé de quelque chose ?

– Pas que je sache, répondit cette fois l'inspecteur, d'un ton racoleur. Devrais-je vous soupçonner de quelque chose ?

– Pas que je sache.

– Vous êtes très drôle.

– Merci.

Le sourire s'effaça tranquillement sur le visage de Kitchen.

– Vous avez eu un accident ? demanda-t-il.

– Comment ça ?

– Votre visage. Il est tout cabossé.

– Ah. Je suis tombé, déclara Kane. Vous savez ce que c'est.

– Tombé…

– Tombé.

– Je vois.

Excédé, Kane fit un pas vers l'avant assez brusque pour surprendre Barry White et lui causer un mouvement de recul. De si près, l'odeur de son parfum et de sa pommade à cheveux était proprement écœurante et le prenait à la gorge.

– Écoutez, inspecteur, je commence à en avoir assez de vos insinuations, dit-il. Au cas où vous ne l'auriez pas compris, je suis une victime. Je n'ai rien à me reprocher. Ma chambre d'hôtel a été saccagée. Et vous avez compris que j'ai été tabassé. Je ne serais même pas surpris que vous sachiez par qui. Si vous faisiez votre travail, comme vous le dites si bien, vous trouveriez qui m'en veut et pourquoi. Dans le cas contraire, je vous demanderai de vous adresser à mon avocat. Compris ?

Kitchen gonfla sa considérable panse en inspirant, et, sans perdre son calme, sembla considérer ce qu'il venait d'entendre.

– Très bien, puisque vous insistez, je vais vous expliquer, céda-t-il, contrarié. Compte tenu de ce qui est arrivé récemment à Lonnie Wood et à Bowler Ackers, nous gardons un œil sur les jeunes *bluesmen*. Au cas où quelqu'un leur voudrait du mal.

– J'admire votre bienveillance professionnelle, mais Wood ne s'est-il pas suicidé ?

– Si, bien sûr. Jusqu'à preuve du contraire, c'est bien le cas. Mais nous devons éliminer toutes les possibilités.

– Et s'il advenait que Wood ait été assassiné…

– … nous pourrions avoir affaire à un meurtrier en série, compléta Kitchen, sans paraître particulièrement ému par cette éventualité.

Il fallut un moment à Kane pour comprendre ce que l'inspecteur ne lui disait pas.

– Il y en a eu un autre, c'est ça ?

– Un collègue de Little Lonnie, nommé Jimmy « Fingers » Dodds – une autre épave humaine, je le crains – s'est pendu, confirma Kitchen. Mais seulement après s'être tranché trois doigts de la main gauche avec un couteau de cuisine. Lui aussi était saoul et lui aussi avait détruit sa guitare. Ça s'est passé la nuit dernière. Je trouve que ça commence à faire beaucoup de « suicides » semblables.

Les doigts. Encore. Kane garda son calme.

– Je comprends. Et si je vous dis qu'Albert « Sweetie » Williams a fait à peu près la même chose la nuit passée, lui aussi ?

Cette fois, l'impavide inspecteur écarquilla les yeux puis prit une note.

– Je vois que vous ne le saviez pas, dit Kane, savourant ce petit moment de satisfaction.

– Non, admit l'autre, embarrassé. Et vous ? Comment l'avez-vous su ?

– C'est Honeyboy qui vient de me l'apprendre.

Kitchen leva un sourcil pour l'inviter à poursuivre.

– Nous parlions musique, dit Kane avec le même sourire narquois que l'autre arborait sans cesse. Je m'intéresse à l'histoire du blues et nous avons discuté de certaines subtilités techniques du jeu de Robert Johnson pour un article que je prévois écrire avec la professeure Craft.

– Encore Johnson.

– C'est comme ça.

Ils s'affrontèrent en silence.

– Allez le confirmer avec Honeyboy. C'est au troisième étage. Vous le savez sans doute.

– C'est ce que je vais faire. Au revoir, professeur Kane.

– Au revoir, inspecteur.

Kane regarda le gros homme s'éloigner d'une démarche chaloupée qui contredisait à elle seule toute l'élégance qu'il mettait dans ses manières. Quand Barry White fut disparu dans l'édifice, il fit demi-tour et, d'humeur sombre, il se dirigea vers la camionnette.

Il ouvrit la portière, se laissa tomber sur le siège, referma et verrouilla. Alors, seulement, il expira profondément et s'autorisa à se détendre un peu. Kitchen avait beau faire tout son possible pour lui gâcher la vie, il n'y arriverait pas. Kane força un sourire. Il venait d'écouter la trentième chanson de Robert Johnson. Elle était peut-être médiocre, mais elle était inédite et c'était lui qui avait eu le privilège de l'entendre. Il eût été indécent de ne pas éprouver la plus grande gratitude. Il pouvait nommer sans même réfléchir au moins dix collègues qui seraient verts d'envie.

– Tu peux aller te faire foutre, Barry, dit-il pour lui-même.

Il retira la courroie de sur son épaule pour déposer son sac au fond de l'habitacle, devant le siège du passager. Son sourire se figea aussitôt, puis fondit comme une crème glacée au soleil.

Un *mojo bag* noir dépassait de sous le siège.

48

Incapable de chasser entièrement le sentiment de terreur superstitieuse que l'objet avait fait naître en lui, Kane conduisit comme dans le brouillard en se demandant qui avait bien pu déposer cet objet dans la camionnette. Bowler Ackers était mort d'une balle en plein cœur. Si c'était cet homme qui avait laissé le *mojo bag* dans sa chambre d'hôtel après l'avoir fouillée, alors quelqu'un d'autre lui en voulait et avait décidé de le lui faire savoir. Mais qui ?

Aux aguets, craignant à nouveau d'être poursuivi, il conduisit à coups de détours et de zigzags empreints d'une paranoïa encore plus vive qu'à l'aller. Il rejoignit enfin la tour à condominiums sur Highland Street. La barrière se leva à son approche, ce qui lui indiqua que Craft guettait son arrivée depuis sa fenêtre. Il gara la camionnette dans l'espace qui lui était réservé et avisa le *mojo bag*, toujours sur le plancher. Avec un rictus de dégoût, il en saisit l'extrémité du bout des doigts, ouvrit son sac de l'autre main et l'y laissa tomber.

– *Goddam it*… grommela-t-il en secouant la tête. Me voilà en train d'avoir peur d'un petit sac en velours…

Il jeta un coup d'œil à gauche et à droite avant de sortir du véhicule. À moitié rassuré, il traversa le stationnement en marchant beaucoup plus vite que de coutume. Il n'eut même pas à appuyer sur le bouton de l'appartement pour que la sonnerie retentisse, suivie du claquement typique de la serrure automatique qui s'ouvre. Il fila vers l'ascenseur.

Arrivé au septième étage, il trouva Craft dans le cadre de sa porte ouverte, l'air inquiet. Dès qu'elle le vit, ses yeux s'arrondirent.

– Ton visage ! s'exclama-t-elle en se précipitant vers lui.

– Je te l'ai dit : on m'a attaqué.

– Oui, mais à ce point… Viens, il faut nettoyer ça avant que ça ne s'infecte.

Elle le prit par le bras et le tira à l'intérieur. Une minute plus tard, il était assis à la table de cuisine, un verre de Old Soul bourbon à la main. « Pour la douleur », avait-elle pris la peine de préciser, tandis qu'il l'avalait d'un coup pour calmer ses nerfs de plus en plus éprouvés.

Pendant qu'il lui racontait en détail l'attaque subie dans le stationnement de l'hôpital, Virgie mouilla une serviette et s'affaira à lui nettoyer le visage avec la plus grande délicatesse.

– Je ne suis pas sale, maugréa-t-il pour avoir l'air dur. Seulement un peu amoché.

– Tu as saigné.

– Vraiment ? s'étonna-t-il. Ça explique la réaction de Honeyboy et de Kitchen.

Il résuma ce qu'il avait appris lors de son passage chez Anthony Brown. Les suicides d'Albert « Sweetie » Williams et de Jimmy « Fingers » Dodds s'étaient ajoutés à celui de Little Lonnie Wood et à l'exécution de Milton « Bowler » Ackers. Elle cessa de le tripoter et braqua sur lui un regard troublé.

– Ça fait vraiment trop de *bluesmen* morts en peu de temps, observa-t-elle.

– Et beaucoup trop de doigts qui ont quitté leur main gauche, renchérit-il. Tu crois au hasard, toi ?

– Depuis quelques jours, de moins en moins…

– Et moi donc.

Il poursuivit en relatant sa rencontre avec Kitchen.

– Il te suivait, ce gros détestable ?

– Il a prétendu garder un œil sur Honeyboy.

– Tu le crois ?

– Autant que je croirais un vendeur de voitures usagées qui m'offrirait une Lamborghini pour mille dollars. Je n'ai aucune preuve que c'est lui qui a envoyé un agent en civil me tabasser, mais étant donné son honnêteté à géométrie variable, disons que rien de tout ça ne rehausse ma confiance en lui.

– Ouais… fit Craft.

Elle tâta doucement les bosses qui avaient pris une teinte bleutée.

– Ça te fait mal ?

– Seulement quand tu appuies dessus, grommela-t-il.

Elle versa un peu d'antiseptique sur un tampon de gaze et se mit à désinfecter la coupure.

– Ouch !

– Petite nature.

Elle acheva l'opération en apposant un pansement.

– Voilà. Tu es presque présentable.

– Il y a autre chose.

– Quoi ?

Il se pencha vers le sac qu'il avait déposé par terre près de lui et retint un grognement quand ses côtes endolories protestèrent.

– Ça.

Il jeta le *mojo bag* sur la table comme s'il s'agissait d'un poisson mort depuis plusieurs jours. Pendant quelques secondes, Virgie, sidérée, fixa l'objet sans réagir.

– Je l'ai trouvé dans la camionnette après ma rencontre avec Barry.

– Mais... Chapeau melon est mort...

– Je sais, figure-toi.

Elle examina avec prudence le *mojo hand* avec sa petite croix inversée cousue sur le sac.

– De l'extérieur, il est pareil à l'autre, mais je n'ose pas l'ouvrir. Je ne suis pas Mama Cornelia.

– Tu ne vas quand même pas me dire que tu as peur de cet objet ? lâcha Kane.

– Si. Et toi ? Tu vas me dire que sa découverte t'a laissé indifférent ?

– Non... admit-il en baissant les yeux. Pas après l'histoire de la poudre...

– Voilà.

L'anthropologue se leva brusquement, alla farfouiller dans les tiroirs de la cuisine et en revint avec un grand sac de plastique pour congélateur et une longue cuillère en bois. Elle utilisa l'ustensile pour pousser le *mojo hand* dans le sac, qu'elle scella ensuite. Elle le saisit par un coin et, le tenant au bout du bras, se rendit à son bureau.

Intrigué, Kane se leva et la suivit jusqu'à un bureau à domicile joliment aménagé. Elle décrocha un tableau, révélant un petit coffre-fort encastré au mur dont elle fit tourner la molette dans un sens, puis dans l'autre.

– C'est ici que je garde les bijoux familiaux et un peu d'argent liquide, expliqua-t-elle. Je ne fais pas confiance aux banques.

– Mais tu me suggères de louer un coffret de sécurité…

– C'est différent.

– Quand tu auras une minute, tu m'éclaireras, si le cœur t'en dit ?

Elle ouvrit la petite porte et y jeta le sac avec dédain avant de la refermer à double tour. Elle remit le tableau à sa place.

Étrangement, Kane eut l'impression qu'il se sentait un peu mieux.

49

– On écoute la chanson ? demanda Craft une fois de retour dans la cuisine. Je ne veux plus penser à ce maudit sac.

– Je croyais que tu ne le demanderais jamais, répondit l'historien, qui avait grand besoin de retrouver un semblant de pensée cartésienne.

Il sortit son ordinateur, le déposa sur la table, l'alluma et ouvrit le fichier enregistré chez Honeyboy. Virgie se versa un verre et déplaça sa chaise pour venir s'asseoir près de lui, face à l'écran.

– Professeure Craft, tu seras la troisième personne à entendre la mythique trentième chanson de Robert Johnson, annonça-t-il avant de lancer la vidéo.

Le son de la guitare de Honeyboy Brown, rendu un peu métallique dans les haut-parleurs de l'ordinateur portable, monta dans l'appartement. Fébrile et émue, Craft appuya ses coudes sur la table, puis posa son menton dans ses mains et ferma les yeux pour mieux écouter. Le rythme de la *walkin' bass* était familier et elle se laissa emporter, oscillant de la tête à la cadence des temps. Les premiers couplets de douze mesures se succédèrent sans anicroche, mais aussi sans susciter d'émerveillement, et cela jusqu'au pont. En l'entendant, elle grimaça. Au même moment, Honeyboy s'interrompit sur l'enregistrement.

– *Je fais mon possible, mais ce* bridge *est injouable, dit-il, la frustration perçant dans sa voix. Le rythme des mots est irrégulier et il y a carrément des phrases de trop.*

Il reprit la chanson, mais la magie était rompue. Sa piètre qualité était exposée au grand jour. Quand résonna le dernier *turnaround*, Kane arrêta la vidéo.

– Alors ? demanda-t-il.

Elle plissa le nez.

– C'est banal, répondit Craft. Je suppose que mes attentes étaient élevées et que j'espérais encore la grande œuvre oubliée qui dépasserait toutes les autres. Mais non. C'est une chanson soit inachevée, soit mauvaise. Peut-être qu'au final, il n'était pas l'auteur-compositeur que nous avions imaginé en lisant le carnet.

– Ça laisse sans réponse une question soulevée plus tôt : si elle était encore en écriture, pourquoi la camoufler si soigneusement dans la couverture du carnet ?

Craft fit rejouer la chanson.

– C'est quand même du Johnson, déclara-t-elle. Au fond, c'est peut-être tout ce qui compte. Il faut considérer sa valeur documentaire avant sa qualité musicale. Ça demeure la mythique trentième chanson.

Elle lui adressa un sourire satisfait.

– Nous avons tout ce qu'il nous faut pour écrire. Qu'elle soit à peine passable ne change rien. Nous pouvons révolutionner la biographie de Robert Johnson et l'histoire du blues.

– Ça aura bien valu quelques claques sur la gueule et un ou deux phénomènes encore inexpliqués, concéda-t-il. Nous allons laisser les objets dans le coffret de sûreté jusqu'à ce que les droits de succession de Miss Jackson soient établis. Maintenant, on va écrire. Pour le reste, je laisse notre ami Barry White résoudre ce qu'il pourra.

Craft leva son verre.

– À la biographie définitive de Robert Leroy Johnson, auteur-compositeur-interprète, dit-elle.

Ils portèrent un toast.

– Si nous allions célébrer ? suggéra-t-elle, une lueur coquine dans les yeux.

– J'ai le visage très sensible…

– J'embrasserai autre chose.

Kane sourit et se mit à chantonner un bout de chanson.

– *A woman is like a dresser, some man is always ramblin through its drawers. It cause so many men wear an apron overhaul*[25].

Craft éclata de rire et se mit à se dévêtir en chemin vers la chambre.

Virgie dormait, la tête enfouie sous son oreiller, le dos et les fesses à découvert. Robert Johnson était assis sur le coin du lit, sa guitare sur la cuisse. Il chantait en lançant des œillades lubriques au spectacle qui s'offrait à lui.

I'm gointa get up in the mornin
I believe I'll dust my broom
I'm gointa get up in the mornin
I believe I'll dust my broom

25. Robert Johnson, *From Four Until Late.*

Girlfriend the black man you've been lovin
he can get my room[26]

Le regard de Johnson quitta le postérieur alléchant de Virginia Craft et se posa sur Kane.

Sans cesser de jouer, il pivota un peu pour faire face à Kane. Les doigts de sa main droite volaient allègrement sur les cordes pour jouer à la fois la basse et la mélodie. Ceux de la main gauche étaient manquants. Les moignons appuyaient sur les cordes, laissant des traces sanglantes sur les frettes.

Kane se réveilla en sursaut. Près de lui, Craft dormait, la tête sous l'oreiller, le drap rabattu exhibant son dos et ses fesses. *Quel cul*, songea-t-il en y déposant une main, mesurant sa chance au lieu de s'éterniser sur son rêve. Des paroles lui revinrent en tête.

Now Beatrice, won't you bring your clothes back home
Now Beatrice, won't you bring your clothes back home
I wanna wind your little phonograph, just to hear your little motor moan[27]

Il la réveilla en douceur pour faire de la musique.

La sonnette de la porte les tira de leur sommeil. À moitié endormis, ils eurent du mal à trouver leurs repères. Kane tira le bras pour voir l'heure sur son téléphone.

– Vingt-trois heures quinze. Qui ça peut bien être ?

– C'est ce que nous allons savoir.

---

26. Robert Johnson, *I Believe I'll Dust My Broom.*
27. Robert Johnson, *Phonograph Blues.*

Craft sortit du lit et passa un peignoir, tandis que Kane remettait ses boxers. Elle se rendit à l'interphone.

– Qu'est-ce que c'est ?

– Inspecteur Kitchen, professeure Craft, répondit la voix qui les fit secouer la tête à l'unisson. Le professeur Kane est-il chez vous, par hasard ?

– En quoi cela vous regarde-t-il ?

– C'est important, insista le policier. Puis-je monter ?

– Très bien, soupira l'anthropologue en appuyant sur le bouton qui ouvrait la porte d'entrée.

Elle se tourna vers Kane.

– Barry veut te voir.

– Je contiens difficilement ma joie…

Une minute plus tard, on frappait à la porte de l'appartement. Craft alla ouvrir et découvrit l'inspecteur flanqué de deux agents. Ses petits yeux avides cherchèrent Kane.

– Professeur Donald Kane, vous êtes en état d'arrestation pour le meurtre d'Anthony « Honeyboy » Brown.

50

Kane était assis dans une petite pièce sombre et sans fenêtres qui semblait tout droit sortie d'une mauvaise série policière. Les murs étaient d'un beige indéfinissable, la table et les trois chaises en métal avaient été fixées au sol. La climatisation n'était manifestement pas de rigueur dans les postes de police, mais pourquoi assurer le confort des prévenus ? On lui avait au moins fait la faveur de ne pas le menotter et un café imbuvable fumait dans un gobelet en styromousse. Même l'indispensable miroir sans tain était là, sur le mur. Un peu plus et il aurait ri, mais dans les circonstances, la chose lui apparaissait déplacée. Après tout, il était accusé de meurtre.

Il essuya son visage luisant avec la manche de sa chemise. Il avait beau s'encourager en se rappelant qu'il n'était coupable de rien, il savait aussi que les prisons américaines regorgeaient de condamnés victimes d'un coup monté. Kitchen était-il prêt à faire condamner un innocent pour mettre la main sur les objets de Johnson ? Kane n'était même pas certain que le « bon inspecteur » soit au courant de leur existence. Certes, l'irritant personnage se doutait qu'il y avait autre chose. C'était évident. Cette mise en scène avait-elle pour but de lui donner un levier de négociation ? Du style « j'oublie les accusations si vous me donnez le reste » ? Ce genre de plan ne semblait pas au-dessus de Charles Kitchen.

Une chose était certaine : Brown était mort, sinon lui-même ne serait pas là, assis dans une salle d'interrogatoire, comme un vulgaire criminel. Et rien ne donnait à penser qu'il se soit suicidé. Il avait donc été tué. Par qui ?

Tandis qu'on l'emmenait, Craft lui avait crié qu'elle lui envoyait un avocat. Il était impatient de le voir. Une part de lui songeait aux dommages que cette aventure ferait à sa réputation universitaire. Mais il était surtout pressé de sortir de cet endroit.

Comme si Dieu n'avait attendu que cette pensée pour se manifester, la porte de la salle d'interrogatoire s'ouvrit derrière lui. Kane se retourna et vit entrer un homme d'une quarantaine d'années vêtu d'un impeccable complet bleu sur une chemise d'un blanc immaculé et une cravate marine. Grand, épaules carrées, regard direct, montre en or au poignet, chaussures parfaitement cirées, boutons de manchettes ; il était lui aussi un cliché ambulant. Pour le moment, Kane était content d'avoir un avocat, même s'il semblait sortir de *The Firm*. Mais en version noire.

– Donald Kane ?

Kane jugea que le moment serait mal choisi pour préciser la façon dont il préférait être interpellé.

– C'est moi.

Il se leva. Le nouveau venu lui adressa un sourire rendu étincelant par des interventions hors de prix chez le dentiste, et lui tendit la main. Kane l'accepta.

– Joshua Adcock, annonça-t-il en la secouant un peu trop vigoureusement. Virgie m'a réveillé en panique pour me demander de voler à votre secours, alors me voilà.

Un inconfortable soupçon se forma dans la tête de Kane.

– Virgie et vous êtes... ?

– Des... amis, fit l'autre, l'air entendu, avec un rire insouciant.

Il ne manquait que le clin d'œil lubrique. Le soupçon se mua en un feu de jalousie.

– Je vois.

– Et Virgie et vous... ? lui retourna Adcock en haussant le sourcil droit. Des collègues, je suppose ?

– Des... amis, lui répondit Kane sur le même ton.

– Je vois, fit l'autre sans perdre sa contenance. Cela fait presque de nous des amis ! Assoyez-vous.

Kane reprit place sur sa chaise tandis que son nouvel avocat s'installait à sa gauche.

– Bon, commença l'avocat en joignant les mains sur la table, vous savez qu'on vous soupçonne du meurtre d'un jeune musicien de rue nommé Anthony Brown et connu sous le sobriquet de Honeyboy.

– J'en ai eu vent, oui, confirma Kane en serrant les mâchoires.

– Mes instructions sont très simples : ne dites absolument rien à la police, sauf ce qu'elle sait déjà. Vous ne devez pas vous incriminer. C'est compris ?

– M'incriminer de quoi ? s'insurgea l'historien en se levant à moitié de sa chaise. Vous parlez comme si j'étais coupable ! Je n'ai rien fait !

Adcock lui fit signe de se rasseoir, se pencha un peu plus au-dessus de la table et le regarda d'un air grave.

– Écoutez-moi bien, Donald : en ce moment, cela n'a aucune importance. C'est en cour que nous devrons faire la preuve de votre innocence, si jamais nous nous rendons jusque-là. Pas ici. Alors, faites ce que je vous dis et ne répondez que le minimum aux questions qui vous seront posées. Ou mieux encore, ne répondez pas du tout. À moins d'avoir un alibi vérifiable.

– Je… Je ne crois pas en avoir un, avoua Kane, contrit. Honeyboy était bien vivant quand je l'ai quitté et j'ai croisé Kitchen en sortant de chez lui.

– Comme Kitchen l'a trouvé mort, il est forcément monté à l'appartement après vous, réfléchit l'avocat à voix haute.

– Oui. Forcément.

– Très bien. Nous n'avons pas le temps d'examiner les faits. Vous me raconterez comment vous vous êtes retrouvé ici plus tard, si c'est nécessaire. En attendant…

Tout en fronçant les sourcils pour souligner son sérieux, avec sa main, il fit le geste de verrouiller les lèvres et de jeter la clé par-dessus son épaule. Kane leva les mains en signe de reddition.

– *Good boy*, dit l'autre avant de se lever.

L'avocat alla entrouvrir la porte et murmura quelque chose à quelqu'un de l'autre côté. À peine était-il de retour sur sa chaise que la porte s'ouvrit de nouveau. Charles Kitchen fit son apparition dans toute sa splendeur, l'air satisfait d'un chat qui vient d'avaler une souris avec laquelle il jouait depuis des heures. Il contourna la table et ses deux occupants avec une lenteur étudiée avant de déposer sa vaste carcasse sur la chaise en face de Kane. Le métal grinça, mais tint bon. Il se racla la gorge et posa les coudes sur la table.

– Professeur Kane… dit-il dans un long soupir joyeux en se tapotant le bout des doigts. Comme on se retrouve. Alors… Racontez-moi votre visite chez Anthony Brown. En détail.

Kane jeta un coup d'œil vers Adcock, qui secoua imperceptiblement la tête pour lui rappeler leur entente.

– Je vous l'ai dit hier, inspecteur : nous avons parlé de Robert Johnson. Pour mes recherches.

Le policier plissa les yeux jusqu'à ce qu'ils ne soient plus que deux fentes suspicieuses.

– Oui, bien sûr. Robert Johnson. Celui-là même dont vous avez hérité de quelques effets personnels. Et pourquoi en discuter avec Anthony Brown ?

– Parce que je n'ai jamais entendu un meilleur interprète de Johnson.

– Je vois… fit Barry White, les lèvres crispées par le mécontentement. À quelle heure êtes-vous parti ?

– Vous devriez le savoir, inspecteur, puisque vous étiez là quand je suis sorti, et que nous avons discuté sur le trottoir.

– Sur ce point, interjeta Adcock, saisissant la balle au bond, attendez-vous à être appelé à la barre des témoins si jamais il y avait procès, inspecteur.

Kitchen décocha un coup d'œil haineux à l'avocat.

– Bien entendu. Je n'ai rien à cacher.

Il reprit son interrogatoire.

– Dans quel état était Brown quand vous l'avez quitté ? demanda-t-il à Kane.

– Un peu ivre. Et inquiet, précisa Kane.

– Inquiet de quoi ?

– Il était au courant des suicides de Little Lonnie Wood et Sweetie Williams. Et il y a eu le meurtre de Bowler Ackers. Avec tous ces musiciens de rue morts en si peu de temps, il était nerveux. C'est compréhensible. Les *bluesmen* sont des êtres superstitieux.

Kitchen pianotait sur la table avec ses gros doigts boudinés.

– Tout cela est bien joli, professeur, mais le fait demeure que vous êtes la dernière personne à avoir vu Anthony Brown vivant.

Adcock l'interrompit aussitôt.

– Correction, inspecteur, dit-il avec un sourire prédateur : on pourrait arguer que *vous* êtes le dernier à avoir vu la victime vivante, puisque mon client prétend l'avoir quittée bien en vie. C'est donc sa parole contre la vôtre. Étiez-vous accompagné lorsque vous êtes monté chez Brown ?

– Non... admit Kitchen.

– Pas de témoins... Voilà qui pourrait compliquer la construction de votre preuve. Ou même vous attirer quelques soupçons, dit Adcock avec son sourire le plus scintillant.

– C'est moi qui pose les questions ici, dit Kitchen.

– Procédez, inspecteur, je vous en prie.

Kane eut presque envie de rire et se surprit à admirer la vivacité d'esprit d'Adcock, qui n'était visiblement pas un imbécile, et qui avait une bonne dose d'impertinence. Kitchen reporta son attention sur son suspect.

– Je suis prêt à parier que vos empreintes traînent partout dans l'appartement.

– Bien sûr qu'elles traînent partout, puisque j'y étais ! répondit l'historien. Ça ne veut pas dire que je l'ai tué !

– Je n'ai pas rencontré beaucoup de coupables qui ne clamaient pas leur innocence. Alors, à moins que vous ayez un alibi en béton, pour reprendre l'expression un peu déplacée de votre « collègue » la professeure Craft, je crains que vous n'ayez à vous défendre devant un juge.

Le professeur d'histoire et l'inspecteur de police se livrèrent à un duel silencieux : ni l'un ni l'autre ne voulait baisser les yeux le premier. Kane cherchait à cacher le désespoir qui l'envahissait puisqu'il n'avait aucune preuve d'avoir laissé Brown bien vivant. Il était médiéviste et connaissait bien la procédure inquisitoriale appliquée aux hérétiques et aux sorcières : l'accusé était d'emblée jugé coupable et devait prouver son innocence. Il se trouvait exactement dans la même situation.

Une illumination le frappa comme une révélation divine. Un large sourire se forma sur son visage, provoquant une expression soucieuse sur celui de son adversaire.

– J'ai un alibi, inspecteur. En béton.

51

Memphis, Tennessee, jeudi 8 juillet 2021

Dans le condominium providentiellement climatisé, l'ambiance alternait entre le soulagement, la fébrilité, l'inquiétude et une sainte colère. Virgie, Kane et Joshua Adcock étaient assis dans les confortables meubles en cuir du salon, qui avaient dû coûter une fortune. Craft s'était stratégiquement positionnée dans un grand divan, ses jambes repliées sous elle, à mi-chemin entre l'historien dans le fauteuil et l'avocat à l'autre extrémité du sofa. Chacun avait en main un verre de whisky. Malgré la nuit avancée, aucun n'avait sommeil. Survolté par l'indignation, Kane avait l'impression d'avoir été branché sur le courant de deux cent vingt volts.

– Jamais je n'ai été aussi heureux d'avoir oublié d'éteindre un appareil, ricana-t-il en secouant la tête avec incrédulité.

Avec un rictus frôlant le sadisme, il avait expliqué à Kitchen qu'il pouvait démontrer hors de tout doute qu'il avait laissé Anthony Brown vivant et en pleine santé. Pour cela, il suffisait qu'on lui apporte son téléphone portable, laissé à l'appartement de Craft dans l'emportement d'une arrestation qui serait bientôt officiellement abusive et qui risquait fort de lui causer quelques problèmes de nature légale. Une brève négociation entre Adcock et Barry White s'était ensuivie, vite remportée par l'avocat après quelques menaces bien senties.

Une heure plus tard, une Virgie Craft énervée avait surgi au poste de police pour remettre l'appareil à Adcock. Celui-ci l'avait à son tour donné à Kane. Comme l'enregistrement s'était effectivement poursuivi, le fichier audio faisait maintenant des heures et l'historien remercia le ciel d'avoir acheté un téléphone dernier cri à grande capacité de mémoire. Heureusement, ce qui les intéressait était le tout début.

L'enregistrement avait défilé sans interruption à partir du moment où Honeyboy Brown avait entamé la trentième chanson. Kane l'éteignit après son dernier échange avec Kitchen.

On entendait même les pas lourds de l'inspecteur qui s'éloignait. Kane avait ressenti une indicible satisfaction en voyant les traits de Barry White se durcir, alors qu'il voyait s'envoler ses chances de le coincer. Il n'avait même pas pu se rabattre sur une hypothèse fantaisiste selon laquelle il aurait pu retourner dans l'appartement après en être sorti et tuer Brown, puisque l'enregistrement se poursuivait de façon continue jusqu'à son arrestation, et même après.

– Je vais devoir confisquer ce téléphone, avait-il tenté.

– Non. Pas sans mandat et pas avant que nous ayons fait une copie de ce fichier audio, répliqua Adcock, encore plus souriant que de coutume. Il s'agit d'une propriété privée protégée par la loi et, en plus, elle innocente entièrement mon client.

– Je…

– Alors, à moins qu'il y ait autre chose, inspecteur, le professeur Kane va maintenant quitter cet endroit et vous seriez bien avisé d'avoir d'excellents arguments avant de l'y faire revenir.

– Je…

– Nous ne vous souhaitons pas bonne nuit.

Ils étaient sortis, laissant un Kitchen pantois et enragé, seul avec les chaises vides. De retour chez Craft, un double du fichier audio avait aussitôt été fait pour Adcock, ainsi qu'un autre du fichier vidéo, à titre de base comparative. La clé USB sur laquelle le tout se trouvait était maintenant en sécurité dans la mallette de l'avocat.

– Alors ? fit ce dernier avec l'air un peu découragé, mais tolérant, d'un bon père de famille face à des enfants turbulents. Dans quoi vous êtes-vous fourrés, tous les deux ? J'ai bien entendu l'enregistrement – et j'admire Robert Johnson autant que n'importe qui dans le Delta –, mais je ne comprends pas encore comment une chanson a pu mener Donald au poste.

En entendant le prénom de Kane, Craft retint difficilement un sourire moqueur. Le principal intéressé s'en aperçut et la fusilla du regard.

– Qu'en penses-tu, Donald ? lui demanda-t-elle.

– Si je dois vous défendre, je devrai tout savoir, insista Adcock. Aussi bien y voir tout de suite puisque me voilà debout en pleine nuit.

À tour de rôle, Craft et Kane firent le récit des événements des derniers jours, depuis leur rencontre avec Simone Jackson – la boîte qu'elle leur avait remise et ce qu'elle contenait –, jusqu'à la reconstitution de la décevante trentième chanson par feu Honeyboy Brown, dont Adcock avait été témoin grâce à l'enregistrement, en passant par la manière dont Kane avait passé la plupart des objets de Johnson sous le nez de Kitchen. Après avoir consulté Craft du regard, l'historien raconta les attaques – magiques aussi bien que physiques – dont il avait été la cible. Quand ils eurent terminé, Joshua Adcock secouait doucement la tête, la main sur le front.

– Ce que je viens d'entendre est mauvais à tellement, tellement de niveaux… déplora-t-il. Virgie… Comment as-tu pu… ?

Il prit une grande gorgée de whisky et les dévisagea avec incrédulité, son éblouissant sourire maintenant éteint. Il se secoua et se mit à faire un décompte sur ses doigts.

– Sans ordre particulier d'importance ou de stupidité. Un : vous avez caché des pièces à conviction à la police.

– Mais Barry White les aurait vendues ! protesta Kane.

Pour appuyer ses dires, il lui parla du faux reçu que l'inspecteur lui avait remis.

– Oui, bon, passons pour l'instant. Deux : vous avez gardé par-devers vous des objets dont vous n'êtes pas les propriétaires légaux. Il y aura nécessairement examen de la succession, et je peux déjà vous dire que vos chances de pouvoir conserver ces objets sont plus minces qu'un cheveu.

– C'est sans importance, dit Kane. Mais on ne va pas laisser ce gros escroc parfumé les voler.

– Trois : Donald, vous n'avez pas déclaré une agression. Ce n'est pas un crime, mais c'est spectaculairement idiot. Ça explique aussi les jolies couleurs qui ornent votre visage. Quatre : vous n'avez pas non plus déclaré avoir jeté un type du deuxième étage, alors que vous êtes passible d'accusations de voies de fait. Estimez-vous chanceux qu'il soit encore vivant.

– Légitime défense. Il est tombé de lui-même. Je n'ai fait que l'éviter.

– Cinq : vous êtes liés à un paquet de cadavres. Celui de votre Miss Jackson, celui de ce monsieur à chapeau melon, celui de Honeyboy Brown…

– Je n'ai tué personne !

– Je sais, mais ça fait désordre. Ces objets que vous détenez plus ou moins légalement, où sont-ils ?

– Dans un coffret de sûreté de la Regions Bank, révéla Kane.

– Très bien. S'il apprend l'existence de ce coffret, Kitchen pourrait se mettre en tête d'obtenir un mandat de perquisition. Le temps que je le conteste, il aurait déjà ouvert le coffret. Il faudra les retirer de là au plus vite.

– Pour les mettre où ? s'enquit Virgie.

– Dans le coffre-fort de mon cabinet, en fidéicommis. Ils seront protégés par le privilège client-avocat. Ou alors, signez-moi une procuration, et j'irai les retirer moi-même.

– Non, répondit fermement Kane.

Adcock lui adressa un air étonné.

– Comment ça, non ?

– Vous êtes bien gentil de m'être venu en aide et je vous assure que je l'apprécie, se justifia Kane. Ne vous gênez pas pour m'envoyer votre note de frais. Mais hormis le fait que vous et Virgie êtes des « amis », je ne vous connais ni d'Ève ni d'Adam, et dans les circonstances, je ne sais plus trop à qui me fier. De plus, quelqu'un s'amuse à me jeter des mauvais sorts qui, à mon grand désarroi, commencent à me rendre nerveux et méfiant. Alors, si je dois signer une procuration, ce sera au nom de Virginia Craft. Sinon, nous irons les chercher nous-mêmes, ces objets, et nous les mettrons en lieu sûr quelque part.

– Bon. Très bien. Je comprends.

Adcock vida ce qu'il restait de son verre et se leva.

– Je vais aller dormir quelques heures avant de commencer ma vraie journée. Je vous conseille de faire pareil.

Donald, vous êtes conscients que ce gros roublard de Kitchen n'abandonnera pas si facilement ? Surtout s'il y a de l'argent à faire. Il a la réputation d'être aussi net qu'un papier de toilette usagé.

– Je sais. Je suis certain qu'il a abattu Bowler après l'avoir envoyé fouiller ma chambre et qu'il m'a fait tabasser pour me voler mon sac. Tous les indices pointent dans cette direction. Mais je n'ai pas de preuve.

– C'est bien embêtant, convint l'avocat. Je vais avoir besoin d'une copie de ce reçu.

Kane retrouva le papier dans son sac et le tendit à l'avocat, qui en prit une photo avec son portable. Il hésita un moment avant de dire ce qui le tracassait le plus.

– Adcock ?

– Oui ?

– Je crois aussi que c'est Kitchen qui a assassiné Honeyboy. Entre le moment où je suis sorti et celui où il est entré, il ne s'est pas écoulé cinq minutes. L'enregistrement le prouve. Et nous étions tout près de l'édifice. Personne d'autre n'est rentré, j'en mettrais ma main au feu.

– Raison de plus pour être très prudents, tous les deux. La prochaine fois, il pourrait être moins subtil. Je vous laisse.

Il fit une pause avant de sortir.

– Fais attention, Virgie, lui dit-il avec un mélange de tendresse et de nostalgie. S'il t'arrivait quelque chose…

– Ne t'inquiète pas, Joshua, répondit cette dernière avec un sourire attendri.

Quand la porte fut refermée, elle se pressa de la verrouiller à double tour. En revenant dans le salon, elle se buta au regard interrogateur de Kane. Elle lui retourna un air mi-amusé, mi-défiant.

– De l'histoire ancienne, finit-elle par lui dire.

– Ancienne à quel point ?

– Tu es jaloux ?

– Non.

– Tu fais bien semblant, alors.

Comme Kane attendait toujours la réponse à sa question, elle roula des yeux et soupira avec un mélange d'irritation et de plaisir.

– Je l'ai abandonné au pied de l'autel, lâcha-t-elle avec embarras.

– Pauvre type. Tu étais jeune ?

– Pas tant.

– Ah.

– N'en demande pas plus.

– Très bien.

Elle se laissa lourdement tomber dans le sofa, ferma les yeux et se massa le visage.

– Dans quelle histoire de fous sommes-nous tombés ?

Kane se leva et alla la retrouver. Il hésita un peu, comme si la proximité émotive qu'impliquait ce rapprochement était plus gênante que leurs récents ébats. Il finit par poser une main sur son genou. Elle le laissa faire et mit sa main par-dessus la sienne.

– Nous avons seulement eu la malchance de croiser la route d'un policier véreux, Virgie. Rien de plus. Si seulement Miss Jackson ne s'était pas avisée de mourir de sa belle mort, rien de tout cela ne se serait produit. Les objets seraient sagement alignés sur une table devant nous et notre livre serait déjà avancé. Si tout va bien, c'est exactement ce que nous allons pouvoir commencer à faire. Grâce à l'aide de ton presque mari.

Craft ouvrit la bouche et allait protester quand une sonnerie résonna dans l'appartement.

– Qui cela peut-il être en pleine nuit ? demanda-t-elle, instantanément soucieuse.

Elle se mit à chercher frénétiquement son téléphone, qu'elle récupéra sur le comptoir de la cuisine. Elle regarda l'écran et tourna vers Kane un visage torturé par la peur.
– C'est l'hôpital, annonça-t-elle d'une voix blanche.

52

– Mrs Craft ? fit la voix à l'autre bout.

Craft avala difficilement sa salive.

– C'est moi, confirma-t-elle d'une voix étranglée.

– Docteur Glisson à l'appareil. C'est au sujet de votre arrière-grand-mère.

Kane s'était subtilement approché et posa une main sur son épaule.

– Oui ? dit-elle en fermant les yeux, anticipant le pire.

– Elle est réveillée.

Une vague de soulagement submergea l'anthropologue, qui se mit à trembler de la tête aux pieds.

– Merci, docteur. Je serai là dans quelques minutes, parvint-elle à dire avant de raccrocher et de se mettre à sangloter.

Kane l'enlaça tendrement.

Toute menace oubliée, qu'elle soit humaine ou surnaturelle, ils se rendirent à l'hôpital en trombe et au mépris de l'entièreté du code de la sécurité routière en vigueur dans l'État du Mississippi. Kane en avait été quitte pour subir quelques arrêts brusques et des virages casse-cou qui avaient exigé soit qu'il se retienne à la poignée de la portière, soit qu'il s'y fasse écraser par une force G digne des courses de Formule 1. Craft immobilisa la camionnette dans un crissement de pneus et jaillit de l'habitacle la seconde d'après pour courir vers l'entrée de l'hôpital. Kane lui emboîta le pas en se demandant distraitement pourquoi on ne climatisait pas les hôpitaux. Pour accélérer la mort des patients ou leur donner envie de guérir le plus vite possible et fuir ce four ?

– Allez, allez, allez, grommela l'anthropologue en tapant du pied avec impatience, tandis que l'ascenseur ne montait pas assez vite à son goût.

Dès que les portes s'ouvrirent, Craft fila vers la chambre où ils avaient laissé Mama Cornelia. Elle s'immobilisa dans l'embrasure de la porte comme si elle venait de frapper un mur invisible. Le lit était vide.

– Mon Dieu… murmura-t-elle d'une voix étouffée par l'anxiété.

– Nous l'avons seulement changée de chambre, dit une voix derrière eux. Nous avions besoin de certains appareils pour mieux surveiller ses signes vitaux.

Ils se retournèrent pour trouver le docteur Glisson, toujours blond et l'air aussi fatigué, comme s'il n'avait pas dormi depuis la dernière fois – ce qui était par ailleurs tout à fait possible.

– Elle a pris tout le monde par surprise, poursuivit-il avec une admiration sincère. Pour tout vous dire, nous n'avions pas beaucoup d'espoir qu'elle émerge de son coma. Surtout à son âge. Mais elle est coriace. Une infirmière était train de prendre ses signes vitaux quand elle a ouvert les yeux et demandé à vous voir.

Virgie fit un pas, mais le médecin mit la main sur son bras pour la retenir.

– Je préfère vous prévenir : le coma l'a quand même affectée.

– Comment ?

– Rappelez-vous qu'elle est très, très âgée. Qu'elle soit revenue est déjà une chose exceptionnelle. Mais elle y a laissé beaucoup de forces. Elle est… très fatiguée.

Craft blêmit et porta la main à ses lèvres.

– Vous voulez dire que… ?

– Je ne dis rien du tout, rassurez-vous, coupa le médecin. La réalité est que nous ne savons pas comment les choses vont tourner. Les prochains jours nous en apprendront davantage. Venez.

Il les reconduisit jusqu'à la nouvelle chambre.

– Voilà. Allez-y doucement. Elle a besoin de repos. S'il y a quoi que ce soit, faites-moi appeler.

– Merci, docteur.

Le médecin lui adressa un nouveau sourire las et s'éloigna. Craft fila vers le lit où gisait son aïeule. Kane demeura respectueusement en retrait, essayant de ne pas trop respirer l'odeur de maladie qui y régnait et qui ne lui semblait rien annoncer de bon. Il déposa son sac sur la chaise placée près de la porte.

De là où il se trouvait, il put constater la même chose que sa compagne. En un jour à peine, Mama Cornelia paraissait avoir été à moitié dévorée par une force invisible. Celle qui était revenue de son coma n'était plus qu'une ombre, un spectre déjà à demi mort. Elle semblait encore plus minuscule et frêle qu'avant, si la chose était possible. Son petit corps donnait l'impression d'avoir été en partie englouti par le matelas.

La vieille femme laissa échapper un mince filet d'air et tourna vers Craft un visage qui était devenu émacié, comme si tout avait fondu sous la peau sauf les os. Une main décharnée, semblable à des serres d'aigle, émergea de sous le drap et tâtonna, à la recherche de celle de son arrière-petite-fille. Craft la prit avec tout l'amour du monde.

– Mama... dit-elle en ravalant un sanglot dont Kane se demanda s'il venait du soulagement de trouver son aïeule vivante ou du désespoir de la voir dans un tel état de délabrement.

– Kitty Cat... souffla la vieillarde d'une voix à peine audible.

La chair de poule se forma sur les bras de Kane. La voix semblait venir de loin. D'outre-tombe. Elle n'avait plus aucune trace de la vitalité qu'elle avait quelques heures plus tôt.

– Je suis là, Mama. Tu es revenue. Tout ira bien, maintenant, disait Virgie à travers des larmes de joie, sur le ton de celle qui veut beaucoup y croire.

Le sourire que tenta d'esquisser Mama Cornelia se mua en un rictus qui lui retroussa les lèvres sur des dents qui semblaient être devenues beaucoup trop grosses pour son visage amaigri et grisâtre. La chair flasque accentuait encore les rides qui le parcouraient dans tous les sens. Le regard qu'elle posa sur Virgie était à la fois éteint, brûlant et suppliant. Elle toussota faiblement et eut du mal à retrouver le peu de souffle qu'elle avait encore. Craft fit mine de prendre le verre d'eau muni d'une paille sur la table de nuit, mais la vieillarde secoua la tête avec impatience.

Elle n'a plus beaucoup de temps, songea Kane. *Et elle le sait.*

Elle parvint à respirer un peu et sa toux se calma. Elle concentra sur son arrière-petite-fille un regard vitreux.

– Tu es… en danger, Kitty, dit-elle dans un murmure. Toi et… ton p'tit lait, vous… avez quelque chose… qu'il veut.

Interdite, Craft chercha le regard de Kane, aussi stupéfait qu'elle.

– Ne t'en fais pas, dit Craft en tapotant la main de son aïeule pour la rassurer. L'inspecteur Kitchen ne nous causera plus de soucis. Joshua s'est occupé de lui. Tu te souviens de Joshua, Mama ?

Kane grinça mentalement des dents en entendant l'allusion affectueuse de Craft.

– Malfaisant… râla la vieille, la peur s'insinuant dans sa voix.

À défaut d'avoir la force de se lever sur un coude, elle étira le cou au point où les tendons saillant sous la peau mince comme du papier de soie donnèrent l'impression qu'ils allaient se rompre.

– Du mal ! gémit-elle. Te veut… du mal !

– Tout ira bien, Mama, insista Craft de la voix douce qu'on utilise pour calmer un enfant apeuré. Kitchen n'est qu'un imbécile et je n'ai pas peur de lui.

De plus en plus agitée, la vieille dame se mit à secouer la tête tandis que ses lèvres peinaient à former des mots.

– Change…

– Mama, fit l'anthropologue en la prenant par ses frêles épaules pour essayer de la calmer.

– M-Main… Main…

Mama Cornelia écarquilla les yeux comme elle l'avait fait chez elle la veille et inspira brusquement. Une expression de pure terreur chiffonna encore davantage son visage plissé. Son corps devint raide et arqué, alors que son souffle restait coincé dans sa pauvre poitrine creuse. Ses mains et ses lèvres se mirent à trembler.

– Legba… soupira-t-elle.

Elle retomba et ses yeux restèrent ouverts.

– Mama!!! hurla Craft avant de se précipiter sur la sonnette d'urgence.

53

Cornelia Craft, née Wilson, n'était pas née de la dernière pluie. Ni même de l'avant-dernière. Les mauvaises langues chuchotaient qu'elle était venue au monde avant le Déluge ! À cette pensée, elle pouffa de rire. Un rire profond et sans entraves, qui provenait du creux de son ventre, et qu'elle n'avait pas entendu depuis très longtemps. Elle en conçut une sensation de bien-être qu'elle savoura pleinement.

Elle se sentait légère, libre des fardeaux qui s'étaient accumulés sur ses frêles épaules au fil de ses nombreuses années d'existence. Trop nombreuses, peut-être. Mais elle avait toujours cru que Dieu ne nous rappelait à Lui que lorsqu'on avait accompli la tâche qu'il nous avait assignée. Si elle avait vécu si longtemps, c'était qu'elle avait encore quelque chose à faire.

Les mains sur les hanches, elle constata qu'elle était de retour à la croisée des chemins. Elle n'en fut pas surprise. Tout finissait toujours à un carrefour ou un autre. Spencer l'avait chanté voilà longtemps et tous les autres l'avaient chanté depuis.

Les musiciens mutilés n'étaient nulle part. Tant mieux. Elle n'avait aucune envie de les revoir. Elle savait très bien pourquoi ils s'étaient trouvés là : ils avaient été un avertissement. L'arbre, lui, s'y trouvait toujours. C'était le printemps – un faux printemps, certes, mais un printemps tout de même, comme ceux de son enfance, à l'air sec et frais, et au soleil chaud. Un printemps du temps de son insouciance. Le ciel était d'un bleu immaculé. Les champs s'étendaient de tous les côtés à perte de vue. Tout cela était trop beau pour être vrai, elle le savait bien, mais elle allait en profiter pleinement, le temps que ça durerait.

Cornelia regarda à gauche et à droite, puis devant et derrière. Personne. Elle était seule au milieu de nulle part. Elle ferma les yeux et huma l'odeur des blés mûrs – elle ne se souvenait pas de la dernière fois que ses poumons avaient été si vastes. Elle leva le visage vers le ciel et sourit. Cette odeur était celle du Delta, la terre où elle était née, où elle avait vécu et où elle retournerait à la poussière. Elle s'autorisa ce moment de pur bonheur, sachant qu'il ne durerait pas. Le moment du repos était là, presque à portée de main, mais il n'était pas encore arrivé.

Derrière elle, le crissement de semelles sur les cailloux ne la fit pas sursauter. Elle s'y attendait. Le charme était rompu. Elle ouvrit les yeux, laissa échapper un soupir las, et fit lentement demi-tour pour faire face à celui qui venait d'arriver.

Il était là, toujours pareil. Depuis qu'elle le connaissait – cela faisait combien de temps, déjà ? –, il n'avait pas changé d'un poil. Contrairement à elle, il n'avait pas vieilli. Le haut-de-forme perché sur la tête, tout de noir vêtu, le visage blême comme la mort, la pipe en épi de maïs entre les dents, il avait le même air de dandy malveillant et débonnaire que la première fois qu'elle l'avait croisé, voilà si longtemps.

– Te voilà, vieille folle, dit l'homme en noir avec un sourire sauvage qui aurait glacé le cœur des plus courageux.

Depuis, ils avaient toujours été des adversaires. Ils se détestaient, mais se respectaient. Elle vivait dans la lumière ; lui, dans les ténèbres. Cornelia prit conscience que c'était la première fois qu'elle voyait de jour cette créature de la nuit.

– Tu es encore plus repoussant au soleil, Legba, lui lança-t-elle d'une voix ferme, nullement impressionnée.

Elle se sentait pleine d'une vitalité qu'elle n'avait pas ressentie depuis des décennies. Elle se sentait… jeune. Elle fit quelques pas vers lui et renifla.

– T'a-t-on déjà dit que tu puais la pourriture ? lui demanda-t-elle avec le sourire.

– Oui. Souvent, répondit-il avec une insouciance étudiée. C'est parce que je fréquente la mort. Je crains qu'à la longue, l'odeur finisse par s'incruster. Heureusement, avec le temps, on ne la sent plus.

– Ou alors, c'est que tu pourris par le dedans comme la charogne que tu es.

– Possible, oui, fit Legba avec une moue songeuse.

Cornelia brandit un index menaçant vers lui et fut surprise de constater que la peau de ses mains n'avait plus de rides. C'étaient ses mains de jeune fille.

– Je ne te laisserai pas faire de mal à ma Kitty Cat, l'avertit-elle.

– Je me fiche de ta Kitty Cat comme de ma première chemise.

Avec force gestes théâtraux, il inspecta le vêtement en question.

– Oh ! C'est celle que je porte encore, dit-il avec un air faussement embarrassé. Enfin, tu saisis l'idée générale.

À pas lents, les mains dans le dos, il se dirigea vers l'orée du champ et laissa son regard se perdre à l'horizon.

– C'est joli, non ? La Création est une fort belle chose, soupira-t-il.

Comme Cornelia ne réagissait pas, il se retourna vers elle. Une lueur malveillante brilla dans ses yeux et son sourire bon enfant quitta son visage.

– Tu n'as aucune idée de ce que je veux, vieille sorcière, cracha Legba, un rictus de mépris et de haine sur les lèvres.

– J'ai prévenu Virgie ! répliqua Cornelia.

En disant cela, un doute l'assaillit. Et si elle n'avait pas été aussi claire qu'elle l'avait voulu ? Elle avait essayé, mais… le monde d'avant lui semblait loin, presque hors d'atteinte. Elle se raisonna en se disant que Virgie était intelligente comme un singe. Elle comprendrait. Et puis, il y avait son p'tit lait. Il n'était pas idiot, lui non plus. Même s'il était blanc comme de la neige. Et trop vieux pour sa Kitty Cat.

Quand elle sortit de ses pensées, Legba n'était nulle part. Le maudit malfaisant avait la détestable habitude d'apparaître et de disparaître sans prévenir. Elle haïssait ça et il le savait. Mais au fond, c'était normal. Il était celui qui ouvrait les portes.

Elle alla s'asseoir sous l'arbre et soupira d'aise dans l'ombre fraîche. Elle n'était pas pressée. Elle savait qu'elle repartirait sous peu, mais en attendant, elle allait en profiter. Pour une dernière fois.

Elle avait encore à faire. Elle ne savait pas encore quoi, mais ça viendrait.

54

Le docteur Glisson surgit avec deux infirmières quelques secondes à peine après que Craft eut appuyé sur le bouton d'alarme. Avec calme et compétence, le médecin se lança dans un examen méthodique de sa patiente qui dura une dizaine de minutes. Chacune parut interminable pour celle qui s'était blottie dans les bras de Kane. L'historien pouvait sentir ses tremblements contre sa poitrine et la serra encore plus fort, faute de pouvoir lui offrir un meilleur réconfort.

Son examen terminé, Glisson se retourna en rajustant son stéthoscope autour de son cou.

– Elle est retombée dans le coma, annonça-t-il avec un mélange de regret et de surprise.

Atterrée, Virgie ne sut pas comment réagir. Elle se sentait écartelée entre le soulagement que lui procurait le fait que Mama Cornelia ne soit pas morte, et l'inquiétude qu'elle en concevait.

– Est-ce que… est-ce qu'elle va en sortir ? finit-elle par demander.

– Je n'en sais rien, Mrs Craft, répondit le médecin avec une franchise empreinte d'empathie. Le fait qu'elle s'en sorte une première fois tenait un peu du miracle. Alors, une deuxième…

Il haussa les sourcils pour bien lui faire comprendre que les perspectives n'étaient pas des plus optimistes.

– Mon Dieu... fit l'anthropologue. Je sais qu'elle est âgée, mais le simple fait de penser que… qu'elle…

– Ne perdez pas espoir. Nous allons lui faire passer une imagerie par résonance magnétique pour mesurer l'étendue des dommages au cerveau. Nous en saurons plus ensuite.

Il les salua et sortit, laissant les infirmières voir aux préparatifs. Une heure plus tard, ils n'étaient pas plus avancés. L'examen n'avait fait que confirmer ce que Glisson leur avait déjà dit.

– Seul le temps dira de quel côté elle basculera, avait-il conclu. Encore une fois, la meilleure chose que nous puissions faire, c'est de la laisser se reposer. Je vous tiendrai au courant régulièrement, même s'il ne se passe rien. Comme ça, vous ne vous inquiéterez pas inutilement. Et faites attention à vous aussi.

Le jour était levé quand ils quittèrent l'hôpital.

– Allons prendre un café et manger quelque chose, suggéra Kane. Après une nuit blanche, ça nous fera du bien.

– Je n'ai pas faim.

– Alors, tu boiras seulement un café.

Il prit le volant de la camionnette, non sans avoir jeté un coup d'œil prudent aux alentours au cas où Kitchen et ses sbires, ou un jeteur de sorts, seraient aux aguets.

Il roula à la recherche d'un restaurant offrant des déjeuners, son regard alternant entre la route et le rétroviseur. Quand il en eut repéré un qui paraissait convenable, il se stationna, prit son sac et, ensemble, ils entrèrent. Se souvenant d'un vieux western où le héros choisissait toujours une table dans le coin le plus éloigné du saloon, d'où l'on pouvait surveiller l'entrée, Kane en fit autant. En prime, il pourrait voir la camionnette. Comme Virgie semblait dans un état second, il commanda deux grands cafés et deux omelettes.

– Mange, insista-t-il avec une tendresse qui le surprit lui-même. Tu en as besoin. Te faire du mal ne va pas aider ta Mama.

Pour lui faire plaisir davantage que par envie, elle but une gorgée, puis une deuxième. Une première bouchée d'omelette lui révéla combien elle crevait de faim, et elle se mit à dévorer les œufs et les toasts. Heureux, Kane l'accompagna avec enthousiasme et commanda d'autre café. Quand ils furent rassasiés et un peu requinqués, il tendit la main pour caresser doucement le poignet de Virgie.

– Je suis vraiment désolé pour Mama Cornelia, lui dit-il. J'ai bien vu combien tu l'aimes et je peux aisément comprendre pourquoi. À sa drôle de façon, elle est… attachante.

La remarque la fit sourire.

– Elle a occupé une grande place dans ma vie. Mes parents n'étaient pas les plus stables et se querellaient constamment. Mes grands-parents étaient soit loin, soit morts. Mais il y avait toujours Mama Cornelia, solide comme le roc. C'est elle qui a payé mon université. Ne me demande pas avec quel argent. Elle disait que j'étais intelligente comme un singe, et qu'il ne fallait pas que ça se gâche en faisant du ménage chez des Blancs plus bêtes que moi.

Elle eut un petit rire triste et secoua la tête, puis lui adressa un regard ferme.

– Elle n'a pas encore dit son dernier mot. Mama est une battante.

– Je te le souhaite, Virgie.

Ils prirent une gorgée de café et, en silence, observèrent les gens passer devant la vitrine du restaurant. Ce fut Kane qui formula la question qui les turlupinait tous les deux depuis leur visite à l'hôpital.

– Comment elle savait ? demanda-t-il à brûle-pourpoint.

– Je n'en ai pas la moindre idée, répondit Craft. Elle était dans le coma quand Kitchen t'a arrêté. Elle ne pouvait pas savoir qu'il t'a probablement fait tabasser. Ni qu'il avait gardé les objets de Johnson que tu lui as remis ou qu'il a essayé de te faire tomber dans un piège. Et pourtant, par je ne sais quel moyen, elle le savait.

– *Tu es en danger. Vous avez quelque chose qu'il veut.* C'est bien ce qu'elle a dit ?

– Oui. Et elle ajouté qu'il nous voulait du mal.

– Ce qui est une évidence, à la lumière des récents événements. Mais je reviens à ma question initiale : comment diable était-elle au courant ?

– Qui peut dire ce qui se passe dans le cerveau d'une personne dans le coma ? souligna Craft, dubitative. Peut-être a-t-on accès à une forme d'inconscient collectif tel que le définissait Jung ?

Kane poussa un soupir exaspéré.

– Un autre phénomène inexpliqué. Je commence à en avoir plus qu'assez. J'aime les choses docilement soumises aux lois naturelles.

– Elle a encore cru voir Legba, ajouta Craft. Et elle a parlé d'une main…

– Celle que les *bluesmen* semblent portés à mutiler ? Ou celle du doigt dans la boîte ?

– Qui sait ?

Songeurs, ils achevèrent leur café. Après quelques minutes, Craft consulta sa montre.

– Les banques sont sur le point d'ouvrir.

– Oui et alors ?

– Joshua a dit d'aller sortir les objets du coffret de sûreté.

– Ah oui… ton beau Joshua… grommela Kane.

Sans rien ajouter, elle se leva et se dirigea vers la sortie, lui offrant une vue magnifique sur les ondulations de son postérieur.

55

À leur arrivée à la succursale de la Regions Bank, Kane utilisa de nouveau le stationnement de l'institution. Une fois encore, il épia les environs avant d'ouvrir la portière.

– Joshua a pris soin de Kitchen, lui rappela Craft. Tu peux cesser d'être aussi parano. Le gros visqueux ne nous embêtera plus.

– Je voudrais partager ta confiance en ton « ami » Joshua, rétorqua-t-il avec aigreur. Peut-être que si c'était toi qui t'étais fait réarranger le visage, tu serais un peu moins désinvolte. Je ne crois pas que Kitchen lâchera le morceau aussi facilement. Il est convaincu que nous avons encore des objets de Johnson, et il est bien décidé à les obtenir. N'oublie pas qu'il a la lettre de Miss Jackson, sans doute déjà falsifiée pour justifier la possession de tout ce qu'il détiendra. Il est gourmand, le gros bougre. Il voit des signes de dollar quand il y pense.

– Mais Joshua est au courant de l'existence des objets. Il pourrait en témoigner.

– Ce qu'il sait, c'est que j'ai déposé ces objets dans un coffret de sûreté. Il n'a pas de preuve écrite. Si Kitchen mettait la main dessus, ton ami ne pourrait pas prouver que c'est de là qu'ils sont sortis. Ce sera sa parole contre celle de Barry White. Et Barry est flic.

– Merde. Je n'avais pas pensé à ça.

– Exactement. Désolé d'avoir crevé ton ballon. Maintenant, tu comprends pourquoi je suis prudent.

– Oui. Merci de m'avoir fait peur.

– Ça vaut toujours mieux qu'être négligente et retrouvée morte.

– Tu crois vraiment que… ?

– Pourquoi pas ? Kitchen semble avoir d'autres policiers aussi pourris que lui dans sa poche. Ce ne serait pas difficile de provoquer un « accident » crédible.

– Vu de cette façon… murmura-t-elle, manifestement dépassée par tout ce qui leur arrivait en cascade. Si on m'avait dit qu'un simple projet de livre allait se transformer en aventure d'Indiana Jones, et mettre ma vie en jeu…

Quand il fut aussi certain que possible de l'absence de menace imminente – comment savoir si un tueur dans une voiture stationnée ou un tireur d'élite sur une toiture environnante n'allait pas les abattre ? –, ils sortirent de la camionnette, Kane tirant Craft par la main pour qu'elle se hâte.

Décidément, le professeur Donald Kane était intéressant. Honeyboy avait eu la bonté de lui expliquer la nature de leur relation.

Il secoua la tête, à la fois incrédule et émerveillé. La fameuse trentième chanson de Johnson. La plus précieuse de toutes. La plus dangereuse, aussi. Le patron serait content. Très content. Et soulagé, assurément. Mais seulement s'il se l'appropriait. S'il apprenait qu'elle lui avait glissé entre les doigts, ce serait la tempête du millénaire.

Il secoua la tête pour chasser sa distraction. Kane venait d'entrer dans la banque. Comme il n'était pas d'ici, il était peu probable qu'il eût un compte à la Regions Bank. La femme, peut-être ? Ou un coffret de sûreté ?

Il sourit. Sous peu, le patron serait ravi. Il faudrait seulement procéder avec doigté. De toute évidence, le professeur Kane n'était pas si impressionnable.

Une fois à l'intérieur, Kane annonça la raison de sa venue à une troisième réceptionniste en autant de visites. Après la brève attente de rigueur, le même commis se présenta.

– Vous, fit l'homme avec son mélange improbable de mépris et de courtoisie.

– Moi, confirma Kane avec un faux sourire. J'aimerais…

– Avoir accès à votre coffret de sûreté. Oui, bien sûr.

– Madame va m'accompagner.

– Vous savez très bien que c'est contraire au règlement, objecta l'employé.

– Oui, je sais.

L'historien fouilla dans son sac et en sortit un calepin qu'il plaqua contre le mur. Il prit le stylo dans la poche revolver de sa veste et griffonna quelques lignes à la hâte avant d'apposer sa signature au bas. Il déchira la page et la tendit au commis.

– Sauf, évidemment, si madame détient une procuration signée de ma main, ce qui est le cas, déclara-t-il.

Monsieur Pompes-funèbres accepta le document improvisé en haussant le sourcil droit et prit connaissance de son contenu avant de le lui rendre.

– Fort bien. Si vous voulez me suivre.

Pour la première fois, il daigna poser le regard sur Craft et une moue mécontente se profila sur ses lèvres.

– Tous les deux.

Il tourna les talons et les guida vers la chambre forte de la banque. Kane et lui procédèrent à la cérémonie des clés et le coffret fut déposé sur la table de consultation au centre de la pièce. Le commis s'éclipsa après leur avoir rappelé la fonction du bouton à la droite de la porte.

– Il est très passif-agressif, ton petit copain coincé, observa Craft.

– Ce n'est pas mon copain, encore moins « petit », mais nous avons en commun de détester Barry White, ce qui nous rapproche un peu. Tu connais le dicton : *les ennemis de mes ennemis…*

Craft avisa le contenu du coffret.

– C'est tout ? s'étonna-t-elle.

– La *bottleneck slide* et les *picks* sont déjà entre les mains avides de Barry. Le contenu du *mojo hand* est répandu sur la table chez ton arrière-grand-mère. Mais il nous reste ce qui importe vraiment.

Ils fourrèrent l'auriculaire desséché, l'image de Gullah Jack, le carnet de notes et la trentième chanson dans le sac de Kane. Au lieu de passer la sangle sur son épaule, ce dernier le tendit à Craft.

– Tu vas t'occuper de mon sac.

– Euh… Pourquoi ? Tu en as assez de ton look « prof baba cool vieillissant » ?

– Et toi, tu dois être la prof la plus drôle de l'Université de Memphis. Non, je vais sortir en éclaireur. La dernière chose que nous voulons, c'est que Kitchen et ses hommes nous tombent dessus pour nous voler les objets de Johnson. Dès que nous les aurons sortis d'ici, ils seront à la merci de tout le monde.

Il appuya sur le bouton. Quelques secondes s'écoulèrent avant que le commis ne lui ouvre.

– Vous avez une porte de côté ?

– Non. Nous avons une porte arrière, monsieur, corrigea le désagréable commis.

Il les conduisit dans quelques couloirs jusqu'à une sortie d'urgence qu'il désarma avec une clé tirée de sa poche. De toute évidence, il avait l'habitude de laisser sortir des clients incognito. Le commis inclina gracieusement la tête et les laissa seuls. Kane poussa la barre antipanique sans qu'une alarme ne retentisse, puis vérifia l'autre surface de la porte où ne se trouvait aucune poignée.

– La porte ne s'ouvre pas de l'extérieur, confirma-t-il. Garde-la bien fermée et attends ici jusqu'à ce que je t'appelle.

– D'accord, dit-elle en prenant son téléphone dans la poche arrière de ses jeans.

Porté par un élan incontrôlable, il l'embrassa à pleine bouche, puis sortit et poussa la porte jusqu'à ce que le déclic de la serrure se fasse entendre. Une fois dehors, il se retrouva à l'arrière du bâtiment, face à ce qui s'avéra être un édifice fédéral. Il lui fallut une seconde pour s'orienter. En longeant le mur du côté, il atteignit le coin. Il allait étirer le cou pour jeter un coup d'œil furtif quand une meilleure idée lui vint.

Il s'empara de son téléphone, alluma l'appareil photo, tendit le bras juste assez pour que le cellulaire dépasse du coin pour capter une image du stationnement. La camionnette n'avait pas bougé. Autant qu'il puisse s'en souvenir, les véhicules autour semblaient être les mêmes qu'à leur arrivée, mais il ne pouvait en être certain.

Il envisageait d'appeler Craft pour lui dire de le rejoindre quand son attention fut attirée par quelque chose. Un homme était assis dans une petite voiture grise. Il pinça l'écran pour obtenir le plus grand agrandissement possible et prit une photo. Il l'ouvrit ensuite et observa la silhouette. L'image était trop pixélisée, mais l'identité de celui qui y figurait était incontestable : derrière le volant se tenait l'inspecteur Charles Kitchen.

– Te voilà, toi… grogna-t-il. Tu ne lâches pas le morceau. Comment t'as fait pour faire entrer ta grosse carcasse là-dedans, hein ?

Un grand frisson parcourut son dos. Kitchen les avait suivis. Ils n'auraient donc jamais la paix. Il pensa à remettre les objets dans le coffret de sûreté, mais se rappela l'avertissement de Joshua Adcock au sujet du mandat de perquisition. Ils devaient les sortir de là coûte que coûte. Il déglutit, la poitrine oppressée par une soudaine angoisse. Kitchen était un professionnel et il était dénué de scrupules, alors que Craft et lui-même n'étaient que des amateurs, des fonctionnaires du savoir habitués à la petite vie peinarde de professeur.

Il tendit à nouveau son téléphone pour vérifier si Kitchen avait bougé. Il était toujours à la même place. Comment passer devant lui ? Il remarqua alors une rutilante BMW noire deux places derrière Kitchen. Une silhouette était visible dans l'habitacle. Il répéta l'opération et agrandit la photo qu'il venait de prendre.

Kitchen les avait suivis jusqu'à la banque. Et quelqu'un d'autre semblait avoir suivi Kitchen – ou alors, les avait suivis, Craft et lui.

56

Les sourcils froncés, Kane concentra son attention sur le type qu'il avait photographié. L'image était floue, elle aussi, mais il était certain d'avoir déjà vu cette tête de petit mafieux quelque part. Il avait beau fouiller, il n'arrivait pas à se souvenir où ni dans quelles circonstances. Il l'observa de plus près en plissant les yeux, réduisant et agrandissant le cliché. Il ne voyait l'homme qu'à partir des épaules, mais cela suffisait pour apercevoir sa chemise blanche, sa cravate noire et ce qui semblait bien être la veste d'un costume de même couleur. Ses cheveux étaient longs et semblaient gris. Kane se reprocha mentalement de ne pas avoir une meilleure mémoire. *Tu fais un bel historien, vieille épave*. Il songea à blâmer Jack, mais il résista à la tentation d'accuser un ami fidèle.

Comme si sa mémoire avait été vexée de se faire insulter, une voix monta dans sa tête, grave et presque trop courtoise pour être sincère. *Il est vraiment doué, n'est-ce pas ? Il a un bel avenir devant lui.* Il revit d'abord un regard sombre et perçant. Puis une mâchoire volontaire, et enfin, un sourire qui avait quelque chose de… reptilien. Les parties s'assemblèrent.

Kana écarquilla les yeux.

– Nick Cave ? dit-il à haute voix.

Il se revit ensuite en train de s'émerveiller devant l'interprétation de Robert Johnson que Honeyboy Brown donnait au public sur son coin de rue, alors que Craft était en retard. Il se rappela un grand type vêtu de noir, aux longs cheveux gris, jetant avec désinvolture un billet de cent dollars dans l'étui de guitare et lui demander *Me and the Devil Blues*. Vint ensuite le sourire un peu crispé du jeune guitariste. Puis leur courte conversation repassa dans sa tête.

– *On croirait entendre Johnson lui-même.*

– *Oui, mais Johnson ne pinçait pas la petite corde de la même manière.*

– *Vous connaissez bien votre blues.*

– *Je fréquente les* bluesmen *depuis longtemps.*

Nick Cave. Memphis était grande et croiser deux fois la même personne en quelques jours étirait beaucoup la notion de hasard. Pourtant, il avait l'impression qu'il s'agissait du même type. Si seulement la photo avait pu être plus claire… Kane chercha ensuite le numéro d'une compagnie de taxi. Il le composa et expliqua ce qu'il voulait. Puis il appela Craft, qui répondit à la première sonnerie.

– Mais qu'est-ce que tu fais ? lança-t-elle avec irritation.

– Barry White nous a suivis, déballa-t-il à toute vitesse. Je te rejoins dans quelques secondes. Je frapperai deux coups, puis un autre, et deux encore. N'ouvre pas si ce n'est pas cette combinaison. Compris ?

– Je… Oui, bredouilla l'anthropologue, anxieuse.

– J'arrive.

Il coupa la communication et risqua un dernier regard pour s'assurer que ni Barry White ni Nick Cave n'avait bougé. Le premier était toujours là, guettant la porte principale. De l'autre, il n'y avait plus aucune trace. Kane en fut soulagé. Un emmerdeur à la fois lui suffisait.

Il fit demi-tour et s'élança vers l'arrière de la banque. Une fois là, il frappa la combinaison de coups convenue. La porte s'ouvrit et Craft apparut, l'air désorienté, son sac passé sur l'épaule.

– Viens, fit Kane en l'empoignant par la main.

Dans son emportement, il la tira un peu brusquement et elle faillit perdre pied en descendant l'unique marche.

– Oh ! Fais attention !

– Viens, je te dis !

Il l'entraîna en courant et ils contournèrent l'édifice fédéral qui abritait les bureaux de la Equal Employment Opportunity Commission. Ils filèrent vers Pine Street, qui était parallèle à South Watkins. Une fois là, ils s'arrêtèrent sur le bord du trottoir.

– On attend quoi ? voulut savoir Craft.

– Un taxi.

– Et ma camionnette ?

– Nous reviendrons la chercher quand l'emmerdeur sera parti.

Il essuya la sueur que l'exercice avait fait couler sur son visage.

– Tu n'as jamais chaud ? demanda-t-il.

– Non. Les gens du Nord sont tellement sensibles…

Sur ces entrefaites, une voiture jaune apparut sur Eastmoreland Avenue et tourna sur Pine. Kane agita la main pour l'appeler. Le taxi s'immobilisa et le chauffeur, coiffé d'une casquette d'un turquoise criard à l'effigie des Grizzlies de la NBA sur des dreadlocks impressionnants, abaissa la vitre du côté passager et leur adressa un sourire de vendeur de voitures usagées.

– Votre nom ?

– Kane.

– Montez, m'sieur-dame !

Les portières furent déverrouillées et ils prirent place sur la banquette arrière.

– On va où ? demanda le chauffeur en les regardant dans son rétroviseur, la main sur le bouton de son compteur.

– Au Starbucks de l'autre côté d'Union Avenue, répondit Kane.

– Vous êtes sérieux ? C'est à cinq cents pieds d'ici, fit monsieur Grizzli, visiblement contrarié. Vous pouvez pas marcher ?

– Ma compagne est un peu infirme.

Craft lui fit de gros yeux, mais ne démentit pas.

– Je vous paierai vingt dollars, ajouta Kane.

– Alors, on y va.

Le taxi roula jusqu'à Union, puis tourna sur South Wilkins et entra dans le stationnement du Starbucks. En une minute à peine, il les déposa devant l'établissement.

– Voilà. Prenez un petit café à ma santé, m'sieur-dame.

Kane lui versa la somme convenue et il repartit.

– Bon. On fait quoi, maintenant ?

– Tu as entendu le chauffeur : on prend un café.

57

Une heure plus tard, ils étaient toujours assis au comptoir qui faisait face à la vitrine, d'où ils avaient une vue imprenable sur le stationnement de la Regions Bank. Une tasse presque vide et deux tranches de gâteau aux bananes à peine grignotées plus tard, rien ne s'était produit.

– Il ne partira donc jamais ? s'impatienta Craft en regardant sa camionnette abandonnée.

Kane se leva pour aller chercher deux autres cafés, puis s'immobilisa après quelques pas.

– Attends…

Il sortit son portefeuille de la poche de sa veste et y récupéra la carte d'affaires que Kitchen lui avait donnée lors de leur première rencontre, chez Simone Jackson. Il prit son téléphone et composa le numéro.

– Qu'est-ce que tu trafiques ? s'enquit l'anthropologue.

– Je vais annoncer à ce gros batracien visqueux qu'il attend pour rien, grommela-t-il avec un sourire machiavélique.

– On dirait que tu n'aimes vraiment pas notre ami Barry…

La sonnerie résonna plusieurs fois dans l'oreille de Kane. L'appel finit par tomber dans une boîte vocale.

– *Vous avez bien joint la ligne privée de l'inspecteur Charles Kitchen, du Greenwood Police Department. Laissez-moi un message et je vous rappellerai dans les plus brefs délais. Pour les urgences…*

Kane interrompit la communication sans laisser de message.

– C'est curieux. Il ne répond pas. Pourtant, il est juste là, fit-il en désignant du menton la petite voiture grise qui n'avait pas bougé.

– Il est peut-être entré dans la banque pour voir si nous y sommes toujours.

– Et tu crois vraiment qu'il aurait négligé de répondre à un appel de ma part, alors que je suis l'objet de toutes ses attentions ?

– Non, en effet…

Elle prit son propre téléphone, agrandit au maximum l'image de l'appareil photo et visa la voiture en question.

– Il est toujours là, annonça-t-elle.

Kane alla acheter deux nouveaux cafés et ils attendirent encore une trentaine de minutes. Kane, qui s'impatientait de plus en plus, essaya encore deux fois de rejoindre l'inspecteur.

– L'animal essaie de jouer avec mes nerfs, ragea-t-il. Il est convaincu que nous sommes encore à l'intérieur et il nous attend, tout simplement. Il ne veut pas me parler. Il veut nous suivre.

– Ce n'est pas normal, observa Craft. Il devrait savoir que nous ne resterions pas dans la banque tout ce temps.

Kane se leva d'un coup sec et son tabouret faillit se renverser.

– J'en ai assez ! annonça-t-il.

– Tu vas faire quoi ?

– Aller lui dire ma façon de penser une fois pour toutes.

– Tu as raison. Allons-y.

Elle fit mine de se lever à son tour, mais Kane mit la main sur son épaule.

– Non, reste ici. N'oublie pas que les objets de Johnson sont dans le sac. Si jamais il se passe quoi que ce soit, disparais.

– Tu me fais peur.

– Parfait. Parce que j'ai peur, moi aussi. Et… je ne veux pas qu'il t'arrive quelque chose.

Il quitta le Starbucks et reprit le chemin vers la Regions Bank. D'un pas rageur, il fonça droit sur la voiture de Kitchen. Une fois arrivé, il ouvrit brusquement la portière.

– *Baby Jesus in a pig skin…*

La tête tournée vers la gauche, Kitchen posait sur lui un regard fixe et vitreux. Sa gorge était ouverte d'une oreille à l'autre. Quant à sa bouche… la raison de Kane n'arrivait pas à traiter ce qu'il voyait.

58

L'appel de Kane au 911 fut suivi par l'arrivée en trombe, en moins d'une minute, de deux voitures de police, tous gyrophares allumés. Son esprit cynique étant toujours actif malgré la terreur qui le glaçait, il se demanda si l'efficacité de la force constabulaire était aussi impressionnante lorsqu'il s'agissait d'un quelconque quidam assassiné par un autre aussi anonyme. Les véhicules s'immobilisèrent dans des crissements de pneus et des agents en surgirent.

L'un d'eux se dirigea vers Kane, qui se tenait à l'écart, tandis que ses trois collègues s'approchaient de la voiture grise.

– C'est vous qui avez appelé ? demanda l'agent.

– Oui, répondit-il d'une voix éteinte, incapable de détacher son regard de la portière qu'il avait laissée ouverte.

– Votre nom ?

– Kane. Donald Kane.

Un peu plus loin, les trois agents reculèrent un peu, perturbés par la scène qui s'offrait à eux. Un grand blond costaud, qui avait sans doute été un footballeur étoile au *high school*, s'éloigna pour vomir entre deux VUS stationnés tout près, sous le regard un peu méprisant de ses collègues féminines.

– Très bien, dit l'agent. Vous restez là.

– Bien sûr.

Kane n'aurait pas pu bouger même s'il l'avait voulu. Il avait l'impression que ses pieds étaient encastrés dans du ciment et que ses jambes pesaient trois tonnes. L'image de Kitchen mort occupait toutes ses pensées. Tout le reste lui parvenait comme un lointain bourdonnement qui l'atteignait à peine. Il avait du mal à réfléchir et n'aurait pas été capable de prendre la moindre décision.

Tandis que le policier allait rejoindre ses collègues, Kane aperçut la silhouette de Craft qui s'approchait d'un pas rapide. Elle avait manifestement couru beaucoup plus qu'elle n'avait marché.

– J'ai vu les voitures de police, dit-elle, essoufflée.

Kane lui retourna une vague esquisse de sourire. Elle avisa la voiture près de laquelle les policiers étaient maintenant en conciliabule.

– Qu'est-ce qui se passe ? demanda-t-elle, énervée.

L'historien secoua la tête, cligna des yeux et dut faire un effort pour revenir à la réalité. Quand il y fut arrivé, il se sentit un peu mieux, même si sa gorge était toujours serrée et qu'il avait l'impression qu'il pouvait éclater en sanglots à tout instant.

– Kitchen est mort, expliqua-t-il d'un ton monocorde en regardant droit devant. J'ai ouvert la portière pour l'engueuler et… On l'a égorgé.

Il tourna la tête vers Craft. Elle eut presque peur de son regard hanté.

– Il… Quelqu'un lui avait fourré ses doigts dans la bouche, Virgie... bredouilla-t-il, tandis que ses yeux se mouillaient de larmes. Ses doigts *coupés*. Ceux de la main gauche. Il… Il avait l'air d'une grenouille qu'on fait fumer. Sauf le sang. Il y en avait… partout. Miss Jackson avait l'air endormie, mais Kitchen, lui…

Kane se passa nerveusement la main dans les cheveux. Sans réfléchir, Craft le prit dans ses bras et le serra fort. Il s'abandonna à l'étreinte pendant un instant. Quand il s'en dégagea, il respirait plus librement. Dans les yeux de Virgie, il lut quelque chose qui lui réchauffa le cœur. Une sorte de certitude qu'il n'avait encore jamais ressentie. La chaleur dans sa poitrine le calma.

Il ravala des larmes de colère.

– *Fucking Mary, Mother of fucking Christ on the fucking cross !* J'en ai assez de tomber sur des cadavres ! s'emporta-t-il. Je suis historien ! Pas James Bond !

– Tu trahis ton âge, lui dit-elle avec tendresse. Disons que tu n'es pas Vin Diesel.

La taquinerie lui arracha une ombre de sourire.

– Merci, dit-il en lui caressant la joue. Mais je refuse de me comparer à un homme dont le nom est un carburant. J'exige une marque de whisky.

Il soupira, les mains sur les hanches, et secoua la tête.

– Tout ce que je veux, c'est écrire le foutu livre sur le foutu Johnson, reprit-il. Je ne veux plus me faire tabasser. Je ne veux plus me faire menacer. Je ne veux plus de mauvais sorts. Je ne veux plus de cadavres. Il me semble que ce n'est pas trop demander, non ?

Une voix grave et un peu graveleuse interrompit sa tirade.

– Monsieur Kane ?

Un homme s'était approché d'eux sans qu'ils ne s'en rendent compte.

– Inspecteur Robert E. Lee, Memphis Police Department, annonça-t-il sans tendre la main.

S'il portait le même titre, l'homme était l'antithèse de Charles Kitchen. La jeune trentaine athlétique, vêtu de jeans, de baskets blancs, d'un t-shirt noir et d'un blouson de cuir de la même couleur, il avait le crâne rasé et un tatouage sur le côté gauche du cou. Le parfait cliché du policier *bad boy*. Ou du jeune Noir passé du bon côté de la Force, mais qui avait conservé les vêtements du côté sombre. De plus, le pauvre portait le nom, initiale comprise, d'un planteur esclavagiste devenu général en chef des armées confédérées pendant la guerre de Sécession, ce qui devait être pour le moins inconfortable pour un Afro-Américain. Kane se demanda par quel accès d'humour tordu des parents avaient pu choisir ce prénom pour leur enfant. À moins qu'il s'agisse d'un pied de nez à l'histoire. Il osait à peine imaginer l'enfance que le pauvre garçon avait dû endurer. Heureusement, l'histoire avait de moins en moins la cote.

– Le « E » est pour Ethan, pas Edward, précisa l'inspecteur avec un air pince-sans-rire, manifestement habitué à apporter ce genre de précision pour se distinguer du sombre général. Mes parents sont des gens facétieux. On me dit que c'est vous qui avez appelé le 911 ?

– Professeur Donald Kane, Université du Maine. Médiéviste et, dans mes temps libres, historien du blues.

Lee nota dans le petit carnet qui semblait faire partie de l'équipement standard de tous les inspecteurs de police.

– Ça va, professeur ? s'enquit le jeune policier. Ce genre de scène est difficile. Si vous le désirez, je peux vous faire conduire à l'hôpital et prendre votre déposition plus tard.

– Ça va aller, merci.

– Très bien.

Lee avisa Craft.

– Et vous êtes ?

– Professeure Virginia Craft, Université de Memphis. J'attendais le professeur Kane au Starbucks, juste là, lorsque j'ai vu les voitures de police arriver. Je me suis inquiétée et je suis aussitôt venue le retrouver.

– Bien, dit Lee en notant. Alors, racontez-moi ce qui s'est passé.

Avec davantage d'aplomb, Kane répéta ce qu'il avait déjà décrit à Virgie, en omettant stratégiquement le fait que le *modus operandi* de l'assassin de Kitchen ressemblait aux suicides récents des jeunes *bluesmen*. Il n'était peut-être pas censé savoir tout ça, et la police finirait bien par faire le lien elle-même.

– Et pourquoi, au juste, avez-vous décidé d'ouvrir la portière de l'inspecteur Kitchen ? enchaîna Lee, posant l'inévitable question.

– Parce qu'il me suivait et que j'en avais marre, laissa tomber Kane avec fermeté.

59

Lee eut un mouvement de surprise et lui adressa un regard perçant.

– J'imagine qu'un inspecteur du département de police de Greenwood avait une raison valable pour vous suivre ?

– Tout dépend du point de vue.

– Vrai. Donnez-moi le vôtre.

Kane et Craft résumèrent la nature de leurs recherches et l'invitation que Simone Jackson leur avait faite.

– Depuis, Kitchen nous faisait la vie dure, conclut Craft.

– En fait, il nous empoisonnait la vie, renchérit Kane.

– Je ne comprends pas, fit le jeune inspecteur, perplexe. Pour quelle raison vous aurait-il importunés ?

Kane hésita un peu, et décida de se lancer. Après tout, maintenant que Kitchen était mort, il n'avait plus rien à craindre. À moins que Lee soit aussi corrompu que son défunt collègue.

– Parce que c'était un pourri, dit-il.

Lee n'eut aucune réaction.

– Continuez. Je vous écoute.

– Il nous a volés.

Se gardant de mentionner les autres objets, l'historien raconta comment Craft et lui avaient obtenu de Simone Jackson une *slide* et des *picks* censés avoir appartenu à Robert Johnson, puis la façon dont Kitchen se les était appropriés en les confisquant.

– Simone Jackson… Ce n'est pas la vieille dame morte récemment à Greenwood ? C'est vous deux qui l'avez trouvée ?

– Oui.

– Vous avez une drôle de chance…

– Je sais, rétorqua Kane avec amertume.

Il retira son sac de l'épaule de sa compagne et y trouva le reçu que Barry White lui avait remis. Il le montra à l'inspecteur Lee.

– Ce n'est pas un document du département de police de Greenwood, confirma ce dernier, l'air suspicieux.

– Je m'en doutais bien. Kitchen a aussi conservé la lettre dans laquelle Simone Jackson m'invitait à venir prendre possession des objets. Je parie que vous ne la trouverez pas non plus dans le dossier.

– Hum… fit l'inspecteur Lee avec une moue dubitative. Ce reçu, je peux vous l'emprunter ?

– Non. Chat échaudé craint l'eau froide, inspecteur Lee. Mais vous pouvez le photographier.

– Je comprends.

Le jeune homme procéda sans rechigner et rendit le bout de papier à Kane, qui le remit aussitôt dans son sac.

– Il est venu nous harceler jusqu'à l'hôpital quand mon arrière-grand-mère a subi un accident vasculaire cérébral, enchaîna Craft. C'était… indécent.

– À Memphis ? fit Lee, étonné. Ce n'était même pas son territoire.

– Ça ne semblait pas trop l'énerver, rétorqua Kane.

– Pourquoi en avait-il après vous ?

– Il s'imaginait sans doute que nous détenions d'autres objets, avança Kane. Je pense même qu'il m'a fait tabasser par un de ses policiers dans le stationnement de l'hôpital.

– Vraiment ? C'est comme ça que votre visage a été, euh, redécoré ?

– Oui.

– Vous avez porté plainte ?

– Non. Je vous signale aussi qu'il m'attendait à l'extérieur quand je suis passé chez Honeyboy Brown pour lui demander son aide dans nos recherches, renchérit Kane en restant volontairement vague.

– Brown ? Celui qui vient d'être assassiné ? s'étonna Lee. Décidément…

– Oui, confirma l'historien en notant que le jeune inspecteur était bien au fait des événements récents. J'avais besoin de son avis. Il connaît – euh, connaissait – très bien l'œuvre de Robert Johnson. Kitchen m'a même arrêté pour le meurtre, mais j'avais un alibi inattaquable et il a dû me relâcher.

– Il est venu vous arrêter ici ? À Memphis ? lança Lee, sidéré. Il n'avait aucun droit ! Vous n'avez rien dit ?

– Comment pouvais-je savoir ? Je ne suis pas d'ici ! Et ma libération ne l'a pas empêché de continuer à nous gâcher l'existence.

– Il vous avait donc suivis ? demanda Lee en désignant le stationnement.

– Ça, ou alors il aimait la vue depuis le parking. Nous sommes passés à la banque, répondit Kane sans préciser la raison de leur présence. En sortant, j'ai vu Kitchen assis dans sa voiture.

Il fut surpris de constater l'aisance avec laquelle les demi-vérités se formaient dans sa tête pour expliquer des événements potentiellement embarrassants ou pour en omettre d'autres. Il était en train de devenir le roi des menteurs.

– J'ai essayé à quelques reprises de l'appeler pour lui demander ce qu'il voulait encore, ajouta-t-il, sachant que la police ne manquerait pas de découvrir la présence de son numéro dans le registre des appels de Kitchen. Comme il ne répondait pas, j'ai vu rouge et j'ai décidé de l'affronter pour lui exprimer le fond de ma pensée. Peut-être aussi pour le menacer de le poursuivre en justice pour harcèlement. Mais quand j'ai ouvert la porte… Vous connaissez la suite.

– Vous comprendrez que je vais devoir valider tout ce que vous venez de me dire.

– Évidemment, fit Craft.

– Où puis-je vous rejoindre ?

– Le professeur Kane loge chez moi durant son séjour à Memphis, précisa-t-elle en lui donnant son adresse et son numéro de téléphone.

Kane ajouta le sien et son adresse personnelle dans le Maine. Satisfait, Lee referma le carnet dans lequel il n'avait cessé de prendre des notes et le rangea dans la poche arrière de ses jeans.

– Je dois vous demander de rester à notre disposition.

– Bien sûr, dit Kane.

Le jeune inspecteur tira une carte de visite de la poche de son blouson et la tendit à Kane, qui la prit et la rangea dans son sac.

– N'hésitez pas à m'appeler s'il y a quoi que ce soit.

Lee regarda derrière lui, l'air de vouloir s'assurer que personne ne lui portait attention, et s'approcha un peu, avec un air de conspirateur.

– Entre vous et moi, Kitchen était sous enquête interne depuis un bon moment, chuchota-t-il. Pour corruption.

60

– Tu tiens le coup ? demanda Craft, au volant de la camionnette.

– Oui, ça va aller. Je déteste dire ça, mais au moins, maintenant que Barry White est mort, nous aurons la paix, dit Kane.

– Nous devrions peut-être l'appeler Kitchen ? Ça me fait un peu drôle de ridiculiser un homme qui vient d'être assassiné.

– Ah oui ? Vraiment ? Pas moi. Je le déteste autant mort que vivant. Si l'enfer existe, il doit être en train d'y griller. En plus, je vais devoir vivre avec le souvenir de son cadavre.

Kane se tut, perdu dans ses pensées.

– *A penny for your thoughts*[28], dit gentiment Virgie après une minute.

– Il y a autre chose, avoua Kane.

– Oh, je t'écoute, fit-elle sur un ton circonspect.

– Il y avait un autre type dans le stationnement. Un gars que je pense avoir croisé lundi dernier, quand je t'attendais sur Beale. J'ai même brièvement discuté avec

28. Un sou pour savoir à quoi tu penses.

lui. Je venais de mettre un billet de dix dollars dans l'étui de Honeyboy et il m'a suivi avec un billet de cent.

– Hum… Un homme généreux. Tu es certain que c'était le même ?

– J'étais loin et je l'ai identifié avec une photo floue que j'ai agrandie, mais je dirais que oui. Un grand avec une mine patibulaire et des airs de Nick Cave.

– Eh ! On ne touche pas à Nick Cave ! Fan finie, ici ! protesta-t-elle, à demi sérieuse.

– Je ne sais pas s'il était là parce qu'il surveillait Kitchen, parce qu'il nous suivait ou tout simplement parce qu'il attendait sa femme qui était allée faire un dépôt. Quand j'ai regardé à nouveau, il était parti. Je me raconte peut-être des histoires, mais une chose me turlupine malgré tout.

– Quoi ?

– Kitchen a été égorgé et Nick Cave a disparu.

– Tu crois que… qu'il est l'assassin de Barry… euh, de Kitchen ?

– Aucune idée. Mais jusqu'à maintenant, le hasard n'a pas joué un très grand rôle dans toute cette histoire.

– Faut quand même pas pousser, Kane.

– Ouais. Je crois que je suis devenu parano.

Il considéra son sac à ses pieds.

– Nous allons devoir cacher les objets de Johnson.

Elle quitta momentanément la route des yeux pour lui adresser un air malicieux.

– Je connais un endroit.

– Pourquoi on n'a pas simplement déposé tout le bazar là-dedans dès le départ ? demanda-t-il en regardant Craft refermer le petit coffre-fort où elle avait déjà rangé le *mojo hand*. Ça nous aurait au moins évité les péripéties du coffret de sécurité. Et comme il n'y aurait eu aucune trace de paperasse, nous aurions pu garder la *slide* et les *picks* au lieu de les donner à Kitchen.

Craft souleva le tableau qu'elle avait décroché et le remit en place.

– M'aurais-tu fait confiance au point de me laisser les objets, en sachant que tu n'y aurais pas accès sans moi ? demanda-t-elle avec sérieux.

Kane hésita.

– Non.

– À ta place, moi non plus, déclara l'anthropologue. Ces objets n'ont pas de prix et, à part une discussion que nous avons eue après ta conférence de l'an dernier, tu ne savais rien de moi.

– Alors que maintenant…

– Disons que tu me connais… plus en profondeur, dit-elle avec un regard coquin avant de poser sur ses lèvres un baiser espiègle.

Elle lui confia la combinaison, au cas où il aurait besoin d'avoir accès aux objets en son absence, puis elle l'entraîna dans la cuisine, sortit la bouteille de bourbon de l'armoire et lui versa un verre.

– Bois. Ça te calmera un peu.

– Nous buvons beaucoup, ces temps-ci.

– Tu bois vraiment plus que de coutume ?

– Non… Pas tant.

Il prit une gorgée. La chaleur de l'alcool qui descendait lui fit du bien. À son tour, elle vint s'installer à la table et se servit.

– Les doigts de la main gauche coupés et la gorge ouverte, lâcha-t-elle sans préambule, avec sérieux. Exactement comme les *bluesmen*. Ça ne peut pas être un hasard. Qu'est-ce que tout ça veut dire ?

– Que l'assassin de Kitchen a imité ces suicides ? suggéra Kane.

– Ou que les suicides étaient aussi des assassinats, rétorqua Craft.

Kane posa ses coudes sur la table et appuya son front dans ses mains.

– Mais pourquoi quelqu'un voudrait-il tuer des *bluesmen* ?

– Pourquoi John Wayne Gacy tuait-il de jeunes hommes ? répliqua l'anthropologue. Pourquoi Jeffrey Dahmer a-t-il décidé de manger certaines de ses victimes ? Pourquoi Juana Barazza ne tuait-elle que des petites vieilles ? Pourquoi Clifford Olsen assassinait-il des femmes ? Pourquoi Elizabeth Wettlaufer tuait-elle ses patients âgés ? Ils avaient tous des raisons qui échappent à la raison. Tuer des guitaristes de blues ne me semble pas tellement plus tordu. Toi qui es guitariste…

– Mauvais guitariste, précisa-t-il.

– Quelle main est la plus importante si on veut bien jouer ?

– Les deux, évidemment. Mais la gauche fait les accords qui conditionnent tout, répondit Kane.

– Alors, on pourrait penser que quelqu'un a développé une fixation sur les *bluesmen*. Peut-être parce qu'il rêve de jouer, mais qu'il n'est pas doué et qu'il a fini par en vouloir à tous ceux qui le sont ?

– Je veux bien, mais alors, pourquoi tuer Kitchen ? Il n'avait rien à voir avec les guitaristes.

– Il avait au moins un lien matériel avec Johnson, fit remarquer Craft. Peut-être qu'il a essayé de revendre les objets à la mauvaise personne. Et il y a un lien dans la manière dont tout ce beau monde a été tué.

– Tous sauf Chapeau melon. Et nous ignorons encore comment est mort Honeyboy exactement.

Ils sursautèrent quand la sonnerie de la porte d'entrée retentit. La dernière fois que la chose s'était produite, Kane avait été arrêté et emmené au poste menotté comme un vulgaire criminel.

– La pizza est arrivée, annonça Craft en allant répondre à l'interphone.

– Tu as commandé une pizza ?

– Oui. Pendant que tu vomissais dans la salle de bain. J'ai pensé que tu aurais besoin de te mettre quelque chose dans l'estomac.

– Je n'ai pas été discret… fit Kane, honteux.

– Non. Mais j'aurais fait pareil.

Une voix métallique confirma qu'il s'agissait du livreur attendu. Craft lui ouvrit et sortit sa carte de crédit de son portefeuille. Kane se raidit.

– Comment sais-tu que c'est vraiment un livreur de pizza ?

61

– Ben… Euh… Je présume que c'est lui ? répondit Craft, prise au dépourvu par la question.

Kane se précipita dans la cuisine, attrapa un long couteau dans le bloc de bois et courut se blottir derrière la porte qu'elle venait d'entrouvrir. De là, il entendit les portes de l'ascenseur s'ouvrir, des pas s'approcher dans le couloir et quelques coups secs frappés à la porte.

– Madame Craft ?

Tendu, il serra un peu plus fort le manche de son arme improvisée.

– Grande pizza toute garnie avec un extra d'anchois ? demanda une voix au débit un peu lent.

Kane se détendit un peu.

– C'est bien ça.

– Douze dollars.

– Voilà.

– Merci, m'dame.

Kane recommença vraiment à respirer quand la porte fut refermée et verrouillée. Il avisa avec dégoût le couteau dans sa main et courut le replacer dans le tiroir où il l'avait trouvé. Craft avait posé la boîte sur la table et mettait les couverts. Il prit deux Miller Lite dans le réfrigérateur, les décapsula et alla la rejoindre. Virgie attaqua sa pointe avec enthousiasme et en avala une entière, alors que Kane pignochait dans son assiette.

– Mange. Elle est bonne, l'encouragea-t-elle avant de se désaltérer de quelques gorgées de bière froide.

– Je n'ai pas très faim.

Il prit une bouchée pour lui faire plaisir.

– Bon Dieu, je n'en reviens pas d'avoir pris ce couteau, dit-il. Qu'est-ce que je suis en train de devenir ?

Elle lui serra affectueusement le bras.

– Tu es nerveux. Tout ce que nous avons vécu en trois jours a de quoi rendre un peu parano, dit-elle d'une voix compatissante. Nous sommes des universitaires, pas des aventuriers. Se faire intimider par la police, se faire arrêter, se faire tabasser, se faire jeter des sorts, tomber sur des cadavres… ça fait beaucoup pour un simple professeur. Sans oublier les *mojo bags* laissés dans ta chambre et la camionnette, et la *hot foot powder*.

– Tu crois que Kitchen était derrière les petits tours de magie ?

– Qui d'autre ? réagit Craft sans hésiter. Il soupçonnait que nous avions d'autres objets que ceux que tu lui as donnés et il voulait nous faire peur pour mettre la main dessus. Il frayait sans doute un peu dans le *hoodoo*, comme bien des gens. Ou alors, il a consulté quelqu'un de compétent. Selon Mama Cornelia, le *mojo bag* noir était très bien fait.

– Nous tuer aurait été plus simple.

– Ça laisse des traces. De toute façon, on s'en fiche, maintenant. Barry est mort et toute cette histoire est derrière nous. Finis les *mojo hands* et la *hot foot powder* !

Au pire, l'inspecteur Lee aura quelques questions à nous poser. Quant aux suicidés, c'est l'affaire de la police.

– Tu as raison. J'espère que les deux brutes lâcheront prise aussi. J'aime mon visage comme il est, avec tous ses défauts.

L'anthropologue se rembrunit un peu.

– Maintenant, si seulement Mama Cornelia pouvait revenir…

Il prit la main de sa compagne et la serra.

– Ne perds pas espoir.

Elle lui adressa un sourire reconnaissant. Kane porta la pointe de pizza à sa bouche et y mordit enfin avec appétit.

– C'est vrai qu'elle est bonne.

Ils mangèrent encore un peu et Craft ouvrit deux autres bières.

– Que dirais-tu de te changer les idées et de travailler sur le plan du livre qui nous rendra célèbres ? s'exclama-t-elle avec enthousiasme. Je dois avoir fini avant mes cours du trimestre d'hiver.

Les vieux réflexes revinrent en un rien de temps et, pendant les heures qui suivirent, ils se perdirent avec entrain dans le travail intellectuel qui leur était naturel, planifiant les chapitres en fonction des découvertes qu'ils avaient faites, structurant les arguments à l'appui, développant, à partir des éléments qui se trouvaient dans son carnet, une véritable réinterprétation de Robert Leroy Johnson, père du blues et du rock modernes. Évidemment, ils allaient garder la trentième chanson pour la fin, quand une compréhension améliorée du processus créatif de Johnson lui donnerait tout son sens. Ils avaient pleinement conscience d'être en train de réécrire un mythe fondateur de l'Amérique et du fait qu'une telle chance n'était pas donnée à tous.

Il était passé minuit et la fatigue les avait gagnés quand le signal sonore d'un texto tinta. Kane tira son téléphone de sa poche et le consulta distraitement.

– *Fuckin' Jesus rolled in cheese bread*… cracha-t-il, exaspéré. Qu'est-ce que c'est que cette connerie ?

– C'est de qui ? demanda Craft.

– Honeyboy Brown.

62

Cornelia Craft, née Wilson, ouvrit les yeux et s'étira langoureusement. Elle se sentait comme enveloppée dans un cocon chaud et confortable. Elle étira les bras, bâilla à s'en décrocher la mâchoire et se rendit compte qu'elle était toujours assise sous le grand arbre, à la croisée des chemins. Elle avait dû dormir longtemps, car le soleil se couchait à l'horizon, créant un joli effet rose et orangé dans le ciel. Elle respira profondément. De tout son cœur, elle aimait le Delta, ses couleurs, ses odeurs. C'était sa terre, l'endroit où les racines de sa famille s'enfonçaient.

Elle prit appui sur le sol pour se lever sans trop souffrir. Elle se retrouva debout sans effort. Perplexe, elle constata qu'elle n'avait plus mal aux hanches. Ni au dos. Ni aux chevilles. Interdite, elle se pencha et constata que ses pieds n'étaient plus enflés. Ses chaussures de vieille dame avaient disparu et l'herbe lui chatouillait agréablement les orteils. Elle monta ses mains à la hauteur de ses yeux et eut l'impression de les voir pour la première fois depuis très longtemps. Leurs jointures, exemptes d'arthrite, étaient fines et flexibles. Elle s'inspecta avec un bonheur curieux. Sa peau, dénuée de rides et de taches, était lisse et ferme. Elle releva sa robe et, dessous, trouva les jambes aux cuisses et aux mollets bien galbés qui avaient fait tourner plus d'une tête, et gonflé leur part de braguettes.

Elle était à nouveau jeune. Elle se mit à rire à gorge déployée, heureuse au-delà des mots. Sa voix la surprit. C'était celle d'une jeune fille. Elle s'autorisa à jouir de la sensation depuis longtemps oubliée d'être bien dans un corps fort et en santé. Ça ne durerait pas, elle en était consciente. Raison de plus pour l'apprécier pendant qu'elle le pouvait. Elle ouvrit les bras et se mit à tourner sur elle-même, d'un pas léger, de plus en plus vite, les nuages rougis par le soleil couchant formant un tourbillon de plus en plus rapide. Étourdie, elle s'affala sur le sol et, sur le dos, les bras en croix, continua à rire.

– Merci Jésus, Marie, archange Michel, saint Benoît et tous les autres ! lança-t-elle, emportée par la joie. Sweet Lord, merci !

Souviens-toi de ton Créateur pendant les jours de ta jeunesse, avant que les jours mauvais arrivent et que les années s'approchent où tu diras : je n'y prends point de plaisir[29], *lui chuchota la voix de sa vieillesse.*

Cornelia avait vécu longtemps. Si longtemps que la plus grande partie de son existence avait été passée dans des degrés divers de la vieillesse. Retrouver la jeunesse et la sensation de pureté qui venait avec était une bénédiction du ciel. Retrouver l'optimisme et l'impression que tout était possible était encore meilleur. Elle savait que le moment ne durerait pas. Il n'était que de passage. C'était précisément ce qui le rendait encore plus précieux.

Un puissant coup de tonnerre la fit sursauter. Elle cessa de rire. Le charme était rompu. À l'horizon, des nuages noirs approchaient rapidement, tandis que le soleil achevait de

29. Ecclésiaste, 12 : 1.

disparaître. Bientôt, sans lune, il ferait noir. Très noir. Comme en enfer. Un frisson d'appréhension parcourut Cornelia.

– Qu'attends-tu de moi, au juste, Dieu ? demanda-t-elle de cette voix claire et chantante qui avait été la sienne voilà si longtemps. Qu'est-ce que je fais ici, ni morte ni vivante ? Dis-moi ce que tu veux et je l'accomplirai ! Je ne t'ai jamais rien refusé. Tu le sais bien.

De la musique monta non loin d'elle. Une voix, haut perchée et un peu nasillarde, accompagnée par une guitare à nulle autre pareille. Cornelia tendit l'oreille dans les ténèbres. Ses yeux, redevenus jeunes aussi, virent ce qu'elle n'aurait jamais aperçu hier encore.

Il était assis sur une souche, à la même croisée des chemins que la dernière fois, une guitare sur sa cuisse et chantait, la tête renversée, avec un total abandon, comme il l'avait toujours fait. La voix qu'elle avait souvent entendue jadis et qui ne l'avait jamais vraiment quittée lui remplit la tête. Elle se laissa bercer. Un seul homme pouvait chanter le blues avec une telle éloquence. Bobby Spencer. Cornelia Wilson – elle n'était plus Craft – sentit une chaleur humide envahir son entrejambe, une sensation divine qu'elle n'avait pas éprouvée depuis des décennies. Elle la savoura un moment.

– Spence ? s'esclaffa-t-elle.

Elle s'élança vers lui en hurlant comme une perdue, goûtant le plaisir de gambader pieds nus dans l'herbe encore chaude avec l'aisance d'un jeune cerf. Spencer l'aperçut et s'arrêta de jouer.

– Nellie ? fit-il, un large sourire illuminant son visage. Nellie Wilson ?

Il déposa sa guitare et se leva juste à temps pour l'accueillir quand elle se jeta dans ses bras. Il la serra et la fit tournoyer dans les airs, lui arrachant un rire de fillette énervée. Puis il la déposa et l'embrassa avec passion. Cornelia lui rendit farouchement son baiser. Jamais elle n'aurait cru le revoir un jour.

Dans la nuit tombante, Cornelia put voir la tristesse sur son beau visage, dont l'œil droit infirme n'arrivait pas à gâcher le charme. Elle y lut aussi une chose qu'elle n'avait encore jamais vue : de la peur. Avec tendresse, Spencer prit son visage dans ses mains et la regarda dans les yeux.

– J'ai besoin de ton aide, Nellie.

– Mon… aide ?

Il la lâcha, retourna s'asseoir sur la souche, reprit sa guitare et l'invita à venir le retrouver. Elle s'installa dans l'herbe devant lui, comme elle l'avait souvent fait, quand le regarder jouer était le plus grand privilège qu'elle pouvait imaginer. Il lui sourit et se mit à chanter, tandis que ses longs doigts faisaient leurs habituels prodiges.

Quand il eut fini, il posa à nouveau sur elle un regard intense.

– J'ai besoin de ton aide.

– Bien sûr, soupira Cornelia.

– Souviens-toi de ces chiffres : vingt et un, trente-trois, trente-huit, trente-six, vingt-six, quinze, quarante, vingt-sept, vingt-trois, dix-huit, vingt.

– Je… Je ne sais pas si je pourrai.

– Tu le dois. Répète-les.

– Vingt et un, trente-trois, trente-huit…

Bloquée, elle fouilla sa mémoire, alarmée.

– … trente-six, vingt-six, quinze, quarante, vingt-sept, vingt-trois, dix-huit, vingt, compléta Spencer. Répète.

– Vingt et un, trente-trois, trente-huit, trente-six, vingt-six, quinze…

Ils continuèrent ainsi jusqu'à ce que Cornelia puisse répéter la séquence par cœur sans hésiter.

– Répète-les à ta Kitty Cat et à son ami, lui dit-il. Ils comprendront.

– Kitty Cat ? Tu la connais ?

– Évidemment. Comme toi, Nellie, ajouta le musicien sur un ton énigmatique. Elle est en danger.

– Mon Dieu… fit Cornelia en se signant.

Elle sentit une sinistre appréhension lui remplir le ventre. Comme pour confirmer ses craintes, un éclair aveuglant fendit le ciel, suivi d'un nouveau coup de tonnerre. Une fine pluie commença à tomber et, vite trempée, elle se mit à grelotter, autant de peur que de froid.

– Que veux-tu dire ? Comment ? Pourquoi ?

– Parce qu'elle est ce qu'elle est, répondit le musicien.

La tête penchée sur son instrument, il se remit à jouer et chanta une chanson que Cornelia n'avait encore jamais entendue.

Cost me a dollar, cost me a dime
Come on little woman, take my hand
Play me for a fool, warm my soul
Make the change, seal the deal
Write it on paper, take my words
You see the sign
Be mine all the time
Gon' fool the Fool, gon' lie to the Liar
Gon' lie to the Fool, gon' fool the Liar.

– Elle n'est pas très réussie, observa-t-elle avec franchise.

Il releva les yeux et sourit tristement.

– Je sais, Nellie. Mais elle est importante.

Spencer battit des paupières, comme s'il cherchait à chasser la confusion dans sa tête. Il regarda sa main gauche. Les doigts tombèrent un à un, comme les pommes mûres d'un pommier.

– Spence… ? fit Cornelia, angoissée. Qu'est-ce que tu as ?

Le musicien se mit à vieillir sous ses yeux éberlués, sa peau se plissant en accéléré, alors que ses cheveux blanchissaient, puis tombaient en même temps que ses dents.

– Vingt et un, trente-trois, trente-huit, trente-six, vingt-six, quinze, quarante, vingt-sept, vingt-trois, dix-huit, vingt, dit-il d'une voix de plus en plus chevrotante.

Son corps desséché se recourba comme une branche de saule pleureur, jusqu'à recouvrir entièrement sa guitare. Les restes et l'instrument finirent par choir dans l'herbe mouillée. La pluie se transforma en orage et lava ce qui restait de Bobby Spencer. Sa voix résonnait encore dans l'orage.

– Vingt et un, trente-trois, trente-huit, trente-six, vingt-six, quinze, quarante, vingt-sept, vingt-trois, dix-huit, vingt…

– Vingt et un, trente-trois, trente-huit, trente-six, vingt-six, quinze, quarante, vingt-sept, vingt-trois, dix-huit, vingt, répéta-t-elle gravement, déterminée malgré les larmes qui l'aveuglaient.

Cornelia Craft, née Wilson, s'assit lourdement par terre et pleura à chaudes larmes. Le moment de bonheur n'avait été que passager, comme elle l'avait prévu. Elle comprenait maintenant ce que l'on attendait d'elle.

Et elle était morte de peur.

63

Memphis, Tennessee, vendredi 9 juillet 2021

Craft retourna à Kane un air irrité.

– Si tu veux être drôle, je te dis tout de suite que ta blague est de très mauvais goût, lança-t-elle avec dédain. Dans le Delta, on ne fait pas d'humour avec les morts, Donald.

– Je suis parfaitement d'accord avec toi, côté superstitions et tout. Depuis quelques jours, disons que je suis plus sensible au surnaturel. Sauf que la blague n'est pas de moi.

Kane retourna son téléphone et le tendit afin qu'elle puisse voir l'écran et constater elle-même.

HB **#30?**

– Mais… Mais… Honeyboy est… mort, bafouilla-t-elle.
Elle lui adressa un regard déconcerté.

– Non ?

– Ben oui.

Kane haussa les épaules.

– En tout cas, c'est ce qu'a affirmé Barry White, Dieu – ou le diable – ait son âme.

– Et s'il avait menti ?

– Il avait beau être le dernier à avoir vu Brown vivant, il y a quand même forcément eu des ambulanciers sur place pour ramasser le cadavre et des agents de police pour inspecter la scène de crime. On ne peut pas faire croire à tout ce monde qu'il y a eu un meurtre qui ne s'est pas produit. Ou embrigader autant de complices.

Il lui retourna l'air hébété qu'elle lui avait adressé.

– Non ?

– Tu as raison. Ça ferait beaucoup de monde dans le secret. Mais nous savons déjà que Kitchen avait dans sa poche le flic qui t'a tabassé et l'autre type aussi. Si l'on pense à la valeur du carnet de Johnson sur le marché des antiquités – sans doute plusieurs millions dans une maison d'encan réputée –, il avait certainement les moyens de s'acheter aussi les services de deux ambulanciers et de quelques policiers sous-payés, argumenta l'anthropologue.

– Rappelle-toi ce que disait le bon vieux Benjamin Franklin : *trois personnes peuvent garder un secret si deux d'entre elles sont mortes*. Sans compter que ce que tu suggères implique que Honeyboy était aussi complice de Kitchen.

– Pas nécessairement. Il ne sait peut-être même pas qu'il a été « assassiné ». N'oublie pas ce que Lee a dit : Memphis n'est pas dans le territoire de Kitchen. *A beau mentir qui vient de loin.* Il suffisait de te faire assez peur pour que tu lui rendes les objets de Johnson et hop ! ni vu ni connu. Tu aurais seulement été très en colère en découvrant Honeyboy en train de jouer au coin d'une rue.

– Tu ne trouves pas que tout ça commence à être tiré par les cheveux ?

– Oui, admit Craft avant de prendre une gorgée de bière.

Songeur, il l'imita en contemplant l'énigmatique message toujours affiché sur son portable.

– Nan… Forcément, quelqu'un utilise le téléphone de Honeyboy, dit-il après un moment.

– OK. Qui ? Pourquoi ?

– Qui, je ne sais pas, mais pourquoi, c'est une évidence : pour mettre la main sur les reliques de Johnson.

– Kitchen est mort. Très mort, même, selon ce que tu m'as décrit. Ce que tu suggères implique que quelqu'un d'autre est dans le coup.

– Ouaip, soupira Kane, avec dépit. Réjouissant, non ?

Le souvenir de Nick Cave, dans le stationnement de la Regions Bank, lui traversa l'esprit. Il fut prestement remplacé par les mines patibulaires de ses deux agresseurs, qui l'avaient piégé à sa sortie de l'hôpital. Il avala deux gorgées de bière.

– Ce n'est pas exactement le terme que j'utiliserais…

– Si quelqu'un en sait assez pour se faire passer pour Honeyboy dans l'espoir de récupérer les objets, c'est peut-être un des deux gorilles du stationnement à étages, supposa-t-il.

Craft se leva d'un bond et se mit à marcher de long en large dans la cuisine, sa bouteille à la main, manifestement exaspérée.

– Et si c'était simplement un texto qui arrive en retard ? suggéra-t-elle soudain. Hein ? Tu sais, quand on en reçoit un qui nous a été envoyé trois jours auparavant parce qu'il s'est perdu quelque part dans le cyberespace? Ça nous est arrivé à tous. Ça doit être ça.

– Oui. Ça aurait du sens, acquiesça-t-il en déroulant la conversation sur l'écran. *#30?* C'est exactement le genre de message que Honeyboy aurait pu m'envoyer.

Virgie s'adossa au mur, une jambe relevée dans une pose rappelant les profils de cowboys qu'on voyait parfois dans les publicités. Kane la trouva splendide.

– Ça fait quand même un peu peur, ricana-t-elle pour masquer son embarras.

– Après la *hot foot powder*, l'ampoule que Mama Cornelia a fait disparaître comme par magie, les *mojo bags* malfaisants, les avertissements en pictogrammes *hobo* et les suicides de *bluesmen* qui ont presque des airs de rituels sataniques, disons que de voir réapparaître un message de Honeyboy après sa mort me rend un peu nerveux. Mais il y a un moyen d'y voir plus clair.

Il récupéra la carte de l'inspecteur Lee dans son sac, prit son téléphone et composa le numéro.

– Tu appelles qui?

– Lee.

– Il est passé minuit

– La police ne dort jamais. C'est ce qu'on dit, non?

Il déposa l'appareil sur la table et alluma le haut-parleur.

– Inspecteur Robert E. Lee, dit la voix endormie.

– Bonjour, inspecteur. Donald Kane à l'appareil.

– Professeur Kane. J'imagine que vous savez l'heure qu'il est? Que puis-je faire pour vous?

La voix était courtoise, mais *business*.

– J'ai besoin d'une information.

La déclaration fut suivie d'un silence que Kane interpréta comme une invitation à poursuivre.

– Ça va vous paraître saugrenu comme question, mais est-ce que Honeyboy Brown a vraiment été assassiné?

– Étrange requête, en effet, convint Lee, visiblement irrité. Et pourquoi, au juste, me demandez-vous ça ?

– Parce que je viens de recevoir un texto de lui.

64

Un lourd silence incrédule suivit la déclaration.

– Je vous demande pardon ? finit par lâcher l'inspecteur de police, tout à fait réveillé.

– Je viens de recevoir un texto de Honeyboy Brown.

– Vous en êtes certain ?

– Bien sûr que non. Mais c'est son numéro de téléphone. Le message est daté d'aujourd'hui et il est venu s'ajouter à la conversation en cours voilà quelques minutes. Ce n'est peut-être qu'un *glitch*, ou quelqu'un qui essaie de faire le drôle, mais je me suis dit que vous voudriez le savoir.

– Vous avez eu raison, professeur.

Un nouveau silence s'ensuivit. Lee revint après un moment.

– Il pourrait aussi s'agir de quelqu'un qui veut vous mener en bateau, avança-t-il. Attendez un peu.

Ils entendirent des bruits de clavier.

– Je vous confirme qu'Anthony Brown, surnommé Honeyboy dans le milieu du blues, est bel et bien mort, annonça Lee. J'ai les photos sous les yeux. Gorge ouverte et…

– … doigts de la main gauche tranchés ? compléta Kane.

– Je vois que vous en connaissez un bout.

– Je n'ai pas eu tellement le choix. Honeyboy et Kitchen m'avaient parlé des autres suicides de *bluesmen*. Et j'ai vu le cadavre de Kitchen.

– En revanche… commença Lee, d'un ton perplexe.

– Quoi ?

– Le dossier ne fait mention d'aucun téléphone parmi les effets personnels récupérés sur place, déclara l'inspecteur d'une voix tendue. Il en avait bien un ?

– Bien sûr. Il m'avait déjà écrit.

– Je vois. Vous vous trouvez présentement à l'adresse que m'a fournie la professeure Craft ?

– Oui.

– Ne bougez surtout pas. Je serai là dans quelques minutes.

Lee raccrocha sans même dire au revoir.

– Qui a le téléphone de Honeyboy ? demanda Craft d'une petite voix.

Une quinzaine de minutes plus tard, l'inspecteur Robert E. Lee sonnait à la porte d'entrée de l'immeuble.

– Il a volé ou quoi ? s'étonna Craft.

– La police peut être très efficace, mais seulement quand elle le souhaite, grinça Kane. C'est un principe universel abondamment documenté.

– Grincheux.

– Réaliste.

Lorsqu'on frappa à la porte de l'appartement, ils laissèrent entrer Lee et un jeune homme dégingandé dans la vingtaine aux dreadlocks impressionnants et au pantalon trop grand, le fond de culottes pendant jusqu'à mi-cuisse, qui avait davantage l'air d'un adolescent amateur de jeux vidéo ou d'un membre de gang de rue que d'un policier. Sur son t-shirt, une main faisait un glorieux doigt d'honneur au monde en général par-dessus un retentissant *fuck everything* ! Il tenait une mallette en plastique moulé noir qui détonnait avec le reste de sa personne. *Un noble représentant de la force constabulaire*, songea Kane.

– Je vous présente le sergent Sims, dit l'inspecteur. Il est notre meilleur technicien. Il croit être en mesure de retracer l'autre téléphone en utilisant le vôtre. Avec votre accord, bien entendu. J'ai déjà obtenu l'autorisation de traçage.

Lee tira de son blouson de cuir un document plié en trois et le tendit à Kane, qui le déplia. Il le lut en travers, le signa, le prit en photo avec son portable, et le rendit à l'inspecteur.

– Voilà.

Kane lui remit l'appareil et l'inspecteur prit connaissance du message récent.

– Hum… fit-il en haussant les sourcils.

Il transféra le portable au dénommé Sims.

– Puis-je m'asseoir ? demanda ce dernier avec une courtoisie qui tranchait avec son accoutrement.

Craft le conduisit vers la table, où il s'installa. Il ouvrit sa mallette et en sortit un ordinateur auquel il brancha le téléphone avec un fil, ainsi que quelques bidules dont il était sans doute le seul à comprendre la fonction.

– Sims adore bidouiller avec ses jouets, dit Lee. Un vrai petit garçon. C'en est attendrissant.

Sans lever les yeux de l'écran, le sergent tendit le bras droit et brandit le majeur à l'intention de son supérieur.

– Le département de police de Memphis engage les meilleurs *hackers* au lieu de les arrêter. Cette décision s'est avérée très bénéfique. Malheureusement, ils sont souvent mal élevés, renchérit Lee en souriant.

Il sortit son carnet.

– Alors, racontez-moi comment vous avez su pour les suicides.

Pendant une dizaine de minutes, Craft et Kane expliquèrent comment ils avaient appris la façon dont Jimmy « Fingers » Dodds, Tim « Sweetie » Williams et Lonnie Wood avaient mis fin à leurs jours d'une manière très semblable. Ils évoquèrent Milton « Bowler » Ackers, abattu peu après qu'il eut saccagé la chambre d'hôtel.

– Il était possiblement à l'emploi de Kitchen, conclut Kane. Mais vous savez comment Kitchen a fini…

– Mmmm… fit Lee en notant. Et Honeyboy ? Vous avez été assez vague sur les raisons de votre présence chez lui.

Les deux chercheurs se consultèrent du regard et convinrent en silence de lui en dire un peu plus.

– Nous avons mis la main sur la trentième chanson de Robert Johnson, laissa tomber Virgie.

– *La* trentième chanson ? répéta Lee, les yeux ronds comme des billes.

– Oui, confirma Kane. Malheureusement, c'est aussi sa plus mauvaise. Nous avions demandé l'aide de Honeyboy pour essayer de la reconstruire.

– Vous allez devoir m'expliquer ça, professeur.

Kane avoua alors qu'en plus de la *slide* et des *picks*, ils avaient trouvé un carnet de notes dans la boîte que leur avait remise Simone Jackson.

– C'est sûrement ça que Kitchen convoitait.

– Et c'est maintenant que vous me le dites ? s'insurgea Lee.

– Je ne voyais aucune raison de le faire avant. Mais puisqu'on prétend m'envoyer des textos depuis l'enfer…

La voix de Sims interrompit la conversation.

– Inspecteur ! On l'a !

65

Quinze minutes plus tard, la voiture banalisée de l'inspecteur Lee, sur la banquette arrière de laquelle Craft et Kane prenaient place, s'arrêta dans un crissement de pneus sur Beale Street. Une autopatrouille en fit autant. L'artère était encore peuplée de fêtards plus ou moins ivres qui chantaient, dansaient et mangeaient gaiement. Le restaurant devant lequel ils s'étaient immobilisés était encore ouvert, comme la plupart des autres établissements. Kane remarqua que les chanteurs de rue se faisaient rares. Ils étaient pourtant habituellement nombreux à cette heure entre la nuit et le matin, alors que le flot de l'alcool favorisait celui des billets vers les étuis de guitare.

– Les nouvelles courent vite et les *bluesmen* sont superstitieux, nota-t-il en regardant par la vitre.

– Ou ils ont peur, tout bêtement, nuança Craft. Qui a envie d'être le prochain à mourir égorgé et amputé ?

– Rien ne prouve que ces gens aient été assassinés, professeure, corrigea Lee, assis côté passager.

– Vous croyez au hasard, inspecteur ? répliqua-t-elle, cynique.

– Pas beaucoup, non.

– Moi non plus. Et encore moins depuis quelques jours.

Lee fit un signe de la tête à Sims et les deux portières avant s'ouvrirent.

– Restez ici, leur intima l'inspecteur avant de sortir.

Les policiers refermèrent et, armés de puissantes lampes de poche, se dirigèrent vers les deux agents qui étaient aussi sortis de l'autopatrouille. Les puissants phares des véhicules étaient braqués dans la même direction, suscitant des commentaires irrités de la faune locale et quelques gestes déplacés. Le regard rivé sur l'écran d'un appareil GPS qui, à coups de bips et de clignotements, lui avait servi à localiser le signal du téléphone ayant envoyé le mystérieux texto, le sergent Sims avançait patiemment dans la lumière crue, corrigeant sa direction de temps en temps.

Craft testa la portière, qui ne réagit pas au mouvement de la poignée.

– Restez ici, qu'il a dit... Comme si on avait le choix. T'ai-je déjà mentionné que je n'aime pas être enfermée ? demanda-t-elle, la gorge un peu nouée.

– Dois-je comprendre que l'emploi de menottes durant nos ébats n'est pas envisageable ? badina-t-il sans cesser d'observer la scène silencieuse à l'extérieur.

Sims devint plus agité et pointa vers un autre restaurant, non loin de là. Lee et les deux agents suivirent la direction indiquée et se retrouvèrent devant... une poubelle. Ils se consultèrent. Éclairé par son collègue, un des policiers enfila une paire de gants de latex et se mit à fouiller dans les ordures presque jusqu'au fond avant de se redresser, l'air dégoûté, en brandissant un téléphone. Il le laissa tomber dans un sac de plastique tenu par Sims, qui le scella aussitôt.

L'inspecteur revint vers la voiture, suivi de ses hommes, et ouvrit la portière.

– Professeur, pouvez-vous appeler le numéro de Honeyboy Brown ? demanda-t-il.

Kane extirpa son portable de sa poche et s'exécuta. L'appareil se mit à vibrer dans le sac.

– C'est le bon. Nous allons vous reconduire chez vous, trancha-t-il.

– Quelqu'un l'a sans doute trouvé et a simplement appuyé sur « envoyer » en jouant avec, dit Lee, devant la porte de l'appartement de Craft. Vous avez vraisemblablement reçu un simple brouillon de texto conservé dans l'application.

– Oui, c'est plausible, convint Craft.

– On verra si Sims peut en tirer quelque chose. En revanche, je m'explique mal comment le téléphone de Brown s'est retrouvé dans cette poubelle. Un appareil gratuit qui fonctionne bien et qui a été payé d'avance par quelqu'un d'autre, il me semble que j'en profiterais.

– Peut-être que celui qui a envoyé le message ne voulait pas être retracé, avança Kane. Peut-être qu'il voulait… je ne sais pas, obtenir notre attention ?

– Pour quelle raison ? demanda Lee.

– Parce qu'il s'intéresse aux objets de Johnson, comme les autres ?

– Encore faudrait-il que leur existence soit connue en dehors du cercle restreint que vous formiez avec Kitchen et Honeyboy.

– Honeyboy a pu parler avant de mourir, argumenta l'historien.

– Si je me fie à votre propre chronologie, il connaissait l'existence du calepin et de la trentième chanson depuis la veille. C'est vrai que ça lui a laissé amplement de temps pour bavasser.

– Et il reste les deux brutes qui m'ont tabassé.

– Vrai aussi, admit Lee. Je peux poster deux agents devant votre porte pour quelques jours, si vous ne vous sentez pas tranquilles.

Craft et Kane échangèrent un regard.

– Merci, mais ça devrait aller, dit l'anthropologue. Après tout, là où il est maintenant, l'inspecteur Kitchen ne peut plus nous embêter et, si le texto est vraiment le fruit d'un *glitch* ou d'une erreur, alors il n'y a pas vraiment de raison de s'inquiéter. Nous allons laisser la poussière retomber et nous mettre à l'écriture. Hein, Donald ?

Kane grimaça et ses yeux devinrent deux petites fentes menaçantes.

– Très bien, professeure, fit Lee. Nous allons examiner l'appareil. Nous trouverons certainement des empreintes digitales, mais encore faut-il qu'elles soient fichées pour que nous puissions remonter jusqu'à quelqu'un.

De toute évidence, l'homme était contrarié par cette fin en queue de poisson.

– Tenez-nous au courant au sujet de Kitchen aussi. Donald et moi aimerions quand même comprendre.

– Je le ferai de façon non officielle, promit Lee. Soyez prudents. On ne sait jamais.

Lee se mordilla les lèvres. Soudain, il avait l'air d'un petit garçon timide.

– Oui ? l'encouragea Craft.

– La trentième chanson... Vous l'avez vraiment entendue ?

Les deux universitaires hochèrent la tête à l'unisson.

– Qui veut le savoir ? L'inspecteur ou le fan de blues ? demanda Kane en souriant.

– Les deux, dit franchement Lee. Vous en avez, de la chance...

Un peu plus et il se mettait à faire des ronds sur le plancher avec son pied en se tortillant les doigts.

– Vous voulez l'entendre ?

– Si vous insistez, répondit Lee, le sourire fendu jusqu'aux oreilles.

– Entrez, fit Craft.

L'historien récupéra son ordinateur et démarra le fichier audio. La voix d'Anthony « Honeyboy » Brown monta dans l'appartement, chaude et riche, pleine de vie. Kane en eut un pincement au cœur. Après une minute, un rictus se forma sur les lèvres de Lee. Une fois encore, la mythique chanson décevait un amateur plein d'espoir.

– C'est…

– Mauvais, compléta Kane. Je sais. Mais ça n'entame pas sa valeur historique.

L'inspecteur attendit la fin avant de repartir vers la sortie.

– Je suis quand même content de l'avoir écoutée, leur dit-il. Merci. Au revoir.

Malgré l'heure avancée, Craft et Kane s'installèrent au salon avec une nouvelle bière, hébétés et morts de fatigue, mais incapables de fermer l'œil.

– Plus de téléphone, plus de texto d'outre-tombe, soupira-t-elle.

– Plus de Kitchen, plus de fausses accusations ou d'agressions, renchérit-il.

Ils firent une pause.

– Tu te sens tranquille, toi ? lâcha-t-il à brûle-pourpoint. Vraiment tranquille ?

Elle soupira et avala une gorgée avant de répondre.

– Non, admit-elle. Pas entièrement. J'imagine que c'est une question de temps. La pression va finir par retomber.

– Ouais, tu as raison. Prenons une journée ou deux de repos avant d'entreprendre l'écriture.

Quand le téléphone de Craft sonna, ils sursautèrent.

– Mon Dieu… C'est l'hôpital, dit-elle en vérifiant l'appelant sur l'écran.

Elle répondit en laissant suffisamment d'espace entre son oreille et l'appareil pour que Kane entende la conversation.

– Virginia Craft.

– Ici le docteur Glisson. Je suis désolé de vous appeler au beau milieu de la nuit. C'est au sujet de votre arrière-grand-mère.

Craft avala sa salive avec difficulté.

– Oui ?

– Elle vous demande.

66

Une fois de plus, ils surgirent dans l'hôpital en catastrophe et, en moins de deux minutes, ils rejoignirent la chambre de Mama Cornelia. Le docteur Glisson, dont Kane commençait à se demander s'il lui arrivait parfois de quitter le travail, les aperçut depuis le poste des services infirmiers et les rejoignit.

– Que se passe-t-il ? demanda Craft.

– Je ne sais pas exactement, confessa le médecin.

Les larmes envahirent immédiatement les yeux de l'anthropologue qui, craignant le pire, porta à sa bouche une main tremblante. Le médecin s'empressa de la rassurer.

– Ce n'est pas ce que vous pensez. Enfin, je ne crois pas. Elle n'est pas sortie de son coma, mais faute d'une meilleure expression, on dirait qu'elle… lutte. Elle est très agitée et grommelle sans cesse, mais rien de vraiment compréhensible sauf deux mots : Kitty Cat. J'ai présumé qu'il s'agissait de vous et j'ai pensé qu'elle vous demandait, alors je vous ai appelée.

– C'est bien moi, oui, dit Craft, soulagée. Je peux la voir ?

– Bien entendu.

Il mit sa main sur la poignée de la porte et s'arrêta un peu avant de la faire tourner.

– Je n'ai jamais rien vu de tel, lui confia-t-il en regardant Craft droit dans les yeux. Cette vieille dame est absolument remarquable. Elle a une force vitale qui dépasse largement son âge. Elle n'a pas encore dit son dernier mot.

Craft lui retourna un sourire inquiet. Glisson s'écarta et ils entrèrent. Mama Cornelia était toujours aussi menue dans son lit, dont les rebords de métal avaient été relevés pour l'empêcher de tomber et de se briser des os. Autour d'elle, les draps froissés semblaient former une sorte de nid. Craft ravala un sanglot et s'approcha. Une fois encore, Kane demeura à une distance respectueuse, laissant à l'aïeule et à son arrière-petite-fille un espace d'intimité. Le médecin sortit sur la pointe des pieds après avoir salué Kane d'un hochement de tête.

– Mama ? murmura Virgie en se penchant sur la minuscule forme et en caressant ce qui lui restait de cheveux.

La vieille dame n'eut aucune réaction.

– Je suis là, Mama.

Elle frémit, comme quelqu'un qui se réveille. Sous ses paupières, ses yeux remuèrent et ses doigts noueux empoignèrent les draps.

– Tu veux me dire quelque chose ? demanda Virgie comme elle l'aurait fait pour encourager un enfant.

Les jambes et les bras de Mama Cornelia se mirent à s'agiter faiblement dans tous les sens, alors que ses doigts se fermaient puis s'ouvraient convulsivement. Sa respiration s'accéléra et se fit haletante.

– Mama… gémit Craft.

Les lèvres minces et parcheminées se mirent à bouger presque imperceptiblement et des sons à peine audibles en montèrent. Craft se pencha pour coller son oreille contre la bouche de son aïeule et ferma les yeux pour mieux se concentrer. Kane se dit que la vieille dame délirait et qu'il n'y avait rien à comprendre, mais n'osa pas partager sa réflexion avec Craft. Après un moment, celle-ci se releva et tourna vers Kane un visage ravagé par la panique et le désespoir.

– Ça pourrait être ses derniers mots et… je ne les entends pas.

Comme si la responsabilité s'était soudainement transférée sur ses propres épaules, Kane se mit à réfléchir à toute vitesse. Une idée lui vint.

– Attends.

Il sortit son téléphone et alla la rejoindre près du lit. Il lança l'application dictaphone, approcha le micro près des lèvres de la *hoodoo doctor*, puis fit signe à Virgie de l'inciter à parler.

– Mama… Je t'écoute, murmura-t-elle en caressant doucement la joue ridée. Dis-moi ce que tu veux me dire.

La vieille se remit à marmotter. Kane s'assura de ne rien manquer. La scène dura une bonne minute, puis la vieille dame se tut. Sa respiration se fit à nouveau profonde et régulière, et son corps retomba mollement, désormais immobile. Son visage prit l'expression détendue du sommeil serein.

– Pauvre Mama… soupira Craft.

Elle posa un doux baiser sur sa joue et se releva en essuyant une larme fugace au coin de son œil.

– Tu as compris ce qu'elle a dit ? demanda-t-elle.

– On va voir si j'ai pu capter quelque chose.

Il lança le fichier audio et monta le volume. La voix de la vieille dame résonna dans le haut-parleur du téléphone, métallique, un peu fantomatique, comme si elle provenait déjà à moitié de l'au-delà. Le sang tourna en glace dans leurs veines.

– Bobby dit : vingt et un, trente-trois, trente-huit, trente-six, vingt-six, quinze, quarante, vingt-sept, vingt-trois, dix-huit, vingt… Vingt et un, trente-trois, trente-huit, trente-six, vingt-six, quinze, quarante, vingt-sept, vingt-trois, dix-huit, vingt… Vingt et un, trente-trois, trente-huit, trente-six, vingt-six, quinze, quarante, vingt-sept, vingt-trois, dix-huit, vingt… Vingt et un, trente-trois, trente-huit, trente-six, vingt-six, quinze, quarante, vingt-sept, vingt-trois, dix-huit, vingt… Vingt et un, trente-trois, trente-huit, trente-six, vingt-six, quinze, quarante, vingt-sept, vingt-trois, dix-huit, vingt… Vingt et un, trente-trois, trente-huit, trente-six, vingt-six, quinze, quarante, vingt-sept, vingt-trois, dix-huit, vingt… Vingt et un, trente-trois, trente-huit, trente-six, vingt-six, quinze, quarante, vingt-sept, vingt-trois, dix-huit, vingt…

67

Bobby ?

Ils se dévisagèrent longtemps, sidérés, alors que Mama Cornelia reposait de nouveau. Kane secoua sa stupeur, ferma le dictaphone et fourra le téléphone dans sa poche, comme si le fait que l'appareil disparaisse de sa vue pouvait effacer ce qu'il venait d'entendre. Après les *mojo hands* menaçants, la *hot foot powder* et le petit miracle thérapeutique opéré par la vieille dame maintenant allongée dans le lit, refuser de considérer les mots de la *hoodoo doctor*, même émis depuis les tréfonds d'un coma, n'était tout simplement plus envisageable.

De son côté, Craft s'affaira, à coups de petits gestes nerveux, à réarranger les draps et les oreillers de son aïeule pour assurer son confort, puis à la border en lui murmurant quelques mots d'affection.

Quand ils furent à court de diversions, ils durent se faire face.

– Bobby ? dit Kane, sans préciser davantage la question qu'ils se posaient tous les deux.

– Je ne veux pas en parler ! lança Craft d'un ton sec avant même qu'il ouvre de nouveau la bouche. Ce ne sont que des chiffres sortis d'un délire !

– Mais…

– Non ! insista-t-elle en levant la main avec autorité et en secouant la tête. Pas maintenant. Ce sont peut-être les derniers moments de Mama Cornelia et c'est d'elle que je dois me préoccuper. Tout le reste peut attendre. J'ai entendu comme toi ce qu'elle a dit et je ne veux même pas penser à ce que ça signifie.

Elle soupira avec lassitude, comme si le poids du monde était déposé sur ses épaules.

– Essaie de comprendre, plaida-t-elle d'une voix plus douce.

La pauvre se sentait écartelée entre son devoir filial et ses ambitions professionnelles. Il s'approcha et la prit dans ses bras. Tout son corps lui sembla frémir, comme chargé d'électricité. L'étreinte dura longtemps et Virgie finit par se calmer un peu.

– Je comprends très bien, assura Kane avec empathie. Si j'étais à ta place, je ferais la même chose.

– Rentre te reposer, lui suggéra Craft. Il n'y a aucune raison pour que nous soyons tous les deux crevés.

– Très bien. Prends soin d'elle.

Elle lui retourna un demi-sourire reconnaissant. Elle fouilla dans son sac et en sortit la clé du condo, à laquelle était accrochée la télécommande de la barrière du stationnement, ainsi que la clé de la camionnette. Il prit la première clé, mais refusa la seconde.

– Je vais prendre un taxi. Tu dois pouvoir te déplacer.

– OK. Ne fais rien de stupide.

– *Innocent little* moi ? Je n'en ai pas l'intention. J'ai eu assez d'aventures pour me distraire jusqu'à ma retraite.

Kane posa un doux baiser sur son front, prit son sac et quitta la chambre. Craft regarda le visage endormi de son aïeule, où un vague sourire avait pris forme. Elle connaissait bien cette expression : c'était celle que Mama

Cornelia adoptait quand elle avait le sentiment d'avoir fait du bon travail.

Le jour se levait quand le taxi dans lequel Kane se déplaçait arriva en vue de la tour où vivait Craft.

– Vous me laisserez devant l'entrée.

– Très bien, dit le chauffeur.

Kane laissa son regard errer par la vitre de la portière. De l'autre côté de la rue, devant le portail qui donnait sur le stationnement, son attention fut attirée par un VUS noir où étaient assis deux hommes. Il ne put voir clairement le passager, mais reconnut sans difficulté celui qui prenait place derrière le volant, dont la joue était couverte d'un grand pansement blanc retenu par du ruban adhésif médical, là où il avait enfoncé sa clé. L'autre était probablement celui qu'il avait culbuté par-dessus le parapet du deuxième étage.

Transi, il s'enfonça dans le siège pour ne pas être repéré, récupéra la télécommande dans sa poche et appuya sur le bouton.

– Continuez ! lança-t-il. N'arrêtez pas !

– Comme vous voulez, dit le chauffeur, habitué aux clients difficiles.

La barrière se souleva et la voiture taxi s'engagea sans ralentir dans le stationnement. Dès qu'ils furent entrés, elle redescendit à sa place.

– Allez jusqu'à la porte.

Le chauffeur fit comme demandé et s'immobilisa à l'endroit désigné. Kane, toujours enfoncé dans le siège arrière, sortit un billet de vingt dollars de la poche de ses jeans et le lui donna.

– Gardez tout, dit-il d'un ton anxieux qui fit arquer les sourcils du chauffeur. Ne bougez pas avant que je sois à l'intérieur.

– OK… fit le chauffeur en empochant le billet.

Kane ouvrit la portière, referma derrière lui et, plié en deux, fila vers la porte de l'édifice en s'assurant de se servir du taxi comme écran. Il ouvrit et se glissa dans le hall d'entrée. Comme convenu, le chauffeur s'éloigna ensuite. Le cœur battant, Kane s'adossa au mur et laissa échapper un gros soupir.

Il étira le cou et osa un regard à travers la vitre de la porte. Le VUS était toujours là, stationné en face. Dans l'habitacle, ses occupants, qui guettaient sans doute la camionnette de Craft, ne semblaient pas avoir remarqué son arrivée. Il remercia sa bonne étoile d'avoir décidé de prendre un taxi.

Kane essuya la sueur sur son visage. Il savait, maintenant, qui avait envoyé le mystérieux texto avant de jeter le téléphone de Honeyboy. Ils voulaient lui faire peur et ils avaient réussi. Rien n'était terminé.

Il composa le numéro de l'inspecteur Lee.

68

Une fois dans l'appartement de Craft, il verrouilla derrière lui et y ajouta la chaîne de sécurité. Il resta longtemps le front contre la porte de métal froid, les yeux fermés, essayant de reprendre son calme. Son cœur finit par battre un peu moins fort et sa respiration, par retrouver un rythme plus régulier. Alors, seulement, il ouvrit les yeux et se redressa.

La panique le reprit aussi vite. Il s'était enfermé à double tour sans même s'assurer que personne n'était entré pendant leur absence. La respiration de nouveau raccourcie, les yeux ronds, il avança vers la cuisine sur la pointe des pieds – comme si le silence pouvait maintenant faire une différence. Une fois encore, il saisit un des couteaux enfilés dans le bloc de bois.

Se sentant comme le héros en danger d'un film de Hitchcock, entendant presque dans sa cervelle surmenée la musique dramatique avertissant d'un drame imminent, il inspecta successivement le salon, le bureau de Virgie, la salle de bain et sa chambre. À chaque porte de garde-robe ouverte brusquement, il avait la conviction qu'un assassin allait lui sauter au visage.

Il fila droit vers la cuisine pour y remettre le couteau qu'il considéra avec dégoût, en espérant ne plus jamais avoir à le tirer de là. La bouteille de Old Soul bourbon était restée sur le comptoir et, sans même avoir à rationaliser sur le fait qu'il était certainement seize heures quelque part, il s'en versa une bonne rasade qu'il avala d'un coup. La chaleur qui se répandit en lui réussit à l'apaiser – autant que la chose était possible.

Il traversa le salon jusqu'à la fenêtre. Prudemment, il écarta les stores avec les doigts. Le VUS était toujours devant l'entrée du complexe de condos. Il se retira, contrarié. Tant et aussi longtemps que ces deux brutes seraient là, il était pratiquement prisonnier de l'appartement. Une évidence le frappa de plein fouet : à tout moment, Craft pouvait décider de revenir chez elle dans la camionnette que guettaient les deux monstres. Il repêcha son téléphone dans sa poche et sélectionna son contact. La sonnerie monta une fois, deux fois, trois fois…

– *Come on, come, on, come on*… grogna-t-il en songeant qu'elle avait sûrement mis son appareil sur sourdine.

Il se préparait à laisser un message dans la boîte vocale quand elle décrocha enfin.

– Oui ?

– Te voilà ! Tu es toujours à l'hôpital ?

– Oui. Pourquoi ?

Il expliqua à toute vitesse ce qui venait de se passer.

– J'ai appelé Lee. Il devrait ramasser nos deux amis d'une minute à l'autre, mais je ne voulais pas que tu décides de revenir avec ta camionnette avant que ce soit fait.

– Merci. Tu crois que ce sont eux qui ont envoyé le texto ?

– Qui d'autre ?

Le hurlement des sirènes monta jusqu'à lui.

– Justement, voilà la cavalerie, dit-il.

De la fenêtre, il vit deux voitures de police s'immobiliser près du VUS, l'empêchant de bouger. Il reconnut aussi la voiture banalisée de Lee. Des officiers sortirent, arme au poing, et, quelques secondes plus tard, les matamores de Barry White émergèrent de leur véhicule, les mains en l'air. Kane était trop loin pour voir leur expression, mais il se l'imagina avec plaisir.

Les deux hommes furent étendus sur le ventre, mains sur la nuque, et fouillés, puis menottés et emmenés par les policiers.

– Voilà, souffla-t-il. Mes deux gorilles ont été arrêtés. Je dois avouer que ce Lee m'impressionne.

– Tant mieux, soupira Craft.

– Et Mama Cornelia ?

– Pas de changement. Elle dort toujours.

– Prends bien soin d'elle.

Il passa tout près de lui dire autre chose pour la toute première fois, mais il coupa la communication. Son téléphone sonna presque aussitôt.

– Alors, inspecteur Lee ?

– Nous les avons cueillis.

– J'ai vu depuis la fenêtre.

– Ce sont deux policiers de Greenwood. Enfin, ex-policiers. Les deux ont été suspendus avec solde en attendant les résultats d'une enquête interne.

– Merci, inspecteur.

– Je ne fais que mon travail, professeur.

Il raccrocha et se déplaça vers le bureau de Virgie avec son sac, s'installa à sa table de travail et y déposa son ordinateur et son téléphone. Il se cala dans le confortable fauteuil de travail ergonomique en cuir, qui avait dû coûter une petite fortune. Résistant à nouveau à une envie d'avaler une bonne dose de calme liquide, il prit un bloc-notes et un stylo, puis fit jouer l'enregistrement de Mama Cornelia qu'il avait réalisé. *Bobby dit : vingt et un, trente-trois, trente-huit, trente-six, vingt-six, quinze, quarante, vingt-sept, vingt-trois, dix-huit, vingt. Vingt et un, trente-trois, trente-huit, trente-six, vingt-six, quinze, quarante, vingt-sept, vingt-trois, dix-huit, vingt. Vingt et un, trente-trois, trente-huit, trente-six, vingt-six, quinze, quarante, vingt-sept, vingt-trois, dix-huit, vingt.*

La *hoodoo doctor* n'avait fait que répéter la série de chiffres, à l'exception des deux mots du début, qui lui avaient causé un frisson superstitieux : *Bobby*. Robert ? Pourquoi pas ? Au point où il en était.

Il nota la séquence sur une ligne.

21 33 38 36 26 15 40 27 23 18 20

Il se cala encore plus dans le fauteuil, posa ses pieds croisés sur la table et, sur son ordinateur, il ouvrit le dossier contenant les photos des pages du calepin de Johnson, à la recherche de chiffres. Il connaissait par cœur les mots de chacune des vingt-neuf chansons, mais les relut néanmoins, s'efforçant de trouver une quelconque piste, prenant en note le moindre indice. Certaines paroles comportaient bien quelques nombres. Dans *Sweet Home Chicago*, Johnson chantait *one and one is two, two and two is four, four and two is six, six and two is eight, eight and two is ten.* Dans 32-20 *Blues*, il y avait trente-huit, trente-deux et vingt, mais ils ne désignaient qu'un calibre d'arme à feu. Dans *They're Red Hot*, on vendait les *tamales two for a nickel, four for a dime.*

Quelques autres nombres parsemaient les chansons, mais rien n'était concluant.

Il se frotta le visage à deux mains, complètement épuisé. Quand avait-il dormi pour la dernière fois ? Il avait l'impression que c'était voilà un an. Il décida que, tout compte fait, il avait besoin d'énergie et se rendit dans la cuisine se servir un verre, puis revint prendre place devant son écran. À défaut de meilleure idée, il se rabattit sur l'approche méthodique de l'historien, et choisit de repasser une à une les pages du calepin depuis le début. Il les fit défiler lentement sans rien regarder de particulier, se laissant imprégner par l'ensemble, laissant aussi son regard libre de percevoir un détail, un lien, même vague, que son attention ne saisissait peut-être pas. Il repassa une deuxième fois, sans plus de résultat, puis recommença en sirotant son bourbon, songeur. Les mots et les notes qu'il avait lus des dizaines de fois depuis que Craft et lui avaient découvert le carnet dans la boîte de Simone Jackson se succédaient devant ses yeux.

Kane se raidit brusquement dans le fauteuil et faillit renverser son verre.

– *What the fuck ?*

Comme il l'avait déjà remarqué lors de son examen initial du carnet, Johnson avait numéroté chaque page et avait encerclé chaque chiffre. Kane en avait même conclu que cela révélait un esprit méticuleux et organisé. Mais à la page quinze, le chiffre était plutôt inclus dans un carré. Il consulta la liste des chiffres murmurés par Mama Cornelia et son sang ne fit qu'un tour.

21 33 38 36 26 15 40 27 23 18 20

Le quinze en faisait partie, sixième dans la séquence de onze. Il fit défiler les photos des pages en vitesse. Dix-huit, vingt, vingt et un…

– *Fuck an old whore in a belly wrinkle and get the clap...* chuchota-t-il, secoué par un mauvais pressentiment.

Il bondit sur ses pieds et se précipita vers le coffre-fort. Là, il eut besoin d'un moment pour se rappeler la combinaison que lui avait confiée Craft. Il fit tourner la molette, ouvrit la porte blindée et récupéra le carnet de Johnson. Dans son empressement, il fit presque tomber le doigt momifié, qu'il dut attraper à mains nues avec force jongleries avant de le remettre dans son mouchoir, puis dans le coffre.

– Beurk ! fit-il avec une grimace dégoûtée en essuyant frénétiquement ses mains sur son pantalon.

De retour à la table de travail, il se mit à feuilleter fébrilement le carnet, à la recherche des autres chiffres encadrés, puis il les nota au passage sur le bloc-notes, sous la ligne des chiffres de Mama Cornelia. Il compara ensuite les deux.

21 33 38 36 26 15 40 27 23 18 20

15 18 20 21 23 26 27 33 26 38 40

– Non... murmura-t-il.

Incapable d'admettre la réalité qui se déployait sous ses yeux, il traça un trait entre les chiffres de Mama Cornelia et ceux de Johnson.

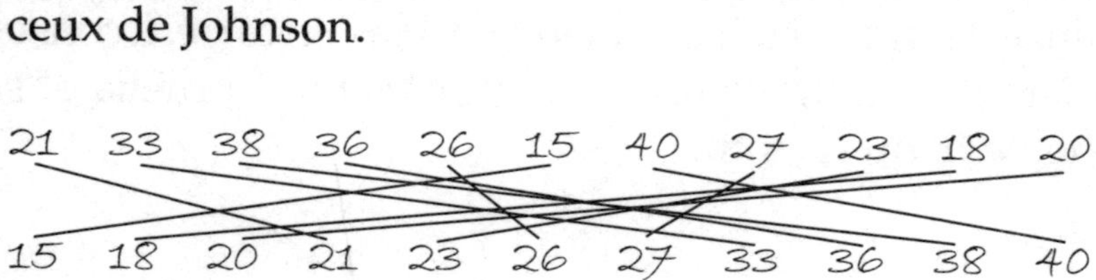

Toujours incrédule, il remit les chiffres de Johnson en ordre sur une troisième ligne. Puis il essaya de déglutir, mais sa bouche était sèche comme du plâtre.

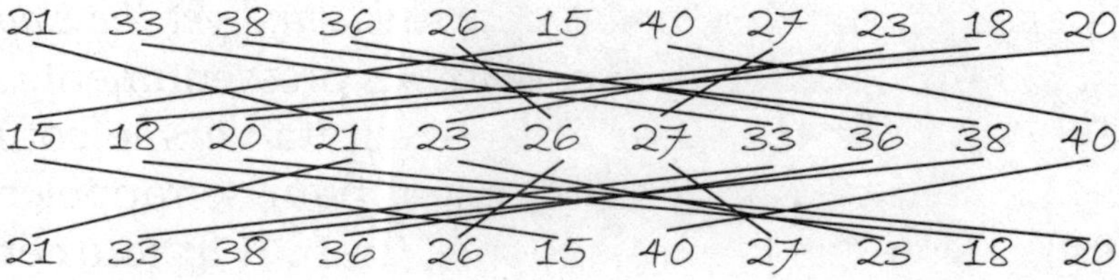

Bobby dit… La séquence chuchotée par une vieille dame qui avait déjà un pied dans la tombe était identique à celle qu'avait laissée dans son carnet de notes un homme mort depuis quatre-vingt-trois ans.

69

Kane s'adossa au dossier du fauteuil et se massa la nuque. Il se sentait affreusement las. Mais dans quel monde parallèle avait-il atterri ? Comment se faisait-il que, soudain, les mauvais sorts existaient, qu'on pouvait lui causer de la douleur avec une simple poudre, et qu'une vieille dame flottant entre la vie et la mort avait connaissance du contenu d'un carnet demeuré caché depuis 1938 ? Il était historien, pas enquêteur du paranormal. Il aimait les faits, solides et tangibles, pas les élucubrations ésotériques. Il aimait le réel, prévisible et rassurant, bâti sur des liens de causalité qu'il suffisait d'identifier pour que tout devienne évident.

D'un geste rageur, il vida d'un trait son verre et résista à l'envie d'aller le remplir. Il devait avoir les idées claires pour faire le point.

– Bon, dit-il à haute voix. Les deux séquences de chiffres sont identiques. Et alors ?

Où ce constat était-il censé le mener ? Que devait-il y voir ? Devait-il même y voir quoi que ce soit ? Les coïncidences existaient encore en ce bas monde. La synchronicité aussi, en tout cas si l'on en croyait le père Jung. Il y avait nécessairement une explication. Il suffisait de la découvrir. Il pouvait aussi choisir d'accepter que dans le Delta la magie semblait encore avoir droit de cité, s'étonner un peu et laisser tomber, tout bêtement. L'aveuglement volontaire avait quelque chose d'apaisant.

Il récapitula les faits. Mama Cornelia avait connu Johnson. Elle le leur avait elle-même dit. Peut-être avait-elle simplement eu l'occasion de voir ce carnet et le souvenir des chiffres avait-il resurgi de son inconscient ? Peut-être avait-elle même été séduite par Johnson ? Le jeune homme avait un faible pour les femmes plus âgées, c'était bien connu. Normal pour un enfant plus ou moins abandonné par sa mère. Mais il aurait quand même fallu que Mama feuillette le carnet pour voir tous les chiffres encerclés et encadrés, et qu'elle remarque même cette différence. Bon, c'était un peu délirant. Mais sinon quoi ? Rien. Rien ne lui venait en tête.

– Argggghhhhhh ! ragea-t-il, exaspéré, en se prenant les cheveux à pleines poignées.

Il se refusait à admettre… quoi, au juste ? Qu'on lui envoyait des messages codés de l'au-delà par la bouche d'une mourante ? En effet, c'était hors de question. Il devait bien reconnaître que quelqu'un – sans doute le sympathique Barry White – lui avait fait un petit tour de magie avec la poudre pour l'effrayer, mais tôt ou tard, il comprendrait comment le flic pourri avait fait. Il devait aussi avouer que Mama Cornelia avait annulé l'effet de la poudre à coups de passe-passe, mais une explication lui venait en tête : effet placebo. Ou alors, il y avait autre chose que de la sauge dans la branche qu'elle avait utilisée pour l'enfumer, et il avait fait un petit *trip* sans le savoir. Après tout, la vieille connaissait bien les plantes, les hallucinogènes comme les autres. Quant aux *mojo hands*, au-delà de la peur du maléfice qu'ils étaient censés inspirer, ils ne lui avaient absolument rien fait. Certes, le contenu de celui de Johnson prouvait que le musicien croyait au *hoodoo*. Ses chansons et ses pictogrammes *hobo* aussi. Mais ça n'avait rien d'étonnant. Il avait simplement été le produit de son époque. Quant à celui qui se trouvait dans le coffre-fort, il ne lui servait à rien de l'ouvrir. Il ne comprendrait rien au contenu.

– Bon. Et alors ? répéta-t-il.

Aucune idée ne lui venant, et craignant de s'endormir s'il restait là, il s'extirpa du fauteuil de travail au prix d'un effort considérable.

– *Shit on a popsicle stick*. Au diable les idées claires, ronchonna-t-il.

Il emporta son verre jusqu'à la cuisine et se versa une bonne rasade de Old Soul bourbon. Peut-être que les choses seraient plus nettes avec la vue embrouillée. Moitié fébrile et moitié craintif, il fut pris par l'envie de rappeler Craft pour partager ce qu'il venait de découvrir. Il se ravisa. La pauvre fille était vraisemblablement en train d'accompagner son aïeule dans ses derniers moments. Pour l'instant, elle n'avait rien à cirer de Robert Johnson et de ses mystères, et c'était bien ainsi. Il la mettrait au courant en temps et lieu. Rien ne pressait. Les deux matamores de feu Charles Kitchen avaient été arrêtés. Plus rien ne les menaçait. *Sauf le hoodoo*, susurra une petite voix logée à l'arrière de son crâne. *Ta gueule*, lui dit-il.

Il retourna dans le bureau, s'assit dans le fauteuil, reprit le carnet et se mit à le feuilleter de nouveau.

– Comment tu as fait ça, Mama ? maugréa-t-il en tapotant la table avec ses doigts. Hein ? C'était quoi, ton truc ? Et pourquoi, même dans le coma, tu ressens le besoin de raconter des histoires de peur ?

Virginia Craft se réveilla en sursaut. Elle cligna des yeux et eut besoin d'un moment pour retrouver ses repères. Elle s'était endormie sur la chaise à côté du lit de son aïeule, la tête sur le matelas près du petit corps chétif. Normal. Elle était épuisée.

Elle se redressa, se frotta les yeux et chercha à comprendre ce qui l'avait réveillée. Un faible gémissement lui fournit l'explication.

– Mama ? fit-elle, le cœur serré.

La vieille dame était de nouveau agitée. Ses jambes et ses bras, entortillés dans les draps, étaient animés de mouvements faibles et saccadés. Son visage était parcouru de tics et ses lèvres pincées ne formaient qu'une mince ligne sans couleur. Elle gémit encore et le son, pareil à celui d'un chiot souffrant, faillit arracher le cœur de son arrière-petite-fille.

– Mama… dit Virgie, envahie par un grand sentiment d'impuissance, en posant la main sur son front humide de sueur. Chuuuuuut. Je suis là, Mama. Chuuuut…

Son instinct maternel prenant le dessus, elle s'assit sur le bord du lit, glissa son bras sous le corps léger comme une plume de son aïeule et la souleva pour la blottir contre sa poitrine. Comme un petit bébé, la vieille femme lova sa tête dans le creux de son épaule et, pendant quelques minutes, parut se calmer.

– Legba… siffla soudain Mama Cornelia.

Sa voix semblait provenir de très loin.

– Chuuuuutttt… dit Virgie en la berçant doucement. Calme-toi… Chuuut…

– Il veut tout ce que Bobby a laissé, continua la vieille.

Mama Cornelia ouvrit grand les yeux, releva la tête et empoigna brusquement le chemisier de Virginia de ses doigts noueux.

– Il veut tout, Kitty Cat ! râla-t-elle, les yeux exorbités. Tout !

Son regard hanté se perdit au loin, vers ce qu'elle était seule à voir.

– La croisée des chemins… Il attend…

Ses lèvres se mirent à trembler. Contre Virgie, la vieille dame frémissait.

– *L'Éternel te gardera de tout mal, Il gardera ton âme.* Archange Michel, saint Benoît, protégez-les du Mal ! tonna-t-elle d'une voix brisée par l'effort et la peur. Au nom du Père, du Fils et du Saint-Esprit !

Elle se raidit, puis retomba, inerte, dans les bras de sa descendante.

– Mama ! s'écria Virgie.

Elle la déposa dans le lit et plaqua son oreille sur la poitrine creuse. Le vieux cœur s'obstinait encore à battre. Craft sentit une vague déferler en elle et des sanglots jaillirent, à la fois déchirants et libérateurs.

Kane s'éveilla en sursaut. Il s'était endormi sur la table de travail, la tête sur ses bras croisés. Il avait rêvé de Mama Cornelia. Et des objets de Johnson. Le souvenir était flou et s'effaçait déjà. *Il veut tout ce que Bobby a laissé.* Il secoua la tête et cligna des paupières.

Avant qu'il ne puisse se poser la moindre question, son téléphone émit la sonnerie d'un texto, le réveillant complètement. Craft ? Il étira le bras, saisit l'appareil et prit connaissance du message.

Il ravala sa salive avec difficulté. Cette fois, le message provenait d'un numéro confidentiel. Kane ne comprenait plus rien.

Private #30?

70

Il jeta le téléphone sur le bureau comme s'il était contaminé tout en reculant brusquement sur le fauteuil à roulettes.

– *Fuck!* s'écria-t-il, les dents serrées jusqu'à se fendre, la colère et l'effroi se disputant la place dans sa tête. *Fuck fuck fuck! Fuuuuuccck!*

Il resta là un instant à regarder son portable tourner sur lui-même, puis finir par s'arrêter comme une roulette de casino. Il tenta de ralentir son cœur emballé, dont les battements cognaient douloureusement dans ses tempes. Sa respiration se calma un peu et il osa à nouveau s'approcher. Du bout du doigt, comme s'il menaçait d'exploser, il toucha l'appareil, puis le prit dans sa main. Il tendit l'autre vers son verre et prit une gorgée qui contribua à le calmer un peu plus.

Il regarda l'écran, incrédule. Les brutes de Kitchen étaient entre les mains de la police. Il les avait vues se faire embarquer. Et pourtant, le même message venait d'apparaître sur son téléphone. De toute évidence, l'inspecteur véreux avait eu plus que deux complices. Après les messages d'outre-tombe relayés par Mama Cornelia, il en recevait maintenant de source anonyme.

– *Fuck an old nun in a fat fold*... Ça ne finira donc jamais ? soupira-t-il, découragé et au bord de l'épuisement.

Il songea à alerter l'inspecteur Lee, mais quelque chose immobilisa son pouce au-dessus de son numéro de téléphone. Il respira profondément et prit le temps de réfléchir. Le jeune policier était déterminé, mais il allait encore se présenter avec son *hacker* passé du bon côté de la Force pour finir par ne rien trouver, sauf, peut-être, un autre téléphone jeté aux ordures. Ceux qui le harcelaient savaient y faire. Il décida d'attendre un peu.

Son téléphone tinta dans sa main et, cette fois, il ne fut presque pas surpris de voir apparaître le même texto.

Private #30? ☻

Celui qui voulait manifestement susciter une réaction de sa part avait eu le toupet d'ajouter un *smiley* à la fin de son court message. Arrogance ? Provocation ? Le petit visage souriant semblait le narguer et pendant une seconde, Kane eut envie de fracasser le portable contre le mur. Il se retint et se contenta d'un grognement guttural. La colère était mauvaise conseillère. La peur l'était encore davantage. Le raisonnement cartésien avait toujours été son refuge et il se fit violence pour y retourner.

Il considéra ses options et constata qu'elles étaient cruellement limitées. Il pouvait ignorer celui qui s'amusait à jouer avec ses nerfs – avec une remarquable efficacité, il devait bien l'admettre. Mais il soupçonnait que les choses allaient vite empirer. Il pensa à Craft qui, à cet instant même, était seule à l'hôpital et vulnérable. Son cœur se serra. Il n'avait pas le droit de jouer avec sa vie.

Il choisit la seule option qui lui paraissait envisageable : jouer le jeu. Pour un moment, en tout cas, le temps de glaner quelques informations. Il entendit la voix de Craft l'exhorter à la prudence quand il avait quitté l'hôpital.

– Et merde !

Il tapa un bref message sans masquer son numéro. De toute façon, son interlocuteur savait déjà à qui il s'adressait. Il appuya sur « envoyer ».

DK **Qui êtes-vous?**

– *Alea jacta est*[30]... chuchota-t-il avec un frisson d'appréhension.

Il avait l'impression qu'il venait de fourrer la main dans un engrenage qui aurait tôt fait de lui avaler le bras tout entier. La réponse ne tarda pas à lui parvenir, toujours agrémentée du contrariant *smiley*.

Private **Quelqu'un qui a une proposition à vous faire. ☻**

Il n'avait plus le choix. Il devait mordre à l'hameçon.

DK **Quel genre de proposition?**

30. Le sort en est jeté.

Private | Du genre qui pourrait vous rendre très riche, professeur. ☻

– Évidemment, ironisa Kane.

Professeur. Son interlocuteur le connaissait assez pour savoir ce qu'il faisait dans la vie. Qui, à Memphis, pouvait être au courant ? Mais à bien y penser, qui disait que l'autre se trouvait à Memphis ? Un frisson d'appréhension monta le long de ses vertèbres. Il était devant quelque chose qui s'avérait bien au-dessus de son niveau de compétence.

Quelqu'un voulait acheter la trentième chanson de Robert Johnson. Ce n'était pas une surprise. Dès le départ, Kitchen avait convoité le contenu de la boîte et n'avait pas ménagé les moyens de l'obtenir.

Kane fronça les sourcils tandis que ses réflexions prenaient une tangente imprévue. Même Kitchen n'avait jamais su exactement ce qui se trouvait dans la boîte en fer-blanc. En fait, à part Honeyboy et Mama Cornelia, Craft et lui, personne n'avait été mis au courant de l'existence de la chanson, du carnet, du doigt, de l'image de Gullah Jack ou du *mojo hand*. Or, la vieille dame était maintenant dans le coma et Honeyboy était mort. Certes, le pauvre garçon avait pu parler avant de mourir. À moins qu'on ne l'ait forcé à dire ce qu'il savait. Ce qui ramenait à Kitchen, qui était monté chez lui après que Kane en fut sorti.

Sinon, qui d'autre restait-il ? L'historien se raidit, en alerte. Il sentit le sang quitter son visage. Lee ? Il était au courant, bien sûr. Il avait même entendu la chanson interprétée par le guitariste défunt. Dans les faits, qu'est-ce qui l'empêchait d'être celui qui, en cet instant même, échangeait des messages avec lui ? En théorie, tout cadrait. Le premier texto avait été envoyé après qu'ils eurent fait connaissance. Il aurait eu beau jeu de mentir au sujet du téléphone soi-disant absent du dossier de Honeyboy. Comment Kane aurait-il pu vérifier l'affirmation ? Lee était peut-être de mèche avec Barry White depuis le début ? Un policier véreux de plus ou de moins… Et avec un nom comme Robert E. Lee… À ce compte, rien ne l'assurait même que les deux monstres du stationnement soient vraiment détenus.

– *Blow me and make a cum bubble*… fit Kane en secouant la tête avec dépit. Tout le monde est vraiment pourri par ici…

Il allait répondre quand un tintement le tira de ses réflexions.

Private **#30=$$$! ☻☻☻**

– Tous ces *smileys*, ça ne fait pas très sérieux dans une négociation, ronchonna Kane, comme si l'autre pouvait l'entendre. Ton message a l'air d'une machine à sous. Et tu es bien pressé… Tu es sous pression ? En tout cas, tu ne veux pas perdre mon attention. OK. On va continuer à jouer, alors.

Il était futile de nier l'existence de la chanson. Il s'interrogea sur la meilleure réponse à retourner. Il n'était ni négociateur ni agent double, mais il était assez évident qu'il devait donner espoir à l'autre sans avoir l'air trop empressé. Il décida de miser le tout pour le tout.

DK **Pas à vendre.**

Il fut tenté d'ajouter un *smiley* – ou un doigt d'honneur – mais se retint et envoya le message. La réponse lui revint dans l'instant.

Private
Je suis autorisé à payer TRÈS cher. Discutons? ☻

Kane respira profondément et plongea. S'il voulait aller au fond des choses, c'était le seul moyen.

DK
Discutons.

La réponse ne tarda pas. Elle ne contenait qu'une adresse et un rendez-vous une heure plus tard.

– *Alea jacta* vraiment *est*... soupira-t-il tandis qu'une sueur froide mouillait sa chemise sous les aisselles.

Une heure plus tard, alors que l'après-midi tirait à sa fin, Kane se tenait devant un local commercial sur East Beale Street. Sur le verre de la vitrine, des cuisses de poulet avaient été peintes à l'ancienne sous les mots Julia's Fried Chicken. *Crisp and tasty!* Il vérifia l'adresse sur son téléphone. C'était la bonne.

Encore une fois, il se maudit intérieurement d'être un de ces Américains qui n'aimaient pas les armes à feu. Il se promit d'en acheter une dès qu'il le pourrait, ne serait-ce que par principe, pour ne plus jamais se sentir aussi vulnérable. Il regroupa son courage, rajusta la sangle de son sac sur son épaule et testa la porte. Elle était déverrouillée.

L'intérieur n'était pas éclairé et même en plein jour, en l'absence d'autres fenêtres à part la vitrine obstruée, il y faisait passablement sombre. Il s'avança avec l'impression de jouer dans un de ces films d'horreur où tous les spectateurs savent que le protagoniste ne devrait pas entrer. Il prit soin de ne pas refermer la porte, tira son portable de sa poche et actionna la fonction lampe de poche.

L'endroit était étroit et long, et sa lumière n'éclairait pas grand-chose. Les plafonniers étaient éteints. Il fit quelques pas prudents. Les tables étaient dressées avec des nappes à carreaux rouges et blancs, attendant les clients. Aux murs se trouvaient des jukebox à l'ancienne. Perplexe, Kane se dit que l'établissement devait être fermé les vendredis.

– Bienvenue, professeur, résonna une voix dans la pénombre qui faillit lui faire sortir le cœur par la bouche.

Une lampe s'alluma au fond et Kane s'arrêta, tétanisé. Derrière le vieux comptoir abandonné sur lequel se trouvait encore une antique caisse enregistreuse se tenait Nick Cave.

71

Kane sentit la colère et l'indignation remplacer la peur dans son ventre. Ainsi donc, cet homme l'avait vraiment suivi dans le stationnement de la banque. Une alarme se mit à sonner à l'arrière de sa tête, tandis qu'un dialogue récent avec Craft repassait dans sa tête. *Kitchen a été égorgé et Nick Cave a disparu*, avait-il observé. *Tu crois que… qu'il est l'assassin de Barry… euh, de Kitchen ?* lui avait-elle demandé. Peut-être se trouvait-il en présence d'un tueur. Dans un endroit abandonné. Seul. L'image de Kitchen, gorge béante et doigts sectionnés dans la bouche, s'imposa à lui et il fut pris d'une puissante envie de fuir. À plus forte raison maintenant qu'il réalisait que Lee était propre.

– Vous… éructa-t-il.

– Moi, répondit Nick Cave avec le sourire amusé de celui qui contrôle la situation et le sait.

– Qui êtes-vous ?

– Un homme qui peut vous faire devenir très, très riche. Je croyais pourtant vous l'avoir déjà dit ?

Le ton crâneur de l'inconnu commençait déjà à irriter Kane. Il lui rappelait celui qu'adoptaient les étudiants de la nouvelle génération qui avaient l'impression de tout savoir grâce à Google.

– Vous me suivez, lâcha-t-il.

– Depuis peu, oui, avoua l'autre sans la moindre gêne. Le hasard a voulu que nous nous croisions sur Beale alors que feu Honeyboy Brown donnait une démonstration de son immense talent.

– Je m'en souviens, dit sèchement Kane.

L'homme émit un petit ricanement, puis pointa alternativement son index vers Kane et sa propre poitrine.

– Dix dollars de vous, cent dollars de moi. J'ai une confession à faire : j'étais en quelque sorte l'impresario de ce pauvre Anthony. Le billet de cent dollars déposé au vu de tous était notre petite astuce pour faire monter l'enthousiasme du public. Ça lui rapportait toujours beaucoup. Évidemment, je récupérais mon argent une fois le concert terminé.

Le sourire de Nick Cave s'élargit comme s'il était sincèrement amusé par sa propre anecdote. Il ouvrit les mains et haussa les épaules.

– Qui eût cru que nous nous croiserions à nouveau ? La vie est vraiment remplie de surprises, vous ne trouvez pas ? C'est merveilleux !

Kane s'approcha de quelques pas pour mieux voir son interlocuteur, cruellement conscient que, derrière lui, la sortie s'éloignait d'autant.

– Venez-en au fait, dit-il avec impatience.

– Bien sûr. C'est simple : vous détenez quelque chose que convoite le client que je représente, professeur Kane. Il est prêt à payer une somme considérable. Plus d'argent que vous n'en gagnerez dans toute votre vie.

L'homme ouvrit un tiroir du comptoir et y prit un bloc-notes et un stylo. Il y griffonna un chiffre, arracha la feuille avec un geste maniéré et la fit pivoter sur la surface en formica du comptoir. Kane ne put s'empêcher d'en prendre connaissance et écarquilla les yeux. Il n'avait jamais imaginé qu'un jour, le solde de son compte en banque puisse compter six zéros, et que le premier chiffre soit supérieur à dix.

Malgré lui, il sentit la cupidité l'envahir et il se mit à rêver. Fini, l'enseignement à des étudiants endormis et largement désintéressés. Finies, les tracasseries administratives qu'inventaient sans cesse les universités. Finie, la pression de publier. Ces zéros lui faisaient miroiter une vie de recherche, d'écriture et de musique ; même après en avoir donné la moitié à Craft et une autre part à Jess – le mauvais père ferait enfin un beau geste –, il en aurait plus qu'assez pour vivre sans soucis jusqu'à sa mort.

Hormis Virgie et lui-même, seul l'inspecteur Lee était au courant de l'existence des objets de Johnson, et même lui n'en détenait aucune preuve matérielle à part ce qu'ils lui avaient raconté. Il pouvait les vendre et ajouter tous ces zéros au solde de son compte en banque. Personne ne le saurait jamais. Ce serait si facile.

Le visage de Simone Jackson apparut dans sa tête, avec un air de reproche. Mais qu'est-ce qui lui arrivait ? Depuis quand était-il sensible au chant des sirènes ? Il lui fallut faire un effort pour arracher son regard du papier. Il secoua la tête. Comme s'il n'avait rien vu, Nick Cave lui adressa un sourire sardonique, fouilla dans la poche intérieure de sa veste noire et en sortit un document plié en trois qu'il étala sur le comptoir.

– Il vous suffit d'apposer votre signature au bas de ce contrat, annonça-t-il sur le même ton désinvolte en y joignant son stylo. Le transfert des fonds sera fait dans les vingt-quatre heures.

– Un contrat ? fit Kane. Vous avez parlé d'argent, pas d'un contrat.

– Toute transaction doit faire l'objet d'une entente écrite, professeur.

– Vous n'avez fait aucune mention d'un contrat, répéta-t-il. Sinon je ne serais pas venu.

– Il y a une différence ? demanda Nick Cave avec désinvolture.

– Je ne suis pas le propriétaire légalement reconnu des reliques, répliqua l'historien. Ne faites pas semblant que vous l'ignorez. Ce sera *cash only* ou rien du tout.

– Mon client a un penchant pour les contrats en bonne et due forme. Pour se protéger, vous comprenez ? Et pour assurer le respect des conditions, évidemment. De toute façon, la question est purement théorique.

Il extirpa un autre document de sa poche intérieure et le déplia à côté du contrat. Kane reconnut la lettre que lui avait adressée Simone Jackson et que Kitchen avait emportée.

– Je crois que ce document, qui vous est adressé, établit hors de tout doute votre droit de propriété, à plus forte raison que Miss Jackson n'avait aucune descendance directe, déclara l'homme.

– Comment avez-vous eu cela ?

– Mon client a le bras long.

Un frisson d'appréhension remonta le dos de Kane.

– Kitchen… parvint-il à dire.

– Un homme grossier et un peu embarrassant, laissa tomber Nick Cave avec détachement. Mon client n'a pas l'habitude qu'on lui refuse ce qu'il convoite. Heureusement, il ne nous embêtera plus. J'ai ouï dire qu'il lui était arrivé malheur… Vous ne trouvez pas qu'il ressemblait à Barry White ?

L'inconnu eut un rire nonchalant qui acheva de glacer le sang de Donald Kane.

– Je ne signerai pas de contrat tant qu'une cour de justice n'aura pas déterminé que je suis le propriétaire légal.

– Voyez-vous cela… Vous êtes bien noble, professeur Kane.

– Mon ex-femme ne serait pas d'accord.

– Et comique, en plus.

Nick Cave reprit le contrat et la lettre de Miss Jackson, les replia avec soin et les remit dans sa veste.

– Bon, dit-il d'un ton détaché. Je vous laisse y réfléchir, professeur. Profitez-en pour consulter votre collègue, la professeure Craft. Après tout, elle est aussi concernée que vous.

La mention avait été faite en passant, mais Kane sentit son cœur sauter un battement et une peur sourde se logea dans son ventre. Comment cet homme connaissait-il Craft ?

– Pensez-y : fini, l'enseignement à des étudiants endormis et désintéressés, les tracasseries administratives, la pression de publier… dit l'homme avec un sourire carnassier.

La peur de Kane s'accrut lorsqu'il entendit les mots qu'il avait lui-même pensés voilà quelques minutes.

– Je vous laisse quarante-huit heures. D'ici là, je suis certain que vous verrez combien la proposition de mon client est avantageuse.

L'inconnu mit la main dans une autre poche de sa veste et en sortit une carte qu'il tendit à Kane avec le naturel d'un homme d'affaires habitué à ce genre de rencontre.

Ezekiel Thorne, esq.
Proprietor
Stan's Pawn Shop
Beale Street
We only buy what's really valuable

72

Memphis, Tennessee, samedi 10 juillet 2021

La ruelle étroite était faiblement éclairée par un lampadaire à une de ses extrémités. Dans la pénombre, Kane distinguait des poubelles débordantes alignées le long des murs de brique. Désorienté, il cligna des yeux et tenta de trouver un repère. Où était-il ? Il se massa nerveusement la nuque. Comment s'était-il retrouvé là, debout au beau milieu d'une ruelle de Memphis ? Il eut beau fouiller sa mémoire, il ne se rappelait pas s'y être rendu. Le pire cauchemar d'un historien.

Comme s'il se réveillait d'un profond sommeil, des bribes de souvenirs lui revinrent, floues et hachurées. Le restaurant de la rue Beale. Nick Cave. Les zéros. La proposition de contrat. Il sortit son portable de sa poche de jeans, consulta l'heure et sursauta.

– *Holy shit*…

Presque une heure du matin ! Samedi matin ! Il sentit la panique l'envahir. Il ne se souvenait pas de l'heure exacte à laquelle il était entré dans le restaurant pour rencontrer

Nick Cave, mais c'était la fin de l'après-midi. Disons, dix-sept heures. Presque huit heures plus tôt…

Un gros rat gris bien gras surgit de derrière une poubelle renversée et passa lentement devant lui en dandinant son derrière, indifférent à sa présence. Dégoûté, Kane recula d'un pas et fit mine de balancer à la bête un coup de pied qui ne l'émut même pas.

– Saloperie…

Il nota la présence de son sac par terre, comme si quelqu'un l'avait placé là pour s'assurer qu'il le remarque. Il sentit monter une crise d'angoisse. Ses mains se mirent à trembler et il avait du mal à respirer. Ce genre d'absence n'était pas normal. Était-il en train de perdre la raison ? Ou l'avait-il déjà perdue, comme ces mystérieuses huit heures ? Il songea à sa mère, morte de démence dix ans plus tôt après des années à perdre peu à peu sa dignité, et son anxiété redoubla.

– *Fuck me with a broomstick and twist it*… Qu'est-ce qui m'arrive ? demanda-t-il à haute voix en passant une main nerveuse dans ses cheveux.

Il déglutit, tourna lentement sur lui-même et chercha de nouveau ses repères. Il frissonna. La nuit était fraîche. Ou alors c'était la panique toute proche qui le faisait trembler. Il activa la fonction GPS de son portable, retrouva l'adresse que lui avait donnée Nick Cave par texto et l'inscrivit. Le trajet apparut à l'écran et, sans trop de surprise, il constata qu'il se trouvait à quelques pâtés de maisons du restaurant. *Une marche de quelques minutes, même pour un zombie*, songea-t-il avec amertume.

Son sac sur l'épaule, il se mit en marche d'un pas d'automate en suivant la route indiquée et, en peu de temps, rejoignit son point de départ. Il s'arrêta devant l'établissement et eut l'impression que le sol se dérobait sous ses pieds. Un gémissement de chiot apeuré monta de sa poitrine.

Les vitres du Julia's Fried Chicken étaient tapissées de papier journal jauni et il ne restait sur la vitre que quelques traces des cuisses de poulet peintes et de l'inscription *Crisp and tasty !*

Il secoua l'étrange torpeur dans laquelle il s'enfonçait et testa la porte. Elle n'était pas verrouillée. Il la poussa et elle s'ouvrit en grinçant. Il entra avec l'impression de monter à l'échafaud. L'odeur de crasse et de moisissure le frappa de plein fouet. La salle n'était toujours pas éclairée. Encore une fois, il prit soin de ne pas refermer la porte et alluma la lampe de poche de son portable. La lumière était insuffisante pour éclairer tout l'espace, mais il était bien dans le restaurant où il avait rencontré Nick Cave quelques heures plus tôt. Ou plus précisément dans ce qu'il en restait.

L'endroit était étroit et long, comme dans son souvenir. Au bout, il pouvait entrevoir la forme du comptoir. Il fit quelques pas prudents qui soulevèrent du plancher une épaisse couche de poussière accumulée. Des quelques tables et chaises qui restaient encore, plusieurs étaient renversées. Des éclats d'assiettes et de verres jonchaient le sol. Les murs étaient couverts de graffitis et d'inscriptions vulgaires. Le sol était parsemé de seringues et de condoms usagés. Çà et là traînaient des couvertures et de vieux sacs de couchage abandonnés. Manifestement, Julia's Fried Chicken était un squat pour junkies et sans-abris. Pourtant, quelques heures plus tôt, tout était propret et en ordre. Les jukebox scintillaient. *Les jukebox...* Il s'approcha d'un de ceux qui se trouvaient encore au mur et consulta les titres des chansons. *Runaway* de Del Shannon. *Please Mr. Postman* des Marvelettes. *Calender Girl* de Neil Sedaka. *Running Scared* de Roy Orbison.

Sa tête se mit à tourner. Le temps semblait s'être arrêté en 1961 au Julia's Fried Chicken. Il avait clairement perdu la tête. Il ne distinguait plus le rêve de la réalité. *Il doit y avoir une explication,* dit la voix de sa raison. Il la fit taire. *Non, pas cette fois.*

Il ravala un sanglot qui tentait de s'échapper de sa gorge. Pleurer revenait à laisser aller l'emprise fragile qu'il avait encore sur lui-même. Il continua à avancer. Peu à peu, des bribes de souvenirs lui revinrent et se recombinèrent. *Bienvenue, professeur*. Nick Cave, derrière son comptoir... *Un homme qui peut vous faire devenir très, très riche*. Sa proposition... Au nom de son client.

Une idée lui vint et il s'élança vers le comptoir. Ses espoirs furent aussitôt déçus. Rien. Pas de papier sur le formica maintenant usé et arraché par endroits. Pas de nombre à plusieurs zéros non plus. Le contrat... La lettre de Simone Jackson... L'inspecteur Kitchen, assassiné sur ordre du mystérieux client... *Je vous laisse quarante-huit heures*. Seulement une hallucination.

Kane ouvrit grand les yeux dans la pénombre.

– Quarante-huit heures... murmura-t-il.

Une image de sa rencontre avec Nick Cave lui revint et il se mit à fouiller frénétiquement ses poches. Dans celle sur sa fesse droite, il trouva un objet qu'il retira d'une main tremblante. Il éclaira avec son téléphone la carte d'affaires que l'homme lui avait remise à la fin de leur échange.

Ezekiel Thorne, esq.
Proprietor
Stan's Pawn Shop
Beale Street
We only buy what's really valuable

Une vague de soulagement le submergea et il eut l'impression que l'étau dans lequel sa poitrine avait été écrasée venait d'être desserré.

– Ezekiel Thorne, murmura-t-il.

Il n'était pas fou. Il ne comprenait toujours pas ce qui s'était passé, mais la rencontre s'était produite. Où (*quand ?*), cela demeurait un mystère, tout comme la façon dont il s'était retrouvé dans la ruelle, mais au moins, il pouvait espérer en découvrir l'explication.

– T'es qui, toi ? fit une voix non loin de lui.

Il sursauta et son dos heurta le comptoir tandis que son cœur cherchait à jaillir par sa bouche. Sur sa droite, un tas formé d'un sac de couchage éventré et de plusieurs couvertures sales se mit à grouiller, et un visage hirsute en émergea. L'homme était âgé. Ses cheveux et sa barbe étaient longs et crasseux. Son visage ridé n'était guère en meilleur état. Il s'appuya sur un coude et, au prix d'un effort notable, finit par se remettre en station assise.

– T'es qui ? redemanda-t-il d'une voix cassée par des décennies de misère et d'errance.

– Je… Euh… Je suis désolé, bredouilla Kane. Je ne voulais pas vous déranger. Je… Je suis passé ici en fin d'après-midi et… Je… Enfin, je veux dire… Je croyais être passé, mais…

– T'as de l'argent ? coupa le sans-abri en tendant la main. Pour prendre un café.

– Oui, oui, bien sûr, fit Kane.

Il récupéra un billet de vingt dollars dans son portefeuille et le lui donna sans réfléchir. L'homme le reçut avec un sourire qui dévoila des gencives parsemées de chicots noirs qui devaient lui faire un mal de chien.

– Je… Écoutez, je sais que ce que je vais vous dire va sembler complètement délirant, mais…

– Pour vingt dollars, je vais t'écouter, mon ami.

– Voilà quelques heures, j'ai l'impression que je suis venu ici. Sauf qu'il y avait un restaurant. Propre. Bien meublé. Je…

– Le Julia's Fried Chicken, fit le vagabond.

– C'est ça, oui.

– Il est fermé depuis longtemps, expliqua l'homme. Avant, il y avait un *pawn shop* que les plus vieux ont connu. Le Stan's Pawn Shop.

73

Une fois encore, Kane crut que le sol tanguait sous ses pieds. Le Stan's Pawn Shop. La carte d'affaires laissée par Ezekiel Thorne. *Proprietor. We only buy what's really valuable*. Aucune adresse.

– Depuis combien de temps le restaurant est-il fermé ? arriva-t-il à demander.

Sa voix lui semblait venir de très loin, comme si elle appartenait à un autre. Le sans-abri gonfla les joues en évaluant sa réponse, puis expulsa l'air.

– Bof... Ça fait longtemps. Je dirais... autour de soixante ans ?

Le début des années soixante, calcula Kane. *Comme les jukebox*.

– C'était une institution, le Julia's, poursuivit son interlocuteur, toujours assis sur son tas de guenilles, avec un rire aussi nostalgique que glaireux. Ça a marché fort pendant une vingtaine d'années. Y avait toujours du monde. Surtout des *bluesmen*. C'était le rendez-vous des musiciens de rue qui venaient faire la fête jusqu'au matin.

J'y ai souvent mangé dans ses dernières années d'existence. J'ai pas toujours dormi dans la rue, vous savez. Jeune, j'avais de l'argent, un travail, une petite amie... Avant la boisson... Et puis un jour, il y a eu les suicides et plus personne ne voulait venir, comme si c'était la faute du restaurant.

– Les... suicides ? bredouilla Kane, anticipant un autre choc.

– Ouais. Les *bluesmen* qui fréquentaient le resto se sont mis à se suicider un après l'autre. Paraît que c'était affreux. La gorge ouverte et...

– Les doigts de la main gauche tranchés, compléta Kane d'une voix sépulcrale.

Il encaissa ce nouveau choc. Des *bluesmen* morts dans les mêmes conditions que maintenant, au début des années soixante, dans le restaurant fantomatique où il avait rencontré Ezekiel Thorne. Sa tête se mit à tourner et il s'agrippa au rebord du comptoir pour ne pas s'écrouler.

– Ça va pas ? demanda le clochard.

Kane inspira et expira lentement. Il n'allait tout de même pas tourner de l'œil comme une bonne femme émue.

– Et... Le *pawn shop* ? réussit-il à demander, la voix un peu plus assurée.

– Ah, ça, c'était bien avant. Les années vingt, trente... jusqu'au début des années quarante, je crois. Bon, c'est ce qu'on m'a dit, hein ? Parce que je suis vieux, mais quand même pas assez pour avoir connu la boutique. De toute façon, avec ma chance, j'aurais rien eu à mettre au clou !

Le sans-abri s'esclaffa et son rire se mua en toux. *Les années vingt et trente*, songea Kane en luttant contre la peur superstitieuse qui se formait en lui. *Les années d'activité de Robert Johnson.*

– M-Merci.

– Y a pas d'quoi, dit le vieux en lissant son billet, contemplant sans doute déjà sa prochaine visite au *liquor store*.

Dans un état second, sonné et désespérément en manque de sommeil, Kane sortit. Une fois dehors, il se dirigea vers un banc public sur lequel il se laissa lourdement tomber, hébété et incapable de réfléchir. Ses yeux brûlaient. Il était en sueur et un poids était revenu lui compresser la poitrine. Reconnaissant de nouveau les symptômes d'une crise d'anxiété, il tenta bien de calmer son cœur emballé, mais il avait du mal à respirer. Un groupe de jeunes fêtards s'approcha. Garçons et filles, probablement pas en âge légal de boire, se passaient allègrement une bouteille de bourbon maladroitement cachée dans un sac en papier brun.

– Hé ! lâcha-t-il quand ils passèrent devant lui.

Les jeunes le regardèrent sans ralentir.

– Cinquante dollars pour votre bouteille.

Le montant mentionné retint leur attention et ils s'arrêtèrent.

– Soixante-quinze, rétorqua un petit futé à la face de furet, plus opportuniste que ses copains.

N'ayant pas la force de marchander, Kane trouva les billets dans son portefeuille et les tendit au jeune homme qui les empocha avec le large sourire de celui qui vient de rouler un abruti. Il les regarda s'éloigner en sachant qu'ils allaient courir acheter d'autres bouteilles avec son argent. Kane sortit la bouteille à demi pleine du sac, essuya grossièrement le goulot avec la manche de sa veste, le porta à sa bouche et avala plusieurs longues gorgées. Le bourbon était de mauvaise qualité et avait un arrière-goût d'alcool à friction. La brûlure mordante dans son œsophage lui fit monter les larmes aux yeux et il s'étouffa. Pendant une bonne minute, il s'employa à retrouver une respiration normale. Ensuite, il plaqua l'ouverture du sac en papier sur sa bouche et son nez et respira à fond. Sa respiration finit par ralentir et il pencha la tête entre ses genoux, comme quand il était petit et saignait du nez.

Il s'adossa et prit quelques gorgées de plus qui, cette fois, passèrent mieux. Il commença à se sentir plus calme; assez pour faire le point. Il avait rencontré Ezekiel Thorne dans un restaurant appelé Julia's Fried Chicken. La carte d'affaires que l'homme lui avait remise et qu'il avait retrouvée dans sa poche en était la preuve irréfutable. Il n'avait donc pas perdu la raison; pas complètement en tout cas. Mais le restaurant était fermé depuis plus d'un demi-siècle. La première explication qui lui venait était une erreur d'adresse, même s'il n'arrivait pas à imaginer comment elle aurait pu se produire puisque c'était celle que Thorne lui avait donnée. Quant au fait qu'il s'était retrouvé dans la ruelle, peut-être avait-il été drogué, précisément pour qu'il ne puisse pas retrouver le lieu de leur rendez-vous. *Oui, c'était forcément ça*, se dit-il, un peu rassuré. Il songea à Nick Cave. Lors de leur première rencontre, ils avaient discuté de blues en écoutant jouer Honeyboy Brown. Il envisagea d'appeler l'inspecteur Lee. Au minimum, les suicides de *bluesmen* devaient bien être documentés dans les archives de la police.

– *J'ai identifié l'assassin de votre collègue Kitchen.*

– *Qui est-ce?*

– *Il s'appelle Ezekiel Thorne. Il est propriétaire d'un* pawn shop *rue Beale.*

– *À quelle adresse?*

– *Je ne sais pas. Le* pawn shop *est fermé depuis les années quarante. Mais j'ai sa carte.*

Il avala une gorgée de plus. Son monde basculait. Le doigt momifié, les *mojo bags* malveillants, la *hot foot powder*, les exorcismes qui se terminaient en coma, les messages d'outre-tombe transmis par une vieillarde inconsciente, les codes chiffrés cachés par Johnson dans son carnet, les rencontres organisées dans des restaurants fantômes qui n'existaient plus depuis des décennies, une absence qui se concluait dans une ruelle inconnue, tout cela n'était pas du genre à intéresser le jeune inspecteur. Plutôt un psychiatre.

Kane se redressa brusquement. Virginia Craft, elle, le croirait. Il bondit sur ses pieds et héla un taxi.

74

La bouteille fourrée dans son sac, Kane sortit du taxi après avoir payé le chauffeur – à ce rythme, les fonds lui manqueraient bientôt, mais il y avait toujours un guichet quelque part. Il pénétra en trombe dans le hall de l'hôpital, désert en peine nuit, et fila vers l'ascenseur. Tandis que la cabine montait, il tapa du pied avec impatience.

– *Come on, come on, come on*… maugréa-t-il tout le temps que dura l'ascension.

Quand l'ascenseur s'immobilisa et que la porte s'ouvrit enfin, il en surgit si vite qu'il entra en collision avec un aide-infirmier bâti comme un Hercule enrobé de vingt centimètres de graisse et faillit tomber sur le derrière. Alors qu'il reprenait son équilibre, l'homme vêtu de *scrubs* turquoise lui retourna un air irrité.

– Y a pas le feu, mon gars.

– Oh, si vous saviez… Je vous demande pardon.

Il contourna l'aide-infirmier étonné, se hâta vers la chambre de Mama Cornelia et frappa doucement à la porte fermée. Il attendit un peu, mais aucune réponse ne lui parvint. Il tendit l'oreille et, n'entendant rien, entrouvrit la porte.

– Virgie ? appela-t-il en chuchotant.

Toujours aucune réponse. Il entra. Mama Cornelia était étendue, toute petite dans son lit, branchée à ses moniteurs, les yeux clos, la poitrine creuse se soulevant imperceptiblement. Elle donnait l'impression de ne pas avoir bougé depuis la dernière fois. Mais Craft n'était nulle part. La chaise sur laquelle elle s'installait habituellement, tout près du lit, était vide. Il en conclut qu'elle était sans doute descendue acheter quelque chose dans une des machines distributrices de la cafétéria. Il décida d'aller la rejoindre. Il avait grand besoin d'un café. À défaut de sommeil.

Il se mit à reculer pour sortir sans bruit quand un objet, sous le lit, attira son attention. Il s'accroupit et repéra le sac à main de Craft. Il le ramassa, l'ouvrit et y trouva le porte-monnaie et le téléphone de l'anthropologue. Sans argent, pas de cafétéria. Peut-être était-elle partie avec seulement de la monnaie. Mais son téléphone…

– *Shit in a briefcase*… fit-il.

Inquiet, il se releva et se dirigea vers la sortie. À l'instant où il allait franchir la porte, la voix de Mama Cornelia, distante, chevrotante et presque désincarnée, monta dans la chambre.

– Bobby dit : *take my words, you see the sign*. Vingt et un, trente-trois, trente-huit, trente-six, vingt-six, quinze, quarante, vingt-sept, vingt-trois, dix-huit, vingt… *My blood won't buy my soul.* Vingt et un, trente-trois, trente-huit, trente-six, vingt-six, quinze, quarante, vingt-sept, vingt-trois, dix-huit, vingt… *My blood will stay whole.* Vingt et un, trente-trois, trente-huit, trente-six, vingt-six, quinze, quarante, vingt-sept, vingt-trois, dix-huit, vingt… *Save my soul.*

Kane s'arrêta net, comme s'il venait de frapper un mur invisible. Encore les chiffres… Et les mots exacts de Johnson. Pourtant, la vieille n'avait jamais lu le carnet. Il appuya son front sur le chambranle de la porte, ferma les yeux une seconde et secoua la tête.

– *Fuckin' hell…* Je suis en train de devenir fou, soupira-t-il.

Il s'éloigna en emportant le sac de Craft, laissant la vieille dame bredouiller seule, et se rendit à la station des soins infirmiers.

– Bonsoir, dit-il à l'une des soignantes. Je cherche…

– Les visites sont interdites la nuit, coupa-t-elle avec l'autorité d'une femme habituée à se faire obéir. Vous devez partir immédiatement.

– Oui, je sais, mais…

– Revenez demain matin après neuf heures.

– Je cherche la professeure Virginia Craft, insista-t-il. Son arrière-grand-mère, Cornelia Craft, est hospitalisée ici. C'est urgent.

Une autre infirmière, qui travaillait plus loin, se retourna.

– Miss Craft ? Elle est partie, l'informa-t-elle avec un sourire aimable.

– Partie ?

Elle se leva pour le rejoindre au comptoir.

– Oui. Elle n'avait pas l'air très bien. Elle était avec un monsieur.

– De quoi il avait l'air ?

– Ben… Grand, mince, cheveux gris assez longs, costume noir. Un air de croque-mort.

75

Des mots prononcés par Nick Cave résonnèrent dans la cervelle épuisée de Donald Kane. *Profitez-en pour consulter votre collègue, la professeure Craft. Après tout, elle est aussi concernée que vous.* Il sentit son ventre se serrer de nouveau. Thorne connaissait l'existence de Craft. Et Craft était partie avec un homme dont la description correspondait à celle de Thorne. Ou plus exactement, sans doute, Thorne avait emmené Craft. *Elle n'avait pas l'air très bien.* Droguée ? Autre chose ? Cet homme avait dans son sac des tours de magie que Kane n'arrivait pas à s'expliquer.

– Merci, réussit-il à bredouiller.

Pendant que l'ascenseur descendait, il commanda un taxi avec son téléphone. Il n'osait pas prendre la camionnette, au cas où Craft reviendrait. Quand il franchit la porte de l'hôpital, il n'eut à attendre qu'une minute avant que la voiture n'apparaisse, conduite par un homme coiffé d'une casquette molle à l'ancienne, qui exerçait assurément son métier depuis au moins un demi-siècle.

– Bonsoir, monsieur, dit le chauffeur comme il l'avait fait des dizaines de milliers de fois, dès que Kane fut installé sur la banquette arrière. On va où ?

Réalisant soudain qu'il n'avait nulle part d'autre où aller, sauf chez lui dans le Maine, Kane donna l'adresse de Craft. *Qui est peut-être morte,* lui chuchota une petite voix qu'il fit taire.

Aussitôt le véhicule en route, il relança Thorne.

> DK **Qu'avez-vous fait à Virginia Craft?**

Aucune réponse ne venant, il réessaya.

> DK **Répondez!!!**

Le silence numérique était assourdissant. Son inquiétude commença à faire place à la colère, et il se força à ranger son téléphone au lieu de le jeter par la fenêtre, comme il avait envie de le faire.

À cette heure, les rues de Memphis étaient relativement désertes et le trajet prit peu de temps. Le taxi s'arrêta devant la barrière et repartit avec un autre de ses billets de vingt dollars. Kane le regarda disparaître et jeta un coup d'œil autour de lui, mais tous les véhicules stationnés semblaient vides. Une menace de moins. C'était toujours ça de pris.

Une fois dans l'appartement, il déposa son sac sur la table et, dépité, en sortit la bouteille de tord-boyau achetée à prix d'or. Il s'en versa une rasade et fit cul sec en grimaçant, puis soupira et frotta ses yeux brûlants.

Son corps réclamait à grands cris quelques heures de sommeil, mais comment pouvait-il se reposer quand Virgie avait vraisemblablement été enlevée ? Encore une fois, il se demanda s'il devait alerter l'inspecteur Lee. Mais il se méfiait de lui comme de tout le monde. Il consulta son téléphone. Rien.

Il ne pouvait pas rester là à attendre, les bras ballants, comme un pantin abandonné par le marionnettiste. Il devait faire quelque chose, sinon il allait exploser. Mais quoi ? Il rejeta l'idée d'envoyer un nouveau texto ou d'appeler Thorne. Cet homme avait démontré avec éclat qu'il était en parfait contrôle de la situation. S'il était vraiment parti avec Craft, il ne répondrait que si et quand il le voudrait.

Kane ferma les yeux, secoua la tête et, frustré par son impuissance et ses pensées de plus en plus embourbées, il s'administra quelques coups de paume bien sentis sur le front. Il repensa au récent épisode avec Mama Cornelia. En plus des chiffres, il y avait eu des mots. *Take my words, you see the sign. My blood won't buy my soul. My blood will stay whole. Save my soul.* Ces phrases, tirées du carnet de Johnson, lui étaient familières.

Le Bobby qu'évoquait la vieille dame dans son délire était forcément Johnson. Mais voilà, justement : ces mots avaient été prononcés par une vieille *hoodoo doctor* tombée dans le coma après avoir conjuré un mauvais sort auquel il avait refusé de croire. Par une femme inconsciente qui, de là où elle était, faisait des prophéties. *Bordel, elle est possédée ou quoi ?* se demanda-t-il. Avait-elle senti sa présence dans la chambre ? S'était-elle adressée directement à lui ou avait-il simplement été témoin de moments de délire ?

– *Fuck a goat's ass*... Mais qu'est-ce qui se passe ? soupira-t-il, presque aux abois, en se frottant le visage. Ça n'existe pas, les diableries !

Il se leva d'un bond et alla récupérer le carnet de Johnson dans le coffre-fort où il avait pris soin de le remettre avant de partir rencontrer Nick Cave. Une fois installé dans le bureau, il reprit le calepin dans lequel il avait décrypté la séquence chiffrée et y nota les ajouts entendus dans la chambre d'hôpital avant de les oublier. Il les retrouva ensuite dans le carnet, qu'il commençait à très bien connaître. *Take my words, you see the sign* était tiré du pont si maladroit de la trentième chanson. *My blood won't buy my soul. My blood will stay whole. Save my soul*. Ces paroles avaient été notées sous celles de *From Four Until Late*. La première fois qu'il les avait vues, il se souvenait d'avoir souligné leur ton exalté.

Take my words... Il feuilleta le carnet. Tout n'y était que mots. Vingt-neuf chansons soigneusement retranscrites de la main d'un chanteur légendaire dont on n'avait même jamais été certain qu'il avait su écrire plus que minimalement. *Take my words*...

Il vérifia son téléphone. Toujours rien. Il continua de faire défiler les pages et plissa le front. Il n'y avait pas que des mots bien ordonnés. Certains avaient été aussi inclus hors contexte. Craft et lui les avaient remarqués dès le départ, mais avaient présumé qu'il s'agissait d'idées de chanson notées en vitesse et jamais poursuivies, ou d'invocations religieuses d'un esprit enfiévré. Ils ne s'étaient jamais vraiment questionnés sur leur présence. Grave erreur pour un historien et une anthropologue.

Take my words... Et si...

Il éprouvait tout à coup la vague impression qu'ils avaient eu tort.

76

Avec un mélange de fébrilité et d'appréhension, il reprit le carnet depuis le début et transcrivit les passages orphelins notés par Johnson. Parmi eux se trouvaient, *in texto*, les mots prononcés par Mama Cornelia, sous les paroles de *From Four Until Late*.

Jesus of Nazareth King of Jerusalem
I know that my Redeemer liveth and that
He will call me from the grave.

When I leave this town
I'm 'on bid you fare... farewell
And when I return again
You'll have a great long story to tell

Nellie Mae, I got to say
My blood won't buy my soul
My blood will stay whole
Save my soul!

Gon' fool the Fool
Gon' lie to the Liar
Gon' lie to the Fool
Gon' fool the Liar!!!

Take my words, you see the sign... Il les relut plusieurs fois sans y déceler de séquence particulière, mais aux yeux du médiéviste qu'il était, une indéfinissable impression de peur presque eschatologique s'en dégageait. La rédemption, le salut de l'âme, le départ (la mort ?), le retour, la tombe, la résurrection d'entre les morts – tous les thèmes classiques y étaient très présents. Dans ce contexte, le Menteur qu'il fallait tromper ne pouvait être que Satan.

Des images classiques du vocabulaire de Johnson. *L'imagerie chrétienne classique de la résurrection et du salut*, raisonna-t-il. Même s'il était connu que Johnson avait été en froid avec la religion, surtout après la mort en couches de sa jeune femme, cette religion, profondément enracinée dans le Delta des années 1930, avait inévitablement imprégné son univers mental et ses références culturelles. En soi, cela ne signifiait strictement rien. Y voir un *pattern* exigeait un acte de foi, un pas que l'historien n'était pas disposé à franchir.

Il joua avec les paragraphes et les bouts de phrase, les assembla de toutes sortes de façons, sans qu'un message plus clair n'émerge de l'impression générale. Mais la question se posait : pourquoi diable Johnson aurait-il perdu son temps à cacher dans son carnet de notes un vague message cryptique s'il n'avait pas une intention précise ? Kane soupira. Était-il en train de voir des messages où il n'y en avait pas ?

Il consulta pour une énième fois son téléphone. Encore rien. Il écarta l'inquiétude qui le taraudait. *Take my words, you see the sign...* Les mots, il semblait les avoir. Mais quel signe ? Et cela ne l'éclairait pas davantage sur l'étrange correspondance entre la séquence de chiffres marmottée par Mama Cornelia et celle indiquée par Johnson dans son carnet.

Il tapota le bureau avec ses doigts. Il n'avait jamais cru au hasard, mais en cet instant précis, il essayait de toutes ses forces. Le surnaturel s'était peu à peu insinué dans sa vie au cours des derniers jours. D'un *mojo hand* malveillant, il était passé à un mauvais sort, puis à un restaurant fantôme où il avait rencontré un homme qui avait tenu commerce dans le même local voilà plusieurs décennies.

Il relut distraitement le texte de la trentième chanson, le survolant sans vraiment s'attarder aux mots. Son regard fut attiré par le troisième couplet.

Sang my song to the Man, sang my song just one time
Sang my song to the Man, sang my song forty times
He said son, you can't run, your soul is mine.

Il eut l'impression que son sang cessait de circuler.

– *One time… Forty times…* murmura-t-il. D'un à quarante… *Gag me with a spoon till I puke…*

Comment n'avait-il pas remarqué la présence de ces chiffres dans un texte qu'il avait lu des dizaines de fois ? *Parce que jusqu'à tout récemment, ils n'avaient eu aucune importance et que je n'avais pas de raison de m'y arrêter, tout bêtement*, se répondit-il aussi vite.

D'une main que la nervosité faisait un peu frémir, il retranscrivit la séquence chiffrée indiquée par les numéros des pages du carnet, et ajouta, dessous, celle dictée par Mama Cornelia. Puis il recopia en entier le texte de la trentième chanson en soulignant ce qu'il venait de remarquer.

15 18 20 21 23 26 27 33 26 38 40
21 33 38 36 26 15 40 27 23 18 20

Walkin' in the night, with the moon shinin' bright
Walkin' in the night, was time to turn right
Gonna meet my woman, keep me satisfied

Goin' down the road, with my old guitar in my hands
Goin' down the road, with my old guitar in my hands
All the little girls understand

Sang my song to the Man, sang my song just one time
Sang my song to the Man, sang my song forty times
He said son, you can't run, your soul is mine.

Cost me a dollar, cost me a dime
Come on little woman, take my hand
Play me for a fool, warm my soul
Make the change, seal the deal
Write it on paper, take my words
You see the sign
Be mine all the time

Ellie Mae, Ellie Mae, take my soul and wait
Ooooooo, Nellie Mae, trade my soul and bait

Couldn't run, couldn't hide, wasn't nowhere to stay
Couldn't run, couldn't hide, wasn't nowhere to play
No use prayin', boy, the Lord's miles and miles away.

Hellhounds keep comin', when the sun goes down
Mmmmmmmm Mmmmmmmmm, when the devil come down
Got my mojo workin', don't know for how long.
Black Man be gone

Sans trop savoir où il s'en allait, il numérota chaque mot de la chanson, de 1 à 202, puis identifia ceux qui portaient les numéros 15, 18, 20, 21, 23, 26, 27, 33, 26, 38 et 40, tous inclus dans les deux premiers couplets. Le résultat obtenu n'était que charabia. Il appliqua la séquence de Mama Cornelia et n'obtint rien de mieux.

Frustré, il se leva pour aller chercher la bouteille et son verre dans la cuisine, puis revint s'installer. Dans son téléphone, il ne trouva ni texto ni appel manqué de Craft ou de Thorne. Pendant qu'il cherchait des messages cachés qui n'existaient sans doute pas, Craft était peut-être en train de subir les pires sévices.

Il reporta son attention sur le bloc-notes et répéta la démarche à partir du deuxième couplet, puis du troisième, sans plus de résultat probant.

Il s'attaqua au pont qui avait tant déçu tout le monde, et encercla les mots portant les bons numéros.

Cost me a dollar, cost me a dime
Come on little woman, take my hand
Play me for a fool, warm my soul
Make the change, seal the deal
Write it on paper, take my words
You see the sign
Be mine all the time

Hand, for, fool, warm, soul, change, seal, paper, words, see et *sign*. Toujours rien de probant. Il appliqua la séquence de Mama Cornelia et recopia les mots encerclés dans l'ordre qu'elle dictait.

Warm paper
See words
Change hand

Sign seal
Soul for fool

Le texte semblait être un peu plus cohérent. De surcroît, il se trouvait juste sous *one time* et *forty times*.

– *Fuck a whore and get the clap*... murmura-t-il, conscient d'être sur la piste de quelque chose qu'il ne tenait pas vraiment à découvrir.

Il recopia les mots en les espaçant et ajouta entre parenthèses les articles et conjonctions qui lui paraissaient les plus appropriés.

Warm (the) paper (and)
See (the) words
Change (the) hand
Sign (and) seal
(my) Soul for (a) fool

Avait-il la berlue ? Johnson avait bel et bien encodé dans ses notes un message cryptique. À l'intention de qui ? À quelles fins ?

Warm (the) paper (and)
See (the) words

De simples instructions ? Il y avait une seule façon de le savoir. Il prit la feuille sur laquelle Johnson avait écrit la trentième chanson et retourna dans la cuisine. Là, il alluma un rond de la cuisinière et attendit. Quand il fut bien rouge, il hésita une dernière fois. Qu'avait-il à perdre ? Virgie avait disparu et il ne disposait d'aucune piste. À la seule idée de ne plus revoir cette femme qui le faisait se sentir comme jamais il ne s'était senti auparavant, les objets de Johnson, pour lesquels il aurait donné très cher voilà quelques jours encore, perdaient toute leur valeur. L'image de Craft, entre les mains d'Ezekiel Thorne, peut-être en train de souffrir, ou pire encore, suffit à lui nouer les tripes et fit tomber ses derniers scrupules.

– Il restera toujours les photos… soupira-t-il avec résignation.

Comme un condamné à mort sur le point de s'engager dans les marches conduisant à son échafaud, il saisit la feuille par les coins supérieur droit et inférieur gauche, puis tint le papier sec et jauni au-dessus du rond chaud, assez haut pour s'assurer qu'il ne s'embrase pas. Rien ne se passa et il était sur le point d'abandonner et de ridiculiser sa propre crédulité lorsqu'il nota quelques taches rougeâtres, encore pâles, qui semblaient se former sur le papier.

– *What the holy fuck…* grogna-t-il.

Petit à petit, les taches devinrent des lettres et les lettres, des mots. Un document rédigé à l'encre sépia se révéla, couvrant les paroles écrites de la main de Johnson.

Ce qu'il restait encore des certitudes cartésiennes et newtoniennes du professeur Donald Kane s'effondra comme un château de cartes.

77

Kane fut tiré de son abasourdissement quand il constata que le papier commençait à foncer sous la chaleur. Il le retira prestement pour qu'il ne prenne pas feu et le déposa sur le comptoir avec un mélange de peur et de dégoût. Ce qu'il venait de voir ne pouvait tout simplement pas exister. De par sa formation scientifique, il refusait de l'admettre. Et pourtant, le texte était là, rappelé d'un monde invisible.

Il s'avança à petits pas hésitants, comme si le papier allait prendre vie et lui sauter au visage. Le cœur battant à tout rompre dans sa poitrine et dans ses tempes, il s'arrêta quand il fut assez proche, mais s'abstint de le toucher, retenu par une peur primale, atavique, qui lui tordait les tripes. Étirant le cou, il relut le texte écrit avec ce qui avait dû être de l'encre rouge, certain d'y trouver autre chose que ce qu'il croyait avoir vu lors de sa première lecture.

I, Robert Leroy Johnson, in the presence of Iwa Legba, standing at the crossroads, do hereby renounce my rightful God the Father, the Son and the Holy Spirit. I willingly sell my soul to the Devil Lucifer. In exchange, I shall receive unrivaled musical talent and unbounded power of seduction for the duration of my human life. At the expiration of said life, I shall honor my debt in its entirety, payable for eternity to the aforementioned creditor. Any attempt to default on this solemn commitment shall result in it being transferred without restriction on one I have sired.

Signed with my own blood in two copies in Memphis, Tennessee, on the 9th day of April 1930[31].

Sous le texte, il pouvait encore distinguer l'empreinte brune et à moitié effacée d'une main gauche. Une empreinte tracée avec du sang. Le sang de Robert Johnson ?

– Non… chuchota-t-il, sonné, la voix tremblante. Non non non non non…

Il recula jusqu'à ce que l'arrière de ses jambes heurte une chaise. Il s'y laissa choir lourdement, les bras pendant entre ses cuisses, hébété.

– Non… murmura-t-il encore en secouant la tête.

Il avisa la bouteille restée sur la table, la déboucha et la porta à sa bouche. Le bourbon de mauvaise qualité lui fit

31. Moi, Robert Leroy Johnson, en présence d'Iwa Legba, me tenant à la croisée des chemins, renie par la présente Dieu le Père, le Fils et le Saint-Esprit. De mon plein gré, je vends mon âme au diable Lucifer. En échange, pour la durée de ma vie terrestre, je recevrai un talent musical incomparable et un pouvoir de séduction illimité. À l'expiration de ladite vie, j'honorerai ma dette en totalité, payable pour l'éternité au créancier susmentionné. Toute tentative de défaut à cet engagement solennel entraînera son transfert sans restriction à un de mes descendants. Signé avec mon propre sang en deux copies à Memphis, Tennessee, le 9e jour de janvier 1930.

un peu de bien, mais les idées se bousculaient dans sa tête. Le talent et la séduction en échange de son âme. Un pacte signé à la croisée des chemins. Signé avec l'empreinte de sa main gauche – celle que s'étaient mutilée tous les récents suicidés. En présence de Legba – celui que Mama Cornelia avait vu dans son hallucination avant de sombrer dans le coma. Une signature en avril 1930 – juste après la mort en couches de la jeune épouse de Johnson ; après qu'il eut commencé, selon plusieurs témoignages, à blasphémer et à maudire Dieu.

Il inspira. Sa respiration était tremblante. Il avait l'impression que le surnaturel s'insinuait dans le réel par une multitude de petites fentes pour imprégner une réalité qui se désagrégeait. Il saisit la bouteille d'une main pas très ferme et avala une autre grande gorgée.

Il se fit violence pour secouer la peur qui le paralysait et s'accrocher à la raison qui ne lui avait jamais fait défaut. Le texte pouvait très bien être vu comme un tissu de clichés sorti tout droit de la légende de Johnson. *Ou c'était la légende de Johnson qui était sortie tout droit de ce texte*, pensa-t-il. L'encre invisible était connue depuis des siècles. N'importe qui aurait pu en trouver la recette sur Internet. Ou dans un livre. Ou dans la tradition orale. *Mais le document avait été scellé dans la reliure du carnet avant 1938.* Quelqu'un avait sûrement entortillé ce pauvre Johnson, qui y croyait comme tout le monde à son époque. Il avait signé, sans doute par dépit après la mort de sa femme. *Ou Johnson avait vraiment signé un pacte avec le diable avec son propre sang.*

Il se leva et, surmontant sa répulsion, ramassa la feuille. L'exposition à la chaleur avait jauni le papier et l'avait rendu friable. Il se fichait désormais de la trentième chanson comme de sa première couche, mais il risquait d'en avoir encore besoin. Il se rassit et prit en photo le mystérieux texte avec son téléphone, au cas où il arriverait quelque chose à l'original.

Puis il pensa à Craft. C'était tout ce qui comptait. Bouteille en main, il essaya de relire le texte, la tête un peu plus froide. Les lettres gothiques et l'écriture de Johnson se superposaient sur le papier. Il ne pouvait nier ce qu'il voyait. Tout ce qu'il avait décodé l'y avait mené directement. Le parcours qu'il avait suivi avait été tracé intentionnellement par Robert Johnson. Mais dans quel but? Assurément, il avait mieux à faire que de jouer à cache-cache avec ceux qui, un jour, liraient le carnet confié à Ellie Mae Jackson, née Harney. Il y avait forcément un plan, une motivation derrière cette macabre course à obstacles.

Son regard s'attarda sur les paroles qui suivaient le *bridge* de la trentième chanson, dont la maladresse s'expliquait mieux.

Ellie Mae, Ellie Mae, take my soul and wait
Ooooooo, Nellie Mae, trade my soul and bait

Ellie Mae et *Nellie Mae*… Johnson faisait allusion à deux femmes différentes. Cela aussi lui avait échappé. Grâce à Simone Jackson, il savait qui était Ellie Mae, mais Nellie Mae?

Dans sa pauvre cervelle fatiguée, les morceaux disparates tentaient de s'emboîter. *Wait… Bait… My blood won't buy my soul. My blood will stay whole.*

Au prix d'un effort, il mit de côté toutes ces considérations, acceptant que, parfois, un raisonnement atteint sa limite jusqu'à l'apparition d'un fait nouveau. D'ici là, sa priorité était de retrouver Craft, et il savait exactement ce qu'il avait à faire.

Il prit son téléphone. Après avoir vérifié une fois de plus qu'il n'avait pas manqué ni message ni appel, il prit une gorgée de tord-boyau pour se donner un peu de courage et, la mort dans l'âme, envoya son message dont il ne doutait pas qu'il susciterait une réaction rapide. Il ne fit même pas semblant de vouloir négocier. Le temps passait et il n'était pas en position de force.

DK Vous avez gagné.
Les objets de Johnson
en échange de Craft.

Comme il l'avait prévu, la réponse ne se fit pas attendre, toujours accompagnée de l'irritant *smiley* qui, il le savait maintenant, ne seyait pas du tout à celui qui l'envoyait.

Private Affaire conclue. ☻

Il allait demander un lieu de rendez-vous, anticipant une nouvelle visite au Julia's Fried Chicken, mais un second message le prit de vitesse avec une adresse et une heure. Minuit. Évidemment. Il l'entra dans le GPS de son téléphone, puis la chercha sur Google. Une église désaffectée. *Tellement cliché.*

Il rédigea un message avec des pouces rageurs, la mâchoire crispée par la colère.

DK Entendu.
Pas d'objets si Craft
n'est pas sur place.

Il ne fut pas surpris de ne recevoir aucune réponse. Il ne connaissait pas beaucoup Ezekiel Thorne et espérait n'avoir jamais à le connaître mieux, mais il savait déjà qu'il ne s'abaissait pas à réagir à la menace.

Il était bien au-dessus de tout cela.

78

Kane avait un urgent besoin de dormir. Il vacillait d'épuisement et avait du mal à penser de façon cohérente. Dans cet état, il ne pourrait pas affronter la rencontre qui s'annonçait. *Comme dans n'importe quel autre état*, renchérit une voix inquiète dans sa tête. L'impression de tomber dans le vide ne faisait qu'ajouter à son désarroi. La peur faisait le reste. Peut-être que le sommeil lui apporterait un nouvel éclairage ? Ou peut-être pas.

Même s'il doutait de pouvoir fermer l'œil, il s'allongea sur le lit de Craft. Par mesure de précaution, il programma une alarme sur son téléphone. Il ferma les yeux et, pour la première fois depuis son enfance, pria. Maladroitement. La fatigue et le reste de la bouteille de mauvais bourbon s'allièrent pour le faire sombrer.

Kane se trouvait dans une église. De toute évidence, elle était abandonnée depuis longtemps. Elle était éclairée par quelques cierges dans les rares chandeliers sur pied encore debout. Les banquettes étaient renversées ou brisées. On avait fait tomber de leurs ogives les statues qui s'étaient fracassées sur le sol. La peinture pelait sur les murs. Le plancher était jonché de seringues et de condoms usagés. L'air était saturé par une odeur de cire chaude, de fumée, de moisi, de pisse et de saleté. Un peu comme le Julia's Fried Chicken quand il y était retourné. Dieu ne doit pas être très fier de Sa maison, *songea-t-il. Il se ravisa aussitôt. Le moment était vraiment mal choisi pour ironiser sur Dieu.*

En prenant soin d'éviter de marcher dans les détritus, il s'avança. L'écho de ses pas était sinistre dans l'édifice vide et profané. Aux aguets, il regardait sans cesse d'un côté, puis de l'autre, cherchant… quelque chose. Il avait l'impression persistante d'être observé et n'aimait pas du tout le sentiment. Il avait peur. Malgré la fraîcheur humide de l'église, sa chemise lui collait au dos comme en plein soleil et la sueur lui mouillait le visage. Il s'essuya avec sa manche et se figea.

Il manquait le poids familier de la sangle sur son épaule. Son cœur se serra. Son sac. Il l'avait oublié. Et les objets de Johnson étaient dedans. Comment avait-il pu ? Sans eux, il n'avait aucun moyen de sauver Craft. Rien à échanger.

Une faible plainte monta à l'autre bout de l'église et son ventre se noua. Virgie ? L'angoisse l'étouffait et il dut faire appel à toute sa détermination pour ne pas tourner les talons et fuir cet endroit. Il y régnait quelque chose de malfaisant, d'oppressant. Il avait du mal à respirer.

Il plissa les yeux dans la pénombre des cierges. Il y avait un grand crucifix suspendu dans le chœur, à l'autre bout. Dessus, le Christ était crucifié, comme toujours. Sauf qu'il semblait bouger. Un grand froid traversa Kane. Quelqu'un était cloué sur la croix.

– Non ! ! ! Virgie ! ! ! cria-t-il en s'élançant.

Son hurlement se répercuta dans le temple désert. Il freina sec et resta planté là, paralysé, la bouche ouverte. Ce n'était pas Virgie, mais il n'en était pas du tout soulagé.

Clouée sur la grande croix de bois, Mama Cornelia, toute petite, agonisait. Le sang coulait de ses blessures aux poignets et aux pieds pour s'accumuler en flaque sur le sol. Nue comme au jour de sa naissance, voilà si longtemps, effondrée sur elle-même, la pauvre vieille gémissait faiblement, tandis que sa poitrine creuse peinait à respirer. Il tenta de secouer l'abrutissement qui s'était emparé de lui.

– Mama Cornelia…

La vieillarde sembla reprendre un peu vie et, au prix d'un effort palpable, elle parvint à relever la tête. Son regard mit du temps à se focaliser sur lui.

– P'tit lait… soupira-t-elle en le reconnaissant.

Kane ravala un sanglot. Que pouvait-il faire ?

– Je…

– Il est... trop tard pour… moi, dit-elle en secouant faiblement la tête. Virgie... Protège Virgie.

– Je croyais qu'elle serait ici, répondit Kane, troublé.

De peine et de misère, Mama Cornelia inspira.

– Il veut… tout… ce que Robert… a… laissé, haleta-t-elle. Protège Virgie. Bobby dit : vingt et un, trente-trois, trente-huit, trente-six, vingt-six, quinze, quarante, vingt-sept, vingt-trois, dix-huit, vingt…

– J'ai compris ce que signifient les chiffres, confirma Kane, avec plus d'assurance qu'il n'en éprouvait vraiment. Change hand. Sign seal. Soul for fool. *Je sais ce que je dois faire.*

La centenaire crucifiée trouva la force de lui adresser un sourire bienveillant et une étincelle espiègle brilla dans son regard.

– Tu n'es… pas si bête… pour un… p'tit Blanc.

– Mais j'ai peur. Tellement peur, ajouta Kane.

L'espace d'un instant, la vieillarde se redressa sur sa croix et son visage affligé prit une expression assurée.

– Éternel, toi seul peux venir en aide au faible comme au fort : viens à notre aide, Éternel, notre Dieu ! Car c'est sur toi que nous nous appuyons et nous sommes venus en ton nom contre cette multitude[32] ! *tonna-t-elle, tel un prophète de l'Ancien Testament.*

Son regard devint vague et elle dodelina de la tête.

– Place… ta… confiance en… Dieu.

Son menton retomba sur sa poitrine creuse et elle ne bougea plus.

– Mama Cornelia ? fit Kane, atterré.

Un grand rire retentit dans l'église abandonnée. Quelqu'un venait d'entrer.

Il s'éveilla en sursaut d'un sommeil agité et parsemé de cauchemars. Assis sur le lit, le souffle court, il lui fallut un moment pour retrouver ses esprits et ses repères. Il finit par reconnaître la chambre de Craft, où ils avaient eu des ébats qui lui paraissaient maintenant si lointains.

Il cligna des yeux, essuya la sueur sur son visage, étira le bras et ramassa son téléphone sur la table de chevet. Il fit taire le bruit irritant de l'alarme programmée avant de s'allonger, se félicitant de sa prévoyance. Il consulta l'écran. Vingt-deux heures. Aucun appel. Aucun texto. Le rendez-vous était toujours fixé. La peur lui serra le ventre – une peur superstitieuse que ses lointains ancêtres avaient sans doute ressentie face à la colère des dieux. Il ne restait que deux heures.

32. 2 Chroniques, 14 : 11.

Soudain, il était entièrement réveillé et pas beaucoup plus reposé. Il s'assit sur le bord du lit, se frotta énergiquement le visage et se leva. Des coups de masse lui traversèrent le crâne et le firent grogner. Le tord-boyau avait laissé des traces. Il se rendit dans la salle de bain et trouva une bouteille d'Advil dans le cabinet de pharmacie. Il avala trois comprimés avec beaucoup d'eau.

Il revint dans le bureau et ouvrit le coffre-fort pour en sortir ce qui restait des objets remis par Simone Jackson : l'image de Gullah Jack et le doigt desséché qu'il déposa dans un sac Ziploc. Il prit aussi le *mojo hand* noir qu'il avait trouvé dans la camionnette. Ça pouvait toujours servir.

Il grimaça en prenant conscience qu'une part de lui en était venue à croire à ce qu'il considérait comme des balivernes et des enfantillages voilà quelques jours à peine. Il reprit le carnet qu'il regrettait amèrement d'avoir accepté. S'il avait su, quand il l'avait reçue, où le mènerait une simple lettre envoyée par une vieille dame…

Le tout fourré dans son sac, il retourna dans la cuisine. Sur la table se trouvait toujours la trentième chanson au papier jauni. Il allait la plier pour la remettre dans le carnet quand son bras se figea. Son regard resta fixé sur l'écriture manuscrite de Robert Johnson. C'était tout ce qu'il restait. Le pacte, lui, avait disparu.

79

Cornelia Craft, née Wilson, souffrait le martyre. Les moindres fibres de son vieux corps faisaient mal. Elle n'aurait pu dire depuis quand elle se trouvait là. Depuis quelque temps, les heures et les jours étaient difficiles à distinguer. De toute façon, elle ne savait pas où elle se trouvait. Elle avait la vague impression que quelqu'un était passé. (P'tit lait ?) Mais maintenant, elle était seule. Quelque part.

– Vingt et un, trente-trois, trente-huit, trente-six, vingt-six, quinze, quarante, vingt-sept, vingt-trois, dix-huit, vingt… marmotta-t-elle d'une voix à peine audible. Vingt et un, trente-trois, trente-huit, trente-six, vingt-six, quinze, quarante, vingt-sept, vingt-trois, dix-huit, vingt…

Depuis qu'elle avait pris conscience d'être là, elle s'accrochait à la vie par le biais de ce mantra appris de Spence. Elle était redevenue vieille et agonisait. Sa jeunesse retrouvée n'avait été que passagère. Elle aurait pu se laisser mourir, mais elle avait le sentiment qu'elle avait encore quelque chose à faire. Ou peut-être était-elle simplement orgueilleuse. Elle l'avait toujours été.

Elle parvint à prendre une bouffée d'air. Pourquoi avait-elle autant de difficulté à respirer ? Ses côtes lui faisaient affreusement mal. Ses épaules, ses bras et ses poignets aussi. Et ses pieds. Au prix d'un grand effort, elle parvint à relever un peu la tête.

L'endroit était éclairé par quelques cierges allumés dans les grands chandeliers qui étaient encore debout. Elle se trouvait dans une église, assurément, se dit-elle. Mais une église abandonnée, si l'on en jugeait par les banquettes renversées, les statues brisées sur le sol et la peinture qui pelait sur les murs. L'endroit sentait la cire chaude, la fumée, le moisi, la pisse et la saleté. Le plancher était jonché de seringues et de condoms usagés. La maison de Dieu avait été profanée. Cornelia trouva la force de s'en indigner. Elle fit mine de se signer, mais son bras droit refusa de lui obéir.

Son cou était fatigué et sa tête retomba. Son regard se posa sur ses jambes et ses yeux s'écarquillèrent. Ses deux pieds, placés l'un par-dessus l'autre, étaient transpercés par un clou. Du sang s'écoulait de la blessure.

– Non… fit-elle, sachant ce que cela signifiait.

Elle réussit à tourner la tête pour regarder ses bras. Ses poignets étaient cloués, eux aussi. Elle était crucifiée. Comme le Fils de Dieu.

– Jésus… gémit-elle.

Le peu de forces qu'elle avait encore abandonna son vieux corps. Elle retomba lourdement et se mit à pleurer de désespoir. Une vive douleur lui déchira les bras et lui arracha un cri rauque. Elle était crucifiée. Comme le Sauveur. C'était donc ainsi que finirait sa vie qui avait duré si longtemps.

– Père, si tu voulais éloigner de moi cette coupe ! Toutefois, que ma volonté ne se fasse pas, mais la tienne[33], *sanglota-t-elle, résignée.*

33. Luc, 22 : 42.

Le sang qui s'écoulait de ses blessures formait une flaque à ses pieds. Son sang. My blood won't buy my soul. My blood will stay whole. Il veut tout ce que Bobby a laissé. *Un terrible pressentiment s'empara d'elle.*

– Il est un peu tard pour t'inquiéter, tu ne trouves pas, Cornelia ? fit une voix à la fois amusée et acerbe.

Legba. La maudite créature avait le don d'apparaître sans prévenir. Avec difficulté, la vieillarde releva la tête pour lui faire face. Il se tenait au pied de la croix. Sa croix. Pour une fois, il ne portait pas son maudit chapeau. Elle rassembla ses dernières parcelles de vie. Elle ne lui accorderait pas la joie de la voir si faible. Cela lui ferait bien trop plaisir.

D'un geste nonchalant, il désigna les clous.

– J'ai pensé que tu serais heureuse de mourir en imitant ton Jésus, lui dit-il avec son plus beau sourire. Comme tu le sais, je suis un homme attentionné.

Cornelia voulut lui répondre, mais cette fois, les forces lui manquèrent. Après plus d'un siècle, Dieu lui retirait la vitalité qu'il lui avait donnée. C'était donc que sa mission était accomplie. Elle en conçut un grand soulagement et, malgré ses souffrances, un sourire se forma sur ses lèvres.

– Maudit serpent… râla-t-elle avec mépris. Tu ne me fais pas peur. Je te maudis. Seul de tous les animaux tu devras ramper sur ton ventre et manger de la poussière tous les jours de ta vie[34].

– Cornelia, Cornelia, Cornelia, ricana-t-il. Tu ne te décolleras donc jamais des références bibliques, vieille sorcière ?

– Le Seigneur est mon berger, Je ne manquerai de rien[35], *rétorqua-t-elle avec défiance.*

Legba fit quelques pas dans sa direction et leva la tête pour la regarder. Il sourit de nouveau.

34. Genèse, 3 : 14.
35. Psaume, 23 : 1.

– Oh. Tu saignes, observa-t-il en feignant la surprise. On dirait que tu vas bientôt mourir. Après tout ce temps à traîner sur terre…

– Peut-être mon sang va-t-il être versé, comme une offrande ajoutée au sacrifice que votre foi présente à Dieu. Si tel doit être le cas, j'en suis heureux[36], *lui lança-t-elle comme un crachat au visage.*

Legba secoua la tête avec un air débonnaire.

– Tu auras cité ce maudit livre toute ta vie… déplora-t-il.

– Ce livre m'a guidée toute ma vie, répliqua-t-elle.

Legba s'agenouilla. Sous le regard stupéfait de Cornelia, il se mit à quatre pattes et se pencha jusqu'à ce que son visage touche presque les dalles de pierre. Il commença à laper le sang chaud comme le chien qu'il était. Un chien de l'enfer. Même si elle n'était pas surprise, elle l'observa avec dégoût. Et aussi un peu de pitié. Puis elle se ravisa. Il était ce qu'il était parce qu'il avait librement choisi de servir son maître, comme elle-même s'était rangée dans le camp de Dieu.

Un rire monta, pareil au grincement d'une charnière mal huilée, et l'écho se répercuta dans l'église. Cette fois, Cornelia eut peur. Dieu l'éprouvait jusqu'à la fin. Heureux l'homme que Dieu châtie ! Ne méprise pas la correction du Tout-Puissant[37]. *Elle s'en serait bien passée. Mais jamais encore elle n'avait contesté Sa volonté et elle ne commencerait pas maintenant.*

Elle se fit violence pour lever les yeux vers celui auquel elle n'aurait jamais cru faire face.

Luke.

– Voici, Dieu est ma délivrance. Je serai plein de confiance, et je ne craindrai rien. Car l'Éternel, l'Éternel

---

36. Épître aux Philippiens, 2 : 17.
37. Job, 5 : 17.

est ma force et le sujet de mes louanges. C'est lui qui m'a sauvé[38], *murmura-t-elle pour se donner du courage.*

Luke secoua la tête et sourit, comme un parent bienveillant sourit à un enfant turbulent. Il traversa l'église abandonnée, du narthex jusqu'au pied du chœur où Cornelia était crucifiée en lieu et place de son Seigneur.

Avec une moue dédaigneuse, il avisa Legba qui lapait toujours.

– Debout, ordonna-t-il.

Legba se releva et, docile comme un chien, alla se placer un peu derrière son maître, l'air obséquieux. Il essuya son menton rouge de sang et se lécha la main pour n'en rien perdre.

– Tu as perdu, Cornelia, déclara Luke avec une empathie feinte. Ceux qui se croient du côté du bien perdent tous.

– Non, rétorqua la vieillarde. J'ai livré le message.

Une ombre passa sur le visage de Luke.

– Le message ? Quel message ? demanda-t-il avec un début d'inquiétude qu'il cachait mal.

– Vingt et un, trente-trois, trente-huit, trente-six, vingt-six, quinze, quarante, vingt-sept, vingt-trois, dix-huit, vingt.

– Je ne comprends pas, dit-il.

– Je sais, ricana Cornelia. C'est toi qui as perdu, Luke.

– Quel message ?

Cette fois, Cornelia Craft, née Wilson, ne répondit pas. Elle était enfin partie rejoindre Robert.

---

38. Ésaïe, 12 : 2.

80

Pendant un fugitif instant, Donald Kane, historien cartésien et terre à terre, crut avoir basculé complètement du côté de la déraison et de la métaphysique. Il dut consentir un effort considérable pour rétablir son emprise sur lui-même. Il saisit son téléphone dans sa poche et, après plusieurs mauvaises manipulations, arriva à afficher la photo qu'il avait prise peu avant. Il laissa échapper l'air qu'il avait retenu sans s'en rendre compte. Les mots apparus sous l'effet de la chaleur étaient bien là où il les avait vus.

I, Robert Leroy Johnson, in the presence of Iwa Legba, standing at the crossroads, do hereby renounce...

Il ferma les yeux et attendit que son cœur se remette à battre un peu plus normalement. Il n'était pas devenu fou. Pas complètement. Pas encore. Sans doute l'encre invisible ne devenait-elle visible que sous l'effet de la chaleur et disparaissait lorsque le papier était refroidi.

Il se promit d'en chercher le secret sur Internet. Un jour. Quand la vie normale serait revenue. Il s'envoya la photo par courriel, histoire d'en avoir une copie si quelque chose arrivait à son téléphone.

Avec des gestes d'automate, il se fit un café noir très fort et retourna s'asseoir. Il en but la moitié sans vraiment s'en apercevoir en essayant de ne pas penser à ce qui allait suivre. Il aurait préféré un verre de whisky. Ou six. Mais le moment était mal choisi.

À vingt-trois heures, il appela un taxi. Le temps était venu d'aller faire face à ce qui n'existait pas.

Son sac sur l'épaule, Kane descendit à deux rues de sa destination, au coin de Chelsea Avenue et Munster Alley. Avec un air incrédule, le chauffeur du taxi lui avait demandé s'il était bien certain de vouloir débarquer là en pleine nuit, que le quartier était rempli de petits criminels. Il avait répondu que les voyous étaient le moindre de ses soucis. L'autre était reparti avec un air perplexe.

Il était en avance et avait besoin de temps pour réfléchir. À moins qu'il ne s'agisse d'une façon de repousser l'inévitable. Dans un état second, comme un boxeur sonné qui continue à combattre même s'il n'est plus tout à fait là, il avait l'impression que sa personne et son intellect s'étaient dissociés. Sous ses pieds, le monde n'était plus aussi solide et il avançait vers l'inconnu, en plein délire. Une part de lui était consciente du danger qu'il s'apprêtait à braver et des terribles conséquences d'un échec. L'autre part se sentait étrangement détachée. Résignée. Il avait mis les pieds dans quelque chose qui le dépassait et ne s'en sortirait qu'en suivant la voie tracée voilà longtemps et sur laquelle le hasard – ou le mauvais sort – l'avait placé. Il se demanda distraitement ce qui serait arrivé s'il avait accepté l'offre de Thorne. Mais il était futile de s'attarder à cela.

La tête penchée, avançant contre un vent imaginaire, Kane marcha sur Chelsea d'un pas de condamné en essayant le plus possible d'éviter la lumière des lampadaires. Heureusement, ils étaient passablement espacés dans ce coin de la ville. Mais au fond, cela ne changeait rien : Thorne l'attendait.

Quand il arriva en vue de 7th Street, il s'immobilisa entre deux lampadaires et, dans la nuit, prit un moment pour observer sa destination. Après tout, il s'agissait peut-être de son tombeau. Même de l'extérieur, l'église avait l'air de ce qu'elle était : abandonnée. Avec sa façade aveugle et une drôle de tourelle du côté gauche, elle était massive et dégageait une lourdeur oppressante et lugubre. La brique peinte en blanc il y a longtemps pelait d'un peu partout, dévoilant des taches foncées qui avaient des airs de moisissure. Jadis, les hautes ouvertures en ogive sur le côté avaient abrité de beaux vitraux défrayés par les paroissiens. Elles étaient maintenant obstruées par des feuilles de contreplaqué. Une épitaphe ironique se forma dans sa tête. *Ci-gît le professeur Donald Kane, Ph.D. Mort par crédulité.* Ou le contraire…

Il s'avança jusqu'à la clôture en mailles de chaîne qui encerclait le bâtiment. Elle n'était pas bien haute et, après s'être assuré que personne ne l'observait, il l'escalada sans difficulté. Une fois de l'autre côté, il s'approcha prudemment. Une plaque commémorative avait été installée sur la droite du bâtiment et, ses réflexes d'historien prenant le dessus, il la lut rapidement. La Third Presbyterian Church, connue sous le sobriquet de Old brick church parce qu'elle avait été le premier édifice en brique de Memphis, avait été construite en 1860. Durant la Guerre civile, elle avait été utilisée comme hôpital et comme étable par les troupes fédérales. Elle était maintenant laissée à l'abandon pour taxes impayées. Ce soir, elle serait le théâtre d'une tout autre scène.

Il marcha vers le petit vestibule carré placardé qui saillait de la façade et qui, même quand l'église était jeune, n'avait jamais dû être élégant. Au-dessus traînaient les armatures de métal de ce qui avait dû être des enseignes lumineuses de très mauvais goût. Décidément, Thorne avait sélectionné l'endroit parfait.

Le panneau de bois qui bloquait la porte avait été arraché et appuyé contre un mur. Comme une invitation. Donald Kane posa la main sur la porte, mais se retrouva incapable de la pousser. Une peur fulgurante le paralysait.

– *Protège Virgie*, avait supplié Mama Cornelia. *Tu n'es pas si bête pour un p'tit Blanc.*

Craft. C'était pour elle qu'il était là.

– *Give a priest a sloppy blow job and get baptized with jizz*, maugréa-t-il en secouant la tête avec rage. Je suis bien plus bête que vous ne le pensez, Mama.

Dieu, tu dois bien exister parce que ton vieux copain, lui, semble s'amuser comme un petit fou. Alors, si tu es là, quelque part, aide-moi. Faisant appel à tout le courage qu'il lui restait, il entra. La porte se referma derrière lui dans un claquement sinistre dont l'écho se répercuta dans l'édifice spacieux au plafond haut. Les banquettes renversées et cassées, les statues éclatées, les seringues et les condoms sur le plancher, tout y était, comme dans son rêve. *Y compris Mama Cornelia sur sa croix ?* Il avait l'étrange sentiment de revenir dans un endroit qu'il connaissait déjà.

Son regard se porta vers le chœur. L'autel était encerclé de cierges allumés sur leurs chandeliers et formant un demi-cercle de lumière. Il pouvait apercevoir une forme allongée dessus. Il n'eut pas à se demander de qui il s'agissait. Derrière, tel un prêtre maudit s'apprêtant à officier, un grand homme vêtu de noir. Ezekiel Thorne.

Il avança d'un pas lent, chaque seconde gagnée lui permettant de retarder l'inévitable confrontation à laquelle il ne se sentait pas préparé. Quand il fut au pied du chœur, son premier regard fut pour Virginia Craft. Elle était étendue sur le dos, nue et bâillonnée, les poignets immobilisés par des menottes passées dans un gros anneau de fer fiché dans l'autel. *Comme dans les messes noires décrites par les inquisiteurs*, songea-t-il. Elle lui adressa un regard apeuré, mais nullement affolé. Un poignard avait été enfoncé dans l'autel, près de sa tête. Dans ses yeux, il vit surtout un esprit aiguisé par la colère et la crainte. Les nerfs saillants sous la peau du cou, elle respirait fort et vite. Une bête sauvage prête à bondir si la moindre occasion se présentait. Pour la centième fois sans doute, si l'on en jugeait par les vilaines blessures sur la peau de ses poignets, elle tira avec rage sur ses menottes. En vain. Kane lui retourna un imperceptible hochement de la tête qu'il espérait rassurant. Elle se calma, mais sa respiration demeura colérique.

Kane monta les trois marches et se retrouva dans le chœur. Feignant une assurance qu'il ne ressentait pas, il dévisagea celui qu'il avait d'abord appelé Nick Cave en un affrontement silencieux. L'autre se contenta de lui retourner un sourire narquois.

– Je suis content de vous revoir, professeur, dit Thorne avec une courtoisie qui donnait froid dans le dos.

– Ce n'est pas réciproque, répondit Kane d'une voix dont la fermeté le surprit lui-même.

Le sourire de Thorne s'élargit. Il était visiblement amusé par tout cela.

– Je peux comprendre. Votre position n'est pas des plus confortables.

Il soupira de manière théâtrale.

– Si seulement vous aviez accepté de me vendre les objets… L'offre de mon client était pourtant généreuse. Mais bon… Il est trop tard pour revenir en arrière.

– Maintenant que j'ai une idée de ce que contenait votre véritable contrat, je suis assez content d'avoir refusé, peu importe la quantité de zéros.

– Votre manque de confiance me blesse un peu, professeur…

– Certaines choses n'ont pas de prix.

Kane empoigna la sangle de son épaule pour déposer son sac à ses pieds.

– J'ai les objets de Johnson, déclara-t-il d'un ton qui se voulait autoritaire. Laissez-la partir.

– S'il n'en tenait qu'à moi… Malheureusement, je ne suis qu'un intermédiaire, soupira Thorne en feignant d'être désolé. Vous allez désormais devoir négocier directement avec mon client.

Il adressa à Kane un sourire qui le transit de terreur.

– Je préfère vous prévenir, professeur : il est mécontent.

De plus en plus pétrifié, Kane chercha une réponse désinvolte, mais aucune ne lui vint. Thorne sortit une antique montre de la poche intérieure de sa veste et releva le couvercle avec le pouce.

– Minuit, annonça-t-il. Il devrait arriver d'une seconde à l'autre.

Comme si la chose avait été arrangée d'avance, à l'autre extrémité de l'église, la porte claqua. Quelqu'un venait d'entrer.

– Quand on parle du loup… fit Thorne, dont le sourire s'était imperceptiblement crispé, comme tout son corps.

Son regard devenu sérieux se porta vers le narthex, où une silhouette se tenait dans la pénombre.

– Professeur Kane, je vous présente Luke. Mon client.

81

Kane n'aurait pu dire à quoi, exactement, il s'était attendu, mais il était certain que ce n'était pas à cela. L'homme était aussi menaçant qu'un chaton rachitique. Il claudiquait lourdement dans l'allée centrale, appuyé sur un bâton noueux qui lui tenait lieu de canne, en évitant avec prudence les obstacles qui jonchaient sa route.

Kane jeta un coup d'œil furtif vers Thorne. L'homme en noir, habituellement si arrogant, se tenait raide derrière l'autel, le visage blême et grave, les lèvres pincées et les yeux un peu trop ronds. Un filet de sueur avait coulé sur sa tempe droite. *Il a peur*, constata l'historien, perplexe. Comme pour confirmer cette perception, Nick Cave ravala nerveusement sa salive.

Kane reporta son attention sur celui qui causait ce soudain changement d'attitude. Un petit pas à la fois, le nouveau venu approchait, le dos courbé, avançant le pied droit, puis ramenant le gauche en le traînant un peu. Ses jambes semblaient flageolantes et sur le point de ne plus le porter.

Quand il fut encore plus proche, Kane put détailler son visage fripé comme une vieille pomme et parsemé de taches brunes, sous un crâne presque chauve et auréolé de cheveux fous. *Yoda, en plus grand et sans les oreilles*, songea-t-il. En comparaison, Mama Cornelia elle-même conservait un vague air de jeunesse. Sa respiration était sifflante, comme si le simple déplacement avait exigé un terrible effort. Son costume avait jadis été noir, mais, même dans la lumière blafarde des cierges, il était manifestement délavé jusqu'au gris et usé jusqu'à la corde. Le tissu des genoux du pantalon et des coudes de la veste était élimé et déformé. Le bout des chaussures était râpé jusqu'au cuir.

De peine et de misère, le vieillard atteignit enfin le chœur. Avec l'empressement d'un laquais, Thorne se précipita à sa rencontre et le soutint par un bras pour l'aider à monter les trois marches vers l'autel. Lorsqu'il y parvint, il s'arrêta un peu pour souffler tandis que Nick Cave allait prendre place derrière lui. *Un serviteur*, songea Kane. *Un serviteur obséquieux et craintif. Un chien fidèle qui a peur d'être battu.*

Le vieillard finit par poser sur Kane deux petites billes noires à moitié enfouies dans les rides de son visage. Le regard était clair et alerte. Il avait quelque chose de reptilien, de primitif qui lui donna un frisson.

– Professeur Kane, dit-il.

La voix, pierreuse, rauque et usée, rappelait vaguement le croassement d'un corbeau.

– Ainsi donc, voilà le noble individu qui refuse des millions de dollars en échange de quelques objets, se moqua le dénommé Luke. Il fut un temps où Legba était plus convaincant.

Il fallut une seconde à Kane pour intégrer ce qu'il venait d'entendre. Legba ? Thorne était Legba ? Le *trickster* ?

Le gardien des carrefours ? Le Legba que Mama Cornelia avait cru voir (*vu ?*) avant de sombrer dans le coma ?

– J'ai surtout refusé un contrat, répliqua-t-il en feignant un aplomb qu'il ne ressentait pas.

Le vieil homme fit glisser sur Craft un regard lascif. L'anthropologue lui en retourna un, brûlant de défiance et de colère. Elle cria des insultes dans son bâillon.

– Quelle splendide créature ! De quoi faire damner un archange, dit Luke. Je comprends qu'il y ait pour vous des choses plus importantes que l'argent. Votre galanterie vous honore, professeur. À moins que ce ne soit la concupiscence qui vous motive ? Ou un peu des deux ? Les émotions humaines sont si complexes…

Le drôle de petit gobelin émit un rire qui tourna en grincement aigu et désagréable.

– Finissons-en, coupa Kane. Vous vouliez les objets de Johnson. Je les ai.

Il tira le Ziploc de son sac.

– Voilà.

Sur un signe du vieillard, Thorne/Legba vint le prendre et le lui présenta. Luke appuya son bâton contre l'autel, puis sortit le doigt desséché qu'il examina pensivement. Il en fit autant avec l'image de Gullah Jack. Un petit air goguenard lui chiffonna le visage. Il semblait étrangement nostalgique. Kane l'observa, de plus en plus songeur.

Il remit les objets dans le Ziploc et en extirpa le carnet sur lequel il s'attarda, le feuilletant méthodiquement, tel un commissaire priseur évaluant un tableau de maître jusque-là inconnu.

– Ainsi donc, il avait pris des notes, grommela-t-il, les sourcils froncés. Il l'avait bien caché.

Il continua à tourner les pages.

– Toutes ses chansons y sont, constata-t-il en secouant la tête, un peu éberlué, comme Kane et Craft l'avaient été avant lui. Il était vraiment plein de surprises.

La lumière des cierges éclairait sa couronne de cheveux clairsemés et lui donnait des allures de savant fou tandis qu'il allait et venait à travers les pages. Kane savait ce qu'il était en train de faire. Il avait suivi le même chemin.

– Toutes ces notes disparates… marmonna Luke avec une soudaine méfiance, indifférent aux regards braqués sur lui.

Curieux, Thorne étira le cou pour mieux voir et leva les sourcils, mais se garda bien de formuler la moindre observation.

De toute évidence, Luke essayait de donner un sens aux passages notés hors contexte par Johnson, exactement comme Kane l'avait fait. *Vingt et un, trente-trois, trente-huit, trente-six, vingt-six, quinze, quarante, vingt-sept, vingt-trois, dix-huit, vingt*, récita-t-il pour lui-même avec mépris. *Tu peux continuer à chercher, Yoda.*

Le vieil homme persévéra encore un moment avant d'interrompre ses efforts. À la fin du carnet, il trouva le texte de la trentième chanson, que Kane avait plié en quatre et remis dans la cachette où il l'avait découvert par accident. Il le sortit et le déplia. Son visage ridé fut illuminé par un sourire énigmatique. Il tendit le document devant un des cierges allumés et, en quelques secondes, le texte secret apparut de nouveau. Il approuva d'un hochement de tête. Kane se sentit aussitôt inquiet.

– Vous avez ce que vous vouliez, lança-t-il.

Sans même le regarder, Yoda remit la trentième chanson à Thorne et reprit son bâton pour s'y appuyer, visiblement fatigué. Il posa les yeux sur l'historien et le dévisagea sans rien dire.

– Détachez Craft, insista Kane.

Le vieux continua à le toiser sans la moindre expression, comme s'il n'était qu'une tache sans intérêt sur le mur. Deux pas derrière son client, Thorne/Legba arborait un sourire glacial. Kane se demanda lequel des deux le terrifiait le plus.

– Nous ne savons même pas qui vous êtes, plaida-t-il en détestant l'affolement que trahissait sa voix. Nous ne pourrions même pas vous dénoncer. Nous voulons seulement sortir d'ici.

Cette fois, Luke soupira – un soupir qui, dans les circonstances, recelait la plus effrayante des menaces : de la pitié.

– Je regrette, mais c'est impossible, laissa-t-il tomber.

Quand son regard glissa sur Craft, il était devenu dur et froid comme la lame d'un poignard.

– Robert me doit encore quelque chose.

82

Le sourire nonchalant du vieillard était devenu cruel et ses yeux trahissaient sa colère. Kane nota la façon dont ses mains (comment n'avait-il pas remarqué plus tôt la longueur des ongles ?) se fermaient et s'ouvraient compulsivement.

Robert me doit encore quelque chose. Les mots tournaient en boucle dans sa tête. *Robert me doit encore quelque chose.* Certes, ce vieil homme était assez vieux pour l'avoir connu de son vivant, mais que pouvait lui devoir Johnson quatre-vingt-trois ans après sa mort ? Le dénommé Luke sembla s'amuser de sa confusion.

– Il faut me voir comme un simple commerçant, professeur, reprit-il. J'offre une marchandise que certaines clientèles convoitent plus particulièrement, pour des raisons qui leur appartiennent, et que d'autres rejettent. Comme tout produit de valeur, le mien a son prix, équitablement établi en fonction du principe de l'offre et de la demande. Pour obtenir ce que l'on convoite le plus, il faut être prêt à donner ce qu'on a de plus précieux, vous ne croyez pas ? Cela dit, je n'oblige personne à acheter et la transaction est tout à fait transparente. Le vieux Luke n'est pas malhonnête, même si plusieurs persistent à prétendre le contraire.

Robert me doit encore quelque chose. Rejetant l'idée qui cherchait à prendre forme, Kane le dévisagea en attendant la suite. Luke, qui l'observait avec insistance, parut un peu déçu.

– Vous semblez être un homme plein de ressources, professeur. Je présume que vous avez lu le contrat de Robert ? demanda-t-il.

Sonné, Kane hocha légèrement la tête. *Le contrat. Le pacte.* Chaque mot écrit à l'encre invisible était gravé dans sa mémoire. *I, Robert Leroy Johnson, in the presence of Iwa Legba, standing at the crossroads, do hereby renounce my rightful God the Father, the Son and the Holy Spirit. I willingly sell my soul to the Devil Lucifer. In exchange, I shall receive unrivaled musical talent and unbounded power of seduction for the duration of my human life. At the expiration of said life, I shall honor my debt in its entirety, payable for eternity to the aforementioned creditor. Any attempt to default on this solemn commitment shall be transferred without restriction on one I have sired. Signed with my own blood in two copies in Memphis, Tennessee, on the 9th day of April 1930.*

Acceptant son silence abasourdi comme une confirmation, le vieil homme lui adressa un sourire presque compatissant, puis haussa les épaules avec désinvolture. *Robert me doit encore quelque chose.* La cervelle de Kane tournait à pleine vitesse. *Luke.* Pour comprendre. Ou pour s'étourdir et éviter de comprendre.

– Robert était un jeune homme fougueux, passionné, entier, poursuivit le vieil homme sur un ton presque rêveur. Un être admirable à bien des égards. La vie n'avait pas été tendre avec lui, mais il s'en sortait plutôt bien avec sa musique, jusqu'à la mort de sa jeune femme. Son âme est alors devenue noire. Il s'est révolté contre Dieu et la religion. Disons que je suis arrivé au bon moment. Avec le temps, j'ai développé un don pour identifier les clients potentiels. Appelons ça de l'opportunisme. Il était tellement doué… Au fond, il n'avait pas besoin de moi. Je crois qu'il a surtout été motivé par le ressentiment. Une vengeance, en quelque sorte.

Le vieux semblait prendre un malin plaisir à son monologue. Son sourire ne l'avait pas quitté, mais était devenu narquois. La façon dont il inclinait la tête avait quelque chose d'empathique, comme s'il éprouvait de la pitié pour Johnson. Sa voix avait pris une tonalité plus suave, presque envoûtante. Tout cela sonnait faux. Mais Kane n'arrivait pas à s'en détacher.

– Évidemment, il a été pris de regrets, poursuivit Yoda avec une certaine insouciance. Ils le sont tous. Ils veulent le bénéfice, mais tôt ou tard, le prix leur semble trop élevé.

Son ricanement malveillant pétrifia Kane. *I willingly sell my soul to the Devil Lucifer.*

– Robert s'est mis à chercher activement un moyen de se sortir de son contrat, poursuivit Luke. Il a consulté tout ce qu'il a pu trouver de *hoodoo doctors*, de prêtres et de vendeurs d'huile de serpent. Il a prié, pleuré, gémi, supplié, ragé, maudit… Et surtout, il a bu. Il est devenu un véritable ivrogne. Une triste éponge. C'est le sort de tant de *bluesmen*… Ils doivent avoir quelque chose à oublier… J'entends d'ailleurs dire que plusieurs d'entre eux se sont récemment enlevé la vie. C'est d'une tristesse… D'autant plus que cela ne leur permettra pas d'échapper à leurs obligations. En matière de contrat, je suis, je le crains, d'une grande rigidité. Les affaires sont les affaires.

Il ricana de nouveau.

– Le bourbon et le *moonshine* ont tué Robert plus vite que prévu. Au fond, en voulant annuler l'échéance, le pauvre garçon l'a hâtée.

Robert me doit encore quelque chose. Luke.

– En conséquence de ses actes, conclut le vieil homme, j'invoque la dernière clause de son contrat.

Any attempt to default on this solemn commitment shall be transferred without restriction on one I have sired. Kane sentit le sol tanguer sous ses pieds, tandis qu'une déduction inéluctable prenait forme. *I willingly sell my soul to the Devil Lucifer.* Luke. Sur l'autel, Craft avait cessé de se débattre et de rager dans son bâillon. Les yeux écarquillés braqués sur le vieil homme, elle semblait tétanisée.

– Ha ! Il vous en a fallu du temps ! s'exclama Luke, la mine réjouie, en voyant la compréhension se dessiner sur le visage de l'historien. Certes, mon apparence peut surprendre. La religion me représente comme un ange déchu, avec les ailes et tout le bazar. Les gens m'imaginent avec des cornes, des sabots, une queue et un haut-de-forme. La télé a fait de moi un beau jeune homme sensible et sexuellement ambivalent. La réalité est un peu plus… banale. Décevante, même. Et je ne suis plus très jeune… Quant à la croisée des chemins, disons que je préfère déléguer le travail manuel au petit personnel comme ce bon Ezekiel.

Kane vacilla, envahi par une profonde terreur. La raison lui faisait défaut. Il sentit à peine le flot chaud de l'urine qui coulait le long de sa jambe droite. Pour la première fois de sa vie, il avait la certitude d'avoir une âme et il avait peur pour elle.

Manifestement ravi de son effet, le vieil homme tourna la tête vers Thorne.

– Legba, si tu veux bien.

Tel un chien désireux de plaire, Nick Cave s'ébranla avec empressement. Une fois auprès de Craft, il tendit la trentième chanson (*le contrat*) devant la flamme d'un cierge jusqu'à ce que le texte secret soit bien visible, puis avec révérence, le déposa sur l'autel et lissa le papier friable. D'un geste ferme, il dégagea le poignard et le mit tout à côté.

Craft avait les yeux luisants de larmes, mais l'étincelle de colère et de détermination y brillait toujours, mêlée à la panique. Indifférent aux états d'âme de sa victime, Thorne abaissa son bâillon. Sagement, elle ravala les imprécations qui brûlaient sans doute de jaillir de ses lèvres. L'homme en noir extirpa ensuite une clé de sa poche de pantalon et déverrouilla le bracelet de menottes de son poignet, qu'il empoigna solidement. Elle se débattit avec rage, tirant de toutes ses forces pour se défaire de son emprise, mais en vain. Il ne laissait paraître aucune émotion et ne semblait même pas forcer pour la retenir. Elle finit par arrêter.

– Pourquoi moi ? demanda-t-elle, la mâchoire serrée, refusant de leur faire le plaisir de montrer sa douleur et sa peur.

En entendant ces mots, Kane secoua la torpeur qui l'avait complètement engourdi et lui donnait envie de se recroqueviller par terre. La réponse s'imposa tout naturellement à lui.

– Parce que tu es la descendante de Robert Johnson, Virgie, répondit-il.

83

Kane avait parlé sans réfléchir. Pourtant, il n'avait aucun doute sur ce qu'il venait d'affirmer, comme si son instinct savait déjà quelque chose que sa raison était encore en train d'assembler. Craft lui retourna un regard atterré, alors que Luke et Thorne affichaient un air amusé.

Il était tellement mignon, le p'tit Robert, redit Mama Cornelia dans sa mémoire. *Un petit* buttermilk cookie *qu'on laisse fondre dans la bouche, si tu vois ce que je veux dire. Il butinait de fleur en fleur. Une vraie abeille ! Je le savais, comme tout le monde. Et puis j'ai rencontré Earl. Il était pas aussi mignon que Robert, c'est sûr, mais il était gentil et c'était mon homme. J'ai eu ton grand-père peu après, puis tes grand-tantes sont venues.*

Dans la pauvre cervelle fatiguée de Donald Kane, les faits et les indices s'assemblaient comme les pièces d'un casse-tête, dans un tourbillon si étourdissant que le monde autour semblait ralentir. *J'ai eu ton grand-père peu après.* En disant cela, Mama Cornelia avait presque échappé son secret. *Il veut tout ce que Bobby a laissé.* Ce que Johnson avait laissé, c'était une descendance. Sans doute nombreuse. Et Virginia Craft en faisait partie. Cornelia avait été une des amantes de Johnson. Le grand-père de Craft en avait été le fruit illégitime. À l'époque, les enfants nés hors des liens sacrés du mariage avaient été chose aussi courante que l'eau qui coulait dans le Delta. Assurément, personne ne s'en était trop formalisé. Cornelia s'était mariée déjà enceinte avec Earl, qui avait accepté l'enfant comme bien des maris de l'époque. Autres temps, autres mœurs.

Nellie Mae, I got to say. My blood won't buy my soul. My blood will stay whole. Save my soul! Cornelia. Nellie. Nellie Mae. La Nellie Mae de la trentième chanson. *Nellie Mae, trade my soul and bait.* Une nouvelle lumière s'alluma dans son crâne. C'était à Cornelia Wilson, devenue Craft après son mariage à Earl, que Johnson adressait les directives cachées dans son carnet. Après tout, elle était la mère de son enfant.

Johnson posait sur les épaules de Cornelia la responsabilité de sauver leur enfant. *My blood won't buy my soul. My blood will stay whole.* Il n'avait pas respecté son contrat et savait que la dernière clause serait invoquée. « Nellie » ne l'avait jamais su. Robert n'avait probablement pas eu le temps de solliciter son aide. Personne n'était venu reprendre sa boîte chez Ellie Mae Harney, qui ne l'avait jamais ouverte. Sa fille, Simone Jackson, avait prétendu ne pas avoir pris connaissance de son contenu, elle non plus, mais elle avait menti. Elle n'avait pas contacté Virgie par hasard, mais parce qu'elle avait établi qu'elle était l'arrière-petite-fille de la Nellie de Johnson. Kane n'avait été qu'un accessoire dans toute l'histoire, sûrement à cause de ses quelques publications. C'était Craft qui en avait été le centre.

Là où elle se trouvait maintenant, à mi-chemin entre la vie et la mort, Mama Cornelia avait peut-être compris ce qui lui avait échappé pendant toutes ces années. Elle avait choisi le rêve pour lui demander son aide, à lui. *Il est trop tard pour moi. Protège Virgie. Tu n'es pas si bête pour un p'tit Blanc. Place ta confiance en Dieu*. Tout comme, de son coma, elle était parvenue à leur transmettre la séquence numérique qui avait tout débloqué.

Sur le ton sépulcral d'un condamné, il résuma tout cela à Craft à mesure que les faits se connectaient, tandis que Thorne tenait toujours fermement son bras et que Luke l'écoutait avec quelque chose qui ressemblait à l'attendrissement que l'on éprouve pour un enfant.

– Vous êtes perspicace, professeur, convint-il quand il eut terminé. Je vous en félicite. En gros, vous avez vu juste.

Hagard, Kane était sonné comme ce boxeur qui avait reçu un coup de trop. Ce qu'il venait d'énoncer contredisait fondamentalement tout ce en quoi il croyait. Il venait d'écarter la raison au profit du mythe, le réel au profit de la superstition. Il venait de régresser à l'état de croyant terrifié. Mais il devait admettre l'évidence : le surnaturel et la magie s'infiltraient dans la réalité et l'influençaient, qu'il l'accepte ou pas.

Si tout cela était vrai, les conséquences étaient incommensurables. Craft était condamnée à payer de son âme la faute d'un ancêtre dont elle n'avait même pas eu connaissance. Quant à lui-même… il ne poussa pas plus loin son raisonnement.

Le visage de Luke se durcit et il avisa Thorne.

– Finissons-en, lui ordonna-t-il.

Kane crut déceler quelque chose de subtil dans le comportement du vieillard. De l'empressement ? De l'inquiétude ? Fouetté par l'attitude de son client (*maître ?*),

Thorne tira d'un coup sec sur le bras de Craft et tordit son poignet pour retourner sa paume vers le haut, lui arrachant un cri. Il s'empara du poignard sur l'autel, posa le tranchant dans le creux de la main et, avec l'aisance issue de la pratique, y traça une profonde coupure du gras du pouce jusqu'à la racine des doigts. L'anthropologue serra les dents et grogna, soufflant comme une bête sauvage, mais refusa d'émettre la moindre plainte. Tandis que Thorne replaçait le couteau sur l'autel, le sang de Virgie se mit à couler de la plaie, le long de son avant-bras.

– *Any attempt to default on this solemn commitment shall be transferred without restriction on one I have sired,* récita de mémoire le vieillard, d'un ton qui n'avait plus rien de désinvolte. En vertu du contrat passé entre nous le 9 avril 1930, Virginia Craft, votre arrière-grand-père me doit donc une âme issue de son propre sang. Je réclame la vôtre.

Thorne approcha le contrat de Johnson et retourna la main de Craft. Goutte à goutte, le sang coula dessus, imbibant le papier. Kane comprit ce qui était en train de se produire. Ils allaient la forcer à signer de son sang, avec sa main gauche, comme son arrière-grand-père l'avait fait jadis.

– *L'âme qui pèche, c'est celle qui mourra,* récita-t-elle avec la défiance qu'il avait vue chez Mama Cornelia. *Le fils ne portera pas l'iniquité de son père, et le père ne portera pas l'iniquité de son fils. La justice du juste sera sur lui, et la méchanceté du méchant sera sur lui*[39].

Tandis que Luke, nullement troublé par la parole de Dieu, lui retournait une moue ennuyée, dans la tête de Kane, les idées se bousculaient toujours. Si Luke avait vraiment su, dès les années 1930, que Johnson tentait

39. Ézéchiel, 18: 20.

de se dégager du contrat (*pacte*) passé avec lui, comme il venait de le prétendre, alors pourquoi avait-il attendu jusqu'en 2021 pour réclamer son dû ? L'évidence lui sauta aux yeux : parce qu'il mentait. *Il a été meurtrier dès le commencement, et il ne se tient pas dans la vérité, parce qu'il n'y a pas de vérité en lui. Lorsqu'il profère le mensonge, il parle de son propre fonds ; car il est menteur et le père du mensonge*[40]. Luke avait beau fanfaronner, il n'avait appris que récemment que la validité de ses contrats était menacée. Depuis que la boîte contenant les objets de Johnson avait resurgi ? C'était plausible – pour peu qu'il y ait une logique inhérente à l'univers surnaturel dans lequel il avait été aspiré.

Un autre lien éclata au visage de Kane. Tous les *bluesmen* morts récemment devaient avoir signé le même contrat. D'une façon quelconque, Luke, aidé par Thorne, en avait hâté le paiement en les poussant au suicide pour ne pas risquer de perdre ses investissements. Il craignait que Johnson ait découvert une échappatoire. Il ne contrôlait pas la situation. Il avait peur.

Mais quelle échappatoire ? Tandis que Kane essayait de trouver la réponse dans le fatras d'informations et d'intuitions qui l'assaillaient, Craft se mit à se débattre de plus belle, avec l'énergie d'une tigresse. Pour ne pas perdre prise, Thorne dut empoigner à deux mains son poignet rendu glissant par le sang. À force de lutter, elle parvint à le tirer un peu plus vers elle. D'un même mouvement, elle s'étira aussi loin qu'elle le put et enfonça ses dents dans le poignet de l'homme en noir. Elle mordit comme une furie. Thorne hurla de douleur et de colère tandis que son sang se mêlait à celui de Craft sur le papier

40. Jean, 8 : 44.

jauni. Les rôles étaient inversés et ce fut à son tour de se débattre pour qu'elle lâche prise.

Le cœur de Kane battait à tout rompre. *Protège Virgie. Tu n'es pas si bête pour un p'tit Blanc*, avait dit Mama Cornelia. *Place ta confiance en Dieu*. Les chiffres avaient été exacts. Comment pouvait-il rejeter l'injonction qu'elle était venue lui faire pendant son sommeil ? Mais il n'avait jamais cru en Dieu. Il était trop tard pour commencer. Pourtant, il croyait en ce qui se déroulait là, maintenant. Et il croyait à celui qui se tenait près de lui. Croire à l'un n'impliquait-il pas la foi en l'autre ?

Change hand. Sign seal. Soul for fool. Gon' fool the Fool. Gon' lie to the Liar. Gon' lie to the Fool. Gon' fool the Liar. Mu par une soudaine certitude qui ne tenait pas de la raison, Kane bondit vers l'autel.

Change hand. Sign. Seal.

Le temps sembla ralentir. Il ramassa le poignard laissé sur l'autel et, de son autre main, saisit le bras blessé de Thorne, qui était en train de marteler Craft de coups de poing. À moitié inconsciente, cette dernière le lâcha. Au même moment, Kane visa la main maintenant libre sur le contrat de Johnson et y enfonça la lame.

84

La main de Thorne/Legba était solidement empalée. La lame du poignard l'avait traversée pour s'enfoncer dans le bois de l'autel. Il avait beau saisir le manche avec sa main libre et tirer de toutes ses forces, l'arme restait obstinément en place. Il faisait de grands efforts pour garder sa dignité, mais la façon dont il jetait des coups d'œil vers Luke trahissait sa détresse. Haletant et désorienté, Kane éprouva quand même une satisfaction perverse à voir cet homme dans un tel état. Lui aussi avait peur et c'était tant mieux.

Un grand éclat de rire monta dans l'église abandonnée, se réverbérant sur le haut plafond. Luke avait renversé la tête et le son qui montait de sa gorge était puissant et énergique ; le rire d'un homme dans la force de l'âge. Il s'esclaffa pendant une bonne minute sous le regard de plus en plus inquiet de son serviteur. Se calmant peu à peu, il s'essuya les yeux avec ses mains, puis ouvrit les bras avec bonhomie en direction de Thorne.

– Mon bon Ezekiel, lança-t-il, tout sourire, après tout ce temps, il semble que quelqu'un de plus fin que toi ait finalement réussi à te jouer un bon tour ! Ha ! Tu as trouvé chaussure à ton... sabot !

Il se remit à rire.

– Luke, je...

Change hand. Sign. Seal. Soul for fool. C'était ce que Johnson avait compris ; l'astuce qu'il avait tenté de révéler à Cornelia, sachant qu'elle avait le tempérament pour faire face à n'importe qui, même à ces deux-là. Il lui disait, en langage codé, qu'elle devait profiter d'un moment d'inattention pour substituer une autre main à celle de leur enfant. *Fool the fool, lie to the liar, lie to the fool, fool the liar.* Mentir au menteur, tromper le trompeur. Berner Lucifer et Legba.

Kane s'adressa à Nick Cave.

– Je crois que ce que votre « client » essaie de vous dire, c'est que vous avez signé ce contrat en lieu et place de la descendante du signataire. Évidemment, tout repose sur l'acceptation de la transaction par l'autre partie.

Luke sourit et Thorne blêmit.

– Depuis longtemps, je me dis que je devrais changer de collaborateur, dit-il. Mais j'hésitais. Il est fidèle et prévisible comme un vieux chien. Mais il était devenu trop à l'aise. J'aime mes serviteurs plus craintifs. Johnson aura finalement décidé pour moi. Je confirme donc qu'Ezekiel Thorne, comme il est connu ici et maintenant, a signé le contrat en lieu et place de Virginia Craft. Certes, il ne descend pas de Johnson, mais je sais récompenser la créativité quand elle se manifeste. Et votre ancêtre en avait à revendre, Miss Craft.

Conscient de la réputation peu enviable de celui avec lequel il venait de transiger en matière de parole donnée, Kane s'avança vers l'autel. Sous le regard accablé d'Ezekiel Thorne, qui avait perdu toute sa superbe, il ramassa la clé des menottes et détacha Craft, dont la main gauche saignait abondamment. Il l'aida à se lever et la soutint tandis qu'ils s'éloignaient un peu.

Luke les toisait avec une franche admiration et un air amusé.

– Vous êtes vraiment plein de ressources, professeur, minauda-t-il. Et vous, madame, ajouta-t-il à l'intention de Craft, vous avez le tempérament de votre arrière-grand-mère, ce qui n'est pas peu dire.

Malgré la douleur de sa blessure et sa tête qui tournait, Craft eut une expression interdite, des questions dans les yeux.

– Cornelia et moi, nous nous connaissons depuis très longtemps. Pourquoi croyez-vous qu'elle ait autant vécu ? expliqua Luke. J'imagine que, sans le savoir, elle attendait le moment où elle devrait vous protéger. Legba a bien essayé de lui faire des misères, mais elle l'a toujours traité avec le plus souverain des mépris.

Il jeta un regard lourd de reproches vers Thorne, qui parut se ratatiner sur lui-même. Kane nota que, créature de l'autre jusqu'à la fin, il ne se défendait pas.

En s'aidant de son bâton, Luke clopina jusqu'à son serviteur déchu. Sans effort apparent, il délogea le poignard de la table de l'autel. Thorne serra sa main blessée contre sa poitrine et lança à Kane un regard assassin. Le vieil homme ramassa le papier imbibé de sang.

– Je suis forcé de constater que Robert avait bel et bien trouvé une échappatoire, dit-il, songeur. La solution est astucieuse et déconcertante de simplicité. J'en suis fort embarrassé. Je verrai à la rectifier dans les plus brefs délais.

Il plia le contrat et le rangea dans la poche intérieure de sa veste.

– D'ici là, je vous prie de ne pas trop ébruiter la chose. Ce serait mauvais pour les affaires, vous comprenez ?

– Je ne l'ébruiterai pas si vous libérez Johnson, lança Kane, surpris par sa propre effronterie.

Luke le toisa un instant, puis inclina la tête avec une galanterie d'un autre âge.

– Au revoir, professeure Craft. Au revoir, professeur Kane.

Donald Kane reconnut sans surprise la ruelle crasseuse avec son éclairage blafard et ses poubelles débordant de détritus, alignées contre les murs de brique. Comme pour lui confirmer qu'il se trouvait bien là où il croyait être, un gros rat passa près de ses pieds en se dandinant sans presse.

– Sale bête, grommela-t-il d'une voix empâtée en reculant d'un pas.

Ses pieds lui semblaient lourds et malhabiles, et il faillit trébucher. Il cligna des yeux à quelques reprises et secoua la tête. Il avait l'impression d'avoir le cerveau embourbé dans des sables mouvants, comme s'il s'éveillait de la pire cuite de sa vie. Des images floues passaient dans sa mémoire et disparaissaient avant qu'il puisse les saisir. Il avait mal à la tête et, surtout, il avait soif, affreusement soif. L'envie de retrouver son ami Jack Daniel le prit, pressante. Il remonta la sangle de son sac sur son épaule et tira son téléphone de la poche arrière de ses jeans (*que faisait-il là ?* il le mettait toujours dans la poche de sa veste) pour voir l'heure.

Dimanche, 11 juillet.

Normal, puisque son rendez-vous avait été fixé à minuit sonnant. Il écarquilla les yeux tandis que tout lui revenait en bloc. Luke, Thorne, Johnson, le contrat, le carnet, la ruse, Mama Cornelia, Craft…

– Virgie… souffla-t-il, soudain aux abois et complètement réveillé.

Un faible gémissement lui répondit. Il en suivit la direction et, dans la pénombre de la ruelle, repéra une forme allongée par terre, parmi les ordures.

Craft.

Il se précipita vers elle et se jeta à genoux. Elle était vivante, mais couverte de sang. Sa main gauche… Le poignard… le pacte…

Il la serra contre lui et composa le 911 sans même se rendre compte qu'il pleurait.

85

Lundi, 19 juillet 2021

Au volant de sa camionnette, Craft était silencieuse, perdue dans ses souvenirs. C'était ainsi depuis l'enterrement de Mama Cornelia Craft, née Wilson, la veille. Sa peine était grande et Kane la respectait. Il la ressentait, lui aussi. Cette vieille dame avait été l'être le plus solide et le plus courageux qu'il lui avait été donné de croiser.

Il regardait le paysage défiler par la fenêtre. Son paysage. Leur paysage. Il ne repartirait pas. Il le savait. Le Delta l'avait adopté autant qu'il avait adopté le Delta. Le Delta était chez lui, en lui ; l'endroit où sa vie avait pris un sens. Il y aurait bien une petite place quelque part pour un médiéviste. Mais auparavant, il avait une biographie à écrire avec sa coauteure – une biographie innovatrice, certes, mais pas autant qu'elle aurait pu l'être. Pour cela, il lui aurait fallu un document qu'il n'avait pas. De la trentième chanson, il ne restait qu'une photographie. Heureusement, Luke avait jugé le carnet sans intérêt. Kane l'avait retrouvé dans son sac avec le reste des objets qu'ils avaient placés dans une boîte en fer-blanc toute neuve.

La main gauche de Craft, posée sur le volant, était toujours bandée pour protéger la plaie qui avait nécessité une vingtaine de points de suture. Par chance, aucun tendon n'avait été touché et elle s'en remettrait. Il lui caressa doucement la cuisse et elle tourna la tête pour lui sourire. Il fut heureux de constater que ce sourire commençait à atteindre ses yeux. Elle guérissait en dedans aussi.

– Ça te fait mal ? demanda-t-il.

– Seulement quand je ris, répondit-elle.

– Alors je vais essayer de ne pas te faire rire.

– Facile : tu n'es pas drôle.

Ce type d'échange était devenu leur code pour des mots plus tendres qu'ils n'osaient pas encore prononcer, mais qui, tôt ou tard, exprimeraient un sentiment forgé à blanc par ce qu'ils avaient vécu.

Ils se dirigeaient maintenant vers une autre forme de pèlerinage. La camionnette quitta la route 7 et prit à droite. Ils roulèrent quelques minutes vers le nord sur un chemin sinueux jusqu'à une petite église blanche un peu décrépite surmontée d'une minuscule croix qu'il reconnut pour l'avoir souvent vue en photo. Près de la façade, un grand écriteau confirmait qu'ils avaient bien atteint Little Zion M.B. Church et précisait que l'école du dimanche se tenait de 9 h 30 à 10 h 30. Craft immobilisa le véhicule près d'un panneau d'interprétation officiel de la Mississippi Blues Commission, d'un bleu indigo presque aveuglant, qui portait en lettres dorées une courte biographie de Johnson.

Kane prit son étui de guitare sur la banquette arrière, sortit et referma la portière. Il porta son attention sur la pierre tombale en pierre grise au pied d'un grand pacanier. Sans un mot, Craft et lui marchèrent, main dans la main, vers la sépulture.

ROBERT L. JOHNSON
MAY 8 1911 – AUGUST 16 1938
– musician & composer –
he influenced millions beyond his time

Jesus of Nazareth King of Jerusalem
I know that my redeemer liveth and that
He will call me from the grave.

HANDWRITTEN BY ROBERT JOHNSON SHORTLY BEFORE HIS DEATH AND PRESERVED AMONG FAMILY PAPERS BY HIS SISTER, CARRIE H. THOMPSON[41]

Une fois là, ils se recueillirent une minute en silence, puis contournèrent le monument pour lire le verso.

When I leave this town
I'm 'on bid you fare… farewell
And when I return again
You'll have a great long story to tell

FROM « FROM FOUR UNTIL LATE » BY ROBERT JOHNSON

This memorial marker is placed at the base of this old pecan tree, as was Robert Johnson himself, prior to his burial nearby, in accordance with the account of eye-witness Mrs. Rose Eskridge as told to historian Stephen C. LaVere[42]

---

41. Robert L. Johnson
8 mai 1911 – 16 août 1938
– musicien et compositeur –
Il a influencé des millions au-delà de son époque
Jésus de Nazareth, roi de Jérusalem, je sais que mon rédempteur est vivant et qu'il me ramènera d'entre les morts.
Rédigé par Robert Johnson peu avant sa mort et préservé dans les papiers familiaux par sa sœur, Carrie H. Thompson
42. Quand je quitterai cette ville
Je te dirai au revoir
Et quand je reviendrai
Tu auras une bonne histoire à raconter.

– Quand je pense qu'on n'est même pas certains qu'il soit dessous, observa Craft.

Kane acquiesça de la tête. Après la mort de Johnson, son corps avait été enveloppé dans un drap, puis déposé dans un cercueil en planches réservé aux plus pauvres pour être enterré en présence d'un révérend au pied d'un grand pacanier dans le cimetière de l'église Little Zion. Les historiens en avaient déduit que la sépulture dépourvue de pierre tombale avait été située quelque part dans les environs et que le monument avait été érigé de façon approximative. Mais il existait au moins une autre tombe attribuée à Johnson dans un trou perdu appelé Quinto, Mississippi.

Sur la base de la pierre tombale, des pèlerins avaient déposé des offrandes de toutes sortes : des pièces de monnaie, des paquets de cigarettes, des *picks* de guitare, une *slide* en cuivre, des fleurs, des bouchons de bouteille de bière, une bouteille de bourbon vide et deux cordelettes nouées ensemble pour former une croix.

Kane déposa son étui dans l'herbe, en sortit sa guitare et s'assit. Ils partagèrent un sourire triste et il entama l'ouverture de *Me and the Devil Blues*. La voix profonde et riche de Craft entonna le classique de circonstance.

Early this mornin' when you knocked upon my door
Early this mornin', ooh, when you knocked upon my door
And I said, "Hello, Satan, I believe it's time to go[43]."

Tiré de *From Four Until Late* de Robert Johnson
Ce monument est placé au pied de ce vieux pacanier, comme le fut Robert Johnson lui-même, avant son inhumation tout près d'ici, en accord avec le témoignage de madame Rose Eskridge, tel que relaté à l'historien Stephen C. LaVere.

43. Robert Johnson, *Me and the Devil Blues.*

Ils laissèrent les dernières notes se perdre dans le silence. Kane rangea sa guitare, referma l'étui et se releva. Craft sortit de son sac à main un petit crucifix en argent qu'elle déposa parmi les autres offrandes.

– Pour croire au diable, il faut croire en Dieu, dit-elle, la gorge serrée. J'espère que ça t'aidera…

Elle se releva et essuya une larme. Il fouilla dans la poche arrière de ses jeans et en sortit ce qu'il y avait rangé. Sur le rebord du monument, il déposa la carte d'affaires d'Ezekiel Thorne.

– Rends-lui l'éternité insupportable, Robert.

Ezekiel Thorne, esq.
Proprietor
Stan's Pawn Shop
Beale Street
We only buy what's really valuable

Une brise née de nulle part se leva et la carte s'envola. Dans le vent, ils eurent la nette impression d'entendre Johnson chanter. Ils échangèrent un sourire entendu et repartirent vers la camionnette. Ils avaient un livre à écrire.

ÉPILOGUE

Kingston « Booba » Williams se tenait à la croisée des chemins, son étui de guitare à la main. Il faisait nuit et, même s'il avait fait le brave devant les copains qui l'avaient laissé là, il crevait de peur. Il s'était juré de le faire et il n'allait pas reculer maintenant, au risque de se faire ridiculiser par ses amis. Tout était parti d'un pari stupide un soir de beuverie, alors qu'ils jouaient ensemble les classiques de Robert Johnson.

Il s'en voulait, mais se raisonnait en se disant que dans quelques heures, le jour se lèverait. Il ne se serait rien passé et, son pari remporté, il empocherait une jolie somme, qu'il mettrait de côté pour l'achat de la guitare National à résonateur tout en métal dont il rêvait. Il regrettait seulement de ne pas avoir apporté une bouteille. Il aurait eu moins froid. Et moins peur.

Le gravier crissa non loin de lui. Booba sursauta tant que, pendant une seconde, son cœur fut près de lui remonter dans la gorge. Quand il se retourna, un type se tenait près de lui dans la lumière de la pleine lune et le regardait. Mais comment s'était-il approché sans être entendu ?

La dégaine nonchalante, il était jeune et vêtu tout de noir. Kangourou noir sur t-shirt noir, jeans noirs troués aux genoux, bottes Dr. Martens noires, cheveux noirs, mascara noir sous les yeux, look non genré… Un digne représentant de sa génération floue et en quête d'identité.

Le jeune homme lui sourit.

– Salut.

– Salut, répondit Booba, méfiant.

Le nouveau venu lui adressa un sourire chaleureux qui, paradoxalement, glaça le sang de Booba. Du menton, il désigna l'étui.

– Veux-tu que j'accorde ta guitare ?

FIN

Remerciements

À Pierre Bourdon, mon éditeur et ami. Un soir de salon du livre, dans une chambre d'hôtel de Gatineau, nous avons élaboré ensemble un projet un peu fou de roman portant sur le blues en écoutant Robert Johnson. Il faut croire que le bon bourbon génère de bonnes idées.

À Steve Hill, dont la compréhension de Robert Johnson a nourri la mienne.

Et à Robert Johnson, qui m'accompagne depuis des décennies dans mon voyage au pays du blues. Pour les passions, c'est le voyage qui compte, pas la destination. Lui qui improvisait sur des canevas musicaux, il ne me tiendra pas rigueur, là où il est, d'en avoir fait autant.

Suivez-nous

Achevé d'imprimer en octobre 2021
Imprimé par CPI Blackprint
Espagne